한국의 민중문학과
중국의 저층서사 비교 연구

황석영, 조세희, 羅衛章, 曺征路의 소설을 중심으로

원영혁 苑英奕

저자 원영혁苑英奕

1979년 생, 한족, 서강대학교 문학석사 학위와 서울대학교 문학박사 학위를 취득했다. 현재 중국 대련외국어대학교 부교수로 재직중이고 주요 연구 방향은 비교문학, 한국현대문학이다.

주요 저서는 ≪"底层文学"在中国与韩国≫(中国社会科学文献出版社, 2015) 있고, 주요 역서는 ≪客地(황석영중단편선)≫(人民文学出版社, 2010) 외 있으며, 주요 논문은 "저층의 현실을 돌파하는 두 가지 시선"(≪중국문학≫, 2008.9), "노예론으로부터 '동아시아' 담론의 새로운 시각으로"(≪중국문학≫, 2008.12) 및 중국어 논문 다수가 있다.

한국의 민중문학과 중국의 저층서사 비교 연구

황석영, 조세희, 羅衛章, 曺征路의 소설을 중심으로

초판인쇄 2016년 6월 03일
초판발행 2016년 6월 17일

저 자 원영혁苑英奕
책임편집 이신
발 행 인 윤석현
등록번호 제7-220호
발 행 처 박문사
서울시 도봉구 우이천로 353 성주빌딩 3F
Tel: (02) 992-3253(대) Fax: (02) 991-1285
Email: jncbook@daum.net
Web : http://www.jncbms.co.kr

ISBN 979-11-87425-04-5 93810 정가 24,000원

한국의 민중문학과 중국의 저층서사 비교 연구

황석영, 조세희, 羅衛章, 曺征路의 소설을 중심으로

원영혁 苑英奕

박문사

오늘날,

저층은 현대화 과정 속의

인간의 삶의 의미를 근본적으로 다시 성찰하게 한다.

중한 양국의 비교는 그 성찰을 더욱 심화하고 확대하는 바,

원영혁 교수의 『한국의 민중문학과 중국의 저층서사 비교 연구』는

이 연구 분야에서 선구적인 역할을 했다.

— 문학평론가 성민엽 —

한국과 중국은
사상적으로나 문학적으로 오랜 교류의 역사를 공유했다.
서양문학의 영향 아래 놓인 근대 이래
한국문학은 중국문학과의 긴밀한 관계를 상실한 것처럼 보인다.

원영혁 교수의 이 책은
1970년대 이후 한중 현대문학을 중심으로
의미 있는 비교를 창출해냄으로써 끊어진 교류의 역사를 복원했다.
이 책의 주제와 방법론은 한중 비교문학의 새로운 장을 연 것으로
오랫동안 기억될 것이다.

— 서울대학교 국문과 교수 박성창 —

원영혁 박사의 『한국의 민중문학과 중국의 저층서사 비교 연구』는
우리에게 '저층문학'을 연구하는 새로운 시각을 제공해 주었다.
아울러 '저층문학'이 일반문학으로서 지닌
보편적인 가치와 중요성도 제시해 주고 있다.

— 문학평론가 이운뢰 —

고대에 비해

근대 이래 중국과 한국의 역사는 밀접한 연관을 가지고 있다.

정치로부터 경제, 문화에 이르기까지

한국의 근대화 경험은 중국에 많은 참조가 되리라 생각한다.

원영혁 박사의『한국의 민중문학과 중국의 저층서사 비교 연구』는

비교문학의 시각에서 한중 양국의 '저층문학'을 연구함으로써

한중 근대화의 공통점 과 차이점 및 이로 인한 영향들을 보여주었다.

— 중국청화대학교 중문과 교수 광신년 —

아득히 먼 길에 서서

세월이 쏜살같아 박사과정을 마친 지 7년이 된 오늘에야 박사논문을 책을 출판하게 되었다. 그동안 나름대로 더 폭넓고 깊이 있는 연구를 시도했지만 그렇다 할 만한 성과를 거두지 못한 아쉬움은 어쩔 수 없다. 민중문학과 저층문학의 비교 주제가 방대하기도 하고 시사성과 긴밀하게 연관되어 넘어야 할 산도 많기 때문인가 싶다.

돌이켜보면 박사논문의 주제 선택은 많은 우연이 있었던 것 같다. 우선 나의 지도교수이신 전형준 교수님께서 민중문학의 유명한 평론가셔서 그 분의 영향으로 70, 80년대의 소설을 많이 접하게 되었다는 점이다. 또한 2005년 대산문화재단의 지원으로 황석영 작가님의 소설 〈객지〉를 번역하게 되어 박사 과정 기간 이 책을 꾸준히 읽으면서 번역하게 되었고 그러면서 황석영 소설을 박사논문 주제로 선택하게 된 것이다. 그리고 때마침 하늘의 뜻처럼 지금의 남편과 약혼하게 되어 그의 고향－하남성 수평현을 방문하게 되었다. 그 방문은 내가 중국의 농촌에 대한 인식이 너무나 편협했음을 반성하게 하는 소중한 계기가 되었다. (지금도 완전히 안다고는 할 수 없지만) 남편 고향의 의식주와 생활 패턴은 내가 자란 연해의 시골에 비해 너무나 뒤처져 있었고, 시골사람들의 순박하고 성실하며 심지어 우직하다고 할 수 있는 인품은 그대로 남아 있었다. 상상을 초월한 이런 시골의 모습은 나의 관심을 끌었고, 2007년에 나는 아이를 남편 고향에서 낳기로 했다. 그렇게 아이를 돌보는 몇 달 동안 그 곳에 머무르면서 남편 고향의 친척, 이웃들과 가까이 접할 기회가 많았다. 전에는 책에서만 보던 '삼팔 육일 부대(고향 집에 남겨진 부녀와 아이들)', '철새처럼 인근 대도시에서 일하는 부부들', '10여 년 간 고향에 돌아오지 않은 부부들', '어려서부터 부모를 몇 번 보지 못한 아이들'…… 전자제품 공장의 공인, 용접공, 넝마주이, 보따리 장사, 길거리 음식 장사…… 등 책에서 보았거나 말로만 듣던 것들을 모두 직접 접하게 되었고 그분들과 대화하면서 느낀 그분들의 불안정한 생활, 막중한 경제적 부담, 도시인들의 무시와 소외는 내가 번역했던 〈객지〉와 너무나도 흡사했다. 그러나 그들은 그들의 삶에 불만이 없었으며 삶에 대한 태도가 성실했다는 점에서 또한 〈객지〉와 많은 차이가 있었다. 나는 이것이 2000년 이후에 정부가 시골에 대한 특혜 조건과 도시의 농민공에 대한 우대로 인한 것인지 아니면 중국사람들의 '우민성'때문인지 분간하기 힘들었지만 그 경험을 통해 나의 논문의 주제 '민중문학과 저층문학의 비교'가 구체화되었다.

나는 석박사 과정에 수십 차례의 크고 작은 규모의 현대문학 관련 세미나에 방청객 또는 번역, 보조번역의 신분으로 참가했으며 그 중에는 중한, 동아시아 각국 학자들이 참가하는 국제회의도 적지 않았다. 그런데 부푼 마음으로 갔다가 실망하고 돌아올 때가 한두 번이 아니었다. 그리고 동아시아 학자, 특히 중한 학자들 사이의 심층적인 사상의 교류가 너무 힘들다는 것을 새삼 느꼈다. 학자들의 논의는 줄곧 서구 이론을 매개로 이루어졌고 각국 본토의 사상은 서로의 관심을 끌지 못했다. 특히 지식인의 좌우파 문제에 있어서 적지 않은 한국학자들은 자국의 좌우파의 기준으로 중국학자들을 가늠하기에 결과적으로 중국에는 좌파학자가 없다는 결론에 도달하게 되는 것이었다. 이런 선입견이 앞서게 되면 소통은 물론 상대방의 사상에 대해 주목하는 것도 어렵게 된다. 하지만 실제로 냉전시기 중한 양국은 모두 천지개벽의 사상개혁을 여러 차례 거쳤고 이러한 결과로서의 사상은 논의할 가치가 굉장히 큰 것이라 생각된다.

내가 외국인으로서 한국의 민중문학을 연구하게 된 이유 또한 이 시기의 한국의 지식인과 민중 사이의 유대 양상, 사회변혁에서의 지식인 작용, 등에 주목하였기 때문이다. 20세기 7, 80년대 민중문학은 문학사에서 전형으로 거론될 때가 많다. 예컨대 지식인과 노동자 이중신분의 중첩, 지식인의 적극적인 정치 참여, 엘리트문학의 헤게모니에 대한 민중문학 장르의 도전, 민중문학이 저층의 출구에 대한 과감한 판단 및 구상 등등이다. 이 시기의 지성이 발휘한 권력은 정점에 달했고 이러한 현상은 현재에 이르러 한국의 지식인 또는 중국의 지식인을 막론하고 모두 상상하기 힘든 것이라고 본다. 오늘날에 와서 문학은 공예품으로서 감상될 뿐 그 역할을 남김없이 발휘하기는 어려운 실정이다. 글로벌 자본주의가 시민들의 가치관에 깊숙이 침투하였고 공중권익에 관한 담론을 슬그머니 파편화시켜 개인의 권익을 시민들의 관심사로 전경화시켰다. 따라서 문학도 어쩔 수 없이 거대담론에서 미시담론으로 전환될 수밖에 없는 것은 실정에 처하게 되었다. 저층문학은 바로 문학이 이러한 위기를 안고 있는 시점에서 탄생되었다. 문학이 유희적인 시대에서 '저층'이라는 문제를 보다 진지하게 대면하고 유효하게 서술하여 휴머니즘의 동정에서 벗어나 사회적인 담론으로 부각시키는 것이 저층문학이 해결해야 할 가장 중요한 과제라고 본다. 중국의 체제 내에서 중국 지식인들이 이 문제를 어떻게 효과적으로, 지속적으로 서술할 수 있는가가 또한 중요한 문제이기도 하다.

사실 민중문학이 걸어온 길이 중국의 상황에 꼭 적합하다고 볼 수는 없다. 체제의 차이와 시대에 따른 정서적인 변화 등이 그 원인이라고 할 수 있으나 부정할 수 없는 것은 중국의 저층문학은 이 시점에 참고가 될 만한 거울이 많을수록 좋다는 것이다. 최근 몇 년 간 나는 중국에서 한국의 민중문학 및 지성의 권력을 행사하는 글을 지속적으로 발표하여 왔는데, 처음에 주목을 많이 받지 못했으나 최근에는 일부 학자들이 나의 견해에 대해 의문을 가지기 시작했고 한국 지식인들에 대해서도 점차 호기심을 가지게 되었다. 굴원의 〈이소〉의 말씀을 빌리자면 "길이 아득히 멀다路漫漫其修远兮" 즉 내가 앞으로 가야 할 길이 아직 멀고도 멀다는 것이다. 나는 한국 민중문학의 대변인으로서 중국의 지식인들과 대화할 수 있는 입장이 아니지만 이러한 화두를 던지고 중한 학계의 작은 교량 역할을 점차적으로 담당할 수는 있으리라 생각한다. 중한 현대문학이 서구이론의 틀에서 벗어나 새로운 길을 개척하기를, 그 속에서 나 또한 중한 문학교류에 작은 힘을 보탤 수 있기를 기대한다.

마지막으로 이 책의 출판을 추진해 주신 최박광 교수님께, 그리고 직접 출판 해 주신 박문사 사장님의 지지와 성원에 감사드린다. 물론 이 책이 써지기까지 여러 모로 도움을 주신 스승님과 선후배 분들께도 진심으로 감사의 말씀을 드린다. 나의 지도교수이신 전형준 교수님은 나의 학업과 인생에 대해 더없이 값진 가르침과 조언을 해주셨고, 교수님 덕분에 학업을 순조롭게 완성할 수 있었고 지금도 연구를 계속할 수 있게 되었다. 다시 한번 교수님과 사모님께서 부디 건강 하시기를 마음을 모아 기원한다. 또한 서울대 비교문학 전공의 모든 스승님들과 선후배들의 지지와 성원, 학문적인 기반을 다져주신 서강대 교수님들과, 인터뷰에 흔쾌히 응해주신 인하대 최원식 교수님, 김명인 교수님의 도움, 수유+너머에서 같이 공부한 선후배들의 토론과 조언, 대련외대 동료들의 도움과 성원에 모두 깊이 감사드린다. 그밖에 중국의 저층문학평론가 이운뢰 선생님께서 제공해 주신 소중한 자료들이 있었기에 내가 자료를 처음부터 수집하는 수고를 덜어 주셨다. 또한 평론가 유욱, 광신년 교수님도 바쁘신 가운데도 내 인터뷰에 응해 주시고 이 책을 위해 최신 학술정보를 제공해 주셨으며, 사회과학원 손가선생님, 하조전 선생님, 〈천애〉의 왕연령 선생님은 중국문학 연구의 사상자원을 제공하여 나에게 많은 격려와 관심을 보내 주신 점에도 깊은 감사인사 올린다. 마지막으로 나의 연구를 위해 묵묵히 도움과 지원을 아끼지 않으신 나의 남편과 시부모님, 친정부모님들께도 삼가 감사의 말씀을 전한다. 나의 아들 역시 이 연구의 증인이라고 할 수 있는데, 내가 박사논문을 완성할 때만 해도 아기였는데 어느덧 어엿한 초등학생이 되었다. 책을 다시 훑어보면 아직 미흡한 곳이 적지 않아 낯이 뜨겁지만 부족한 부분은 앞으로의 과제로 삼고 계속 열심히 보완하여 민중문학의 연구를 위해 적은 힘이나마 보태려고 한다.

원영혁

中國大連文園 서재에서,
2016.5.30.

목 차

/ 제1장 /

산업화 시기의
두 가지 문학 현상

제1장
산업화 시기의 두 가지 문학 현상

우리가 하나의 민족을 이해하는 데에는 어떤 매개가 필요하다. 문학작품은 이를 위한 중요한 매개가 될 수 있다. 한국문학사에서 중요한 위치를 차지하고 있는 한국의 1970, 80년대 민중문학 작품은 하층 민중을 서술하는 것을 특징으로 하는데, 그것은 197, 80년대 한국 하층민중의 삶을 비롯한 열악한 사회적 현실을 고발하는 한, 한국문학의 짙은 정치적인 성격, 및 민중들과 합일하려는 지식인의 독특한 모습도 엿볼 수 있었다. 민중문학의 성격은 한 두 마디로 요약할 수는 없겠지만 부정할 수 없는 것은 이 시기의 문학은 당시 격랑의 한국 사회와 긴밀한 관계를 가지고 있었는데도 불구하고 미학적인 가치도 간과하지 못할 정도로 뛰어난 작품들을 많이 배출했다는 것이다. 1990년대에 들어서면서부터 한국사회는 문민정부의 실현에 따라 "정치적 일원론이 붕괴하면서 그 수면 아래 응축되어 있던 삶의 여러 층위와 국면들이 각기 자기 목소리를 발하게 된다."[1] 이에 사람들의 관심이 다양화되면서 민중문학과 같은 거시적 문제는 점차 수그러들었다. 20세기 들어오면서 세계는 날로 다원화돼 가고 있고, 문학 작품 또한 소재와 주제가 매우 다양해졌다.

바로 이 시점에 이웃나라 중국의 문단에서는 "저층서사底層敍事"라는 새로운 문학 현상이 떠오르기 시작했다. "저층서사"는 밑바닥에 처해 있는 민중들의 삶, 이른바 중국의 농민공이나 도시에서의 실직 노동자들의 생존문제를 반영하고, 하층민을 위한 출구를 모색하는 것을 특징으로 하며, 문제의식이나 소재적인 면에서 한국의 민중문학과 매우 비슷한 측면을 띤다고 할 수 있다. 신 세기에 들어오면서 중국에서 "저층서사"가 주목받은 것은 우연한 일이 아니다. 1978년에 중국 정부는 개혁개방 정책을 실행하여 일의 효율성을 높이고 노동자들의 적극성을 자극하였고, 1980년대에 접어들어 경제 발전을 통해 성향城鄕차별과 지역 차별을 완화시켰다.[2] 그러나 1990년대 이후 시장 경제체제를 비롯하여 강도 높은 개혁을 실시하자, 빈부 격차 등 여러 가지 사회적 불평등 현상의 발생에 따라 시장경제의 폐단이 점차 드러나기 시작했다. 시장경제와 함께 들어온 '자유'·'민주' 등 새로운 개념들은 사람들에게 한때 반가운 것이었는데 이제 인민들은 "자유"의 가치관 속에서 오히려 자유를 얻지 못하게 되었다는 지적이 나왔다. 이로 인해 그 당시 한참 자유주의를 주장했던 학자들조차 실어상태에 빠지게 되었고, 자신들의 주장에 대해 다시 검토할 수밖에 없게 되었

1 방민호, 「1990년대 소설사 개관」, 한국문학번역원 번역아카데미 2007년 1학기 강의 자료 인용.

2 일부 학자들은 1980년대 중국의 개혁이 도시와 농촌을 모두 발전시켰다는 점에서 "win-win game"이라고 말하기도 한다.(王绍光, 「从经济政策到社会政策的历史性转变」, 성균관대학교 동아시아 학술원 국제 세미나 자료집, 2007, 47면.)

다. 이러한 상황에서, 1995년 평론가 채상蔡翔[3]이 「저층底层」이라는 제목으로 발표한 산문이 일부 지식인들의 공감을 불러일으키면서, "저층"은 지식인들 사이에서 중요한 이슈로 떠올랐다.

사실 "저층서사"가 표현하는 문제의식은 한국 민중문학의 그것과 유사한 면을 가진다. 1961년부터 70년대 중후반까지 몇 차례에 걸친 경제개발계획 5개년 발전계획을 통해 보여준 한국 사회의 산업화 속도와 도시화 속도는 전 세계를 놀라게 하기에 충분했다.[4] 30년 후 중국에서 1992년 등소평邓小平의 남순강화南巡讲话에서 제기한 "발전 최우선주의發展壓倒一切", "발전을 통한 안정의 달성發展才能穩定"과 같은 구호는 196, 70년대 한국 정부의 "성장, 안정, 균형" 등의 구호와 동어반복적인 것이며, 21세기에 등장한 중국의 "사회주의 신농촌 건설" 역시 196, 70년대 한국 정부의 "새마을 운동"과 유사해 보인다.[5] 196, 70년대 한국 경제 발전의 키워드는 현재의 중국에서 재발견되고 있다는 것이 사실이다. 물론, 중국의 현황과 197, 80년대의 한국을 나란히 서술한다고 해서 양자가 같다는 뜻은 아니다. 한편

3 이 책에서 취급되는 중국 인명이나 고유명사는 모두 대응하는 한글로 번역해서 표기한다. 첫 번째로 나타날 때만 한자를 병기하고 그 외에는 한글로만 표기한다.

4 1960년 한국의 GNP성장률은 2.3%였는데 3차례의 5개년계획을 통해 1976년에 이르러 GNP의 성장률은 15%에 달하게 되었다.(한국연사연구회 현대사연구반, 『한국현대사3』, 풀빛, 1993, 140-63면.)

5 196, 70년대 한국 정권의 '발전우선주의'와 등소평 남순강화 이후의 '발전' 노선을 나란히 비교하는 일이 양 정책의 성격을 같은 것으로 규정하는 작업으로 오해해선 안 된다. 정권의 성격을 고려할 때, 196, 70년대의 한국 정권은 군사 독재 정권이었고, 신중국의 정권은 노동자, 농민의 연맹을 기초로 하고 공산당의 지도를 따르는 인민민주정권이라는 점을 주지할 필요가 있다. '군사 독재'라거나 '인민민주정권'이라는 용어로 정치적 권력의 행사 방식을 자세하게 설명하기에는 부족한 면이 있다. 그러나 이 책에서는 양자의 공통점을 두 정권의 경제 "발전" 노선으로 제한한다.

중국정부는 20세기 90년대부터 현재까지 시장 경제의 노선을 끊임없이 조정해오면서 그중에서 저층민중의 삶을 개선하자는 것은 21세기 이후의 중요한 정책이었다. 예컨대, 2002년 말 중국공산당 16회 대회에서 "1차 분배 효율 우선, 2차 분배 공평중시"라는 슬로건을 제기했다. 2003년 10월의 16회 3차 대회에서는 "효율 우선, 공평고려"의 슬로건을 따르고 있으나, 이는 "인간을 근본으로以人爲本"하는 "과학적 발전관"에 의해 많이 약화되었다. 2004년 16회 4차 대회에서 아예 "효율 우선 공평 고려"의 슬로건을 포기했다. 2005년 말 16회 5차 대회에서 중국은 앞으로 "사회적 평등을 더욱 중시하고 전체 인민이 개혁 발전의 성과를 공유한다"는 슬로건을 새롭게 제기한다.[6] 실제로 이와 같은 지침에 따라 중국정부에서 농업세를 면제시키고 농민의료보험제도도 개선하는 일련의 정책들이 실행되었다. 이와 같은 정책들은 불평등으로 인한 사회적인 갈등을 또한 완화시키기도 했다. 다른 한편 중국은 시장경제를 발전시키는 동시에 항상 "계획경제"를 병행시켜왔다. 많은 산업은 보수적으로 시장경제로 전향해온 것이었다. 그런데도 불구하고 한때 경제발전이 가져올 이득에만 초점 맞춘 노선은 많은 사회적인 문제를 불러일으켰다는 것은 부정할 수 없는 사실이다. "발전"을 중심으로 한 정책은 분명 국가의 경제를 발전시켰지만, 그 이면에 하층민들이 대가를 치렀다는 점은 의심할 여지가 없다. 예컨대 과다한 노동 시간, 저임금, 지나친 강도의 노동, 심각한 직업병과 산업재해를 유발하는 직업 환경, 경작지의 박탈 등의 문제는 중국에서도 피하지 못했다. 이와 같은 문제를 두고 중국정부는 2004년까지 해도 "효율"의 슬로건을 포기

6 王绍光, 앞의 글, 60면.

하지 않았지만 2005년부터 공평公平을 중요시하는 화해사회和諧社會의 노선으로 완전히 조정되었다. 이와 같은 정책의 변화는 실은 중국 사회의 지속적 발전 가능성도 한층 높였다. 이것은 민중, 지식인, 국가 지도자 등을 포함한 인민들의 노력에 따른 잠정적인 결과이다. "저층서사"의 등장은 이러한 복합적인 요소에 해당되는 문학적인 현상이라고 할 수 있다.

사회 전반적인 이야기를 감안 못할 이 책의 착안점은 이와 같은 배경을 둔 두 가지 문학 현상, 이른바 '민중문학'과 '저층서사'이다. 주지하는 바 진정한 문학은 국경이 없다. "민중문학"과 "저층서사"라는 두 가지 개념은 서로 다른 시간과 공간에서 발생되었기 때문에 같은 것으로 볼 수는 없다. 그러나 현재 중국의 "저층서사"와 1970, 80년대 한국의 민중문학을 상호 비교 · 검토함으로써 새로운 의미를 생산해 낼 수는 있을 것이다. 두 문학적인 현상이 만나기 전에 민중문학은 민중적 "민족문학"이라는 흐름에서 검토되어왔고, "저층서사"는 "좌익전통左翼傳統"의 후계자로 평가되어왔다. 그러나 "민족문학"이나 "좌익문학"과 같은 거대한 용어 뒤에서는, 역사의 파편과 개개인의 감정이 가려질 수 있다. 그것들은 특정 용어나 정치적 개념만으로는 개괄할 수 없는 것이고 문학 텍스트 안에 담겨지기 때문에 문학 텍스트와 그것이 양성되는 컨텍스트를 꼼꼼히 고찰해야 통찰할 수 있다고 본다. 그것들이 발견되는 순간에 또한 국경을 넘어서는 보편적인 문학현상이 생기는 가능성도 없지 않다고 본다. 다만 발생 조건이 다르기 때문에, 현실로 반영될 때에는 서로 다른 형태로 나타나게 된 것뿐이다. 또한 작가의 글쓰기 방식에 따라 문학작품에서는 다르게 표현될 수도 있다. 만약 변별점과 공통점을 무시하고 오로지 개념에만 주목한다면, 문학적 보편성을 간과해버릴 가능성이 있다.

이 책은 "민중문학"과 "저층서사"의 비교를 통해서 국경을 넘어서는 문학의 보편적인 의미를 살펴보려고 한다. 다른 한편으로는 두 가지 문학현상의 그 차이점에 주목하여 거대한 개념 뒤에 가려져 있는 미시적인 것을 드러내고 이를 통해 서로의 문화 및 사정을 이해하는 데에 기여하고자 한다.

이 책에서 연구 대상을 선정할 때 민중문학 작품의 시기적인 특징부터 염두에 두었다. 민중문학은 시기에 따라 작품의 형식과 내용에서 변화가 일어난다. 평론가 김도연은 그 변화에 대해 아래와 같이 설명하고 있다.

> 우리는 70년대 소설문학을 살찌웠던 탁월한 민중지향 작가들의 작업을 기억한다. 이들은 우리 사회가 처한 갖가지 모순의 뿌리를 추적하면서 문학에 사회과학적 안목을 접맥시켜 주었다. 실제로 이문구, 김춘복, 송기숙, 황석영, 조세희, 윤흥길, 현기영의 소설은 문학 이외의 독자들로부터도 많은 사랑을 받았던 게 사실이고 그들에게 문학의 사회과학적 감수성을 배양시켜 주었다. (중략) 유감스럽게도 70년대 후반에 이르면 전문작가들의 작업이 더 이상 발전되지 못하고 어떤 한계에 다다른 인상을 준다. 그 표본적인 경우가 조세희의 『난장이가 쏘아올린 작은 공』이 아닌가 한다.[7]

김도연의 지적이 정확하다고 단언 못하겠지만, 1970년대에 민중문학 작품은 확실히 1980년대와 다르다는 것은 확실하다. "80년대 민중문학의 젊

7 김도연, 「장르 확산을 위하여」, 백낙청 · 염무웅, 『한국문학의 현단계III』, 창작과 비평사, 1984, 279면.

은 이론가들은 문학의 개념, 문학의 범주를 문화라는 이름하에 생활과 운동 속으로 확산시키려는 시도를 하게 되었다."[8] 한편으로 문학의 중심은 서울에서 전국으로 퍼졌고, 다른 한편으로 문학의 장르도 전통적인 소설, 시로부터 가두시, 일기, 연극 등 다양한 장르로 확산되었다. 문학 창작 주체도 전문 작가로부터 노동자 시인, 소설가 등으로 많이 바뀌었다. 박노해의 『노동의 새벽』을 비롯한 노동자에 의해 쓰인 "노동문학" 작품들이 민중들 사이에 많이 유통되었던 것은 사실이다. 한편 광주사건 이후에 『창작과 비평』 및 『문학과 지성』을 비롯한 진보 성향의 계간지들이 폐간되고 무크지와 동인지의 시대로 들어가게 되었다.[9] 전통적인 창작 기지가 사라지면서 지식인들이 작품 창작과 발표는 줄어들게 되었고 문학은 엘리트 중심주의에서 벗어나는 흐름이 이루어졌던 것이다. 그런 의미에서 '노동문학'은 민중문학의 성격을 규정하는 데에 중요한 개념이 된다. 그러나 이 책에서 한국과 중국의 노동자들과 지식인들에 의해 창작된 작품[10]을 함께 검토한다는 것은 지나치게 방대한 작업이 될 수 있으므로 이 책의 비교 대상은

8 홍정선, 『인문학으로서의 문학』, 문학과지성사, 2008, 83면.

9 '광주'로 상징되는 80년대 전반의 정치 상황은 문학이 그 한 부분을 차지하는 문화계에 마저 심각한 타격을 주었다. 몇몇 정기 간행물의 등록 취소, 출판물의 규제에 이어 언론기관의 통폐합 조치가 뒤따랐다. 그 속에는 70년대 문학사에 뚜렷한 획을 그었던 『창작과비평』과 『문학과 지성』의 퇴장도 포함된다. 양자의 사라짐을 같은 맥락으로 파악하는 데는 다소간의 무리가 따르기는 하지만 이들이 이른바 '계간지시대'의 주역들이었음에 비추어 그것은 80년대의 70년대와의 외형적인 단절을 초래하였고 더욱 심각한 것은 유력한 발표 매체의 차단을 의미하였다. (중략) '무크시대'로 불릴 만큼 『실천문학』이 효시가 되어 잡지와 단행본을 절충한 형태의 부정기간행물 무크지는 이제 80년대를 대변하는 매체로 정착되는 감을 준다.(김도연, 위의 글, 265면.)

10 중국에서 "노동자문학打工文学이라고 한다. 이른바 노동자들에 의해 창작된 문학을 지칭한다.

지식인이 쓴 작품만으로 한정하고자 한다. 왜냐하면 저층의 목소리를 한중 지식인들이 어떤 식으로 대변했는가를 이 책의 중요한 과제로 삼았기 때문이다. 지식인 작가에 의해 쓰인 민중문학 작품 가운데 뛰어난 작품들이 여러 편 등장했는데 방영웅의 『살아가는 이야기』, 윤흥길의 『아홉 켤레의 구두로 남은 사내』, 이문구의 『우리동네』 등이 이에 해당한다. 이 책에서는 소설의 형식과 내용의 측면에서 민중문학의 대표작으로 평가받아 온 두 작품집을 대상으로 연구하기로 한다. 하나는 리얼리즘 기법의 정상에 오른 유랑민을 중심으로 서술한 황석영의 『객지』이며 다른 하나는 모더니즘 기법으로 도시 빈민의 고난을 미학적인 차원으로 승화시킨 『난장이가 쏘아올린 작은 공』이다. 동시에, 소설의 주제와 기법의 면에서, 황석영의 『객지』와 대응하여 나위장羅偉章의 「우리의 길我们的路」, 「우리 형수님大嫂谣」, 「고향은 먼 곳에故乡在远方」를 선정하였고, 조세희의 『난장이가 쏘아올린 작은 공』과 대응해서는 조정로曹征路의 「나알那儿」, 「네온사인霓红」, 「두선사건豆选事件」을 선정하였다. 앞의 한 쌍은 리얼리즘적인 기법을 통해 "유랑민"에 초점을 맞춰 하층민의 문제를 재현한 작품들이고, 뒤의 한 쌍은 모더니즘적인 기법을 통해 "도시빈민"과 노동자의 문제를 집중적으로 다루고 있는 작품들이다. 전자의 경우에는 작가가 사회의 불합리한 구조를 강인한 자세로 재현했다는 점에서, 후자는 작가가 하층 민중들의 출구를 고민하고 있다는 점에서 주목할 만하다.

이 작품들을 대상으로 선정한 또 다른 이유는 작품의 문학성에 있다. 『객지』와 『난장이가 쏘아올린 작은 공』은 사회학적인 측면과 미학적인 측면에서뿐만 아니라, 독자의 반응에 있어서도 매우 중요한 작품이다. 특히, 황석영의 『객지』에 수록되어 있는 「삼포 가는 길」은 고등학교 교과서에도 수록되어 있는데, 이는 이 작품의 "경전"으로서의 지위가 이미 확고하다는 의미이기도 하다. 나위장의 「우리의 길」 조정로의 「나알」은 "저층서사"의 작품을 대표할 수 있을 만큼 중국 문단에서 많은 관심과 토론을 불러일으켰다. 뿐만 아니라, 이 작품들은 동시대의 다른 '저층서사' 작품들보다 더욱 완숙된 서술의 수준을 반영한 것으로 보인다.[11]

이러한 요소를 감안하여 이 책의 제3장에서는 황석영의 『객지』와 나위장의 「우리의 길我们的路」, 「우리 형수님大嫂谣」, 「고향은 먼 곳에故乡在远方」 등 세 개의 중편 소설을 비교하고, 제4장에서 조세희의 『난장이가 쏘아올린 작은 공』과 조정로의 「나알那儿」, 「네온사인霓红」, 「두선사건豆选事件」 등 세 개의 중편 소설을 비교해 보기로 한다.

이 책에서 주된 대상으로 연구할 『객지』는 황석영의 초기 중단편 소설 가운데 12 편을 엄선해서 엮은 소설집이다.[12] 이 소설들은 주제에 따라 크게 두 가지 유형으로 나누어진다. 산업화시기의 민중적 현실을 포착하여 표현하는 일련의 작품들, 이른바 「객지」를 비롯한 작품들과, 전쟁의

11 본고에서 주된 연구대상으로 삼는 나위장의 「우리의 길」은 "2003~2006년 소설선간중편상"을 받은 작품이고, 「우리 형수님」은 "제5회 사천성문학상"과 "제10회 파금문학원소설상"을 받은 작품이다. 조정로의 「나알」 외 작품들이 중국 문단에 미친 영향은 제2장 1절 참조.

12 『객지』는 1962년 황석영 데뷔작으로 『사상계』에 발표된 「입석부근」을 제외한 나머지 11편은 모두 1970년대 초에 발표한 작품들이다. 이 11편 소설의 제목과 발표지 및 발표 연도는 다음과 같다. 「탑」(『조선일보』, 1970), 「객지」(『창작과 비평』, 1971), 「이웃사람」(『창작과 비평』, 1972), 「아우를 위하여」(『신동아』, 1972), 「한씨연대기」(『창작과 비평』, 1972), 「낙타누깔」(『월간문학』, 1972), 「잡초」(『월간중앙』, 1973), 「돼지꿈」(『세대』, 1973), 「삼포 가는 길」(『신동아』, 1973), 「섬섬옥수」(『한국문학』, 1973), 「장사의 꿈」(『문학사상』, 1974)

후유증 속에서 평생 살아야 할 군인과 전쟁의 고통에서 지금까지도 벗어나지 못한 민중들을 묘사하는 「한씨연대기」를 비롯한 작품들이다.[13] 위의 주제를 맞춰 중점적으로 검토할 작품들은 이른바 「객지」, 「아우를 위하여」, 「이웃사람」, 「돼지꿈」, 「장사의 꿈」, 「삼포 가는 길」, 「잡초」 등 7편이다. 이 소설들에 대한 연구는 주로 당대에 많이 전개되었는데[14], 특히 2003년에 최원식과 임홍배 교수가 엮은 『황석영 문학의 세계』에서 이 작품들이 새로운 시각과 외국평론가의 시선을 통해 재검토된 바가 있었다.[15]

다음 연구 대상인 조세희의 『난장이가 쏘아올린 작은 공』은 12회에 걸쳐 문학잡지에 발표된 연작 소설이다.[16] 12개의 단편적인 이야기는 서로

13 성민엽은 황석영 초기 소설은 일종의 대립관계를 형성한다고 밝히면서 이와 같은 두 분류로 나눈다.(성민엽, 「작가의 신념과 현실─황석영론」, 백낙청 · 염무웅 엮음, 『한국문학의 현단계Ⅲ』, 창비, 1984.)

14 1970년대부터 1980년대 초반까지 집중적으로 발표된 논문은 아래와 같다.
백낙청, 「변두리 현실의 문학적 탐구」(1974).
염무웅, 「도시-산업화시대의 문학」(1978).
이재현, 「문학의 노동화와 노동의 문학화」(1983).
송승철, 「산업화와 70년대 소설」(1983).
오생근, 「황석영 혹은 존쟁의 삶」(1978).
김주연, 「떠남과 외지인의식」(1979).
권오룡, 「체험과 상상력」(1980).
진형준, 「어느 리얼리스트의 상상체계」(1983).
성민엽, 「작가의 신념과 현실─황석영론」(1984).
논의의 구체적인 양상과 기타 논문은 제3장의 3.1부분을 참조.

15 새로운 시각으로 접근한 논문은 서영인의 「물화된 세계, 소외된 꿈」과 임규찬의 「「객지」와 리얼리즘」이 있다. 외국 평론가의 시각으로 펼쳐진 논문은 중국 쑨꺼의 「극한상황에서의 정치감각」과 프랑스 작가 쎄씰 바스브로의 「통로」가 있다.(최원식 · 임홍배, 『황석영 문학의 세계』, 창비, 2003.)

16 이 12편 소설의 제목과 발표지 및 발표연도는 다음과 같다. 「칼날」(『문학사상』, 1975년 12호), 「뫼비우스의 띠」(『세대』, 1976년 2월호), 「우주여행」(『뿌리깊은나무』, 1976년 9월호), 「난장이가 쏘아올린 작은 공」(『문학과 지성』, 1976년 겨울호), 「육교 위에서」(『세

독립되면서도 주제와 소재가 일맥상통한다는 점에서 연작의 형식을 보여 주고 있다. 이 작품은 첫 번째 단편 「칼날」이 발표되는 1975년 12월에서 마지막 단편 「내 그물로 가는 가시고기」가 발표되는 1978년 3월까지 2년 남짓한 시간이 걸렸다. 현실과 미학을 뛰어나게 결합시킨 이 단편들은 나중에 연작 소설로 편집되어 단행본 『난장이가 쏘아올린 작은 공』으로 출판된 후 독자들의 큰 호응을 불러일으켰다.[17] 이 작품에 대한 기존 논의는 당시에 집중되어 있었지만 그 이후에도 끊임없이 전개되어왔다. 대부분의 논문은 이 소설의 시대적인 정신, 이른바 산업화의 주된 모순과 관련하여 『난장이가 쏘아올린 작은 공』에 드러난 "이원적 대립 구도", "가진 자와 못 가진 자", "도덕과 비도덕" 등 사회 · 윤리적 가치를 다루었다. 아울러 이 소설의 형식적인 면을 중심으로 이 소설의 미학적인 가치를 검토하는 경우도 적지 않았다.[18] 그러나 이 모든 연구의 한계는 『난장이가 쏘아올린

대』, 1977년 2월호), 「궤도 회전」(『한국문학』, 1977년 6월호), 「기계도시」(『대학신문』, 1977년 6월 20일), 「은강 노동 가족의 생계비」(『문학사상』, 1977년 10호), 「잘못은 신에게도 있다」(『문예중앙』, 1977년 겨울호), 「클라인씨의 병」(『문학과지성』, 1978년 봄호), 「내 그물로 오는 가시고기」(『창작과비평』, 1978년 여름호), 「에필로그」(『문학사상』, 1978년 3월호).

17 1978년에 초판을 발행한 이 연작소설집이 100쇄를 넘었다는 사실에서 독자들의 큰 반응을 추측할 수 있다.

18 이동렬, 「암울한 시대의 밝은 조명」, 『문학과지성』, 1978, 가을.
송재영, 「삶의 현장의 그 언어」, 『세계의 문학』, 1978, 가을.
김병익, 「대립적 세계관과 미학」, 『문학과지성』, 1978, 겨울.
성민엽, 「이차원의 전망」, 『한국문학의 현단계 II』, 창비, 1983.
김윤식, 「우리소설의 문제점과 그 진단-난장이 문학론」, 『소설문학』, 1984.12~1985.1.
우찬제, 「대립적 초극미, 그 카오스모스의 시학」, 『난장이가 쏘아올린 작은 공』신판해설, 이성 과 힘, 2006.
김지영, 『조세희 소설의 서사 기법 연구』, 서울대 석사논문, 2003.
나머지 논문은 이 책의 제4장 3.1 부분 참조.

작은 공』을 자국 현실의 측면에서만 검토하고 있다는 점이다. 때문에 이 책에서는 비교문학의 시야에서 이 소설이 세계문학의 일부로서 평가 받아야 될 점을 밝히고자 한다.

한국에서 『객지』와 『난장이가 쏘아올린 작은 공』에 대한 당대의 논의는 상당히 많이 이루어졌다. 그러나 중국에서는 "저층서사"의 대두에 대해 논의가 편중돼 있고 작품 내용의 구체적인 분석에 관한 논의는 아직까지 충분히 전개되지 못하고 있다. "저층서사"의 발생에 대한 논의는 「나알」에 대한 것에서 비롯되었기 때문에, 현재까지 「나알」에 관한 논의가 가장 많았다. 이들 논의와 토론은 주로 「나알」의 사회적 · 시대적 의미와 소설로서의 미학적 가치에 대해 평가한 것이다. 그러나 비교적 급진적인 젊은 비평가들은 전자의 시각에서 「나알」을 높이 평가한 반면, 일부의 소설가나 보수적 비평가들은 후자의 시각에서 「나알」을 부정적으로 평가하는 경향이 있다. 또 그 이외에 일부의 지식인들은 두 가지 입장을 동시에 취하면서 「나알」의 시대적 의미를 찬양하는 동시에 그 미학적 유감스러움도 지적하였다.[19]

한편 나위장의 「우리의 길」, 「우리 형수님」, 「고향은 먼 곳에」 등에 관한 논의는 그다지 많이 이루어지지 않았다. 비교적 자세하게 나위장의 작

19 이운뢰는 중국 학계에서 2004년부터 2006년까지 「나알」에 관해 펼쳐진 논의들을 개괄하고 분석한 「转变中的中国与中国知识界—「那儿」讨论分析」을 썼다. 이 글에서 본문에서 열거한 몇 차례의 토론과 논의들을 소개했는데, 그중에서 비교적 영향력이 있는 평론가나 작가들의 입장은 대체로 세 가지로 나누어 볼 수 있다. 광신년旷新年, 뢰달雷达, 소연군邵燕君, 장녕张柠, 한육해韩毓海 등 비평가들은 「나알」을 좌익전통의 맥락에서 긍정적으로 평가한다. 백화白烨, 남상南翔, 우옥추牛玉秋, 허유현许维贤 등은 문학 작품으로서의 미학적 가치를 더욱 중요시해야 된다는 입장을 취하고 있다. 진효명陈晓明, 이경택李敬泽, 사유순谢有顺, 왕간王干, 왕효명王晓明, 냉가冷嘉 등은 이 작품의 사회적인 의미를 충분히 중요시하면서도 좌익전통의 시각은 유보한다는 태도를 나타낸다.

품을 검토한 글은 평론가 조만생의 「선과 악의 선」이 있다. 그는 이 세 편의 소설에 대해 "선과 악의 선이 소설에서 다시 정의되고 있다. 그것은 사회를 비판하는 보편적인 의미가 있다."[20]라고 높이 평가한다. 그리고 그는 이 소설들의 흐름을 "범죄 문제의 발견–전통적인 선을 해결방법으로 취함–출구를 못 찾았지만 방향을 깨달았음"라는 순서로 정리한다. 그러나 그의 논의에서 한편으로 이 소설들의 서사에서 이루어진 미학적인 면을 간과하고 있고, 다른 한편으로는 소설의 의미를 오로지 중국의 현실이라는 틀 속에서 검토하고 있다.

위에서 살펴본 바와 같이 이 책에서 다룰 작품들에 대한 기존 연구에서는 그러한 작품들을 민족문학이라는 틀 속에서 검토하고 있다. 이는 그 이면에 있는, 국경을 넘어서는 문학의 보편적인 가치를 간과하는 것이다.

작품에 대한 접근에 있어 이 책에서는 비교문학의 시각을 취한다. 비교문학[21]의 연구방법은 다양한데, 전반적으로 볼 때 영향관계 비교, 수용관계 비교, 평행 비교, 학문간 비교 등으로 나눌 수 있다.[22] 영향관계 비교는 주로 프랑스 학파의 실증주의적인 방법에 근거하여 전개된다. 즉 비교되는 양측에 대한 자료 수집 및 정리를 통해서 한 측이 다른 측에게 영향을 미친다는 사실 및 이러한 영향의 후일적인 상황에 대한 연구이다. 영향관계 비교는 비교문학의 최초의 형태인데, 그것은 유럽문학의 독보적인

20 曹万生, 「善与恶的界线」, 『作家文汇』, 2006, 第四期.

21 比较文学(일어, 한국어, 중문)/Comparative Literature(영어)/ Littérature compare(프랑스어)/vergleichende Literatur(독일어)/Literatura comparada(스페인어)

22 중국 비교문학 학자 왕향원은 비교문학의 방법을 영향론연구법, 수용론연구법, 평행비교연구법, 초문학연구법 네 가지로 분류한다. 필자는 기본적으로 동의한다.(王向远, 『比较文学学科新论』, 江西教育出版社, 2002, 16~17면.)

위치를 확고하게 하기 위한 연구 방법이기도 하다. 또한 그것은 독일나치주의 이데올로기의 산물이기도 하다. 그러므로 유럽에서 시작된 비교문학은 제2차 세계대전에서 독일이 패배함에 따라 거의 침묵 상태로 빠져들었던 적도 있다. 그래서 전후에 미국 학파의 비교문학 이론이 부상되었다. 1965년 열린 제1회 미국비교문학대회ACLA에서 르네 웰렉은 비교문학의 현황에 대해 보고했다. 그는 "전후 비교문학 연구의 중심을 발전시켜 올 수 있었던 것은 유럽사상의 모든 수용에 더해진 미국의 문화적 다원주의 덕택이었다. (중략) 또한 자매학문들과의 관계에 있어 경쟁 관계가 아닌 밀접한 협동의 관계가 되어야 함은 아무리 강조해도 지나치지 않을 것이다."[23] 이 보고서에서는 비교문학이 유럽 단일 문학의 성격에서 보편적인 세계문학의 성격으로 바뀌어가고 있다고 보고했다. 또한 이 보고서는 비교문학의 연구 범위를 확대해 나가는 계기가 되었다. 1993년 미국 학자 베른하이머가 ACLA에서 했던 보고에서는 이와 같이 말하고 있다. "문학이라는 용어는 더 이상 우리의 연구대상을 설명하기에 적절하지 않을지도 모른다. 그래도 비교문학은 고대 필사본에서부터 텔레비전, 하이퍼텍스트, 가상현실에 이르기까지 매체들 간의 비교연구도 포함해야 한다."[24]

이와 같이 비교문학의 범위는 다원주의적인 세계 문화의 영향 아래서 아주 폭넓게 되었고, 비교문학의 연구방법은 미국학파의 이론에 따라 실증적인 방법에 구애 받지 않게 된다. 이 책에서는 비교문학의 평행비교 연구법을 취한다. 평행비교는 또한 평행연구Parallelism or Parallel Study[25]라고

23 The Levin Report, 1965.

24 The Bernheimer Report, 1993.

25 王向远, 앞의 책, 86면.

도 한다. 보통 평행비교 연구에서 비교되는 두 대상들은 사실적인 관계가 있지는 않고 필자가 취급하는 주제에 따라 대비적인 관계를 이룬다. 비교문학 학계에서 평행연구의 가능 여부 문제는 중요한 논쟁 거리였다. 최초에 비교문학은 영향론 연구에서 시작되었기 때문에 영향, 수용론 연구는 비교문학의 전통적인 연구방법이라고 할 수 있다. 그리고 그것은 실증적인 자료를 근거로 해서 하는 연구이기 때문에 안정적인 연구 방법이 되기도 한다. 그래서 비교문학 영역에서, 특히 초창기에 유사성을 중요시하는 평행연구를 반대하는 학자들이 많았다. 1921년 『비교문학지Revue de Litterature Comparee』를 창간한 프랑스학파 발덴스페르거Baldensperger는 평행연구를 강렬하게 반대한다.

> 두 개의 상이한 대상에 대하여 동시에 행해진 순간에 근거한 비교로부터는, 말하자면 정신의 순간적인 착상으로 은밀히 결합된 것뿐이고 사실은 엉뚱한 유사점이라고 할 수 있는 기억력이나 인상의 희롱까지 첨가된 회상만을 근거로 행해진 비교로부터는 하등의 문제해명도 나올 수 없다.[26]

그러나 많은 선배학자들이나 동시대 학자들과 대조적으로, 프랑스 학파의 또 다른 대표자인 까레Jear-Marie Carre와 기야르Marius-Francois Guyard는 다른 견해를 취하고 있다. 까레는 당대의 비교연구가 사실관계에 기초한 영향론 연구에 너무 치중되었다고 지적하면서, 다른 나라의 국민들 상호간에 만들어낸 이미지까지 확대해야 된다는 제의를 동료들에게 한 적이 있

26 발덴스페르거, RLC 1, 1921, 7면, 울리히 바이스슈타인, 이유영 옮김, 『비교문학론』, 기린원, 1989, 17면 재인용.

었다.[27] 기야르는 장르론genology 등 새로운 용어를 제시하면서 비교문학의 새로운 접근방법을 제공했다. 그는 "비교문학은 종종 볼 수 있듯이 비교심리학에까지 확대되어 가는 것이다"[28]라고 말한다. 물론 이러한 비교문학관은 르네 웰렉에 의해 "비문학적"인 방법이라고 규정돼서 거부당했다.

사실 오늘날 비교문학 방법 중의 평행비교 연구는 사실관계 연구와도, "정신의 순간적인 착상"과도 다른 것이다. 왜냐하면 까레와 기야르가 제시한 "비교심리학"은 민속학을 기초한 정신사 비교인 것이다. 그것은 사실관계 연구와 결코 충돌된 것이 아니고 같은 맥락에서 검토될 수 있다. 독일 학자 두리친D.Durisin은 수용 연구를 전통적 의미의 수용과 진보적 수용을 나누어 본다. 그의 비교문학론에 따르면 아래와 같이 이해될 수 있다.

> (진보적 수용은) 어떤 분명한 영향과 수용 관계에 대한 자료가 없다 하더라도 외국문학과 자국문학 간의 유사성－구절, 어법, 문체, 비유, 주인공, 주제, 구성－을 바탕으로 하기 때문이다. 이때 중요한 점은 반드시 자연적인 시간이나 지리적인 공간에 의존할 필요가 없다는 점이다."[29]

여기서 볼 수 있듯이 두리친이 제시한 "진보적 수용연구"는 평행비교 연구와 크게 다르지 않다. 그것은 문학텍스트의 형성요소 및 표현 기법까지 확장되는 수용과 영향의 연구라고 할 수 있는데, 그 요소들은 바로 평행비교 연구에서 다루는 주제, 모티프, 인물 이미지, 문제의식, 서술 기법

27 위의 책, 15~16면 참조.

28 Marius-Francois Guyard, La Litterature Comparee, p.20. 위의 책, 16면 재인용.

29 윤호병, 『비교문학』, 민음사, 2005, 117면.

등 연구 요소로 환원될 수 있다. 평행 비교 연구가 "하등의 문제해명"이 될 위험성도 있기 때문에 이러한 요소들이 더욱 선명하게 다루어질 필요가 있다. 평행 비교문학 연구는 비교문학의 시야를 넓혀 비교문학을 "자료정리"적인 성격, 유럽중심적인 성격에서 해방시켰다고 할 수 있다.

물론 평행비교연구는 나중에 미국 비교문학파에 의해 발전되었다. 미국 학파의 연구는 처음부터 역사적 추구를 지향하는 프랑스학파와 달리 미학적 추구를 더 표방했다. 1950 · 60년대에 활동했던 르네 웰렉Rene Wellek은 1958년 제2차 국제비교문학 학회에서 발표한 「비교문학의 위기The Crisis of Comparative Literature」에서 비교문학의 연구 시각은 정치적인 연구사로부터 문학상의 문제, 핵심적인 미학의 문제, 예술과 문학의 문제에 치중되어야 한다고 주장한 바 있다.[30] 이러한 입장은 또 다른 미국 학자 알드리지Aldridge의 "비교문학의 목적과 전망The Purpose and Persperctives of Comparative Literature"이라는 글에서도 특별히 강조되고 있다. 이와 같이 미국 학파는 비교문학을 연구하는 데에 실증적인 측면보다 추상적인 미학의 가치를 더욱 중요시한다.[31] 1974년 프랑수아 조스트Francois Jost는 『비교문학 개론Introduction to Comparative Literature』에서 비교문학의 영역을 네 분야로 나누었는데, 그 중에서 세 번째는 장르에 바탕을 둔 문학작품의 분석연구라고 규정하고, 네 번째는 문학작품의 주제와 모티프에 대한 비교 연구로 규정하고 있다. 그의 이론에 따르면 진보적 의미에서의 수용과 변형은 "이미지

30 Wellek, *Concepts of Criticism*, New Haven: Yale University Press, 1963. 윤호병, 『비교문학』, 민음사, 2005, 82~3면 재인용.

31 A.Owen Aldridge, Comparative Literature: Matter and Method, Urbana: University of Illinois Press, 1969, 1~6면, 윤호병, 위의 책 재인용, 85면.

image"와 "미라지mirage"에 역점을 둔다. "이미지"와 "미라지"에 대한 연구는 자국문학 내에 포함되어 있는 외국문학의 직·간접적인 영향연구와 수용 연구에 중점을 둔다. 이때 그러한 영향과 수용의 관계는 역사적 사실에 바탕을 두어도 좋고 작품 내의 유사성에 근거하여도 무방하다.[32] 비교문학 영역에 대한 이와 같은 규정은 프랑스 학파의 역사적인 추구에서 한 발 더 나아간 것이다. 바로 미국 학파의 이러한 성격 때문에 최근에 비교문학은 학문간 연구로 발전해 나가게 되었다. 물론 평행연구의 두 대상이 단지 저자의 주관적인 생각에 의해서 유기적인 관계가 부여되어서는 안 된다. 텍스트와 텍스트 사이의 유사성은 그것의 사실적인 근거가 없다고 하더라도 부정될 수 없는 경우가 많다.

텍스트에 대한 접근이라는 관점에서 평행비교 연구는 "상호텍스트성"의 맥락에서도 해석될 수 있다. 포스트구조주의 학자인 바르트는 그의 논문 "From Work to Text"(1971)에서 문학 작품의 개념을 더 넓은 텍스트의 개념으로 발전시켰다. 그는 작품과 구별되는 텍스트의 7가지 특징을 설명하였다. 다음은 그 중 한 부분이다.

> 4. 이름도 없고 추적할 수도 없는 간텍스트적(상호텍스트적) 인용과 지시, 반향음, 문화적 언어들로 이루어진 텍스트는 피할 수 없이 수많은 간텍스트적 인용과 지시, 반향음, 문화적 언어들로 이루어진 텍스트는 피할 수 없이 수많은 의미를 산출하며 진리가 아니라 산종을 낳는다. 5. (중략) 저자는 텍스트의 기원도 아니고 그저 손님으로서 텍스트를 방문할 수 있

32 Francois Jost, *Introduction to Comparative Literature*, 1974. 위의 책, 재인용, 86면 참조.

을 뿐이다.[33]

이글을 통해 작품과 텍스트의 차이를 살펴볼 수 있다. 작품이 문자 그대로의 쓰기의 체계라면 텍스트는 관계에 대한 해석의 체계라고 볼 수 있다. 기표와 기의 사이에 절대적인 연관 관계가 없다는 소쉬르의 언어학적 이론에 기초하여, 해체론자들은 텍스트에 대한 해석에서 더 나아가 서구 형이상학적인 사회질서의 실질을 드러내고 해체하려 한다. "언어가 실존의 근거로서 작용하기 때문에 세계는 무한한 텍스트로서 나타난다."[34] 이는 하나의 텍스트가 작가에 의한 현실 모방 · 현실 반영의 결과물이 아니라, 다른 기표들의 연속놀이의 일환이고 다른 텍스트에 대한 해석에 불과하다는 논리를 생산한다. 이러한 와중에 하나의 텍스트 안에 상호텍스트적인 요소가 개입될 수밖에 없다. 이 상호텍스트적인 요소들은 비교문학의 관점에서 보면, 텍스트들 사이에서 보여주는 유사한 요소, 예컨대 모티프, 주제, 인물 이미지 등 평행비교의 키워드로 해석될 수 있다.

33 빈센트B · 리이치, 권택영 옮김, 『해체비평이란 무엇인가』, 문예출판사, 1993, 151면 인용문.

34 리이치, 위의 책, 172면.

/ 제2장 /

몇 가지 개념에 대한 규정

제2장

몇 가지 개념에 대한 규정

1. 민중, 민중문학, 저층, 저층서사

'민중문학'과 '저층서사'에 대해 다루기 전에, 우선 이 책에서 사용할 몇 가지의 용어를 설명할 필요가 있다. 바로 '민중', '저층', '하층민', '유랑민', '농민공' 등의 용어가 그 설명 대상이다. 이 장에서 살펴볼 내용이지만 '민중'과 '저층'은 사실 같은 개념의 두 가지 호칭이다. '민중'이라는 말을 중국어로 직역하면 한국어 '민중'이 지닌 의미가 사라져버린다. 마찬가지로 '저층'이라는 말은 한국어에서는 어색한 표현이다. 때문에 개별적인 문학 작품이나 각국의 상황을 논의할 때는 '민중'과 '저층'을 각각 사용하겠지만, 양국의 작품을 함께 논의할 때는 이 두 가지 용어의 개념을 모두 반영하고, 두 나라에서 모두 통용되는 용어인 '하층민'을 쓰기로 한다. '유랑민'은 실제로 중국의 '농민공'과 가장 가까운 실체를 가리키는 개념이다. 이 책에서는 '유랑민'과 '농민공'을 지칭할 때 '유랑민'이란 말을 사용하기로 한다.

하층민에 대한 묘사는 한국 7, 80년대의 민중문학의 중요한 주제였다.

우선 4.19를 몸소 체험한 젊은 지식인들 사이에는 문학을 현실과의 관계에서 이해해야 한다는 의식이 형성되었다. 이 지식인들은 또한 6, 70년대 한국에서 산업화와 도시화가 진행됨에 따라 수많은 하층민들이 가혹한 노동, 산업재해를 입은 대가를 치르는 것을 목격했다. 날로 심화된 노사 갈등, 불공평한 부의 분배 등 각종 사회문제들이 지식인들의 눈에 포착되었다. 한편으로 박정희 정권의 독재적인 정책, 특히 당시 냉전 양대 진영 가운데 자본주의의 편에 서 있던 한국 정부가 국내 사회주의 활동에 대해 가한 심한 탄압은, 오히려 소련을 비롯한 사회주의 국가에 대한 일부 지식인들의 동경심을 촉발시켰다. 때문에 당대의 지식인들 사이에서는 반자본주의, 반군사정권을 바라는 정서가 더욱 강렬해졌다. "70년대의 민족 문학은 급속한 근대화의 추진과 유신 체제의 성립이라는 현실 속에서 그것을 천민자본주의의 독재 정치 체제로 파악하고, 그것을 비판하며 그것의 극복을 추구하는 민주화 운동과 자신을 결합시키고자 하였다."[1] 이때 백낙청을 비롯한 일부 지식인들은 민주 회복과 인간 해방의 과제를 수행할 주체를 바로 민중에게서 발견한 것이었다. 따라서 "80년대의 민중문학은 바로 70년대 민족문학의 민중론을 계승하면서 대두된 것이다."[2]

1970년대 말에 이르러 지식인들은 『문학과 지성』[3], 『창작과 비평』[4] 등 매체를 통해 현실과 문학(문화)의 관계에 대해 뜨거운 토론을 전개했다.

1 성민엽, 「문학에서의 민중주의, 그 반성과 전망」, 『변하는 것과 변하지 않은 것』, 문학과지성사, 2004, 45면.

2 위의 글, 45면.

3 계간지, 1970년 가을 창간, 1980년 여름호로 폐간.

4 계간지, 1966년 봄 창간, 1980년 여름 강제 폐간, 1985년 발행사 등록 취소, 1988년 봄 계간 복간.

예컨대, 1979년 『문학과 지성』은 창간 9주년 기념호를 내면서 "산업사회와 문화"라는 제목으로 아주 긴 토론회를 열었다.[5] 문학평론가에서 사학, 신학, 철학, 법학, 사회학, 및 예술, 소설, 시 등 각 분야를 아우르는 전문가들이 산업사회의 문제들과 가치관의 변화에 대해 여러 측면에서 토론을 전개했다. 또 다른 진보 성향의 계간 잡지 『창작과 비평』은 문학과 정치의 이중적인 시각에서 한국 사회의 문제를 검토하며 1978년부터 1979년까지 5회의 토론회를 가졌다.[6] 한편 문학 창작 진영에서는 민중문학 작품과 민중시인 및 민중 소설가가 여럿 배출되었다. "최일남, 이문구, 박태순, 황석영, 윤흥길, 조세희 등의 소설적 작업은 도시 변두리의 빈민, 노동자계층의

5 토론은 3부로 나누어서 전개됐는데 토론1에는 김병익(평론), 김재민(독문학), 김치수(평론), 서광선(신학/토론 사회), 소흥열(철학/주제 보고), 송상용(과학사), 이광주(서양사), 이명현(철학), 정일조(신학), 조동걸(한국사), 추호경(법학), 황인철(법학) 등이 참석했다. 토론2에는 김주연(평론), 김준길(사회학), 박영신(사회학/주제 보고), 서우석(음악), 성완경(미술), 오생근(평론), 유재천(사회학/토론 사회), 이강숙(음악), 이광훈(평론), 한상범(법학), 한상철(연극), 홍성원(소설) 등, 토론3에는 김광규(시/토론 사회), 김우창(평론), 김종철(평론), 김현(평론), 반성완(독문학), 유평근(불문학), 윤흥길(소설가), 오규원(시인), 이동렬(불문학), 이상택(국문학), 정현종(시인) 등이 참여했다. (『문학과 지성』, 통권37호, (1979 가을호), 845-911면.

6 1978년 가을호에 "내가 생각하는 민족문학"이라는 제목으로 토론회를 개최했다. 고은(시인), 유종호(문학평론가), 구종서(문학평론가), 이부영(기자), 백낙청(문학평론가) 등이 참석했다. 1979년 봄호에 "국문학연구와 문화창조의 방향"이라는 제목으로 토론회를 개최했다. 이재선(국문과 교수), 조동일(국문과 교수), 임형택(한문교육과 교수), 염무웅(문학평론가) 등이 참석했다. 1979년 여름호에 "오늘의 여성문제와 여성운동"이라는 제목으로 토론회를 개최했다. 이효재(사회학과 교수), 이창숙(기자), 김행자(정치학과 교수), 서정미(대학 강사), 백낙청(창비 편집위원) 등이 참석했다. 1979년 가을호에 "대중문화의 현황과 새 방향"이라는 제목으로 토론회를 개최했다. 한완상(사회학 교수), 오도광(한국일보 문화부장), 박우섭(연극연출가), 석정남(노동자), 김윤수(창비 편집위원) 등이 참석했다. 1979년 겨울호에 "오늘의 경제현실과 경제학"이라는 제목으로 토론회를 개최했다. 변형윤(경제학과 교수), 전철환(경제학과 교수), 임재경(한국일보 논설위원) 등이 참석했다.

삶과 피폐한 농촌의 현실을 고발하면서 진정 인간적인 삶에 대한 요구를 문학으로 형상화하고 있다."[7] 「객지」는 그중에서도 중요한 작품으로 꼽히는데, 시인 신경림은 한국 소설의 민중적인 성격에 관한 흐름을 검토하면서 황석영의 「객지」를 다음과 같이 평가했다. "황석영의 「객지」에 이르면 비로소 우리 문학에는 생산과 노동의 문제가 등장한다. (중략) 그는 오히려 인정주의라 불리어 마땅할 인간 본성이라는 애매모호한 베일을 걷어치움으로써 생산과 노동에 따르는 착취와 피착취의 산술을 적나라하게 파헤치고, 나아가서 인간 본성까지도 사회와의 관계에서 추구하려는 강인한 자세를 견지함으로써 좀 더 폭넓은 인간 긍정에 도달한다."[8] 신경림의 평론에 따르면 「객지」는 거의 민중문학 작품의 효시라고 볼 수 있다. 이전의 소설 중에도 비록 민중의 삶을 다룬 소설은 있었지만, 노동문제를 정면으로 건드렸던 작품은 없었던 것이다.

조정로曹征路의 「나알那儿」[9]이라는 중편 소설은 2004년 중국의 진보 성향의 잡지 『당대当代』(5월호)에 실렸다.[10] 이 소설의 발표는 학계와 인터넷 공간 및 사회에서 많은 논쟁을 불러일으켰는데, 최초의 논쟁은 "좌안문화左岸文化"과 "오유지향乌有之乡" 등의 웹사이트에서 시작되었다. 이곳에서는

7 권영민, 『한국현대문학사2』, 민음사, 2005, 255면.

8 신경림, 「문학과 민중」, 성민엽 편, 『민중문학론』, 문학과지성사, 1984, 59~60면.

9 원제는 "英特纳雄那儿"이다. 작품이 사람들의 입에 오르내리면서 "那儿"로 변경되었다. "英特纳雄那儿"는 영어international, 불어internationale, 이른바 "국제공산주의"의 음역어로 국가주의의 상대 개념이다. 이 작품은 한 국영기업의 해체과정과 문화적인 유산을 소재로 한 것에 무관하지 않아 보인다. "那儿"는 이 단어의 끝 발음에 대한 음역어이다. 때문에 본고에서 중국식의 음역 발음을 따라 "나알"로 번역한다.

10 이 소설은 발표된 후에 『소설선간小說選刊』, 『북경문학北京文學』, 『소설월보小說月報』에도 부분으로 실리고 『2004년 최가소설선2004最佳小說選』에도 수록되었다.

학자들의 논문들을 집중적으로 소개하였으며, 오유지향은 「나알」과 관련한 전문 좌담회를 개최하기도 했다. 중편 소설 한 편을 두고 자발적으로 좌담회를 연 것은 1980년대 이후 중국에서 처음 일어난 사건이었다. 그 뒤로 2006년 1월까지 『문예이론과비평文艺理论与批评』, 『당대작가평론当代作家评论』, 『해남사범학원학보海南师范学院学报』 등의 신문, 잡지는 「나알」에 관한 글들을 집중적으로 실었다. 그 사이에 북경대학교 중문과 및 광동작가협회와 중국작가협회는 별도로 「나알」에 대한 토론회를 개최했다. 이러한 일련의 과정 속에서 「나알」은 중국 문단에 등장한 "저층서사"의 효시로 자리 잡았다.

"저층서사"[11]의 발생이 중국 현실에 대한 일부 작가의 표현으로 읽힐 수는 있지만, 그 하나의 이유만으로는 설명이 부족하다. 이는 그것의 발생이 중국의 정치적, 사상사적, 문학적 맥락과 크게 관련되어 있기 때문이다. 가장 중요한 것은, "저층서사"의 출현이 90년대 이후 중국의 문단 상황과 밀접한 관계를 가진다는 점이다. 1992년 중국에서 시장경제 체제가 보급된 이후 문학 체제도 개혁을 맞이하게 된다. 이에 따라서 작가, 문학지, 출판사도 시장체제 속으로 편입되게 되었고, 그 결과 90년대의 문학은 갑자기 "상업적인" 행위로 바뀌었다. 대중 소비의 취향을 맞추기 위해 문학 소재도 "사회"로부터 "개인"으로 눈을 돌리게 되었고, 무거운 서사로부터 가벼운 개인적인 경험담으로 눈을 돌리는 경향이 나타났다. 홍자성이 지적하듯이, "'개인'적 경험은 90년대 문학에서 새롭고 특별한 의미를 획득했다. 그것은 80년대의 집단적 정치화 사상에서 벗어나 독립된 자세를 취하

11 '저층서사'라는 말 외에 노동자 시까지 포함하여 '저층문학'이라는 용어도 함께 등장한다. 소설을 지칭할 때는 '저층서사'라는 용어를 더 많이 쓴다.

게 된 의미를 지니기도 하고, 동시에 아직 안정적이지 못한 사회에서 개인적 경험은 작가가 현실을 묘사하는 주된 참조물이 되기도 한다. (중략) 날로 두드러진 "새로운" 현상, 예컨대 도시생활, 시민 취미 등과 같은 것은 90년대 문학의 주된 표현 내용이다."[12] 그 와중에 일부의 지식인들은 문학의 "상업적"인 성격을 반성하기 시작했다. 1993년부터 1995년까지 중국 학계에서 "인문정신"에 대한 토론이 이루어졌는데 그것의 주된 쟁점은 지식인의 정신적 가치와 사회적 기능에 대한 것이었다. 이 문제는 90년대 내내 지식인들의 고민거리였으며, 지식인 내부 분화의 원인이 되기도 했다. "저층서사"의 등장은 문학의 "상업적"인 성격에 대한 반론이기도 했는데, "저층서사"에 계속 주목해온 평론가 이운뢰李云雷는 그것의 대두 배경에 대해 이렇게 인식하고 있다.

> 문학에 있어서 지난 세기 80년대 중반부터 "순문학"은 문학계의 주류를 차지하기 시작했다. 이 사조의 주된 특징은 형식, 기법, 서술에 대한 탐색과 참신함을 중요시하고, 사회 현실에 대한 직접적인 묘사를 회피하며 개인의 추상적인 정서와 감수성을 표현하는 데에 중점을 두는 것이다. 서구 모더니즘과 최신 "사조"에 대한 모방과 학습을 중요시한다. (중략) 2001년 이타李陀를 비롯한 문인들이 예술성을 중요시하는 동시에 현실 세계와의 연결도 있어야 하는 문학을 재건해 중국에서 문학이 더욱 큰 역할을 발휘하자는 희망을 품고 "순문학에 대한 반성"을 시작했다. "순문학"에 대한 반성은 문학 연구와 이론계에서는 지금까지도 그치지 않은 화제이다. 그

12 洪子诚, 『中国当代文学史』, 北京大学出版社, 1999, 391~392면.

러나 "저층서사"의 부흥은 창작계에서 "순문학"을 반성하는 구체적인 표현 이고, 그 논리에 순응하는 전개 형태이기도 하다.[13]

이운뢰의 논의에서 보이듯이 "저층서사"는 80년대 중반부터 주류가 된 "순문학"에 대한 전환의 계기로 볼 수 있다. 이와 비슷하게 진효명陳曉明은 중국 현당대[14] 문학사의 현실주의적인 전통을 검토하면서 "저층서사"의 발생을 "리얼리즘주의 정신의 회복"이라고 한다. 그는 중국 당대 문학은 이데올로기의 제약을 받아 현실을 직면할 힘을 잃었다고 하면서 "저층서사"가 "오사" 신문학의 리얼리즘 전통과 소통하는 지점이라고 높이 평가한다. 동시에 그는 80년대부터 90년대 초까지 중국 문단에 "선봉파先鋒派"[15]가 등장한 이후의 흐름을 검토하고 있다. 여기서 두 부류의 작가들이 나오는데 하나는 여성의 신체를 노골적으로 표현하는 "미녀작가"들이고, 다른 하나는 현실에 충실한 "만생대晩生代" 작가들이다. 그는 "만생대" 작가의 글쓰기 경향은 문단의 다른 글쓰기 경향과 결부시켜 분석하고 있다.

13 李云雷, 「"底层叙事"前进的方向」, 2007, 左岸文化网站.

14 일반적으로 중국 문학사에서 1919년 오사운동부터 1949년까지 "현대문학"으로 칭하고 1949년 이후부터의 문학은 "당대문학"이나 "신문학"이라고 한다.

15 "이 작가들은 바셀미, 나보코프, 핀천, 보르헤스, 노먼 메일러 등과 같은 포스트 모더니즘 대사들에게서 모종의 계시를 받아 깊이를 결여하거나 '깊이 있는 패러다임'을 의식적으로 거부하는 현대적 삶의 사소한 사건에서 소재를 발굴하거나 과거 전통사지史志 중에서의 기록의 형식을 바꾸거나 고급스러움과 저속함이 섞인 언어적 놀이로 '소설'다운 것이나 '원소설元小說'을 짜는 것 등과 같다."(王宁, 『比较文学与当代文化批评』人民文学出版社, 2000, 250~251면.)

> 선봉파 이후에 주류문학 영역에서 빛난 작가들은 "만생대"라고 명명된다. 그들은 선봉파가 개척한 전통을 이어받으면서도 방향을 바꿨다. (중략) "만생대"의 현실 표상에 대한 표현과 인성의 욕망에 대한 표현은 일종의 역사적인 내재화를 구성한다. (중략) 그러나 "만생대"의 탄생은 때를 잘 못 만났다. "만생대"가 인성의 욕망을 독특하게 서사하고 있을 때 "미녀작가군"을 만나게 되었기 때문이다. 그녀들은 자신의 신체적인 욕망을 서사하고 몸으로 직접 서사한다. (중략) '만생대'는 역사의 전위에 서기 힘이 부족하기 때문에 후퇴할 수밖에 없다. 전통 속으로 되돌아가고 현대적인 리얼리즘 분위기로 되돌아가야 했다. 문학에서 이 같은 인민성의 강화는 문학 자체의 대처 전략으로부터 이데올로기로의 전환을 확실히 겪고 있다.[16]

이운뢰와 진효명의 진술에서 보이듯이 "저층서사"의 발생은 문학사에서 중국 당대 문학의 방향을 전환하는 시퀀스 역할을 하고 있다. 그것은 이전의 문학, 특히 선봉문학이나 미녀문학에 대한 반박이면서 오사 문학의 리얼리즘 정신에 대한 계승이기도 하다.

그 이외에 강조되어야 하는 것은, '저층서사'는 '노동문학打工文學'과는 구별되는 개념이라는 점이다. 평론가 이운뢰와 작가 조정로의 대담집에 다음과 같은 구절이 있다. "선생님 생각하기에 노동자들에 의해 창작되는 '노동문학打工文學'과 지식인에 의해 창작되는 '저층문학'은 어떤 다른 점이 있을까요? 어떤 점에서 서로 배울 수 있을까요?" 이 대목에서 '노동문학'과

16 陈晓明, 「'人民性'与美学的脱身术」, 『文学评论』, 2005, 2.

'저층서사'가 확연히 구분되고 있다는 것을 확인할 수 있다.

소설 분야에서 대표적 "저층서사" 작가로는 조정로曹征路, 유계명刘继明, 나위장罗伟章, 호학문胡学文 등을 들 수 있다. "저층서사"의 평론 및 창작기지로는 『천애天涯』, 『상해문학上海文学』, 『소설선간小说选刊』, 『북경문학北京文学』 등 창작 잡지 및 『문학평론文学评论』, 『문예이론과비평文艺理论与批评』 등 문예이론 잡지를 꼽을 수 있다.

2. 변별점과 특징

______________________ 민중문학의 시기 구분에 대하여 여러 가지 견해가 있을 수 있다. 이 책에서는 작품의 변화를 중심으로 하여 세 시기로 나누기로 한다. 70년대 전반을 걸쳐 1983년 이전까지는 민중문학의 대두 및 발전의 시기로 볼 수 있고, 1983년 박노해의 「노동의 새벽」을 비롯한 노동문학 작품이 등장한 때로부터 1985년까지는 "노동문학"이 개입하는 민중문학의 단계로 볼 수 있으며, 1986년부터는 민중문학 전반에 대한 반성의 단계로 볼 수 있다.[17]

17 민중문학의 시기 구분에 대한 견해는 여러 가지가 있다. 예컨대 성민엽은 1987년을 선으로 해서 첫 번째 단계와 두 번째 단계로 나눈다. 이러한 구분법은 민중문학 작품보다 민중문학에 관한 논의의 변화에 중점을 두고 있다.(성민엽, 「문학에서의 민중주의, 그 반성과 전망」, 45~47면 참조.)
또한 작품을 중심으로 봤을 때 90년대 초에 이르러서도 민중문학의 흐름은 중단되지 않았다. 예컨대 방현석의 "내일을 여는 집"(1991)과 김영현의 "깊은 강은 멀리 흐른다"(1990) 등과 같은 '민중의 현실'을 반영하는 작품도 나와 있었고, 『노동해방문학』 등과 같은 진보적 잡지도 1989년에 개간했다.
그러나 이 책에서는 주로 민중문학 초반의 작품을 중심으로 연구한다. 그 중에서도 작품 경향의 변화에 관심을 두고 있으므로 황광수의 시기 구분법을 참조해서 나눈다. 황광수는 "편의상 1983, 84년을 80년대 민중 문학론의 문제 제기 및 중간 점검의 기간으로, 1985년을 민중문학 논의가 대단히 활발해진 기간으로, 그리고 1986년 이후를 종합

민중문학에 대한 정의는 "민중" 개념에 대한 정의와 관계를 떼어놓고 생각할 수 없다. 그러므로 이 책에서 민중문학의 개념을 살피기전에 "민중"이란 개념을 간략히 살펴보도록 하겠다. 주지하다시피 민중문학은 문학적인 개념이지만 "민중"은 사회학적인 개념이다. 1970, 80년대의 "민중문학론"에 호응되어 "민중" 개념에 대한 사회학자들의 정의는 아래와 같이 몇 가지가 있다. 박현채의 논의에 따르면 "근대 자본주의 사회에 있어서 민중 구성은 노동자 계급을 기본 구성으로 하면서 소생산자로서의 농민, 소상공업자와 도시빈민, 그리고 일부 진보적 지식인이 주요 구성으로 된다."[18] 그러나 서관모는 자본가계급과 노동자계급이라는 양대 구성체 사이에 있는 한국 사회의 중간계급을 상세하게 논의하면서 민중의 범위를 규정한다. 그에 따르면 중간계층은 여러 층위로 나뉘는데, 그중에서 공무원층, 보수적 지식인(다수), 유복한 쁘띠 부르주아층, 지주 등의 계층은 "민중적 자시 표현의 기회 및 가능성은 거의 없"기 때문에 민중의 범위에서 제외된다. 그러나 관리직원층, 진보적 지식인, 영세한 쁘띠 부르주아 하층 및 부농, 중농은 민중의 연합대상으로 파악해야 된다고 한다. 그는 "객관적 · 계급적 제 조건 및 부분적으로는 의식에 있어서도 중간계층의 상당부분은 특권적 존재라기보다는 민중적 존재에 접근하고 있다"고 지적한다. 끝으로 그는 민중의 역사적인 성격을 해명 한다. "민중은 하나의 동질적인 사회세력이 아니다. 개인해방, 사회해방, 민족해방의 통일적 구현으로서의 인간해방이라는 민중운동의 궁극 목표의 실현과정에서 민중

및 반성적 고찰이 대두된 기간으로 구분"한다.(황광수, 「80년대 민중 문학론의 지향」, 정한용 편, 『민족문학 주체 논쟁』, 청하, 1989, 82면.)

18 박현채, 「문학과 경제」, 『실천문학』제4집, 1983, 104면.

을 구성하는 다양한 부분들의 역사적 역할과 비중은 동일하지 않다."[19]

여기서 볼 수 있듯이 **"민중"의 개념은 일단 노동자**, **소작농** 등 생산자층 및 **도시빈민**을 늘 지칭하는 개념이고, 상황에 따라 쁘띠부르주아나 진보적 지식인 및 중농 심지어 부농도 포함시킬 수 있는 넓은 개념이다. 사실 이와 같은 넓은 개념의 "민중"은 "민중운동"에서 많은 사회적인 역량을 동원하기 위해 쓰이는 전략적인 개념으로 볼 수 있다. 서관모는 위의 글 마지막 부분에서 지적하듯이 "광범위한 중간 제세력의 민중진영으로의 흡인 내지 중립화는 하나하나가 모두 지난한 과제이나, 이것이 성취되지 않고는 민중운동은 궁극적으로 성공할 수 없다." 따라서 "민중운동"이 성공을 거두려면 "민중"의 개념을 넓게 확대해야 된다는 것이다. 그러나 실제로 민중문학 작품에서 묘사되는 민중은 대부분 노동자, 농민, 도시빈민 등 사회의 최하층에 해당되는 실체이다. 그런 맥락에서 중국의 "저층서사"에서 지칭하는 "저층"의 개념과 많은 경우에 동일하다.

"저층"의 사전적 의미는 "사회, 조직 등의 최저계층"을 가리킨다.[20] 이 용어에 대한 학문적 연구에서 한국의 경우와 비슷하게 중국에서도 일부 사회학자들에 의한 개념 규정이 이루어졌다. 대표적으로 육학예陸學藝는 당대 중국 사회 계층연구보고에서 조직권력자원, 경제자원, 문화자원 등 세 가지 자원에 대한 점유 정도에 따라 중국 사회를 10대 계층으로 나누었다. "저층"은 이 세 가지 자원을 적게 점유하거나 아예 점유하지 않은 사람

19 서관모, 「중간 계층의 계급적 성격」, 『실천문학』, 1987, 123면.(위의 내용은 114~123면 참조)

20 "社会、组织等的最底阶层."(中国社会科学院语言研究所词典编辑室, ≪现代汉语词典≫, 商务印书社, 2002.)

들이 되는데, 주로 상업서비스 인원, 산업 노동자, 농업 노동자와 도시 실업 및 반실업 계층 등을 지칭한다.[21] "저층"의 실체에 대한 문학인들의 이해는 좀 더 애매모호해 보인다. 1995년 "저층"개념을 처음으로 제기한 평론가 채상은 그의 산문에서 '저층'에 대해 이렇게 묘사하고 있다. "우리의 선조는 오두막집에서 나와 공장으로, 부두로, 목욕탕으로……들어간다. 해가 지면 그들은 하루 종일의 피로감과 굴욕감으로 흐린 눈으로 주막에 앉아 큰 소리로 거친 말을 하거나 고향의 노래를 부른다. (중략) 이 기나긴 역사가 하나의 단어─저층─을 구축한다. 그러나 '저층'의 주변은 늘 더럽고, 야만적이며, 가난하고, 거친 등과 같은 단어와 분위기로 둘러싸여 있다."[22] 이와 같이 묘사한 "저층"의 모습은 『객지』와 『난장이가 쏘아올린 작은 공』에 등장한 "민중"의 모습들과 매우 비슷하다.

그러나 '저층'이라는 말은 이론적으로 문단에서 등장했을 때 외국에서 수입된 "서발턴" 개념과 직결하게 된다. 중국 평론가 유욱刘旭은 '저층' 개념을 최초로 제기한 채상과의 대담에서 이와 같이 말했다.

> '저층'의 개념은 그람시에서 온 것이다. 조뢰우曹雷雨외 공역한 『옥중수고』에서 이 단어는 '하층계급下层阶级'이나 '하층집단下层集团'으로 번역되었다. 그러나 그람시의 저층이론은 실제로 프롤레타리아 정권에 관한 이론이다. (중략) 그람시의 '저층'은 우선 혁명적인 힘으로써 존재한 것이므로 저층의 다른 면이 가려져 있는 개념이다.[23]

21 陆学艺, 『当代中国社会阶层研究报告』, 社会科学文献出版社, 2002, 第一章 참조.

22 蔡翔, 「底层」, 1995.(http://club.yule.sohu.com/r-garden_yuan-39175-0-0-10.html)

23 蔡翔, 「底层问题与知识分子的使命」, 『天涯』 2004, 3.

이 대목을 통해 '저층'이라는 용어는 중국에서 사용되기 시작할 때 그람시의 글에서 차용되었다는 것을 확인할 수 있다. 그러나 실제로 이 용어가 중국에서 수용되어 논의되는 과정에서는 그 의미를 새로운 맥락에서 파악해야 된다. 유욱은 이에 대해 대담에서 이어서 제시하고 있다.

> '저층'이라는 용어가 90년대 초에 중국에서 등장해 학계에 들어오게 되었다. **그것은 모종의 불평등을 의미한다는** 점에서 갈수록 많은 사람들의 주목을 끌었다. 그러나 이러한 '주목'은 대부분 **위에서 아래로의 일방적인 '관심'이고** '저층'은 말해질 뿐인 것이었지요. 그들의 진정한 욕구는 무시되거나 가려진다. 인도에서 저층에 대한 연구가 비교적 빨리 시작되었지요, 특히 구하를 비롯한 사학가들의 연구 성과가 현저히 높다. (중략) 이제부터의 문제는 '저층의 진정한 형식이 무엇인가?'가 아니고, '**저층이 어떻게 표현되는가**?'의 문제다.[24]

유욱의 말에서 볼 수 있듯이 '저층'이라는 용어가 중국 학계에서 주목받을 때는 이미 그람시의 '저층' 개념과 크게 달라진다. 그람시의 '저층' 개념은 계급적인 성격, 혁명적인 성격을 강조한다. 하지만 중국 학계에서 주목 받은 '저층'은 사회주의 '평등' 경험과 대조되는 현재의 '불평등'적 사회 구조를 투영한 개념이다. 이 개념은 물질적, 문화적, 권력적 자원에서 밀려난 '최하층'의 인민들을 가리킨다. 이러한 맥락을 따라 '저층'에 대한 이론적인 정립은 인도에서 펼쳐진 "subaltern" 연구[25]와 가까워 보인다. 때

24 위의 글.

문에 유욱은 "저층"에 대한 연구를 세 가지 학파에서 파악한다.

> 외국에서 '저층'을 표현하는 방법이 세 가지가 있는데 하나는 80년대부터 인도에서 시작한 저층연구이고요. (중략) 두 번째는 스피박인데 그녀도 인도인이지요. 그녀는 논문 「하위주체는 말할 수 있는가?」[26]라는 글에서 푸코와 들뢰즈 등의 철학가들이 소수자를 무시하는 경향에 대해 비판을 하면서 자신의 '대변' 관점을 제기하지요. 즉 지식인들은 대변자로 자처해 하층의 삶을 참되게 표현한다고 자처할 필요가 없다는 것이지요. 세 번째로 폴 엘뤼아르는 『피지배자의 교육학』에서 지식인이 저층 안으로 들어가 '평등'식의 교육을 제기한 것이고요(후략).
>
> 채상: 이들 이론이 모두 좋아요. **중국 지식인에 있어서 어느 방법이든 어느 입장이든 다시 저층에 들어가야 한다는 문제를 피할 수 없어요.** 상상한 저층, '학술화'된 저층만을 가지고 연구하면 안 되는 것이지요.[27]

'저층' 개념에 대한 이와 같은 이론적인 추종을 봤을 때 중국 학계에서 공유하는 '저층'의 용어는 두 가지 단서로 해석될 수 있다. 하나는 그람시와 스피박의 저서에서 빌려온 것으로 정확히 말하면 "subaltern"에 대한

25 물론 인도 학자들이 연구하는 "저층"의 개념에서 인종, 민족, 여성 등 다양한 요소들이 포함되는데, "불평등" 구조를 재현한다는 개념으로서 중국의 "저층"과 같은 맥락으로 파악될 수 있다.

26 원제는 'Can the Subaltern Speak?'이고, 중국어로 번역된 제목은 "屬下能說話嗎?".

27 蔡翔, 위의 글.

중역어인 것이다. 다른 하나는 중국 사회 '불평등' 구조의 피해자로서의 '저층'을 지칭하는 것이다. 이 개념의 제기 자체는 또한 지식인 자신의 입장, 이른바 지식인과 민중의 관계에 대한 고민을 불러일으킨 계기로서 의미를 가진다. '저층' 용어가 문학적으로 '저층서사'에서 사용되었을 때 '좌익'전통 문학 혹은 전통적 리얼리즘 문학에서 요구하는 '인민성' 개념과 직결되어 분석되고 있다. 진효명은 그의 글 「'인민성'과 미학의 탈신술」에서, '인민성' 개념을 이와 같이 설명하고 있다. 이 개념은 러시아 문학 평론가 벨린스키Belinsky에 의해 정의된 개념이다. 그것은 일부 시인들의 현실에 대한 관심을 반영한 것이다. 특히 그것은 민간에 들아와서 예술적인 영양을 흡수하고 현실을 비판하여 인민의 고난에 주목한다는 의미에서 쓰인다. 그러나 실제로 중국의 사회주의 문예운동에서 사용되는 '인민성'은 '당성黨性'의 지배를 받은 개념이었다.[28] 때문에 그는 '당성'의 지배를 받은 '인민성'에 대한 서사는 진정한 '인민성'을 표현할 수 없다고 하였다. 그러나 일부의 '저층서사' 작품에서 '저층'을 일종의 미학적인 전략으로 사용하는 것도 진정한 '인민성'을 표현하지 못한다고 지적한다. 그래서 그는 '저층서사'의 방향이 '오사문학'[29]의 리얼리즘적 전통으로 되돌아가야 한다고 주장 한다. 그러나 이와 다르게 작가 유계명과 평론가 광신년曠新年 및 이운뢰 등은 신문학이 '인민성'을 충분히 반영한다는 점에서 80년대 이후의 문학과 구별된다고 본다.[30] 특히 이운뢰의 글에서 20년대의 '혁명문학',

28 陈晓明, 앞의 글.

29 "5.4문학"은 1919년 5월 4일에 북경에서 일어난 반제국주의 반봉건주의 민중 운동을 전후로 하는 문학을 지칭한다.

30 旷新年, 『"当代文学的建构与崩溃』, 『读书』, 2006, 5.

30년대의 "좌익문학", 40년대의 "해방구문학解放區文學", 문혁이전의 "17년 문학" 및 "문혁문학"을 아우르는 50여 년간의 문학은 모두 "좌익문학" 전통으로 규정한다. 따라서 그는 '인민성'에 대한 재현의 입장에서 "저층서사"의 등장을 그 50년 문학 전통에 대한 회복으로 본다.

한편 문학 담론에서 "민중"이나 "저층"을 규정할 때 늘 걸림돌이 되는 것은 지식인 혹은 문학인의 위치였다. 지식인 계층이 "민중" 속에 속하는가, 속하지 않는가, 지식인의 전문성을 살려야 되는가, 살리지 말아야 되는가의 문제이다. 한국에서는 이에 관해 두 가지의 견해가 있다. 하나는 진정한 노동으로부터 소외되어 특권화된 지식인들이 지닐 수 있는 선도성(이것도 어디까지나 잠정적이다)을 실천적 운동 속에서 적극적으로 발휘함으로써만 '잠정적'인 존재 이유를 획득할 수 있다고 하는 주장이다. 다른 하나는 민중화, 민족적 해방을 자기 과제로 떠맡고 자신의 전문적 역량을 활용하는 지식인들은 민중문학을 발전시키는 데에 필수적인 것으로 이해된다는 주장이다.[31] 이 문제는 민중문학의 성격에 직접적인 영향을 미친다. 전자의 "민중" 개념에 따르면 민중문학에서 실천적 운동에 참여하지 않는 지식인들의 작품이 민중문학에서 배제될 수 있다. 결국은 민중문학 개념은 기층 민중(특히 노동자 작가)이 주체가 되어 창작하는 문학을 중심으로 통합된다. 1983년 즈음에 한국에서 대량으로 등장한 한국 "노동문학"이나 근년에 중국에서 등장한 "노동문학"등은 이러한 논의의 주된 관심 대상이 된다.[32] 그러나 후자의 경우에는 기층 민중뿐만 아니라 중간 계층

刘继明,「我们怎样叙述底层?」,『天涯』, 2005, 5.
李云雷,「如何扬弃"纯文学"与"左翼文学"?」, 左岸文化网站.

31 이러한 견해는 황광수의 분류법을 참조했다.(황광수, 앞의 글, 68~69면 참조.)

이 창작하는 작품, 심지어 중산층을 대상으로 하는 작품도 민중문학이라고 할 수 있다. 지식인의 입장 문제는 앞에서도 논의했던 바와 같이, 예컨대 '저층' 개념의 제기는 민중과의 관계에 대한 지식인들의 자기반성의 계기로서 의미를 가졌다. 이러한 측면은 민중문학의 발생에도 없지 않았다.[33] 실제 논의에서 '저층의 문제가 무엇인가'라는 문제보다 '저층의 문제를 어떻게 표현하는가?'라는 문제가 '저층서사론'의 중요한 화제였다. 일부 급진적 평론가들은 작가들이 '저층'의 내부로 들어가야 '저층'의 목소리를 대변할 수 있다고 주장한다. 예컨대 채상은 "진정하게 저층 내부로 진입한 것을 전제로 해야 연구 방법, 어떻게 그들의 목소리를 전술하는지를 고민할 수 있게 된다. 지식인들이 이번에 보충수업을 해야 된다고 개인적으로 생각한다."[34]라고 했으며, 이운뢰는 '좌익문학' 전통과 '연안延安 문학'의 '인민성' 맥락에서 '저층서사'의 발전 방향을 제시 한다. "지식인들은 사상적, 생활적 측면에서 모두 '저층'에 가까이 가야 저층을 진정으로 반영하고 저층에게 즐길 수 있는 작품이 나올 수 있다."[35]라고 한다. 이들 논의의 결과

32 2008년까지 중국 심천深圳시는 주류 문학인들과 노동문학 작가들을 포함한 다양한 문학인들 요청하여 "노동문학포럼"을 세 번 열었다. 대표작들은 『노동자문학작품선집打工文学作品精选』(상, 하)에 수록된다.

33 사실 이와 같은 현상은 '민중문학론'에도 마찬가지로 등장했었다. 예컨대 김주연은 민중문학이 대두되는 초기부터 이와 같은 발언을 했다.
"그 실체를 대중의 일부로 하고 있는 민중이지만 그것은 사실상 지식인의 관념—올바른 삶을 지향하고자 하는 지식인의 자기반성의 그림자임을 인정하지 않을 수 없다. 이것이 민중이라는 개념의 이중성이다. (……) 참다운 민중은 대중 속에 뿌리를 박고 지식인다운 고뇌를 통해 성립되는 그 어떤 깨어 있는 정신일 것이다."(김주연, 출처불명, 성민엽, 「문학에서의 민중주의, 그 반성과 전망」, 위의 책, 53면 재인용.)

34 蔡翔, 「底层问题与知识分子的使命」, 위의 글.

35 李云雷, 「"底层叙事"前进的方向」, 左岸文化网站.

에 의하면 '저층서사'의 창작 주체는 여전히 지식인이다. 그리고 이런 논의에서 요구되는 것은 단지 지식인들이 여러 측면에서 '저층'에 가까이 가야 한다는 것이다.

위에서 살펴보았듯이 민중문학과 "저층서사"는 "민중"과 "저층"의 유동적 구성 및 문학인들의 상이한 견해에 따라 달라지지만, 이 모든 관점은 사회의 불합리적 구조, 부의 부공정적인 분배, 하층민들이 직면하고 있는 생존문제 등을 겨냥한다는 점에서 일치한다. (물론 뒤에서도 논의하겠지만 문학사적인 배경에 따라 약간의 성격 차이가 있을 수 있다.) 그런데 이것은 이론적 자원으로부터 나온 문학적 사조가 아니다. 오히려 본토 현실로부터 도출된 사회 문제에 대한 진단의 결과라고 할 수 있다. 평론가 성민엽은 민중문학에 대해 "민중문학이라는 개념은 주체적 실천에 의해 형성되어 왔고 또 형성되어 가고 있는 전략적이고 상대적 개념이지, 일의적으로 미리 주어지는 고정 불변의 선험적이고 절대적 개념이 아니다."[36] 라고 해석하고 있다.

위와 같은 공통점을 지니고 있는데도 불구하고 민중문학을 "저층서사"와 대비해보면, 아래와 같은 세 가지 특징을 살펴볼 수 있다. 첫째, 그것은 사회운동의 일부로 작용을 하고 있었고 민중문학 작품은 "민중"에게 잘 전달된다는 점이다. 한편 당대의 한국 민중들은 박정희 정권의 군사 독재 체제와 경제 '발전' 노선에 대한 불만의 정서를 갖고 있었다. 이와 함께 이웃 나라들의 사회주의적 제도에 대한 동경심이 민주주의 운동의 흐름을 불러일으켰다. 따라서 민중문학이 정치적 성격을 지닌 문학 현상이었다는

36 성민엽, 「민중문학의 논리」, 성민엽 편, 『민중문학론』, 1984, 문학과지성사, 145면.

점은 명백하다. 민중문학 작품이 계몽적인 역할, 민중과의 소통을 실현할 수 있었던 것은 "민중문학론"이 지향하는 실천적 문인의 성격, "실천으로서의 문학"의 성격과 긴밀한 관계를 가진다. "민중문학론"에서 문학의 민중성에 대한 호소는 사실 문학의 정치성을 강조하는 것이다. 이는 "우리 소설이 독특한 현실을 가지고 있음을 인정하지 않을 수 없다"라고 한 김치수의 말을 주목해본다. 주목해야 되는 것은 당대의 문인들은 엘리트로서만 자처했던 것이 아니라 실제로 민주주의 운동에 투신했던 경우도 상당히 많았던 것이 사실이다. 일반 투쟁 민중보다 더욱 심하게 정부의 탄압을 받은 것도 사실이다.

가) 1974년 11월 15일 고은 · 신경림 · 백낙청 · 염무웅 · 조태일 · 이문구 · 황석영 · 박태순 등은 청진동 소재 귀향 다방에서 회합을 갖고 유신체제하에 신음하는 민족 현실에 대하여 문학인들이 침묵을 지키고 있을 수 없다는 데에 의견을 같이하고, 〈문학인 시국선언문〉을 발표하고 가두시위를 결행하기로 합의하였다.[37]

나) 18일 아침 10시경 서울 종로구 세종로 네거리 비각 뒤 의사회관 계단에 문인 30여 명이 모여 〈자유실천문인협의회 101인 선언〉을 발표하고 거리로 나오려다 이 중 고은 · 조해일 · 윤흥길 · 박태순 · 이시영 · 이문구 · 송기원 씨 등 7명이 경찰에 연행되고 10분 만에 해산되었다. 이들은 '우리는 중단하지 않는다', '시인 석방하라'고 쓴 플래카드를 들

37 박태순, 「자유실천문인협의회와 70년대 문학운동사(1)」, 『실천문학』(제5집), 1984, 500면.

었으며 '유신헌법 철폐하라'는 구호를 외쳤다.[38]

앞의 가), 나)의 예는 당대에 흔히 볼 수 있었던 현상이었다.[39] 이와 같은 민중문학 문인들의 성격은 다른 시공간에서 발생하는 문학현상의 문인들과 크게 구별된다. 유럽은 물론이고 중국도 마찬가지이다. 왜냐하면 그것은 한국 당대의 열악한 시대적인 상황—"성장"을 지향하는 경제적인 정책에 따른 사회문제와 박정희 "유신체제하에 신음하는 민족 현실"—과 근대에 들어온 이후에 오랫동안의 식민 지배아래서 양성된 한민족의 대중적 지성과 열의에서 태생된 것이다.[40] 197, 80년대의 대표적인 진보 문인 단체인 "자유실천문인협의회"[41]는 문학의 세 가지 과제를 이와 같이 규정하고 있다.

38 『동아일보』, 1974년 11월 18일.

39 이런 현상의 주체는 여러 세대를 아우르는 문인들이었다. 예컨대 1974년 11월 18일 『동아일보』에 이와 같은 기사가 실려 있다. "이희승 · 이헌구 · 박화성 · 김정한 · 박두진 씨 등 원로 문인과 고은 · 신경림 · 염무웅 · 황석영 씨 등 중견 소장 문인 등 1백1명이 서명" 이 기사에서 지칭하는 "원로 문인"은 거의 193 · 40년대에 등장한 문인들이고, "중견 소장 문인"은 대부분 1960년대에 등장한 문인들이었다.

40 일본의 식민지배와 한국의 피식민 지배라는 정치적인 구도 하에 생산되는 식민지 근대성과 다양한 정체론에 관한 연구는 일부 사학자와 문화연구학자에 의해 새롭게 이루어지고 있다. 논문집으로는 『한국의 식민지 근대성』을 들 수 있다.(신기욱 · 마이클 로빈슨 엮음, 도면회 옮김, 삼인출판사, 2006.)

41 1974년에11월 15일 고은, 신경림, 백낙청, 염무웅, 조태일, 이문구, 황석영, 박태순 등은 청진동 소재 귀향 다방에서 모여 「문학인 시국선언문」을 발표고 가두 시위를 결행하기로 합의하였다. "이 모임으로써 자유실천문인협의회의 발족이 처음으로 태동되기 시작하였다." "1984년 경에 박태순, 양성우, 이문구, 조태일, 확석영 등 진보적 문인들에 의해 재출범하게 되었다."(박태순, 앞의 글, 500면.)
"1987년 9월 17일에 자유실천문인협의회를 확대 개편해 민족문학작가회의 창립."(강만길외, 『한국사26(연표2)』, 한길사, 1995, 673면.)

특정한 소수 집단의 향유물로 전락해버린 오늘의 문학을 민중의 향유물로 만들기 위한 문학의 민주화, 민중적 전형을 형상화하여 민주·민생·통일을 의식적·정서적으로 선취하기 위한 문학을 통한 민주화, 반민주적이고 반민중적인 온갖 장벽을 청산하는 운동에 참여함으로써 문학의 민중적 향유의 사회적 토대를 구축하기 위한 문학을 위한 민주화의 실현을 향하여 힘차게 선진한다.[42]

문학에 대한 이와 같은 규정은 민중문학의 운동적 실천성과 보편적 민중성의 지향을 충분히 설명한다. 민중문학에 대한 이와 같은 지향에 따라 1980년대에 전개된 "민중문학론"에서 민중문학 장르의 확대, 민중이 생산주체가 되는 문학, 운동 개념으로서의 문학 등 명제에 대해 탐구를 한다.[43] 한편 80년대 후 계간지의 폐간에 따라 생긴 무크지와 동인지는 민중문학의 중요한 매체가 되었다. 거기에 실린 소설, 노동 시집, 마당극 등 민중적 문학 형식은 민중과의 소통에서 큰 역할을 했다. 그리고 "자유실천문인협회"와 같은 문학운동단체도 문인의 집단적 운동성을 실현하는 데에 안정적인 기회를 만들었다. 민중문학 작품들은 민중을 계몽시키는 역할을 담

42 자유실천문인협의회편, 『자유의 문학, 실천의 문학』, 이삭, 1985, 뒷 표지.

43 예컨대 채광석은 80년대의 시 장르가 기층 민중에 의해 창작되어 지식인들에게 던져져 으깨지고 나서 다시 민중들에게 되돌려지는 과정을 거쳐 이루어진 당대의 민요로서의 정형을 갖춰야 한다고 주장 한다.(채광석, 「시를 생각한다」, 『시인』제2집, 163면.)
김도연은 민중문학의 장르를 소설과 시 이외에 "르뽀·수기·호소문·진정서·선언문·성명서" 등을 포함해야 된다고 주장 한다.(김도연, 앞의 글 참조.)
사실 이와 같은 주장들은 1930년대에 "左联좌익문학연맹"이 제창한 문학 대중화운동에서도 제기되었다. "'좌련'이 공농병 통신원 운동을 제창하는데 그것은 작가들에게 보고문학, 연의, 창본, 벽보문학을 포함한 각종 대중 문예작품의 창작을 요구한다."(钱理群, 温儒敏, 吴福辉, 『中国现代文学三十年』, 北京大学出版社, 2006, 153면.)

당하고 있었다.[44]

두 번째 특징은 민중문학이 "민족"과 "민중"의 해방이라는 이중적인 명제 아래서 생긴 데에 있다. 그것은 한국의 특정한 사회적 상황과의 관계를 떼놓을 수 없다. 한편으로 10월 유신[45]으로 박정희 군정의 독재체제가 성립되면서 첨예화된 사회적 갈등은 유신독재 타도의 주체로서의 민중에 대한 논의를 불러일으켰다. 다른 한편으로 분단의 사회구조와 외세의 가장 집약적인 피해자로서 그것에 가장 대립할 수 있는 민족적인 존재로서의 민중에 대한 논리가 생산되었다. 일찍이 문학 평론계에서 1960년대 말부터 1970년대 초까지 펼쳐진 "민족문학론"에서는 문학의 "민중성"과 "민족성"을 강조하는 두 가지의 경향이 있었다고 볼 수 있다. 전자는 문학의 민중적 성격, 즉 민중적 소재와 민중적 언어를 더 중요시한다. 그 대표적인 논문은 백낙청의 「시민문학론」(1969), 김지하의 「풍자냐 자살이냐」(1970), 신경림의 「문학과 민중」(1973)을 들 수 있다. 후자의 비평은 민중적 "민족문학"의 성격을 중요시했고, 그것의 내용은 문학은 반 엘리트적이면서도 반 제국주의적이어야 한다는 것이다. 이와 같은 시각에서 문학 비평을 전개하는 논문은 염무웅의 「민족문학, 그 어둠 속의 행진」(1972), 백낙청의 「민족문학 개념의 정립을 위해」(1974) 등을 들 수 있다. 이 두 가지

44 물론 "민중문학론"이 뜨겁게 논의되기 전인 70년대에는 이와 같은 문학의 성격은 작품의 창작의도라고 보기 힘들다.

45 "1972년 10월 17일 박정희는 비상계엄의 선포, 국회해산, 정당 및 정치활동의 금지, 헌법의 일부 효력정지와 비상국무회의에 의한 대행, '조국의 평화통일을 지향하는' 새 헌법개정안의 공고 등을 내용으로 하는 대통령 특별선언'을 발표하였다. (중략) 12월 27일에는 박정희가 대통령에 취임하는 한편 유신헌법을 공포함으로써 헌정이 복귀되어 이로써 유신체제는 수립되었다."(한국역사연구회 현대사연구반, 앞의 책, 116면.)

경향을 겸해서 논의되는 대표적인 평론가는 백낙청이다. 예를 들어, 「시민문학론」은 혁명주체가 시민이라고 제기한 최초의 글이라고 할 수 있다. 물론 이 글에서의 "시민", 이른바 "citoyen" 개념은 "민중문학론"에서 지향하는 '민중'의 개념과 완전히 일치하지 않지만, 이 글의 논의 시각은 나중에 펼쳐진 "민중문학론"에 크게 영향을 주었다. 예컨대 신경림의 「문학과 민중」에서는 "민중"을 다루는 1920년대부터 70년대까지의 소설사에서 "민중"이란 소재가 차지한 위치를 중요시했다. 백낙청의 두 번째 글 「민족문학 개념의 정립을 위해」에서는 "민중"과 "민족"의 이중적인 기준을 가지고 문학을 판단하기 때문에, 개화기 연암소설은 "민족"적이지만 "민중"적이지 않고, 식민지 언문일치 운동은 "민중"적이지만 "민족"적이지 않다는 비평을 하게 된다. 반면에 그에 따르면 18세기 이후에 한국의 "평민문학"은 이 두 가지 기준으로 봤을 때 아주 뛰어난 문학 유산이 된다. 이와 같은 두 가지의 논의 편향성은 민중문학에서 모두 반영되어 있다. 한편으로 민중문학 작품은 민중적인 소재와 민중적인 언어를 사용해야 하는 것이고, 다른 한편으로 분단을 해제하는 민족적인 과제는 민중문학을 통해 구체화된다.

셋째, 민중문학 논의는 그것의 찬반론을 중심으로 한 것이 아니다. 그것은 민중문학의 구체적인 전개 방법과 연관되어 있었다. "80년대 문학으로서 민중 문학과 전혀 무관한 곳에 있을 수 있었던 것은 없었다고 해도 과언이 아니다. 심지어 민중 문학에 반대하는 입장조차도 그 반대의 입장 자체가 그것의 정체성의 일부를 이루었던 것이다."[46] 심지어 민중문학에

46 성민엽, 「문학에서의 민중주의, 그 반성과 전망」, 앞의 책, 41면.

반대하거나 그것에 대해 회의적인 태도를 가지는 학자들은 거의 침묵하고 있었던 것이다. 1987년 평론가 황광수가 "민중문학론"을 정리하면서 197, 80년대의 민중문학론에 나타난 문제에 대해 반성하는 네 가지 주장을 열거했다.

> (1)민중・민중 문학 자체에 대한 불신의 표시, (2)민중문학을 호의적으로 보면서도 기존의 문학적 태도를 견지 옹호하려는 경향, (3)70년대부터 지금까지 민중 문학론을 주도해 오면서 지나친 편향을 우려하는 경향, (4)노동자 문학을 중심으로 민중 문학을 통합하려는 경향 등이 그것이다.[47]

여기서 볼 수 있듯이, 그가 정리한 네 가지 민중문학론에서 오직 (1)만이 민중문학을 반대하는 입장이다. (2), (3), (4)는 모두 민중문학의 전개 방향과 방식에 대한 논의이다. 다시 말해, 민중문학을 찬성하는 입장에서 펼쳐진 논의들은 다양했고, 그 내부에서 치열한 논의가 전개되었다. 황광수는 (1)에 대해 다음과 같이 흥미로운 보충 설명을 하고 있다.

> 숫자상으로 본다면 (1)의 경우가 가장 많을지도 모르지만 자신의 견해를 표명한 사람들은 거의 없다. 필자가 알기로는 전영태의 「민중문학에 대한 몇 가지 의문」이 거의 유일한 것이다. 그는 "민중이란 말은 도전 의욕을 암시하고 있는 은유적 표현일 것"이며, "민중 개념을 전략적・실천적인 것으로 국한시킨다면 그것은 발전이 아니라 퇴행"[48]이라고 주장한다.

47 황광수, 앞의 글, 96면.

그의 글을 통해서 알 수 있듯이, 당시에 민중문학을 부정적으로 보는 문인들이 더욱 많았음에도 불구하고 거의 침묵을 지키고 있었던 것이다. 논의에서는 민중문학에 대한 찬성론과 반대론의 대립 구도가 구성되지 못했다. 별도로 논의하는 문제이지만 민중문학론의 이와 같은 논의 구도는 중국의 "저층서사"론과 확연히 다르다. 거의 유일하게 (1)의 예로 들 수 있는 전영태의 글에서 지적되었던 "민중 개념을 전략적인 · 실절적인 것으로 국한시킨"다는 문제는 오히려 많은 중국 평론가의 글에서 반복되고 있다.

민중문학과 대비했을 때 중국의 "저층서사"는 아래와 같은 몇 가지 특징을 보인다. 첫째, 2005년부터 "저층서사"가 중국 문단의 중요한 주제로 부각되기 시작했지만 중국의 주류 문학이 되지 못하고 있다. 북경 대학교 교수 소연군邵燕君은 이에 대해 이렇게 설명하고 있다 "2005년 이래, '저층' 문제가 지금 문학의 제일 큰 주제가 된다. 문학잡지를 열어보면 '저층'의 흔적이 여기 저기 보인다. "이질적인 서술"에서 "주류적 서술"로 바뀌기 시작한다."[49] 사실 "저층서사"는 2004년부터 이미 문단에 많이 등장하였다. 북경 대학교의 또 다른 교수인 진효명은 2004년 『인민문학人民文學』[50]의 "모태배茅台杯"문학상[51]의 심사위원으로 2004년의 소설을 보면서 "저층의

48 황광수, 앞의 글.

49 邵燕君, 「"底层"如何文学」, 『小说选刊』, 2006, 3.

50 『人民文学』, 월간지. 중국작가협회에 의해 1949년에 창간되었다. 1966년 6월부터 1975년 12월까지 폐간됐다. 중국에서 제일 권위적인 문학지 중의 하나이다.

51 茅台杯, 『人民文学』잡지사와 贵州茅台주식회사에 의해 2003년에 공동으로 설립된 문학상이다. 중국문학계에서 권위적인 문학상 중의 하나이다. 심사위원회는 독자, 평론가, 작가의 대표로 같이 구성한다.

고난은 현재 소설 서사의 주체적인 이야기가 된다."[52]라고 설명한다. 이 두 평론가의 평론은 "저층서사"의 무게를 과대평가를 한 가능성도 있지만, "저층문학"이 2005년 이후의 중국문단에서 중요한 문학적인 현상이라는 점을 해명해주었다. 그렇지만 이러한 상황임에도 불구하고 "저층서사"에 대한 주류 학계의 인지도가 그다지 높지 않다는 것도 사실이다. "저층서사"에 대한 찬반의 대립적인 비평이 지속적으로 나오고 있으며, "저층서사"가 중국 주류 문단에 편입되지 못하고 있는 현실을 확인한 것으로도 볼 수 있다. 예컨대 중국소설학회에서 편찬하는 『2007년중편소설정선2007年中篇小说精选』의 서문에서 장책臧策은 다음과 같이 지적했다. "저층"은 문학에서 늘 "사랑과 동정"의 대상으로[53], 작가가 사랑하는 대상 등과 같은 단일한 이미지로 등장한다. 따라서 그는 방방方方의 『만전천심萬箭穿心』은 기존의 그러한 단점을 극복하여 "사랑과 동정"을 극복하는 "인류의 이성적 감정의 경계"에 오른, "저층서사의 질적 발전"을 보여준 작품이라고 높이 평가한다.[54] "저층서사"의 대두와 함께 등장했던 조정로나 나위장의 소설은 이 목록에 올라가지 못했다. 이것은 그들이 전통적 "저층서사" 작가로 취급된다는 것을 나타낸다. 책의 서문에서는 편자가 시작과 결말 부분에서 "저층서사"가 2007년의 문단에서 주목 받는다고 강조하고 있지만, 이 책에 수록된 11편의 소설 중에서 "저층서사"는 2편으로 매우 적은 비중을

52 陈晓明, 앞의 글.

53 사실 기존의 "저층서사" 작품들이 일률적으로 "저층"을 "사랑과 동정"의 대상으로만 규정하고 있다는 견해가 옳다고는 하기 힘들다. 예컨대 최초로 '저층'을 언급하는 채상의 산문이나 나위장의 소설 "우리의 길"에는 저층의 이기심과 편협함과 같은 단점이 잘 드러나 있다.

54 臧策, 中国小说学会编, 『2007年中篇小说精选』, 天津人民出版社, 2008, 代序, 참조.

차지한다. 편자는 "저층서사" 소설이 "역사서사", "선봉소설", "도시문학"과 "향토문학" 같은 범주의 소설들과 함께 2007년 중국 문단의 변화를 보여주고 있다고 밝힌다. 한편 저층서사는 광범위한 독자층을 끌지 못해 대중성을 획득하지 못한 것으로 민중문학과 구별된다. 그것은 또한 저층서사가 중국 문학의 변방에 밀려 있다는 이유 중의 하나이기도 한다. 일부 지식인들은 저층서사가 저층에 해당하는 사람에게 읽히지 못하고 있다는 측면을 지적하면서 저층서사의 의미에 대해 의심스럽게 본다.[55] 그러나 실상 저층서사의 등장은 지식인과 국가 사이에 대화의 계기가 되었다는 점에서 의미를 지닌 것도 유의해야 한다. 다시 말해 저층서사의 상대자는 한편으로 저층 민중들이고 다른 한편으로 국가 지배 체제인 것이다. 이 어느 한쪽에 영향을 미쳐도 그 의미를 무시할 수 없는 것이다.

"저층서사"가 "화해사회"라는 이데올로기의 큰 배경, "인민성"의 강화를 요청하는 문학사적인 흐름을 타고 있음에도 불구하고 문학의 주된 이데올로기가 되지 못하고 있는 것은 사실이며, 이는 2008년의 "노신魯迅문학상"[56]과 "모태배 인민문학상"의 수상 결과에서 확인할 수 있다. 이 두 문학상의 수상작들은 중국 현대 문단의 주류 문학 이데올로기를 대표하고 있다. 소연군은 이 두 문학상의 수상 결과를 "대화해大和諧"라고 칭하면서 이와 같이 지적하고 있다. "이데올로기는 자신을 도전했던 힘을 완전히 굴복시킨다. 이른바 "화해"의 주된 곡조는 절대적인 주도의 위치에 자리 잡는

55 예컨대 작가 남상南翔은 지식인이 사용하는 '저층'이라는 용어는 그것과 관련되는 이론, 개념과 수사가 하층민의 인정을 받을 수 없다고 주장한다.(「文事:当代底层成为学术时髦」, 『上海文学』, 2005.5.)

56 鲁迅文学奖, 2년에 한 번 한다. 1995년에 중국작가협회에 의해 창설된다. 중국문단의 제일 중요한 상으로 뽑힌다.

다."[57] 또 하나의 사례는 중국 작가 협회의 부주석인 철응鐵凝의 "저층서사"에 대한 평가이다. "현재의 중국에서 생활하고 있는 작가로서, 농촌을 안 쓸 수도 있다. 그럼에도 그의 문학은 이 땅에 뿌리박아야 한다. 목전의 문단은 한쪽이 도시문학에 대한 초조함을 표현하고 있고, 다른 한쪽이 농민공 문제를 서술하고 있다. 도시와 농촌의 분열과 대치 사이에서, 작가로서 자기의 정신적인 입장이 있어야 한다." "삼농문제에 대한 주목은 중국문학에 광활한 공간을 제공할 것이다."[58] 이 말에서 볼 수 있듯이, 철응은 "저층서사"의 소재적인 면에 주목하여 그것을 긍정적으로 평가하고 있는 것이지, "저층서사"를 시대적인 의미에서 긍정적으로 평가하고 있는 것은 아니다. 이와 같은 비평의 시각에서 소연군이 말한 "대화해"의 이데올로기를 엿볼 수 있다.

"저층서사"의 두 번째 특징은 그것의 발생 자체가 중국 지식인들의 특유한 사회주의적인 기억과 불가분의 관계에 있다는 점이다. 21세기 초에 저층서사 작품이 양적으로 많이 등장하는 것은 역사적인 맥락과 사회적인 분위기를 통해 검토되어야 한다. "저층서사"의 등장은 사회적 갈등이 날로 첨예해진 것의 결과물로 볼 수 있다. 90년대 후반에 중국에서 개혁과 "발전" 노선에 따른 폐단이 날로 뚜렷해지자, 경제적인 발전을 위해 대다수 민중들이 치른 대가가 진보적 지식인들의 눈에 들어오지 않을 수 없었다. 그 중에서 일부의 작가들이 서사를 통해 "발전"에 대해 회의적인 시각으로 질문하기 시작했는데, 저층서사는 바로 이러한 시대적 흐름에서 발생한

57 邵燕君, 「以和为贵, 主旋重居主——小议茅盾文学奖评奖原则的演变」, 2008.11.14, 左岸文化網.

58 『河南日報』, 2006년 4월 12일.

문학적 현상이다. 이와 같은 발생의 맥락은 한국 민중문학의 대두와 일맥 상통한다고 볼 수 있다. 그러나 더욱 주목해야 할 것은, 중국 지식인들에게 회의적인 질문을 불러일으킨 또 다른 요소는 다름 아닌 그들이 갖고 있는 "사회주의의 공평"에 대한 기억이라는 점이다. 최초로 "저층" 개념을 제기한 채상은 유욱과의 대담에서 다음과 같이 말한 바 있다.

> 유욱: 민족국가 전체가 현대성을 추구하는 와중에 저층을 만들었고, 책임감이 있는 현대 지식인들이 현실에 바탕을 두고 "저층"이라는 개념을 생산했다고 볼 수 없을까요?
>
> 채상: 대충 그렇지요. 그러나 이 안에서 사회주의에 대한 기억은 중요한 요소이지요. (중략) 제 생각에 현대사회 자체의 특징은 첫째 계급의 유동성인데 그것을 통해 운명을 바꿀 수 있는 사회적 승낙과 이데올로기적인 신화가 생산되었어요. 두 번째 특징은 더욱 엄밀한 계층을 나누는 제도가 생산된 것이지요. 프롤레타리아가 이러한 불합리적인 제도를 무너뜨린다는 것은 사회주의문화의 중요한 일부에요. 그것은 바로 평등과 공정에 대한 호소이기도 하지요.[59]

이 밖에도 채상은 산문 「저층」에서 사회주의 시기의 공정과 평등에 대한 기억을 여러 차례 상기한다. 더욱 중요한 것은 저층서사 작품을 봤을 때, 작가가 "저층"을 묘사하는 시각이나 "저층"의 출구에 대한 구상 등 여러 측면들이 그들의 사회주의적인 경험과 밀접한 관련을 갖고 있다는 것이

59 蔡翔, 「底层问题与知识分子的使命」, 앞의 책.

다. 이에 대해서는 제4장에서 상술하기로 한다.

"저층서사"의 세 번째 특징은 그것이 담론이 되는 방식에 있다. 2004년 이후 '저층서사'는 문단에서 크게 논의되기 시작한다. 그것은 문학 이외의 정치적인 요인과도 긴밀한 관계를 가진다는 점에서 주목할 만하다. 중국 각 분야에서 "저층서사"와 호응할 수 있는 기미가 보이고 "저층서사"나 "저층" 개념이 사회의 각 분야에서 사용되기 시작했다. 2006년 "저층" 담론에 관한 문화적 현상들을 종합적으로 개관한 이운뢰의 「"저층서사"의 전진 방향」(2007)을 살펴보기로 한다.

> **문예계**에서는 조정로의 소설 「나알」을 대표로 "저층" 인민의 삶을 표사하는 소설이 양산되었다. 예컨대 진응송의 『마사령혈안』, 『태평구』, 유계명의 「소리 내어 노래하자」, 호학문의 「미해결살인사건」, 「흙에서 걸어다니는 물고기」, 나위장의 「우리 형수님」, 「우리의 길」 등과 같다. 그 이외에 "노동문학", "노동시" 등 현상도 일어났다.
>
> **영화계**에서 "신기록운동"이 전개되었고 제6세대 감독이 전환하여 현실생활과 민생의 질곡을 찍은 영화도 등장했다. 예컨대 왕병의 『철서구』, 두해빈의 「철도연선」 등과 같은 다큐멘터리가 있고, 가장가의 『스틸 라이프』, 리양의 『눈 먼 우물』 등과 같은 영화가 있다.
>
> **희곡 분야**에서는 황기소의 『치에거와라』와 『우리가 대로에서 가고 있다』라는 작품은 소극장에서 벗어나 문예계와 사상계에 방대한 논쟁과 반향을 불러일으켰다.
>
> **드라마 영역**에서는 『민공民工』이 뜨겁게 방영되었고, 『성화星火』는 CCTV 최근 10년 이래에 최고의 시청률인 12.9%에 달했다. 그 이외에 팝송음악

계에서 "농민공청년예술단"의 음악적 실천 행동도 나타났다.

이상의 문예 실천에 따라 『문학평론』, 『문예이론과 비평』, 『소설선간』, 『상해문학』, 『천애天涯』 등의 **잡지에도** 이론과 비평의 글이 실렸고, 이글들은 다양한 각도에서 "저층서사", "인민문학"과 문예의 "인민성" 문제를 둘러싼 논쟁을 검토했다.[60]

이 글에서는 분야별로 창작, 영화, 희곡, 드라마, 비평 등 5가지 영역에서 2006년에 "저층" 담론이 활성화되는 상황을 종합적으로 검토한다. 이 영역들의 성격이 동일할 수는 없다. 예컨대, 창작 영역에서 작가들의 글쓰기는 자유로운 것이지만, 드라마 영역에서 방송의 내용은 국가 이데올로기와 관계를 떼놓을 수 없는 것이다. 특히 CCTV같은 경우 중앙방송국이기 때문에 국가 이데올로기를 홍보하는 중요한 언론 시설이다. 드라마라는 문화 코드에서 국가의 "화해사회" 지향 이데올로기, 대중들의 시청률, 진보 지식인들의 추진 등 여러 가지 이념들이 교묘하게 융합되고 있다. 2006년 "저층" 담론의 확산은 "2006년이 사상계에서 '개혁을 반성하는 해'라고 칭한" 국가 이데올로기의 대세와 긴밀하게 결부되고 있다.

이와 같이 '저층' 개념의 제기는 일부 소수 지식인의 사회 반성과 자기반성에서 비롯된 것으로 보인다. 그러나 '저층' 담론의 형성은 진보적 지식인에 의해서만 추동된 것이 아니었고, 오히려 국가 이데올로기에 의해 가속화되고 확대되었다. 그것이 민중문학과 크게 다른 지점이다. 때문에 일부 평론가들이 걱정했던 바와 같이 일부의 "저층서사" 작품들은 "저층"이라는

60 李云雷, 「"底层叙事"的前进方向」, 左岸文化网.

소재를 도구로 사용해 이데올로기를 따르는 경향이 있었다. 그러한 작품에서 언급되는 "저층"은 실제적인 "저층"이 아니었고, "저층"이미지가 "미학적인 전략"으로 사용되는 것이었다.[61] 이와 같이 중국의 저층 서사는 평론과 창작이 서로 추동하는 구도 속에서 보완돼 가고 있다. 하지만 아직까지 그것은 미숙한 상태로 남아 있다.

위의 내용을 종합하면, 민중문학과 저층서사의 발생이 '발전' 노선에 대한 문제의식을 문학으로 표현한 것이라는 점에서 유사성을 보인다. 뿐만 아니라, 이 두 문학론은 작품들의 소재, 서술 기법, 문학 논쟁의 초점, 새로운 문학 형식에 대한 시도 등 여러 측면에서 유사점을 지니고 있다. 다만 한·중 양국의 역사적·문단적·정치적 배경이 다르다. 한편 하층민의 실체에 있어서도 차이가 있고, 하층민을 표현하는 지식인들의 신체적인 감각과 관점에서도 차이를 보이고 있다. 따라서 민중문학과 저층서사를 더욱 구체적으로 탐구하기 위해 이들의 대표적인 작품을 검토하기로 한다.

61 예컨대 소연군, 장청화, 왕효명, 오량, 진효명 등의 글에 이와 같은 견해를 제기한다.
邵燕君, 「"底层"如何文学」, 앞의 책.
王晓明, 「泡沫底下的越界之路」, 『当代作家评论』, 2005, 6.
吴 亮, 「底层手稿」, 『上海文学』, 2006, 1.

/ 제3장 /

리얼리즘 계열의 비교

황석영의 『객지』와 나위장의 「우리의 길」 외

제3장

리얼리즘 계열의 비교
: 황석영의 『객지』와 나위장의 「우리의 길」 외

황석영, "1943년 12월 14일 만주 장춘에서 출생."

"1947년 월남하여 영등포에 정착."

"1950년 영등포국민학교에 입학했으나 6.25전쟁 발발로 피 란지를 전전함."[1]

____________________ 황석영의 경력과 그의 소설은 긴밀한 관계를 가진다. 평론가 강유정은 그 관계를 이와 같이 표현한다. "황석영의 삶과 작품 자체가 한국의 현대사이다. 그의 작품에 구현된 삶 자체가 한 개인의 특수한 체험을 넘어서 대한민국 역사에 대한 구체적 표본이 되는 것이다."[2] 1974년까지 황석영의 경력은 그의 문학작품에서 직간접적으로 반영되고 있다. 예컨대 유년 시절에 만주에서 남한까지 건

1 황석영, 『황석영중단편전집3』, 창작과비평, 2003, 황석영 연보 부분.(이하 연보 인용은 이 책을 참조하므로 따로 표기를 하지 않는다.)

2 姜裕祯, 「一部活的韩国现代史一记作家黄皙映」, 韩国文学翻译院遍, 『List-Books from Korea』, 1호.

너온 경험은 나중에 「한씨연대기」 등의 작품에서 형상화되었다. 초등학교 시절에 한국 전쟁으로 인해 여기저기 전전했던 경험은 『객지』에 수록된 단편 소설 「아우를 위하여」에서 실감나게 그려진다. 이 소설은 11살인 어린 서술자 "나"의 시선을 통해 한국 전쟁이 학교, 촌락의 질서를 난잡하게 만든 상황과 전쟁 후유증에 빠진 사람들의 불안한 정서를 반영했다. 전쟁이 인간에게 입힌 피해와 정치적 이데올로기 아래서 희생된 인간의 모습은 중편 「한씨연대기」에 절실하게 반영되고 있다. 남북에 갈라져 있는 주인공 한씨의 집안은 또한 작가 황석영 아버지 세대의 집안 사정을 투사한다. 전쟁이 끝난 후 남한에서는 좌・우파가 격렬하게 충돌하고 있었고, 그로 인해 어린 작가의 마음에도 지울 수 없는 상처를 남겼는데, 그것은 나중에 소설 「잡초」를 통해 형상화되었다.

> "1960년 경복중고교 교지 『학원』에 단편 「의식」, 「부황 이전」 발표함. 당시 국회의사당이던 부민관 앞과 시청 앞에서 4.19를 맞음. 함께 있던 안종길군이 경찰의 총탄에 희생됨."

작가의 이번 경험은 한국 역사상의 4.19혁명[3]을 말한 것이다. 4.19혁명은 작가와 동시대의 시민들에게 상당히 큰 영향을 미쳤다. 작가는 대담

3 이승만 정권의 반공 체제 강화와 개헌 등 독제적인 행위는 국민의 격노를 불러일으켰다. 1960년 4월 19일 2만 명 이상의 학생 시위하고 그중에서 142명이 사망했다. 후에 그날은 '피의 화요일'이라고 불리우게 된다. 4월 25일 서울 시내 각 대학 교수단 400여 명이 계엄하이 시위행진을 했다. 4월 26일에 오전에 시위 군중 10만 명으로 증가되었다. 이승만이 하야성명을 했다. 후에 그날은 '승리의 화요일'이라고 불리우게 된다.(강만길 외, 『한국사 연표2』, 한길사, 466면 참조.)

자리에서 4.19혁명을 회고하면서 이와 같이 말하고 있다. "제도교육에 대해서 넌더리를 내기 시작한 게 4.19가 고비였던 것 같아요. 사실 그 전에는 정치적 현실이라든가 그런데 대해 생각이 없다가……(중략) 근데 바로 내가 다니던 학교가 경무대 옆이었거든. 수업시간에 총소리가 들리고 그랬으니까. 그래서 거기에서 도망쳐온 시위대들이 바로 학교 담을 넘어서 우리 학교로 들어오고 했으니까. 그러니까 들썩들썩해진 거야. (중략) 그 다음날은 휴교령을 내리고……그렇게 귀가를 하라고 보냈는데 그대로 시위대가 되어버린 거죠. 우리가 4.19세대의 막내인 셈이에요. 고등학교 이학년이니까."[4] 이 서술에서 볼 수 있듯이 4.19를 눈으로 목격하고 몸으로 체험한 청소년 시기의 작가는 그때부터 정치적 감각을 획득하고, 그 감각에서 용기를 얻어 교육제도에 반항하게 되었다. 그것은 바로 그가 2년 후에 자퇴하게 된 큰 계기였다. 이렇게 봤을 때 4.19는 작가의 가치관을 세워주고 작품 세계를 반영하는 중요한 시점으로 볼 수 있다.

> "1962년 봄에 경복고를 자퇴하고 가출하여 남도지방을 방랑하다 그해 10월에 돌아옴. 11월 「입석 부근」으로 『사상계』 신인문학상 수상."
> "1964年 한일회담 반대시위에 참가. 영등포경찰서 유치장에서 만난 제2한강교 건설노동자와 남도로 내려감. 신탄진 연초공장 공사장에서 일용노동. 그 후 청주 진주 마산 등지를 떠돌며 여러 가지 일을 하다가 칠북의 장춘사에서 입산."

4 황석영 · 차미령 대담, 「내가 잊은 그곳에, 버려져 있던 나를 찾아서」, 『문학동네』, 2008 가을.

이 대목에서 보여주는 1962년부터 1964년까지 작가의 유랑 경험은 『객지』를 이해하는 데에 중요한 원천이 된다. 그 동안 작가는 하층민으로서 운동에 참여하고 잡히고 노동 현장에서 일하다가 유랑한다. 작가는 하층민들의 삶을 몸으로 체험하고 하층민들의 일원으로 활동했기 때문에 그들의 신체적, 정신적 감각을 충분히 획득할 수 있게 된다. 작가가 『객지』의 원형에 대해 이와 같이 설명한 바가 있다.

> 그 사람 따라서 간척지 공사장에도 가고 신탄진 공사장에도 가고, 그렇게 돌아다니다가 대구 시장에서 헤어졌죠. (중략) 그게 「삼포 가는 길」이었어요." "「객지」의 무대는 새만금의 전신이에요. 요즈음도 말 많은 변산 부안은 그때도 간척공사를 하고 있었거든요. 일제 때부터 말하자면 취로사업 비슷하게 시작된 거죠. 거기에 가 있었던 경험이 「객지」의 바탕이고, 거기 나오는 대위란 인물이 내가 같이 길 떠났던 해병대 중사 출신 노동자고, 그렇지요.[5]

위에서 작가의 고백을 통해 확인할 수 있듯이 중편 「객지」는 작가가 직접 몸으로 체험한 것과 생활의 현장에서 취재된 것을 바탕으로 쓴 것이다. 다시 말해 「객지」에 등장한 인물들은 지식인으로서의 작가가 구축한 것이 아니고, 작가 자신 혹은 동료의 경험을 서술한 것이다. 여기서 "민중"에 대한 표현은 "지식인"의 주관에 의해 만들어진 것이 아니라는 점이 중요하다.

5 최원식 · 임홍배 엮음, 「대담: 황석영의 삶과 문학」, 『황석영 문학의 세계』, 창작과비평, 2003, 39면.

이와 같은 독특하고 풍부한 작가의 경험은 글쓰기의 좋은 바탕이 될 수 있다. 그러나 좋은 작품으로 표현할 수 있는 글쓰기의 재능은 또한 작가의 독해 경험이나 글쓰기 습관과 불가분의 관계가 있다. 그것은 작가 어린 시절의 가정 분위기로 거슬러 올라가 살필 필요가 있다. 작가와 평론가 최원식의 대담에서 다음과 같은 대목은 주목할 만하다.

> 나는 누나들 어깨너머로 배운 덕에 학교 들어가기 전에 한글을 저절로 깨우치고 책을 읽기 시작했는데, 다른 오락거리가 없으니까 뭐든 읽을거리만 있으면 모조리 읽어댔어요. 그런데 어머니가 보니까 비교육적인 게 많거든. 그래서 어머니가 아이들 정서에 도움이 될 책들을 부지런히 사다 날랐다고요. 어머니는 대구 피난시절에도 장보러 가면 『소공녀』니 『걸리버 여행기』니 하는 것을 사들고 온 사람이에요. 게다가 뭐라고 하시냐면, 일기를 써야 정리가 된다, 그래서 우리 어머니 덕에 국민학교 2, 3학년 때부터 일기를 쓰기 시작했어요. (중략) 어머니 덕에 쓰기 시작한 일기가 처음에는 몇 줄이었는데 나중에는 길어지기 시작하더라고요. 반에서 글짓기하면 담임선생님이 칭찬하고 그랬던 것 같아요. 국민학교 4학년인가 5학년 때는 전국백일장에 나갔는데 (중략) 그게 일등을 했어요.[6]

이 대목은 작가의 어린 시절에 관한 이야기다. 이런 가정 분위기는 작가가 소설가로 성장하게 되는 데 아주 중요한 체험이 된다. 『객지』같은 소설들이 나올 수 있던 결정적인 이유는 바로 어린 시절부터 꾸준히 쌓아둔

6 최원식 · 임홍배 엮음, 앞의 책, 31~32면.

독해 경험, 그리고 일기로 부터 출발한 글쓰기 습관에 있었다. 문학적인 가정 분위기와 원초적 글쓰기(일기) 습관이 작가 황석영을 양성한 첫 번째 단계라고 할 수 있다.

한편 작가 나위장의 경력을 통해서도 그의 문학 세계를 더 잘 이해할 수 있다. "1967년에 사천성四川省 선한현에서 태어났다."[7] 1967년 즈음에 중국 당대사에 있었던 문화대혁명이 터진 지 얼마 안 된 시절이었다.[8] 문화대혁명 최초 2, 3년 사이에 홍위병 운동이 매우 격렬하게 전개되었는데 작가의 집안에 영향을 끼쳤는지 확인할 수 있는 자료는 거의 없다. 현재 작가의 유년 시절에 관한 자료는 오로지 작가 나위장과 평론가 이영강李永康의 대담 하나뿐이다. 대담에서 그는 다음과 같이 고통스러웠던 어린 시절을 회고하고 있다.

> 대다수 문학에 중독된 사람들이 맨 처음에 쓴 물을 먹었고 삶은 그로 하여금 먹었던 쓴 물을 뱉게 하고 문자로 바뀌어 표현이 된다. 나는 6살 때 어머님이 돌아가셨고, 어머님 돌아가신 후에 얼마 안 있다가 다른 사람이 우리 집을 허물었다. 이유는 우리 집의 터가 그 집의 조상의 것이라고 한다. 그때 내 여동생은 생후 2, 3개월 밖에 안 됐다. 동네 엄마들의 젖이 자기애에게도 부족한 사정이지만 조금씩 내 동생에게 나눠 먹였다. 그러나 애가 결코 배부르게 먹지 못해 그리고 엄마의 체취를 맡지 못해 깨면 울고 울다가 지치면 잠들곤 했다. 그 울음소리는 지금도 나의 신경을 자주

7 http://tieba.baidu.com/f?kz=247140885(작가의 약력 및 작품 연보는 이 사이트를 참조했으므로 이하 표기 생략한다.)

8 1966년 중앙정부에서 5, 16공고의 반포는 문혁 발단의 지표가 되었다.

찌르고 있다. (중략) 그때 농민의 주된 임무는 생명을 유지하는 일인데 공부를 중요시할 틈이 없었다. 그러나 우리 아버지는 무리하셨지만 나를 대학까지 시켰다. 나에게 학비를 꿔오기 위해 정신이 흘리셔서 세 번이나 높은 절벽에서 떨어지신 적도 있었다. 다행히 다 살아오셨지만 그러나 매번 침대에서 한 달이나 두 달 동안 누우셔서 신음을 하셔야 했다. 아버지의 근면함과 집착 및 끈기는 내 평생의 모범이 되셨다.[9]

위의 대목에서 작가의 어린 시절에 관한 몇 가지 정보를 얻을 수 있다. 우선 작가가 어릴 때 했던 고생은 그로 하여금 글쓰기로 표현하게 하는 중요한 원천이 되었다. 작가의 말처럼 "먹었던 쓴 물"이 "문자로 바뀌어 표현이 된다." 그 다음에 아버지의 끈기 있는 성격은 작가의 인생관에 영향을 끼쳐 "평생의 모범"이 되었다. 마지막에 "절벽", "농민" 등의 단어를 통해서 파악할 수 있는데 작가는 사천성의 모 산골에서 살았던 것이다. 그래서 나위장의 많은 소설은 "사천성四川省 대파大巴산맥의 노군산老君山"[10]이 배경으로 등장한다.

"1989년 중경사범대학교 중문과 졸업했다." 졸업 연도로 봤을 때, 나위장은 1985년에 입학했을 것이다. 1977년에 수능 제도가 회복된[11]지 불과 6, 7년이 지만 80년대 중반에 전국의 대학생들은 극히 소수였다. 정부에서는 대학생들에게 교육비를 지원했을 뿐만 아니라 일부의 생활비도 지원하

9 李永康, 〈罗伟章访谈录〉, 小小说作家网.

10 각주 80)참조.

11 문화대혁명의 10년 동안에 중국의 수능 제도가 취소되었고, 1977년 말에 처음으로 수능 제도를 다시 회복시켰고 대학교 문도 열게 되었다.

며 비교적 좋은 취직자리도 배정을 해주었다. 대학에 들어가기 위한 시험은 경쟁률이 상당히 높았기 때문에 그 당시의 대학생들은 확실한 엘리트로 볼 수 있었다. 작가 나위장은 그 시대의 대학생이었기 때문에 국가 제도에서 제공되는 혜택과 보장, 이른바 "철밥통"이라는 것을 가지고 있었을 것이다. 이영강이 작가와의 대담에서도 이 문제를 언급한 적이 있었다.

> 대학 졸업하신 후에 순조롭게 일자리를 얻으셨고, 안정적인 직업과 꽤 괜찮은 수입이 있었으니 많은 사람들이 선생님을 부러워했을 텐데, 선생님이 이 '철밥통'을 깨뜨리고 온 가족이 이사해서 고향을 떠나 낯선 도시로 와서 은거를 시작하신 것은 이해할 수가 없네요.[12]

이 대목은 작가의 인생에서 아주 중요한 사건을 서술한다. 즉, 그는 안정적인 직업과 좋은 수입을 포기하고 글쓰기를 선택한 것이다. 이 선택은 작가와 가족들의 생계와 직접 연관되기 때문에 충분한 고민을 거쳤을 것이고 작가의 사고에도 중요한 사건이었을 것이다. 때문에 이 사건은 작가의 소설에도 여러 차례로 등장한다. 예컨대 이 책에서 연구대상으로 한 「우리 형수님」에서의 서술자 "나"는 신문사라는 직장을 포기하고 글쓰기로 전향한 반지식인이다. 그의 또 다른 중편 소설 「우리가 누구를 구제할 수 있는가」에서의 고등학교 교감인 "나"는 하던 일을 포기하고 다른 도시로 갈까 말까 고민 속에 빠진 인물이다. 이 인물들은 모두 작가의 자화상이라고 할 수 있다. 그 외에 「우리의 길」의 서술자 "나"는 수능 시험에서

12 李永康, 앞의 글.

대학에 합격했는데 집안이 어려워서 대학을 포기해 농민공이 된 자이다. 이 인물도 작가의 또 다른 자아로 볼 수 있다. 전체적으로 봤을 때, 작가의 입장이 소설의 서술자에 많이 반영되어 있다고 할 수 있다.

> 그는 파금巴金문학원 계약 작가[13]이고 중국작가협회회원이다. 현재 성도에서 거주한다.

90년대 이후에 시장경제 체제에 따라 작가들은 시장으로 옮겨가게 된다. 작가협회는 현재 경제적인 보장을 제공할 수 있는 단체가 아닌 것으로 보인다.[14] 그렇기 때문에 글로 생계유지를 해야 하는 작가들이 글쓰기의 방향을 대중의 취향에 맞추어 갔을 가능성도 없지 않다. 특히 글자의 수가 원고료와 직접적인 관계를 가지기 때문에 소설의 길이에도 영향을 미친다. 이런 문제에 대해 이영강이 작가에게 직접 물어본 적이 있었는데 작가는 단호하게 대답하기를 "대다수의 창작가에게 '숫자'는 유혹이 될 수 있을 뿐만 아니라 심지어 기준이 되기도 한다. 그러나 숫자 자체가 영광을 가져오지 못한다. (중략) 나는 그렇게 하지 않을 것이다."[15]

나위장 소설은 그의 생활 경험과 긴밀한 관계를 가지고 있는데 동시에 그의 독서 경험과도 무관하지 않다. 이영강과의 대담에서 작가가 대학 시절에 상당한 독서 경험을 쌓았고 심지어 단테의 『신곡』을 외우는 정도라

13 파금문학원은 사천성 성정부에서 현대 작가 파금을 기념하기 위해 만든 문학원이다. 해마다 계약 작가들에게 소액의 창작 지원금을 제공한다.

14 이정훈, 『90년대 중국 문학 담론의 확장과 전변』, 서울대학교 박사논문, 2005, 참조.

15 李永康, 앞의 글.

고 했다. 그리고 현재까지도 새벽에 독서하는 습관을 가지고 있다고 밝힌 바가 있다. 좋아하는 책에 대해 작가는 이렇게 말하고 있다. "그 책들의 기본적인 기조는 투쟁적이지 않은 것이다. 넓은 사랑이나 우울한 것이다. 만사만물의 영광 및 모욕과 함께 한 것이다. 그중에서 가장 고급스러운 부분은 나를 자연으로, 유년으로 가게 인도한다."[16] 여기서 볼 수 있듯이, 소설가 황석영과 나위장 모두 풍부한 독서경험을 가지고 있다. 다른 작가의 소설에서 영양 성분을 섭취해서 자신의 글을 통해 표현한다는 것이 이 두 소설가의 성장 경험의 일환으로 볼 수 있다. 독서가 소설가의 성장에 중요하다는 것이 다시 한 번 확인되는데 구체적으로 어떤 작품의 영향을 어떻게 받았는지의 논제는 이 책의 중점이 아니기 때문에 논외로 한다.

위에서 살펴본 바와 같이 한 작가의 생애와 그 개인적 경험은 작품을 이해하는 데에 중요한 대목이 될 수 있다. 황석영은 자신의 유랑 체험을 소설의 소재로 많이 환원하고 4.19가 부여한 근대적 자아의식을 소설을 통해 표현하고 있다. 나위장은 어릴 때부터 겪은 지극한 "쓴 물"을 개인적 경험과 결합하여 소설을 통해 표현하고 있다. 바로 이러한 바탕을 두고 『객지』와 「우리의 길」과 같은 민중문학 작품 혹은 "저층서사" 작품이 나올 수 있었던 것이다. 주목해야 되는 것은 두 작가가 모두 제도권 밖에 있는 프리랜서로 활동한다는 것이다. 다시 말해, 두 작가의 글쓰기는 한편으로 작가의 친민중적인 입장에 따라 사회의 진보를 위한 사상의 힘이 될 수 있다. 그러나 다른 한편으로는 이것이 시장 경제 속에 포섭되는 행위이기 때문에 소설의 방향이 독자의 취향에 영향을 받을 수밖에 없지 않나 라는

16 위의 글.

의문이 생길 수 있다. 그것을 검토하기 위해서는 작가의 연보를 참조하는 것이 도움이 될 수 있다.

작가가 지닌 전반적인 문학 세계의 흐름에서 작품을 이해하기 위해서 다음의 두 작가의 작품 연보도 살펴보기로 한다. 황석영은 1974년 중단편집 『객지』 출판될 때까지 주로 중단편에 심혈을 기울였다.

"1962년 11월 단편 「입석부근」으로 『사상계』 신인문학상 수상."
"1970년 조선일보 신춘문예에 단편 「탑」이 당선. 「돌아온 사람」 발표."
"1971년 단편 「가화」, 「줄자」, 중편 「객지」 발표."
"1972년 「아우를 위하여」, 「낙타누깔」, 「밀살」, 「기념사진」, 「이웃 사람」, 중편 「한씨연대기」 발표."
"1973년 구로공단 연합노조준비위를 구성하여 공장 취업. 단편 「잡초」, 「삼포 가는 길」, 「야근」, 「북망, 멀고도 고적한 곳」, 「섬섬옥수」 중편 「돼지꿈」 르뽀 「구로공단의 노동실태」를 발표함."
"1974년 단편 「장사의 꿈」, 서북탄광에 대한 르뽀 「벽지의 하늘」, 공단 여성 근로자의 삶을 취재한 「잃어버린 순이」 발표. 4월에 첫 창작집 『객지』 발간."

이 책에서는 황석영의 작품 연보를 1974년 『객지』가 출판될 때까지만 검토하였다. 『객지』 이후에 황석영은 대하소설 『장길산』 및 장편 『무기의 그늘』, 『손님』, 『오래된 정원』, 『바리공주』, 『개밥바라기별』 등의 소설을 집필했으며, 현재도 계속해서 소설을 집필하고 있는 중이다.[17]

1962년 "『사상계』 신인문학상"을 수상한 당시의 황석영은 19살에 불과한 고등학생이었다. 교복을 입은 청소년 한 명이 수상대에 올라간 것은 당시 수상 현장에 있던 모든 이를 놀라게 했다. 황석영의 등단은 그의 개인적인 문학 소양과 풍부한 경험이 중요한 역할을 했지만 당시의 사회적 분위기와 시대적 풍토도 중요한 요소로 작용했다. 해방 이후의 한국 사회는 전쟁으로 인한 피해를 회복시키는 과정을 거쳐 경제 성장 과정으로 들어간다. 1960년대는 바로 "회복"에서 "성장"으로 건너가는 과도기라 볼 수 있다. 당시의 시대적 분위기에 대해 황석영은 이와 같이 고백하고 있다.

> 인문도서가 쏟아져 나오기 시작했는데 출판 붐이었죠. 전후 복구 시기가 끝나고 드디어 중산층의 주택들이 들어서기 시작했거든요. 거실을 장식할 물건으로는 전자제품이 변변치 못할 때였으니 책이 제일이었겠지. 전집류에서 문고판에 이르기까지 쏟아져 나왔어요. (중략) 특히 60년대 작가들의 경우 그때 한일회담이 이루어지고 나서 해방 이후 뜨악했던 일본 현대문학이 홍수처럼 번역되어서 들어오거든요. 일일이 짚어나갈 수는 없지만 개중에 어느 친구는 일본문학의 영향을 깊이 받은 작품들로 출발하기도 하지요. 50년대의 선배 세대들이 아직 전쟁의 상흔과 이데올로기로부터 자유롭지 못하던 데 비해서 이른바 4.19세대의 문인들은 근대적 자아에 눈뜨기 시작하지요. 이는 극히 개별적인 자아를 뜻하기도 하고 자유에 대한 구체적인 체험을 하고 있었다는 뜻이기도 합니다.[18]

17 작가가 스위스 번역가 엔드센과의 대담에서 한국 전통적 인형극을 원형으로 풍자 소설을 창작하고 있다고 말한 바가 있다.(『list Books from Korea』(1호), 한국문학번역원, 2008 가을. 28면 참조)

위의 대목은 1960년대의 사회적 분위기를 설명하고 있다. 우선 인문 도서의 출판 붐은 작가와 동시대의 60년대 청소년들에게 독서의 기회를 마련해주었다. 그리고 60년대의 문인들이 4.19혁명에서 새로운 시대적 사명감을 얻어 "근대적 자아에 눈뜨기 시작"했다. 그것은 50년대의 상흔 문학과 큰 차이를 이룬다. 작가 황석영의 경우는 앞에서도 검토했지만 4.19혁명을 몸으로 체험했기 때문에 그것은 그의 정체성과 글쓰기 주제에 굉장히 중요한 영향을 미쳤다. 바로 이러한 시대적 풍토에서 60년대에 젊은 문인들이 많이 배출되었다. 그들은 청소년 시절부터 함께 독서하고 토론하면서 실상 일종의 익명적 문인 공동체를 만들어가고 있었다.

> 우리는 말똥종이 세대라는 거죠. 내 친구들이 거의 문리대엘 가버려서 당시는 김영일이던 김지하와도 사귀고 김승옥 등도 알게 되고 문학 지망자들뿐만 아니라 여러 층의 친구들을 사귀게 됩니다. (중략) 조세희, 송영, 조해일 등도 모두 그때 친구들이고.[19]

이 대목에서 엿볼 수 있듯이, 김지하, 김승옥, 조세희, 조해일 등 6, 70년대에 문단에서 활동했던 작가들은 이 독서공동체에서 양성되었다. 60년대에 대학생이었던 그들은 70년대에 와서 민중운동을 추동시키는 주역이 되었다. 여기서 주목해야 되는 것은 바로 60년대의 독서공동체와 4.19라는 공통적 경력이 있었기 때문에 70년대에 민중문학의 연대가 이루어졌다는

18 황석영 · 차미령 대담, 앞의 책, 139면.

19 위의 글, 140면.

점이다. 물론 "독서공동체"와 민중문학 문인 사이에 일대일의 관계가 존재하는 것은 아니지만, 모종의 연계가 있었다는 것은 작가의 말에서 확인된다. 이와 동시에 작가의 실천적 민주주의운동은 또 작가들의 소설을 탄생하게 했는데, 황석영의 중편 「객지」는 그 전형적인 사례로 볼 수 있다. 「객지」는 1971년에 발표되었는데 바로 그 전해인 1970년에 평화시장에서 전국 상하를 떨치는 전태일 사건이 있었다.[20] 이 사건은 민주주의운동의 발단이라고 볼 수 있으며 전국의 청년들에게 큰 충격을 주었다. 그 후에 전국 각지에서 청년들의 자분사건이 이어서 발생했는데[21], 중편 「객지」는 바로 이와 같은 사회적 배경을 두고 쓰인 것이다. 작가 황석영은 「객지」의 창작 계기에 대해 다음과 같이 고백한 적이 있다.

> 전태일씨가 죽은 거예요. 신문, 잡지에서 떠들썩했죠. 그건 내게도 진짜 충격이었어요. 그래서 60년대에 내가 떠돌아다닐 적의 경험을 떠올리고 그걸 소설로 형상화하자는 생각을 하게 되었어요. (중략) 현실이 스승이지. (중략) 60년대 현실에서는 그런 조직적인 쟁의나 싸움이 벌어질 수가 없었어요. 그래서 나는 과거의 경험들을 새롭게 세상 밖으로 끌어내어 형상화했지요. 소설가가 전태일을 모델로 했다고 그대로 평화시장으로 쫓아가면 소설이 아니겠지요.[22]

20 1970년 11월 13일 평화시장 재단사인 전태일의 분신자살 사건이 있었다.(한국역사연구회, 앞의 책, 110면.)

21 1970년 11월 25일 조선호텔 이상찬의 분신기도, 1971년 2월 2일 한국 회관 김차호의 분신기도 등으로 이어졌다.(위의 책, 110면.)

22 최원식 · 임홍배 엮음, 앞의 책, 41~42면.

작가의 말은 「객지」와 전태일 사건 사이의 관계를 일목요연하게 해명한다. 「객지」의 소재는 60년대에 작가의 유랑민 경험에서 온 것이지만 창작 계기와 서술 경향은 70년대 한국 사회의 분위기에서 파악해야 된다. 그것은 「객지」의 결말에서 제일 명확하게 드러나 있다. 「객지」의 결말은 두 가지 판본이 있는데, 하나는 1974년 창비에서 출판된 중단편집 『객지』에 수록된 「객지」, 즉 1971년 발표 당시의 글에 나와 있는 결말이고, 다른 하나는 2000년에 창비에서 출판된 『황석영 중단편전집』에 수록된 「객지」의 결말이다.

〈1974년 판〉: 동혁은 상대편 사람들과 동료 인부들 모두에게 알려 주고 싶었다.

"꼭 내일이 아니라도 좋다."

그는 혼자서 다짐했다.[23]

(끝)

〈2000년 판〉: "꼭 내일이 아니라도 좋다."

그는 혼자서 다짐했다.

바싹 마른 입술을 혀끝으로 적시고 나서 동혁은 다시 남포를 집어 입안으로 질러넣었다. 그것을 입에 문 채로 잠시 발치께에 늘어져 있는 도화선을 내려다보았다. 그는 윗주머니에서 성냥을 꺼내어 떨리는 손을 참아가며 조심스레 불을 켰다. 심지끝에 불이 붙었다. 작은 불똥을 올리며 선이

23 황석영, 『객지』, 창비, 1974, 89면.

타들어오기 시작했다.[24]

(끝)

이 두 가지 판본을 비교해보면 2000년 판의 밑줄친 부분은 이후에 첨가한 것이다. 바로 이 부분이 전태일 사건을 투사한 것이다. 일차 원고에 이 부분이 있었는데 발표될 때는 일부러 뺐다고 작가가 설명한 바 있다. "나도 그 부분을 고민했는데 염무웅 형도 소설의 주제나 과격성에 대해 걱정을 많이 했어요. 내가 먼저 '너무 세니까 뒷부분을 자릅시다' 그러고는 몇 줄 잘라냈어요."[25] 작가의 해명에서 한 가지 주목할 점이 있는데, 바로 「객지」를 창작할 때 "과격성"에 경도되지 않아야 된다는 것을 늘 의식하고 있었다는 점이다. 그러한 의미에서 1974년의 결말이 소설의 전체 내용과 더 어울린다고 할 수 있다. 2000년 판에서는 작가가 기억을 더듬어서 초고대로 보완을 했는데 이때 "전태일 사건"이 투사되었다는 것을 확인할 수 있다.

다음, 나위장의 주요 작품 연보를 살펴보기로 한다.

장편 소설:

『기아백년饥饿百年』:『소설계小说界』, 2004년 8월호.

『상니를 찾는다寻找桑妮』:『소설월보 · 원창판小说月报 · 原创版』 2006년 8월

24 황석영, 『황석영중단편전집1』, 2000, 275면.

25 위의 글, 43면.

장편소설 전문호

『먼 데에서 불 난다在远处燃烧』:『강남江南』 2007년 1호.

『놀라울 필요 없다不必惊讶』: 사천문예출판사, 2007.

중편 소설:

「언니의 사랑姐姐的爱情」:『청년문학青年文学』, 2003년 6호.

「생활의 문生活的门」:『당대当代』, 2003년 8월.

「나의 동창 진소좌我的同学陈少左」:『청년문학青年文学』, 2004년 1호.

「우리의 성장我们的成长」:『인민문학人民文学』, 2004년 7호.

「고향은 먼 곳에故乡在远方」:『장성长城』, 2004년 5호.

「여름 지나면 가을이다夏天过后是秋天」:『청명清明』, 2005년 3호.

「누가 들끓게 하고 있나谁在喧哗」:『부용芙蓉』, 2005년 4호.

「우리 형수님大嫂谣」:『인민문학人民文学』, 2005년 11호.

「개의 1932狗的一九三二」:『시월十月』, 2006년 1호.

「물은 높은 데로 흘러간다水往高处流」:『청명清明』, 2006년 1호.

「심장석心脏石」:『장성长城』, 2006년 1호.

「얼굴 바뀐다变脸」:『인민문학人民文学』, 2006년 3.

「우리는 누구를 구제할 수 있을까我们能够拯救谁」:『강남江南』, 2006년 2호.

「세계에서 세 가지 사람이 있다世界上的三种人」:『중국작가中国作家』, 2006년 4호.

「물水」:『상해문학上海文学』, 2006년 5호.

「혀 끝에 있는 꽃舌尖上的花朵」:『청년작가青年作家』, 2006년 6호.

「길에서路上」:『홍암红岩』, 2006년 4호.

「떡밥奸细」:『인민문학人民文学』, 2006년 9호.

「내일은 바리에 간다明天去巴黎」:『현대소설现代小说』, 2006년 가을호.

「잠복기潜伏期」:『시월十月』, 2006년 6호.

「표백漂白」:『청명清明』, 2007년 1호.

「마지막 수업最后一课」:『당대当代』, 2007년 2호.

「빨깐색 기와집红瓦房」:『북경문학北京文学』, 2007년 3호.

소설집:

『우리의 성장我们的成长』: 작가출판사, 2007.

『떡밥奸细』: 사천문예출판사, 2007.[26]

작품의 연보로 볼 때 작가 나위장은 2003년에 등단해서 2004년부터 집중적으로 창작을 한다. "저층서사"가 문단에서 주목 받는 시점은 2004년부터이다. 나위장의 소설은 대부분 "저층"을 둘러싼 이야기거나 고민하는 지식인의 이야기이다. 문단에서 논의를 비교적 많이 불러일으킨 작품 「우리 형수님」은 "저층서사의 대표작底层叙事的力作"[27]으로 평가받았고, 「우리는 누구를 구제할 수 있을까?」는 지식인을 표현하는 "세 번째 방법을 찾아냈다"고 평가 받고 있다.[28] 한 마디로 나위장의 작품은 90년대 이후부터 대중들이 좋아하는 "개인화 글쓰기"를 서사하는 경향[29]에 경도되지 않고 있다. 2003년부터 현재까지 "저층서사"에 힘을 기울이고 있다는 것을 작품

26 百度百科 http://baike.baidu.com/view/1149361.htm

27 위의 사이트.

28 http://tieba.baidu.com/f?kz=247140885

29 洪子诚, 앞의 책, 392면 참조.

연보에서 확인할 수 있다. 2003년 이후에 '발전" 전략에 따른 중국 저층 민중의 희생은 나위장 소설에 상당히 많이 투영되고 있다. 예컨대 「고향은 먼 곳에」에서 진귀춘이 광동과 광서의 분계선 모 채석장에서 노예와 같이 갇혀서 채찍질 아래서 일하는 모습은 중국 최근 몇 년의 사건을 원형으로 한 것으로 보인다. 소설에서는 채석장의 사장에 대해 이렇게 설명하고 있다. "오대반(사장 이름)은 1997년부터 이 산에 들어와서 채석을 시작했는데, 진귀춘이 끌려갈 때까지 이미 5년의 역사가 있었다."[30] 여기서 작가가 스토리의 시간을 일부러 제한했다. 즉 스토리 시간은 2002년인 것이고, 채석장 모티프는 1997년부터인 것이다. 그것은 중국의 현실과 긴밀한 관계를 가지기 때문이다. 2001년부터 중국 각 지방에서의 벽돌 가마, 탄광, 채석장 등과 같은 편벽한 공사장에서 인부들에게 강압적으로 일을 시키는 사건들이 이어서 매체에 의해 보도되었고 관련된 기관의 주목도 받기 시작했다.[31] 이러한 공사장에 갇혀 있는 인부들은 하루에 20시간 가까이 노동 시간을 유지해야 했고 수시로 감독들로부터 채찍질을 맞았으며, 숙소 및 음식의 상황도 상당히 열악했던 것으로 보도되었다. 드디어 2007년 6월에 "산서성 흑가마 사건"이 터져 전국에서 크게 주목을 받아 중앙 정부에서 직접 명령을 내려 이 사건을 수습했다.[32] 이 사건에 대한 보도에서 폭로

30 「故乡在远方」, 『长城』, 2004.5, 19면.

31 2001년부터 하북성 정주의 벽돌 흑가마 사건이 연속 3년이 보고되었다. 2002년부터 산서 벽돌 흑가마 사건이 조금씩 보도되기 시작했다.(http://blog.sina.com.cn/s/blog_4fe8324501000c4r.html) 2004년 안휘성 과양현 가마 사건이 법원의 판결을 받았다.(http://www.wwgc.cc/dvbbs/dispbbs.asp?boardid=2&id=12754).

32 2007년 5월 17일부터 6월 16일까지 500 여 명의 농민공들은 벽돌 흑가마에서 구제를 받았다. 6월 15일 호금도와 온가보는 산서 공안청에게 지시를 내렸다. 그 후에 공안청은 이 사건에 개입하여 가마 주인 및 상관한 범인을 잡아갔다.(http://www.aqtd.cn/

된 노동 환경과 열악한 조건은 2004년에 발표했던 「고향은 먼 곳에」에서 서술한 상황과 놀라울 만큼 유사하다. 따라서 이 소설의 소재는 작가의 상상력에서 온 것이 아닌, 저층 민중에 대한 높은 관심에서 온 실제적인 소재임이 확인이 된다.

주요 수상 상황:

「우리의 성장」: 2004~2005년 중편소설선간상中篇小说选刊奖.

「떡밥」: 2006년인민문학상人民文学奖; 제12회소설월보백화상小说月 报百花奖.

「우리의 길」: 2003~2006년 소설선간중편소설상小说选刊中篇小说 奖.

「우리 형수님」: 제5회 사천성四川省문학상 제10회 파금문학원 소설상巴金文学院小说奖.

수상 상황으로 봤을 때 나위장은 2005년과 2006년의 수상 성과가 컸다. 「우리의 성장」은 성장소설이고, 나머지 세 편은 저층서사에 해당되는 소설들이다. 따라서 나위장은 저층서사 작가로 문단에서 긍정적인 평가를 받고 있다고 할 수 있다. 그것은 저층서사 작가인 나위장에게 경력이 될 수 있을지 모른다. 나위장은 수상소감에서 이렇게 말한 바가 있다. "수상과 작품의 전재는 모두 나를 기쁘게 한다. 하지만 글을 쓰기 전부터 그것을 생각하면 더 이상 못 쓰게 된다."

중국의 저층 앞에 놓인 문제에 대해 나위장은 자신의 소설에서 충실하게, 그리고 끊임없이 문제를 제기하고 있다. 그가 자신을 시장경제 속으로

heiyaogong/List/List_852.html)

던져 본격적인 글쓰기에 종사하고 있는 것은 지식인의 진보적 행위임에 의심할 바 없다. 그것은 1927년 말 노신이 중산中山대학교를 떠나 상해에 내려와 프리랜서로 변신하는 것과 같은 맥락으로 볼 수 있다. 자유로운 글쓰기라는 행위는 황석영 및 동시대의 한국 민중문학 작가들에 의해 성공을 거뒀다. 그들은 글쓰기인 "실천적 운동"과 운동인 "운동적 실천"을 결합하여 대중들과 함께 한국 사회의 민주화라는 성과를 거뒀다. 30년 후인 오늘날, 신자유주의에 경도된 대중들, 시장 경제 속에 휩쓸려 수시로 생존의 위협을 받고 있는 작가들에게 자유로운 글쓰기는 과연 어느 정도 감동적일까? 그것은 중국 문단의 성격 및 앞으로의 사회적 분위기와 밀접한 관계를 가질 것이다. 중국 비평가 전리군钱理群은 말했다. "현재의 중국에서 호적胡適을 잘못 흉내 내면 광대가 돼버리고, 노신을 잘못 흉내 내면 건달이 된다." 중국 지식인들은 또 하나의 시련을 맞이하고 있는 것이다.

1. 리얼리즘 기법의 모델

1.1 안정적 서술 시점

______________________________ 『객지』와 『우리의 길』 외는 모두 전통적 리얼리즘[33]의 기법, 이른바 선적 서술 , 안정적인 서술자, 단

33 리얼리즘의 개념에 관해 다양한 견해가 있어왔다. 예컨대 한국 학자 전형준은 리얼리즘은 19세기의 사조로서의 리얼리즘, 탈역사적 개념인 방법으로서의 리얼리즘, 근대정신으로서의 리얼리즘 등 여러 측면에서 이해하고 있다.(전형준, 『현대 중국의 리얼리즘 이론』· 창작과비평사, 1997, 18~20쪽 참조.) 중국의 학자 온유민은 19세기의 사조로서의 리얼리즘, 현실을 직면하는 창작정신으로서의 리얼리즘, 실생활을 그대로 반영하는 창작 방법으로서의 리얼리즘 등으로 해석한다.(温儒敏, 『新文学现实主义的流变』 北大出版社, 2007, 1면 참조.)
이 책에서 사용하는 "리얼리즘"은 문학창작 방법, 이른바 실생활을 리얼리틱 하게 반영하는 방법으로서의 개념을 중요시한다. 본고에 사용하는 "리얼리즘"은 문학창작의 방

일한 시점 및 서술자의 객관적 시각 등을 통해 하층 민중을 표현한다. 황석영의 『객지』가 70년대 리얼리즘 문학의 화려한 서막에 해당하는 위치를 차지하고 있다는 사실은 한국 문학사를 통해 확인될 수 있다.[34] 나위장 문학의 경우는 현재 중국 문단의 맥락에서 파악해야 할 듯하다. "저층서사" 작가의 상당수가 선봉파의 영향을 받고 있는 상황에서, 나위장이 전통적 리얼리즘 기법을 채택하고 있는 것은 주목할 만한 일이다. 시점[35]의 사용은 소설의 서술 기법을 드러내는 중요한 장치 중의 하나인 바 시점을 통해 작품들의 담화 방식을 살펴보기로 한다.

이 책에서 중점적으로 검토할 『객지』의 7개 중단편 중에서 「삼포 가는 길」과 「돼지꿈」은 작가-관찰자 시점을 사용하고 있고, 중편 「객지」는 전지적 작가 시점을 사용하고 있다. 또한 「아우를 위하여」, 「이웃사람」, 「장사의 꿈」 등 세 작품은 일인칭 시점을 취하고 있고, 「잡초」는 일인칭 관찰자 시점을 취하고 있다. 그 중에서 「아우를 위하여」와 「잡초」는 유랑민의 삶을 묘사하는 작품이 아니므로 논외로 한다. 나머지 작품들 중에서 작가-

법으로서의 측면을 중요시한다.

34 예컨대 권영민의 『한국현대문학사』에서, 1970년대 황석영 문학과 최인호 문학을 병렬시키면서 이와 같이 논의한다: "이 두 가지의 소설적 경향과 이에 대응하는 비평적 담론의 전개 양상은 실상 리얼리즘 문학과 모더니즘 문학의 분화와 그 갈등을 의미한다."(권영민, 앞의 책, 268면.)

35 서술의 시점focus of narration이라는 용어를 쓴 부룩스와 워런은, 일인칭의 이야기first-person nattative 냐 삼인칭의 이야기third-person narrative냐, 여러 사건의 묘사가 내적이냐 외적이냐 하는 2가지 기준에 의해서, 다음의 4가지 형의 분류를 제안하고 있다. (1)일인칭 시점[자기서사세계적 이야기autodiegetic narrative. 디킨즈의 『거대한 유산』], (2)일인칭 관찰자 시점[서술자가 보고되는 이야기의 이의적인 등장인물. 피츠 제럴드의 『위대한 개츠비』], (3)작가-관찰자 시점[외적 시점. 헤밍웨이의 『흰 코끼리같은 산들』], (4)전지적 작가 시점(하디의 『케스』).(제럴드 프린스 지음, 이기우 · 김용재 옮김, 『서사론사전』, 민지사, 1992, 203면.)

관찰자의 시점을 사용한 「삼포 가는 길」과 「돼지꿈」에서는 작가[36]가 관찰자로서 인물 밖에 있으면서 유랑민들의 외견과 발화행위를 관찰한다. 그 이외에 일인칭 시점을 채택한 「이웃사람」과 「장사의 꿈」에서 일인칭 '나'는 모두 유랑민이기 때문에 서사가 유랑민인 '나'의 시점에 의해 전개된다. 다시 말해, 이 두 작품에서는 유랑민 체험을 하고 있는 '나'의 심신心身의 감각이 서사를 이끌고 있는 것이다. 그리하여 『객지』에서는 작가 관찰자 시점을 통해 유랑민의 객관적인 삶이 표현되거나, 일인칭 인물 시점과 전지적 작가 시점을 통해 유랑민의 주관적인 감정이 그려지고 있다. 주목해야 되는 것은 전지적 작가 시점의 경우로, 이른 바 중편 「객지」에서의 작가 역시 인물들과 객관적인 거리를 유지하면서 인부들을 시종 관찰하는 입장을 견지한다는 점이다. 가령 전지적 작가 시점이 인물 안으로 들어갈 때도 그저 객관적으로 인물을 들여다볼 뿐이고 그 인물의 내면적 감정을 설명하는 것이 아니다. 아래 단락의 예문을 통해 『객지』에서 사용되는 서술 시점을 살펴볼 수 있다.

> 동혁은 열 발짝도 채 못 가서 등을 짓누르고는 돌의 무게가 두 발목을 자갈밭 속으로 비집어 넣으려는 걸 느꼈다. 돌을 운반하는 일을 하고부터 그는 양쪽 어깨죽지 끝에 생겨난 멍울이 포대자루에 쓸려서 살이 벗겨지고 있었는데, 나중엔 손바닥이나 손가락 끝처럼 굳은살이 생길 모양이었

36 작품 내용을 검토하는 부분에서 언급한 '작가'는 모두 내포작가implied author를 의미한다. "텍스트에서 재구성되는 작가의 제2의 자아author's second self, 마스크, 혹은 페르소나persona. 여러 배경의 배후에 도사리고서, 텍스트의 디자인이나 텍스트가 보유하는 가치관 문화적 규범에 책임을 진다고 여겨지는 텍스트 중의 작가의 명확한 이미지.(W.Booth)(제럴드 프린스 지음, 위의 책, 120면.)

다. 뿐만 아니라 장딴지에 달걀만한 근육이 불쑥 치켜 올라 허벅지 근육이 늘어져 끊길 정도로 당기는 것 같았다. 그의 눈꺼풀 위로 땀이 흘러내려 콧마루를 스치고 턱밑의 땀과 합쳐져 가슴패기로 흘러내렸다. 그는 부교 앞에 이르러 한 발을 나무판자 위에 올려놓다가 갑자기 돌을 내동댕이치고 싶은 충동을 떨쳐 버리느라고 힘을 쓰는 동안에 곧 혈관이 터져 버릴 것만 같았다. 두 발을 얹고 허리를 더욱 깊숙이 수그리며 몸을 앞으로 넘어질 듯이 이끌었다. 호흡이 혀뿌리를 타넘고 굳게 다문 이빨을 비집고 새어나왔다.[37] (「객지」)

위의 대목은 전지적 작가의 시점에 의해 주인공 "동혁"이 노동 현장에서 일할 때의 심리 및 외관이 관찰되는 내용이다. 상당히 힘든 노동의 과정에서 "동혁"이 겪는 머리부터 발끝까지의 신체적, 심리적 변화가 이 대목에서 생동감 있게 그려지고 있다. 즉, 인부의 신체 및 심리 변화를 전지적 작가의 시점을 통해 "보여주는" 것이지, 전지적 작가의 입을 통해 "설명한" 것이 아닌 것이다. 이를 통해 한편으로는 인부들의 노동 현장에 대한 묘사의 핍진성[38]을 보여주었고 다른 한편으로는 인부에 대한 작가의 깊은 사랑을 시점을 통해 고백하고 있다. 사실 "하층민"이나 "하층민에 대한 사랑"같

37 황석영, 『객지』, 창비, 1974, 48면.(텍스트 인용은 이 책을 따르며 이하는 면수만 표기한다.)

38 verisimilitude(逼眞性), 즉 텍스트가 행위, 인물, 언어 및 그 밖의 요소들을 신뢰할 만하고 개연성이 있다고 독자에게 납득시키는 정도이다. 많은 경우 텍스트 외부의 현실에 대해서가 아니라 텍스트가 스스로 정립하거나 그 텍스트의 장르 안에 존재하는 현실에 대해서 얼마나 진실한가를 가리킨다.(조셉 칠더즈 · 게리 헨치 엮음 황종연 옮김, 『현대문학 · 문화 비평용어사전』, 문학동네, 2003, 432쪽 참조)

은 말은 소설에서는 보이지 않는다. 그러나 작가가 의도적으로 유지한 "객관적 시점"을 통해 오히려 그것들은 끊임없이 제시되고 있다.

또 주목해야 되는 것은 인부 이외의 등장인물들, 즉 인부를 착취하는 십장, 총감독, 서기, 회사 관리자 등과 같은 "착취 층" 인물들이다. 서술자는 전지적이기 때문에 그의 시점은 마음대로 이동할 수 있다.[39] 다시 말해, 서술의 시점은 "착취 층"의 몸으로 이동해올 수도 있다는 것이다. 그러나 「객지」의 시점은 시종 인부에게 집중돼 있다.[40] "착취 층"은 그들이 오로지 인부들과 함께 있을 때에만 부착적인 관찰 대상으로 등장한다. 이와 같은 좁은 시점은 작가의 의도적인 서술 장치라고 해야 할 것이다. 다시 말해, 민중을 '편애'하는 시점을 통해 민중을 동정하고 사랑하는 작가의 입장을 보여주고 있으며, 그 이면에 "착취 층"에 대한 항의와 반감도 함께 투사하고 있는 것이다. 민중에 대한 표현은 객관적인 시점에 의해 이루어지고 있지만, 거기에는 작가의 진보적 입장이 교묘하게 융합되어 있는 것이다.

나위장의 소설 역시 각 편마다 기본적으로 안정적인 시점에 의해 서술이 전개되고 있다. 「우리의 길」에서는 일인칭 시점과 1인칭 서술자를 통해 서사를 전개하고 있으며, 「고향은 먼 곳에」에서는 전지적 작가 시점과 3인칭 서술자를 통해 서사를 전개하고 있다. 「우리 형수님」에서는 전지적 작가 시점과 1인칭 서술자를 선택하고 있으며, 소설의 주인공은 서술자 '나'

39 채용된 시점이 전지의 서술자 시점의 겨우는, 그 위치는 변화하고, 경우에 따라서는 위치가 특정될 수 없는 경우도 있다. 나아가서, 전지의 서술자는 (어느 점에서 보더라도) 지각 · 인식상의 제약을 받는 일이 없다.(진지적 시점).(제럴드 프린스 지음, 이기우 · 김용재 옮김, 앞의 책, 201면.)

40 인부 이외에 시점은 감독조에 옮겨간 문단도 나온다. 앞에서 논증했듯이 이 책에서 작가는 감독조도 하층민으로 분류한다고 본다.

의 "형수님"이다. 이와 같이 이 세 편의 소설에서 서술 시점과 서술자 및 주인공의 인칭 선택은 서로 다른 양상을 보인다. 그 중 앞의 두 소설에서 취하는 시점과 서술자는 서로 보완적인 역할을 하고 있다. 예컨대 「우리의 길」에서 1인칭 서술자 "나"는 자신의 심리를 시종 1인칭 시점을 통해 관찰하면서 서사를 이끈다. 「고향은 먼 곳에」에서 전지적 작가의 시점은 3인칭 주인공 "진귀춘"의 외면적 · 내면적 상황을 관찰하면서 서사를 이끈다. 그러나 「우리 형수님」에서 서술자는 1인칭 "나"인데 주인공은 3인칭 "형수님"이다. 이 소설은 일인칭 시점에 의해 "형수님"의 객관적인 상황 및 '나'의 외면적 · 내면적 세계를 서술한다. 1인칭 서술자와 1인칭 시점은 서로 보완하면서 서사를 이끌어갈 수 있다. 그러나 1인칭 서술자와 전지적 작가의 시점이 같이 사용될 때 아래와 같이 서술의 부조화가 초래된다.

> 형수님은 더욱 잘 알게 되었다, 사람은 지식이 있어야 지. 예컨대 요번 사람 팬 사건은 호귀와 그를 따라간 사람들이 무식해서 된 거잖아. 그녀는 상상할 수도 없었다. 청화(아들 이름)가 앞으로 이들 안으로 섞여들어가 그녀처럼 유치장 골방에 갇혀 심지어 풀려나오지 못한 사람들처럼 그렇게 감옥에 갇혀 있을 수도 있음을……
>
> 호귀는 그녀에게 그렇게 잘해줬는데 이제 그에게 어려운 일이 생겼으니 지켜만 볼 수는 없잖아. 그러나 결국은 그녀가 호귀의 범죄를 도와준 것이었다. 사람은 탐욕이 생기면 안 된다. 지식이 없으면 안 된다. 형수님은 반복적으로 자신을 나무란다……[41] (「우리 형수님」)

41 罗伟章, 「大嫂谣」, 『奸细』, 四川文艺出版社, 2007, 236면.(텍스트 인용은 이 책을 따르며 아래는 면수만 표기한다.)

앞의 대목은 주인공 "형수님"의 내면을 그린 내용이다. 소설의 이야기에서 "나"는 고향의 모 도시에 있고, "형수님"은 천리나 떨어진 광주의 어떤 공사장에 가 있다. 그렇다면 "형수님은 더욱 잘 깨달았다"거나 "형수님은 반복적으로 자신을 나무란다"와 같은 "형수님"의 내면은 "나"가 알 수 없는 것이다. 따라서 위의 대목에서 묘사된 "형수님"의 내면은 서술자 "나"의 시점에 의해 드러나는 것이 아니라, "나"와 "형수님" 밖에 있는 전지적 작가의 시점을 통해 드러날 수밖에 없다. 그러나 이때의 서술자는 전지적 서술자로 바뀌지 않았다. 여전히 1인칭 '나'이다. 다시 말해 위의 서술은 "그의 형수님이 더욱 잘 깨달았다"로 바꾸든지, "내 생각에, 형수님은 그렇게 생각했을 것이다"로 바꿔야 서술이 자연스럽다. 전자의 가설은 전지적 시점과 3인칭 서술자에 의한 서술이고, 후자의 가설은 1인칭 관찰자 시점과 1인칭 서술자에 의한 서술이다. 그러나 이 소설에서 선택한 전지적 작가 시점과 1인칭 서술자는 필연적으로 그 사이에 갈등을 불러일으킬 수밖에 없다. 이와 같이 서로 갈등하는 시점과 서술자 선택을 통해 작가의 서술 의도를 짐작해 볼 수 있다. 즉, 이 소설은 농민공인 "형수님"의 객관적인 상황뿐만 아니라 주관적인 내면을 표현하고자 하는 동시에, 1인칭 서술자 '나' 역시 시종 견지하고자 하는 것이다.

1.2 일관된 서술자

황석영의 『객지』와 「우리의 길」 외 작품의 리얼리즘적 기법을 표현하는 또 다른 서술 장치는 단일한 서술자, 이른바 1인칭 서술자나 3인칭 서술자에 의한 스토리의 전개이다. 인물이나 사건에 대한 독자의 이해는, 서술자의 단일한 목소리를 통해 가능해진다. 그러나 동일한 서술자를 놓고 두 작가는 서술자의 신분에 대해 매우 다른 역할을 부여했다. 다시 말해, 두 작가의 서술자는 서로 다른 성격의 목소리를 내고 있는 것이다.

『객지』에 수록된 소설작품으로는 1인칭 서술자 작품들, 예컨대 「이웃사람」, 「장사의 꿈」, 「낙타누깔」, 「아우를 위하여」, 「잡초」, 「섬섬옥수」 등과 3인칭 서술자 작품들 「삼포 가는 길」, 「돼지꿈」, 「객지」, 「한씨연대기」 등이 있다. 1인칭 서술자 소설에서 서술자 "나"가 바로 주인공이므로 서술자의 목소리는 주인공의 독백으로 볼 수 있다. 작가는 보통 서술자 겸 주인공인 "나"(대부분 하층민)의 목소리를 통해 불공평한 사회의 구조에 대해 직접 언급하고 있다.

> 젠장 밥 세끼 안 놓치고 먹고 살려구 버둥댄 게 뭐 그리 잘나 자빠진 거라구……애초에 뭐가 잘못돼 있었다 그거예요. (중략) 나 같은 건축에 두 못 끼울 정도루 치사하구 간사스런 놈들이 판을 치는 세상인 것 같습디다요. (「이웃사람」, 198면)

> 애자가 이 세상에서 사라졌음을 느끼자, 나는 거세되어 버렸다는 걸 알았고, 내가 노예였다는 사실을 깨달았어. 나는 몇 근의 살덩이에 지나지 않았어. (「장사의 꿈」, 325면)

위의 두 예문에는 모두 1인칭 서술자의 목소리가 나타나 있다. 작가는 "나"의 내면 독백을 통해 한편으로는 하층민들이 먹고 살기 힘들다는 사정을 드러냈고, 다른 한편으로는 "나"의 입을 빌려 그릇된 사회 구조에 대해 공격하고 있다.

3인칭 서술자의 소설에서 서술자는 이야기 밖에 있는 전지자이며 주인공은 서술된 이야기 속의 인물이다. 서술자는 자기의 시점에 의해 관찰되는 대로 독자들에게 이야기를 전달하는 것 이외에 때로는 자기의 생각대로 이야기에 대해 평론이나 설명을 덧붙일 수 있다. 이때 서술자의 목소리는 이야기 밖의 목소리가 되어 이야기에 대해 보충 설명을 하거나 작가의 목소리로 환원될 수 있다.

> 정씨는 발걸음이 내키질 않았다. 그는 마음의 정처를 방금 잃어버렸던 때문이다. 어느 결에 정씨는 영달이와 똑같은 입장이 되어 버렸다.
>
> (「삼포 가는 길」, 277면)

> 이러한 동혁의 말투는 오랫동안 노가다판에서 분쟁을 겪어 선택의 감각이 예민해진 고참 인부의 말처럼 들렸다. 그러나 그것은 단순히 그의 성격일 따름이었다. 그는 대위처럼 스스로가 사건을 만들고 추진해 나가는 편이라기보다 차라리 결정적인 영향을 주는 성품을 가진 것 같았다. 대위는 무턱대고 밀고 나가는 성질이어서 인부들을 선동하고 일을 벌여놓기엔 적합할지 모르지만 일단 터진 뒤에는 어중이떠중이가 모인 인부들의 뜻을 하나로 모을 소질이 별로 없어 보였다. 대위는 고지식하고 다혈질인 반면에 동혁은 성격상으로 용의주도하고 조직에 대한 이해가 빨랐다고나 할 수 있을 것이었다. (「객지」, 30면)

위의 두 단락에서 서술자는 이야기에 대한 보충 설명을 하고 있는 것으로 볼 수 있다. 예컨대 「삼포 가는 길」의 결말에서 정씨의 고향은 산업화 때문에 사라졌다. 이 내용은 이야기 속에 이미 제시되어 있지만, 마지막 문장 "어느 결에 정씨는 영달이와 똑같은 입장이 되어 버렸다."의 첨가를 통해, 개발 때문에 몸살을 앓던 이 땅의 현실은 독자들에게 다시 한 번 상기된다. 그러나 이와 같은 의미심장한 계시보다 「객지」 대목에서의 서술자는 직접적인 설명을 하고 있다. 다시 말해, 「객지」의 서술은 객관적 보여주기로부터 갑자기 주관적 설명하기로 바뀐다. 서술자는 "동혁"과 "대위"라는 두 인물의 성격 특징을 한꺼번에 요약해서 독자에게 넘겨준다. 이와 같은 친절한 설명을 통해 독자들은 한편으로 많은 정보를 얻어 이야기를 보다 잘 이해할 수 있지만, 다른 한편으로는 이 설명으로 인해 독자의 능동적인 독서의 기회가 줄어들고 전체의 객관적 서술의 리듬이 깨진다는 아쉬움도 없지 않다. 그렇지만 이와 같은 서술자의 설명 부분은 소설집 『객지』에서는 찾기 힘들다. 특히 시점 부분에서도 논의했다시피, 하층민중에 대한 서술자의 목소리는 거의 객관적이며, 아무런 감정도 드러내지 않는 어조를 유지하고 있다. 한편, 서술자를 전지적 서술자 혹은 1인칭 서술자로 설정할 때 하층민중의 실생활이나 심리 상태에 대한 작가의 깊은 이해가 요구되는데, 황석영은 그것을 충분히 해냈다. 나위장의 소설도 황석영의 그것과 마찬가지로3인칭 전지적 서술자와 1인칭 서술자를 채택했다. 3인칭 서술자가 나오는 소설 「고향은 먼 곳에」에서 서술자는 객관적 관찰자의 입장을 유지하면서 자신의 평론이나 설명을 가능한 덧붙이지 않았고, 그 결과 소설 전체의 서술 리듬은 아주 조화로웠다. 여기서 중점적으로 살펴봐야 할 것은 나머지 두 편의 1인칭 서술자 소설 「우리의 길」과 「우리 형수님」이다. 이 두 편의 소설은 모두 서술자인 "나"에 의해 서술되는데, 주목해야 되는 것은 "나"는 서술 대상인 "저층"에 속하지 않는 사람이라는 것이다. 「우리 형수님」에서의 "나"는 프로듀서이므로 물론 "저층"에서 배제해야 되는 인물이고 「우리의 길」에서의 "나"는 농민공이지만 배운 농민공이기 때문에 일반 농민공보다 시야도 넓고 생각도 깊다. 「우리의 길」의 서사는 바로 이러한 "나"의 여러 가지 생각에 따라 전개될 수 있었다. 이 소설은 주로 "나"가 설날을 보내러 귀향하는 8일 동안(1월 4일부터 12일까지)에 일어난 일들을 기술한 이야기로, 서사를 끌어가는 것은 "나"의 감각과 생각이다. 즉, 내가 듣고, 보고, 맡고, 맛보는 일과 "나"가 한 그 행위들에 대한 사고를 통해 서사가 전개되고 있는 것이다. "나"는 이 8일 동안에 접한 사물과 일들에 대해 끊임없이 사고를 전개해 가는데, 그 사고는 "나"와 "나의 가족"에 국한되지 않고 중국 "농촌 전체", "농민공 전체", "성향차이" 등의 큰 문제를 건드리게 된다. 이와 같이 거대한 사고를 전개할 수 있도록 하는 전제는 바로 서술자의 "배운 사람"으로서의 특수한 신분이다.

> 상상할 수 있듯이, 노군산老君山[42] 이외의 농촌의 상황도 비슷하겠다.
>
> 최근 몇 년 동안에 이곳을 지키는 노인, 엄마와 아이들이야말로 끈기 있게 방대한 농업을 지켰다.
>
> 생계를 위해 장년들은 타향으로 떠나갔다.
>
> 만약 마을에 불행하게도 어느 노인이 죽더라도 근처의 몇 개의 마을을

42 서술자 "나"의 집이 자리 잡는 산의 이름은 "老君山"이다. 이 산은 작가의 여러 작품, 예컨대 「우리의 성장」, "「길에서」, 「우리 형수님」, 「염씨 백운」 등 작품에서도 나온다. 필자가 보기에 이 산은 작가의 실생활과 긴밀한 관계를 가진 곳이다.

둘러봐도 관을 들어줄 젊은 남자들을 다 찾기 힘들다.

그러나 가장 크게 고생하고 슬퍼하는 것은 토지에 있는 것도 아니고, 노인에게 있는 것도 아니고 아이들에게 있다……[43]

이 대목은 "나" 자신에 관한 이야기가 아니라 중국 농촌의 현황과 문제를 일목요연하게 요약한 것으로, 여기서 "나"와 일반적인 농민공 사이의 차이가 드러난다. 이러한 서술이 가능하도록 하기 위해, 작가는 "나"의 아내와 유치원 선생님의 입을 빌려 "나"가 "배운 사람"이고 수능 시험에 합격했는데 등록금 낼 돈이 없어서 대학 못 들어간 사람이라는 것을 말한다.[44] 결국 이러한 "나"는 지식인과 농민공 사이에 있는 자라고 할 수 있는 것이다. 그것은 시점 논의 부분에서 「우리 형수님」의 서술자와 유사한 면을 지닌다. 「우리 형수님」의 서술자 "나"는 지식인이지만 농촌 출신이고 농촌과 뗄 수 없는 관계를 가진 자이다. 여기서 볼 수 있듯이, 이 두 소설의 서술자는 사실 같은 성격—농촌과 도시 사이의 갈등의 화신으로서의—을 가지며, 작가 자신의 화신으로 볼 수도 있다.

위와 같은 서술자를 설정한 결과 "저층"의 신체적 감각이나 심리에 대한 묘사를 피할 수 있게 된다. 「우리의 길 시작 부분에서는 "나"가 공사장에 혼자 남겨져 굶주림과 추위, 외로움을 참는 장면이 등장한다. 하지만 나위장의 소설에서는 앞서 황석영 소설에서 "동혁"의 신체적 감각에 대해 묘사

43 中华巴渠文化网 http://www.bqwh.cn/bszj/ShowArticle.asp?ArticleID=527(텍스트 인용은 이 사이트를 따른다)

44 배운 사람으로서의 서술자 '나'의 정보에 관해 소설에서 안내 '금화'와 딸 '은화'의 선생님의 입을 통해 자연스럽게 여러 차례로 제시하고 있다.

한 것과 같은 구절을 찾기 힘들다. 공사 현장에 대한 묘사가 있긴 하지만 거기서 보여주는 정밀도나 생동감은 『객지』에 비할 바가 아니다. 그 반면에 「우리의 길」과 「우리 형수님」에는 "나"의 심리에 대한 묘사가 훨씬 더 많으며, 농민공 문제나 성향차별 등 중국 사회의 큰 문제들은 바로 "나"의 사고를 통해 제시되고 있다. 그러므로 나위장의 소설에는 "저층"에 대한 작가의 주관적 표현이 더 많다고 볼 수 있다. 분열적인 서술자의 신분과 갈등적인 서술자의 생각―도시로 가야 할까? 농촌으로 가야 할까?―, 다시 말해 성향 갈등은 나위장 문학의 가장 큰 특징으로 볼 수 있다.

이상의 분석을 통해서 알 수 있듯이 서술자와 시점의 설정에 있어 황석영과 나위장은 서로 다른 입장을 취하고 있다. 황석영 소설의 서술자는 전지자이거나 아예 묘사되고 있는 하층민(1인칭 서술자일 경우)인 반면에 나위장 소설의 서술자는 지식인과 농민 사이에 갈등하는 주체이다. 바로 이러한 차이로 인해 두 작가의 소설에서 하층민들이 다르게 표현되고 있다. 황석영 소설의 민중이 대부분 관찰되고 노동하는 자라면, 나위장 소설의 저층은 대부분 관찰하고 사고하는 자이다. "저층"을 어떻게 표현해야 하는가의 문제는 한국 민중문학론에서나 중국 저층서사론에서 중요하게 다루어지고 있는 문제다. 한국 작가 황석영은 이 문제를 파헤치는 독특한 작가이다. 중국 작가 나위장도 자신의 '저층' 경험을 바탕으로 나름대로 이 문제를 해결하려 한다.

그 이외에 시점의 채택 부분에 대해서도 두 작가가 다른 자세를 취하고 있다. 『객지』에서 사용된 시점은 유랑민들의 외견이나 내면을 "직접" 관찰한다. 그럼으로써 작가의 친민중적 입장을 반영한다. 나위장의 소설에서도 안정적인 시점에 따라 서술을 전개하지만 시점과 서술자에 대한 선택

가운데 부조화를 초래한다. 「우리 형수님」에서 만약 서술자를 3인칭 전지적 서술자로 바꿨다면 이러한 서술적 부자연스러움은 사라졌을 것이지만, 작가는 일인칭 "나"에 의한 서술을 견지했다. 주목해야 되는 것은 "나"의 신분이 절대 단순하지 않다는 것이다. 우선 "나"가 대학을 나온 배운 사람이고 지금 "도시인"이 되어 "저층"에서 벗어났다는 것은 분명한 사실이다. 동시에 "나"가 농촌 출신이고 모든 "친척들"도 농촌에 있으므로 감정이나 행동은 모두 "저층"과 타고난 친연성을 가진다. 그리하여 "나"는 농촌인과 다르고 "도시인"과도 다르다. "나"가 수입이 잘되는 "오락성 잡지"사의 일을 그만두고 개인적 글쓰기를 선택한 것은 "배운 지식을 변소에 던져져 썩"히는 것을 피하기 위해서이다. 서술자 "나"에 대한 선택은 "저층"이나 "상층"과 또 다른 서술자의 입장을 암시했다. 작가는 서술상의 부자연스러움을 피하지 않았다. 지식인들이 과연 저층을 객관적으로 표현할 수 있을까? 지식인들이 과연 저층에 속할 수 있을까? 일부 진보적 중국 지식인들이 직면하고 있는 문제들이 이 소설의 서술적 부자연스러움 속에서 암시되고 있는 것이다. 그렇다면 「우리 형수님」에서의 그러한 시점의 설정은 결코 단순한 서술적 착오로 볼 수 없으며, 오히려 작가의 문학 주제와 정신을 담지하고 있는 것으로 보아야 할 것이다. 서술자의 입장과 같이 "도시"와 "농촌", "엘리트"와 "저층" 사이에 주저하는 입장과 갈등하는 내면은 바로 나위장 문학의 주제라고 할 수 있다. 그것은 또한 일부 진보적 중국 지식인들이 직면하고 있는 문제이기도 하다.

이러한 서술적 기법들은 작가 각자의 입장을 대변하는 서사적인 장치로도 활용된다. 두 작가가 이 문제에 어떤 식으로 대응했는지, 거기서 어떤 표현 방식과 감각을 취했는지를 그들의 작품을 통해 살펴볼 수 있다.

2. 민중 정체성의 재현

2.1 도시와 농촌의 이중적 배척을 당한 자

이 장에서는 주로 황석영의 중단편소설집『객지』와 나위장의 중편 소설「우리의 길」,「우리 형수님」,「고향은 먼 곳에」 등을 다루고자 한다. 우선 이 작품들은 "하층민"을 다루는 소설이다. "하층민"은 농민, 도시빈민, 유랑민 등을 포괄하는 개념인데, 이 두 작가는 주로 "유랑민"을 다루고 있다. "유랑민"은 중국 현실에 환원하면 "농민공"으로 농촌에서 도시로 나와 일을 찾는 사람들이다.

이 부분에서는 주로 소설의 이야기[45] 측면을 고찰하려 한다. 이야기에서 "도시"는 "유랑민"들이 경제적인 수입을 얻을 수 있는 주된 장소이다. 그러나 그들은 이곳에서 항상 착취당하고 항상 소외된다. 경제적인 수입을 제공하는 공간으로 상상되곤 하던 도시는 결국은 죄악으로 가득 차 있는 냉정한 공간으로 변해버린다. 그것은『객지』에서 잘 드러나 있다. 중편「객지」에서의 중년 인부 목씨는 노동현장에서 양 다리가 다쳐서 불구자가 되었고, 젊은 인부 대위는 분쟁 사건으로 중상을 입게 되었다. 따라서 그들이 훗날 생계를 유지하는 데 어려움이 있으리라는 것을 어렵지 않게 추측할 수 있다.「장사의 꿈」은, 시골에서 잘나가던 청년 일봉이 도시에 와서 세차 일과 때밀이를 하는 모습에서부터 시작하여, 색정 영화까지 찍으며 점차 타락해 가는 모습을 거쳐 결국 남성성을 거세당하기까지 하는 모습을 보여준다.「이웃사람」의 주인공은 더욱 비극적 삶을 연출한

45 여기서 "이야기"는 주로 채트먼의 서사학적 관점을 따라 사용된 개념이다. 즉 **서사물의 내용적인 면**을 가리키는 것이고, 그는 서사물의 서술적인 면을 "담화"라고 표현한다. (시모어 채트먼, 김경수 옮김,『영화와 소설의 서사구조』, 미음사, 2000, 참조.)

다. 그는 온갖 방법을 써서 일자리를 찾지만 안정적인 일자리가 없어서 굶고 노숙하며 매혈까지 한다. 그럼에도 불구하고 도시에서 생계를 더 이상 유지할 수가 없게 되자 그는 이 같은 상황에 분개한 끝에 칼을 뽑아 살인을 저지르게 되고, 그 결과 사형 선고를 받게 된다. 이와 같이 황석영의 소설에서 "도시"라는 것은 유랑민들에게는 박탈감과 피해를 주는 공간으로 그려진다.

나위장 소설 속 "농민공"의 상황도 비슷하다고 볼 수 있다. 「우리의 길」에서 "나"는 돈을 벌어 가족들의 생계를 꾸리기 위해 도시에서 일용직 노동을 한다. 그는 일하는 과정에서 사장에게 무릎을 꿇고, 채찍질을 당하며 모욕도 수없이 당한다. 그는 그렇게 5년 동안 집에 한 번도 가지 못한 채 일하지만, 단지 삼천 백 원의 돈만 집에 부칠 수 있을 뿐이다. 그것은 멀리 있는 가족들의 생활비에 보태기에도 턱없이 부족한 액수이다. 「우리 형수님」에서 "형수"는 오십이 넘은 나이에 천리 밖에 있는 광동에 가서 일용직 노동을 하던 중 어느 날 뜨거운 땡볕 아래 일하다가 쓰러져 병원에 실려 간다. 「고향은 먼 곳에」에서의 주인공 진귀춘도 도시에서 사장에게 속고 심하게 맞으며, 채석장에 갇혀 일하면서 온갖 고생을 한다. 모처럼 괜찮은 일자리를 찾았지만, 돈을 부치러 가던 중 고향 사람에게 고향에 있는 어린 딸이 돌볼 사람이 없어서 불에 타 죽었다는 소식을 전해 듣게 된다. 진귀춘은 살아가는 마지막 희망을 그런 식으로 잃게 된 것이다. 그는 자신이 뭘 잘못했는지 생각해보지만, 아무리 생각해도 답이 나오지 않는다. 이런 상황에 대해 분노하면서 그는 착한 자보다 "강인"이 되는 것이 차라리 낫다는 생각을 하게 되고, 때마침 옆을 지나가는 사람이 있어 그에게서 돈을 빼앗으려 했지만 무시를 당하자 그 순간 칼을 뽑는다. 결국 진귀춘은 사형

선고를 받고 외지에서 총살된다. 진귀춘과 「이웃사람」의 "나"는 거의 동일 인물에 가까울 정도로 닮아 있다. 두 작가의 소설에서 신체, 심지어 생명에 대한 박해는 모두 도시에서 발생하고 있다.

> 내 살이여 되살아나라. 그래서 적을 모조리 쓰러뜨리고 늠름한 황소의 뿔마저도 잡아 꺾고, 가을날의 잔치 속에 자랑스럽게 서보고 싶다. 햇말의 돌담과 묘심사의 새 기둥을 쓸어 만져 보고 싶다. 무엇보다도 성나서 뒤집혀지니 바다 가운데 서 있고 싶었지. 그때에 기적이 일어났지. 내 자지가 호랑이의 앞발처럼 억세게 일어났어. (「장사의 꿈」, 325면)

이 소설의 주인공 일봉은 도시에서 유랑을 하면서 온갖 고생을 겪고, 애인과 친구를 잃은 것도 모자라 거세까지 당한다. 그는 절망에 빠져 옛날 고향의 따뜻한 삶을 회상하는데, 바로 이 회상 자체가 그로 하여금 절망에서 벗어나 성적 기능을 회복하도록 한다. 소설의 결말 부분에서 작가는 다음과 같이 쓰고 있다. "걷기가 불편해진 나는 조금씩 절뚝이면서 눈물을 철철 흘리면서 이 도시를 떠나가기 시작했지."(325면) 일봉은 귀향을 선택한다. 여기서 고향은 "희망, 힘, 따뜻함, 재생"의 이미지로 상징된다.

고향에 대한 이와 같은 상징은 나위장의 소설에도 마찬가지로 등장한다. 「우리의 길」에서 주인공은 노동 현장에서 고향으로 돌아온 후에 아래와 같이 자신의 감정을 묘사하고 있다:

> 그러한(절망과 훼멸의 감각)은 나의 뼈를 다시 만들고 있는 것 같다. 나의 뼈는 타향에서 타인에 의해 뿌려졌다. 지금 나의 밀밭은 나를 다시

만들고 있다. 나는 밀의 향기, 벼의 향기, 개구기 울음소리에서 나는 향기, 그리고 햇빛과 부드러운 바람의 향기를 맡았다. 이 향기들은 나의 뼈이고, 나의 유일한 황금이다……. (「우리의 길」)

이 대목에서 나온 고향의 이미지는 황석영 소설의 고향 이미지와 유사하다. 양자가 모두 도시와 대립되는 마음의 안식처인 것이다.

황석영의 소설에서 고향은 유랑민들이 동경하는 곳으로 묘사되는 경우가 많다. 위에서 살펴본 두 편의 소설뿐만 아니라, 「삼포 가는 길」에서 여주인공 백화는 다음과 같이 고백하고 있다. "밤마다 내일 아침엔 고향으로 출발하리라 작정하죠."(269면), 소설의 또 다른 인물 정씨가 감옥에서 나온 뒤에 갈 첫 번째 목적지 역시 고향인 삼포였다. 「이웃사람」에서 사형선고를 받은 주인공의 마지막 소원은 고향에 계시는 모친과 전화 한 통 하는 것이었다. "고향" 혹은 "농촌"은 황석영 소설의 인물들에게 마음의 정처가 되고 유랑민들에게 안정감과 따뜻함을 줄 수 있는 곳이다.

그러나 황석영의 소설에는 "농촌"의 따뜻하고 안전한 이미지도 묘사되어 있지만, 동시에 농촌의 위기 역시 암시되고 있다. 즉 사람들이 지향하는 그 "안락한 곳"은 이미 사라졌다는 것이다. 그의 소설에서 농촌의 이미지는 인물들이 몸으로 체험한 장면은 거의 없고 단지 그들의 추억 속에 있는 것들일 뿐이다. 「이웃사람」, 「돼지꿈」, 「장사의 꿈」, 「삼포 가는 길」, 「객지」 등 5편의 소설에서 모두 시골에 있는 고향집에 관한 이야기가 등장하지만, 서술된 이야기의 공간이 시골인 소설은 「장사의 꿈」밖에 없다. 이 소설은 주인공 '일봉'이 시골에서 도시로 유랑하는 과정을 서술하고 있다. 시골에 있을 때의 '일봉'은 장사로 잘나가는 사람이었고 여러 처녀들이 사모하던 대상이었다. 그러나 도시로 유랑 나온 그는 굴욕을 당하면서 살다가 마지막에는 거세까지 당한다. 그는 소설의 결말에서 고향에 대해 추억하는 과정을 통해 거세에서 벗어나 남성성을 되찾는다. 그러나 이때 '일봉'의 남성성을 되찾게 해 주는 것은 '실제로'서의 고향이 아니라, '추억'으로서의 고향이다. 실제로 '일봉'이 고향으로 되돌아갔을 때, 그 '고향'과 '추억으로서의 고향'이 일치하리라고 단언할 수는 없다. 왜냐하면 「삼포 가는 길」에서 정씨의 고향이 공터로 바뀌었다는 것을 통해 다른 농촌의 상황도 예상할 수 있기 때문이다.[46]

『객지』와 비교했을 때, 나위장의 소설에서는 농촌 장면이 정면으로 등장하는 경우가 많다. 그의 소설에서는 "농촌"이 사라지지 않고 확실히 존재하고 있다. 그리고 농촌에서 벌어진 일이나 농촌에서 사는 모습이 상술되고 있다. 예컨대, 「우리의 길」은 농민공인 "나"의 시점에 의해 전개된 이야기인데, 그것은 "나"가 설날 때 귀향하는 8일 사이에 일어난 일들로 구성된다. 이 소설은 현재 중국 농촌의 실정을 객관적으로 그려내고 있다. 더욱 주목해야 되는 것은 나위장의 소설에서 "농촌"은 단순히 이미지가 아니다. 농촌은 안정적이고 희망이 가득 차 있는 곳이기도 하지만 다른 한편으로 황량하고 빈곤한 공간이기도 하다.

46 「삼포 가는 길」에서 나온 고향의 모티프에 관해서 전형준은 이와 같이 보고 있다:" 이 작품의 전체적 분위기는 백화의 고향 역시 변했으리라는 강한 암시를 준다. 만약 실제의 고향이 모두 변하고 상실되었다면 이제 고향은 영달, 정씨, 백화가 둘러앉았던 모닥불처럼 소외된 사람들 사이에 이루어지는 따뜻한 공감 속에만 존재할 수 있는 것인가?" 백화의 고향 상실이라는 관점에 대해 필자도 기본적으로 동의한다.(전형준, 「두 여성의 귀향을 통해 본 고향의 의미 : 황춘명의 白梅와 황석영의 白花」, 國立中正대학 대만문학연구소 편, 『臺灣黃春明跨領域國際硏討會자료집』, 2008, 4.)

> 촌락의 그림자는 군데군데 보이는데 검은 색의 기와의 등에 녹아가고 있는 하얀 눈이 남아 있다. 들은 우울하게 침묵을 지키고 있다. 일손이 모자라기 때문에 많은 밭은 다 황폐해졌다. 밭에는 사람 키만큼의 풀과 마른 갈대가 자라나 있다. 군데군데 일하고 있는 사람들은 소리 없이 빈약한 땅에 쪼그려 앉아 있다. 그들은 어떤 자는 노인이나 어떤 자는 심신이 피곤한 아낙네이고, 그중에서 열 살 남짓한 애들도 있다. 그들의 느릿한 동작은 마치 토지위에서 살아 있는 상처처럼 보였다. 이것이 바로 나의 고향이다. (「우리의 길」)

위의 서술은 이미 "안정적이고 따뜻한" 이미지에 배반되는 중국 농촌의 이면을 보여주고 있다. 뿐만 아니라, 나위장의 소설에서는 농촌 사람들의 우매함과 경박함도 냉정하게 보여주고 있다. 농민공은 도시에서 냉대, 심지어 학대를 받는데 농촌에서도 편히 지낼 수 없다. 마을 사람들은 일하러 도시에 나간 어린 처녀인 춘매가 1년 후에 갓난아이를 업고 온 것을 보고는 온갖 비난을 가한다. 농촌 공동체는 뒤에서 남을 비난하는 공동체가 되었다. 이때 춘매와 함께 도시에서 일했던 "나"가 비판한다. "시골 사람들은 늘 남의 이야기에 대해 농후한 흥미를 가지고 있다. 특히 그들이 모욕할 만한 사람을 만나게 되면 남의 상처를 어루만지는 것이 아니라, 붙잡고 놓치지는 않는다."(「우리의 길」)

서술자 "나"가 귀향하는 농민공으로서 몸소 따뜻하면서도 차가운 농촌의 인정을 체험하게 된다. 특히 "나"가 현실에서의 고향이 상상했던 공간과 일치하지 않는 것을 깨달은 후에 농촌의 복잡한 상황을 솔직하게 표현하고 있다.

비록 바라진 않지만 나는 시인할 수밖에 없다. 이 짧은 하루 넘는 시간에 불과하지만 고향은 바로 내 마음 속에서 색을 잃었다. 왜냐하면 바깥의 세계를 보게 알게 되었기에 고향의 황막함과 비곤함은 큰 강에 솟아오른 돌처럼 흉물스레 눈에 들어오는 것이 많은 위기를 몰래 담고 있는 것과 같다. 고향 사람들은 나의 인상에서는 그렇게 순박하지만 이제 보니까 그들은 늘 방어와 공격의 이중적인 자세를 취하고 있었다. 또한 방어와 공격은 전 후의 구분도 없어 하나로 뒤얽혀져 있으니 분간할 수 없다. 어떠한 자세를 취하든 상처 입은 사람이 타인이었지만 동시에 자신이기도 했다. 이러한 불행한 사람들에 대하여 그들은 뼈 속 깊이 동정했다. 그들은 거기서 자신의 운명을 봤기 때문이다. 유감스럽게도 자기를 보호하는 목적이었겠지만 그들은 늘 불행한 자에게 차가운 화살을 쏘아 불행한 자가 더 큰 불행을 입게 만드는 데에 익숙했다. (중략)

이 두려운 인성의 진흙탕은 물론 시골 사람에게만 있는 것이 아니다. 그러나 시골의 가난함과 비천함이 만든 편협심과 이기심, 거기에 덧붙여 대대손손으로 토지를 개척해왔기에 서로를 너무나 잘 알 수 있었다. 이러한 특수한 배경에서 그들은 한 불행한 자에게 가했던 압력은 견고한 집단적인 힘이 돼버렸다. (「우리의 길」)

위의 대목은 농촌의 가난함, 편협함, 부정적인 견고함 등과 같은 면을 기술하고 있다. 그것은 유랑민들이 고향에 대한 아름다운 상상과 동떨어진 것이고 동시에 그들의 마음에 큰 상처를 입는 것이다. “나”가 이러한 타격을 견뎌야 될 뿐만 아니라, 외지에서 받은 굴욕을 혼자서 참아야 되는 것이다.

그러나 나는 아내가 나의 또 다른 삶을 알게 하고 싶지 않다. 그러한 삶은 당사자에게는 선택의 여지가 없어서 참아야 하는 것이지만 걱정해주고 그리워해주는 사람에게는 일종의 괴로움이다. 예전에 돌아온 많은 사람들이 남녀 한결같이, 모두 도시 사람들이 그들에게 얼마나 잘해주는지, 자기가 도시에서 얼마나 잘 나가는지만 말한다. 그것을 보여주기 위해서 어떤 남자들은 일부러 양복을 사 입고, 여자는 귀에 삼사 원 주고 사온 링(그녀들은 그것을 귀걸이라고)을 건다. 이전에 나는 그것을 허영으로 생각했는데 지금은 그렇게 생각하지 않는다. 그것은 결코 허영도 아니고, 그리고 꿈을 사실로 착각하는 것도 아니다. 그것은 집을 지키는 가족들을 안심시키기 위한 것이다. (「우리의 길」)

서술자의 이 고백 대목은 "나"가 있는 마을을 설명하는 것보다 중국 전체 농민공 및 가족들의 객관적 상황을 설명하려는 의도가 보인다. "당사자"나 "걱정해주고 그리워해주는 사람" 등 단어들은 개인의 범주를 훨씬 넘는 것에서 그 의도를 엿볼 수 있다. 다시 말해 "나"의 상황은 중국 농민공의 전형적인 케이스가 된다. 농민공들은 도시인 앞에서 온갖 굴욕을 당하지만 오랫동안 떠나간 집에 찾아온 후에는 오히려 거리를 두어 가슴속의 고민을 말해주지 못하는 사정이다. 더구나 "춘매"와 같이 애를 데리고 집에 온 여자들은 도시와 고향의 이중적인 포기를 당하는 사정이다. 그러므로 몸과 정신적 고통은 모두 농민공의 한 몸에 집중된다. 농민공은 도시와 농촌에 모두 들어가지 못한 또 다른 "저층"이 된다. 경제적으로 봤을 때 중국의 농민공들은 방대한 중국 농촌 인구의 생계를 꾸리고 있는 셈인데 정신적으로 봤을 때 그들이야말로 중국 경제의 발전 과정에서 제일 큰 압력을 부담하는 자이다.

위의 서술에서 보이듯이, 황석영과 나위장의 소설에서 "도시"는 모두 냉혹, 죄악, 박탈의 공간이고 주인공들은 도시에서 잔해되고, 박탈당하며, 심지어 죽음까지 이른다. 도시에서 하층 민중들은 정신적으로나 물질적으로 모두 행복을 얻기 힘든 사정이다. 이와 반면에 황석영의 소설에서 "농촌"은 희망과 힘이 가득 차 있는 공간이 된다. 그러나 주목해야 되는 것은 그것은 오로지 상상과 추억의 형식으로 나타나기 때문에 현실에서 더 이상 존재하지 않을 수도 있다는 암시가 잠재돼 있다. 그러나 나위장의 소설에서 "농촌"은 정면으로 등장하고 확실히 존재하다. 그곳은 완고하고 동요되지 않은 문화도 고수하고 있다. 그의 소설에서 "농촌"은 복잡한 공간으로 등장하는데 그것은 한편으로 농민공들이 동경하는 곳이고 다른 한편으로 농민공들이 직면할 수 없는 공간이 된다. 그 결과는 농민공들이 도시와 농촌의 이중적 배척을 당해 그 사이에 배회하는 어중간한 하층 계층이 된다.

이와 같이 황석영 소설이나 나위장 소설에서의 유랑민들은 "도시"와 "농촌"에 모두 입지를 찾지 못한 자들이다. 단지 황석영 소설에서 입지를 못 찾는 것은 "농촌"자체의 부재 때문이고, 나위장 소설에서 입지를 못 찾는 것은 빈곤함으로 인해 "농촌"인의 이기심과 편협함 때문이다. 농촌에 대한 이와 같은 서로 다른 시각은 두 나라의 사정과 밀접한 관계를 가진다. 한국은 6, 70년대의 빠른 도시화의 과정 속에서 농촌의 대량 토지는 공업단지로 바뀌어갔다. 땅은 개인 소유이기 때문에 인구 이동이 상대적으로 자유로웠다. "(표5를 통해) 1960년에서 1975년까지 약 700만에 이르는 농촌인구가 유출되었음을 알 수 있다."[47] 당시의 신문은 이러한 이농현상에 대해서 "도시노동력의 부족에서 생기는 발전적인 현상이라기보다는 실업자군의 방황이다"[48]라고 평하고 있다. 『객지』는 바로 이와 같은 시대적인 상황을 생동감 있게 투영하고 또 이와 같은 사회적 문제를 정면으로 폭로하는 작품이다. 그러나 중국의 실정은 이와 많이 다르다. 기본적으로 경작지는 국가가 농민의 이름 밑으로 분배한 것이다. 그것은 농민의 생계 문제를 해결할 수 있을 듯하다. 그러나 대부분의 농촌은 인구가 많고, 평균적으로 분배 받을 수 있는 땅은 한정되어 있기에 농업 수입만으로 온 가족의 생계, 교육, 의료 등 비용을 감당할 수 없는 것이 실정이다. 이러므로 농민공이 나타난 것이다. 중국 재미 사회학자인 황종지黄宗智는 농민공의 상황을 "반공반농"의 사정이라고 한다.[49] 집에서 비교적 가까운 곳에서 일하는 농민공들은 철새처럼 농사가 바쁠 때 집에 와서 수확하고, 경제적인 수입을 얻기 위해 농한기 때는 도시에 나와 일한다. 그들이 전형적 "반농반공"에 해당된다. 집에서 먼 곳에서 일하는 농민공들은 여비 및 결근의 대가 등의 이유로 자유롭게 이동하지 못해 객지에서 몇 년씩 일하면서 지낸다. 「우리의 길」에서의 "나"나 「고향은 먼 곳에」에서의 진귀춘은 바로 이런 경우를 투사한 인물인데 그들도 "반농반공"이다. 왜냐하면 비록 그들이 도시에서 생활하지만 중국의 호적 제도는 그들을 "농촌"으로 엄격하게 묶고 있다.[50] 중국 사회학자 육학예는 그것을 "성향분치, 일국양책城響分治,

47 한국역사연구회 현대사연구반, 『한국현대사3』, 앞의 책, 159면.

48 「동아일보」, 1979년 12월 30일.

49 黄宗智, 「走出'城乡分治, 一国两策'的困境」, 『读书』, 2000, 6.

50 중국의 호적户口 제도는 비교적 엄격하게 이루어져왔다. 신중국이 성립된 이후에 그것이 "도시호적城镇户口"과 "농촌호적农村户口" 두 가지로 나누어졌다. "농촌호적"을 가진 사람은 나라에서 땅을 분배 받는 대신에 도시에 나가면 보험, 교육, 주거 등 여러 면에

一國兩治"의 제도라고 한다. 그를 비롯한 일부의 학자들은 농민의 발전을 위해 호적제도를 빨리 취소해야 한다고 주장한다.[51] 현실적으로 "농촌"호적을 가진 사람들은 도시에서 생활할 때 교육, 의료, 보험 및 취업 등 여러 면에서 제한을 받고 있다. 때문에 도시로의 이동은 경제적인 문제만이 아니라, 생존의 여러 조건이 달려 있는 문제다. 이와 같은 중국의 토지 분배 및 호적 제도는 또한 농촌인구의 이동을 제한시켰다. 그 와중에 농민공들은 철새처럼 왔다 갔다 하고, 농촌과 도시에 이중적인 수용과 이중적인 배척을 당하는 정체성이 이루어진다.

위에서 살펴본 바와 같이 두 나라의 유랑민 사정은 다른 점을 지니고 있다. 한국의 유랑민들이 뿌리 없는 유랑자가 되는가 하면, 중국의 농민공들은 농촌과 도시의 포기를 당하는 분열자라고 할 수 있다. 황석영의 「삼포 가는 길」에서 "정씨는 발걸음이 내키질 않았다. 그는 마음의 정처를 방금 잃어버렸기 때문이다. 어느 결에 정씨는 영달이와 똑같은 입장이 되어버렸다."라는 구절이 한국 유랑민의 사정을 투사했다면 나위장의 「우리의 길」에서 "도시에서 한 자루의 칼 걸려 있고, 시골에서 마찬가지로 칼 하나 걸려 있다. 하나는 딱딱한 것이고, 하나는 부드러운 것이다……"라는 구절은 중국 농민공의 비극을 그려내고 있다.

서 불편한 점이 있다는 것은 실정이다.

51 陸學藝, 「走出"城乡分治, 一国两策"的困境」, 『读书』, 2000, 5.

2.2 경제와 문화의 하위에 처한 자

――――――――――――――――――――― 유랑민에 초점이 맞춰지는 황석영과 나위장의 소설에 나타난 주인공들이 많은 면에서 유사하다. 개괄적으로 말하자면 이 인물들은 줄곧 제일 힘든 일을 하면서도 배고픔을 해결할 수 없고, 동시에 도시인들로부터 무시를 당한 자들이다. 유랑민들이 경제와 문화적으로 하위에 있다는 것은 두 작가의 작품에서 아주 유사한 소재로 형상화되고 있다.

> 어언 첫눈이 내리고 날씨가 매섭게 추워졌습니다. 예전처럼 싹수 글른 날엔 노숙을 한다거나 물이나 마시고 끼니를 거른다든가 하는 짓은 더 이상 못하게 된 거죠. 속이 비면 겨울엔 꼼짝없이 얼어 죽는 수밖에 별 도리가 없으니까요. 날씨가 추워지면서 일거리는 차츰 떨어져 갔습니다. 짓다 만 시장 점포 건물 구석에다 가마니를 치고 닷새를 버티던 어느 날 ……
> (「이웃사람」, 201면)

> 공장 문 앞에는 타일이 깔린 넓은 공터가 있다. 진귀춘은 이곳을 야숙할 곳으로 선택했다. 그가 즈크가방을 풀고 있을 때 갑자기 자기가 도박꾼 같다는 생각이 들었다. 그는 이미 모든 것을 다 잃었으니 이제 손을 씻고 더 이상 하지 않지 않겠다고 생각했다. 도리어 또 한 번씩 도박장 문 앞으로 다가가게 된다. 갈 때마다 도박장 문이 닫혀 있었고 도박꾼들도 흩어져 있었다. 마침내 그는 스스로를 이겨냈다. 그가 이긴 것은 굶주림이었다. 그는 자기가 갖고 있던 육원 십전의 돈을 안 썼던 것이다. 지금 그가 잠이 들었다. 일단 잠이 들면 배고픔과 목마름은 더 이상 그를 방해하지 않을

것이니 그 육원 십전의 돈도 그의 몸에서 빠져나가지 않을 것이다. 잠은 곧 도박장의 저 닫힌 문이다.[52] (「고향은 먼 곳에」)

위의 두 단락은 두 작가의 소설에 드러나는 것이지만 아주 유사한 상황을 서술하고 있다. 주인공들이 모두 굶주림과 노숙의 상황에 대응하고 있다. "짓다 만 시장 점포 건물 구석에다 가마니를 치고" 자는 "나"의 모습이나 "공장 문 앞에는 타일이 깔린 넓은 공터"에서 자는 진귀춘의 모습, 물을 밥 대신 배 채우는 "나"와 잠으로 굶주림을 이기는 진귀춘은 시대와 나라가 다르지만 매우 닮은 인물이다. 그래서 하나의 장면을 보게 되면 저절로 다른 장면이 떠오르게 된다. 이와 같이 경제의 밑바닥에 처해 있는 유랑민들의 모습은 두 작가의 다른 소설에서도 쉽게 찾을 수 있다. 그러나 여기서 일일이 열거하진 않겠다. 이와 동시에 유랑민들이 문화적인 면에서도 최하층의 대우를 받고 있는 것이 소설에서 묘사되고 있다.

내야 그전엔 뭘 알았었나. 도회지 와서 촌때를 많이 벗고 교제를 넓히는 중에 지금은 정말 유식해졌지. 가만 있자, 그렇지만 어딘가 억울한 느낌은 드는군 그래. (「장사의 꿈」, 311면)

어떤 마음 착한 (도시)사람이 형수님의 말라 갈라진 입술을 보고, 목이 마를 것이다, 물을 마시고 싶어 할 것이라고 마음속으로 생각하고 그녀에게 종이컵에 물 따라 주었다. 그러나 형수님은 보통 마시지 않는다. 그녀

52 「故乡在远方」, 『长城』, 2004.5, 12면.

는 생각하기에, 나는 시골 사람이고 지저분한데 도시인의 물을 어떻게 마실 수가 있겠는가? 그녀도 종이컵이 일회용품이라는 것을 알고 있었지만 그래도 도시인의 물을 더럽힐 것 같다는 생각을 했다.

(「우리 형수님」, 237~238면)

위의 두 단락은 앞의 것은 장사 '일봉'의 자아 진술인데 그의 논리에 따르면 도시문화는 교제를 넓히고 배운 자들이 공유하는 것이다. 반면에 시골 문화는 촌스럽고 시야가 좁은 것이다. 그는 자신의 시골과 도시 경험을 통해서 이러한 결론을 내린 것이다. 여기서 도시에 비한 시골의 하위 위치가 확인된다. 「우리형수님」에서도 마찬가지라고 할 수 있는데, "형수"의 생각에 따르면 도시는 깨끗하고 도시인은 늘 상위에 있어야 하고 반면에 시골은 더러우니까 하위에 있어야 하는 것이다. 이러한 상황에 대해 "일봉"과 "형수님"은 모두 당연하게 받아들인다. 그것은 그들이 경제와 문화의 압박을 오랫동안 받아왔기 때문에 숙명적으로 해석하는 생존 철학이다. 주목해야 하는 것은 이 철학은 유랑민이 하위에 있는 것을 전제로 하고 있고 유랑민들이 느끼는 모욕감을 은폐하고 있다. 유랑민들은 도시에서 제일 힘들고, 더러우며, 위험한 일을 함으로 도시의 쇄신을 실현시키지만 그 자신이 결국은 "힘들고 더러우며 위험한" 문화의 소유자가 되고 만다. 그러므로 경제와 문화의 이중적인 압박을 받은 주체가 바로 유랑민들이다.

그러나 주목해야 되는 것은 두 작가가 이 문제를 다룰 때 서로 다른 시각으로 이해하고 있다는 것이다. 황석영이 하층 민중들이 받고 있는 경제적인 박탈에 초점을 맞추고 사회의 불합리적인 경제 구조를 파헤치고 있다면, 나위장은 경제 구조에 대한 관심 이외에 하층민들이 처해 있는 문화적 하위도 강조함으로써 하층민의 감정에 더 섬세하게 접근하고 있다. 황석영의 소설에서는 대부분 객관적으로 유랑민의 생활 장면을 묘사하고 있는 반면에 나위장의 소설에서는 대부분 주인공들의 독백으로 서술된다. 전자는 일상생활의 장면들을 통해 유랑민들의 다양한 삶의 형태를 보여줌으로써 경제적인 구조를 의문시하는데, 후자는 농민공의 내면적 독백을 서술함으로써 농민공이 지고 있는 정신적 압박을 제시하고 있다. 이것의 대표적인 예로 아래의 두 문단을 들 수 있다.

> 대위: 회사 측에서는 하급 노무자와의 직접적인 접촉을 최대한으로 피하기 위해 합숙소의 운영을 십장들에게 넘겨 버린 거요. 회사는 인부들의 상부 계급인 감독과 그 밑의 십장들만 상대하면 되니까. 십장은 회사 측과의 중개역인 서기들을 통해 작업량과 노임 문제를 결정합니다. 애매한 계급 구조요. 운지 간척 공사장의 열 채의 함바 모두가 감독이나 십장들이 경영하는 형편인데 중간 착취가 심해요. 서기들은 매점을 경영하고 전표 장사나 돈놀이를 해서 수지를 맞춥니다. 회사측에서는 하급 인부들의 노임과 작업 문제를 합숙소랑 직결시켜서 일임해 버리는 게 편리한 거죠. 어째선가 아쇼?
>
> 동혁: 작업의 능률을 위해선가요?
>
> 대위: 살려면 먹어라, 먹다 보니 빚을 지고, 빚을 갚으려니 끝장 볼 때까지 일을 하게 되는 꼴이지. 함바는 묵는 모든 사람이 객지 인부들인데 갚아야 할 작업량에 묶여 버린 실정이요. (「객지」, 15면)

앞의 문단은 고참 인부 대위가 신참 인부 동혁에게 간척지 상황을 소개하는 구절이다. 이 대목에서는 소설 배경인 간척지의 경제적인 구조, 정확히 말해 착취 구조에 초점을 맞추고 있다. 공사를 하청하게 된 회사로부터 서기, 감독, 십장들까지 심한 중간 착취 구도가 이루어지고 있다. 그리고 착취의 수단도 작업량, 노임, 합숙소 운영 및 매점 운영, 전표놀이 등 다양한 방식으로 전개된다. 이 대목은 또한 「객지」의 핵심이 될 수 있기도 하다. 즉 간척지의 경제 구조의 구성 대목과 인부들이 처해 있는 경제적 위치를 찍어냈다. 그러나 더욱 주목해야 되는 것은 이와 같은 내용은 서술자의 등장을 통해 실현된 것이 아니고, 서술자가 고참 인부와 신참 인부이라는 인물들의 대화를 객관적인 시선으로 지켜보는 것으로 실현된 것이다. 서술자와 인물 사이에 시종 객관적인 거리를 두고 있다. 바로 이러한 객관적인 거리로 인해 서사가 개연성 있게 전개될 수 있다. 이것은 황석영 소설이 리얼리즘의 정점이라고 하는 이유 중의 하나다.

「객지」뿐만 아니라 「삼포 가는 길」에서 백화와 영달 및 정씨의 유랑 "현황"이나 「돼지꿈」에서 도시 빈민촌의 구석구석의 모습이나 「장사의 꿈」에서 일봉의 도시 유랑 체험 등은 모두 유랑민들의 경제적 하위 위치에 중점을 두고 있다. 그 이외에 작가가 "하층민"을 구분하는 주요 기준도 "경제적 자원"에 두고 있다. 예컨대 「객지」에서 시종 공사 현장과 인부들의 함바 생활을 위주로 묘사한다. 오로지 2장에서 '봉태'을 비롯한 감독조 조원들의 삶을 묘사하는 부분이 비교적 많은 부분을 차지하고 있다. 감독조 조원들은 정치적으로나 감정적으로 모두 인부들의 적에 속해야 한다. 그러나 이 부분에서는 그들의 다른 면을 보여주고 있다. 감독조도 경제적인 박탈을 심하게 당하고 있다. 그러나 이와 반면에 착취층에 있는 서기나 십장들에 대한 묘사는 오로지 인부들을 두드러지게 할 때만 부차적인 인물로 등장한다. 그들을 거의 따로 묘사하진 않는다. 이러한 묘사 비중으로 봤을 때 작가는 경제적인 측면에서 "하층민"을 구분하고 있는 것이다.

황석영의 소설과 비교했을 때 나위장의 소설에서도 사회의 경제적인 구조를 폭로한 대목이 등장한다. 그러나 서술된 내용이 서술자의 객관적인 시선으로 관찰된 사건보다 인물들의 심리가 더 많이 묘사되고 있다. 다시 말해 작가는 농민공들이 처해 있는 문화적인 하위 위치를 더욱 중요시한다. 특히 「우리 형수님」에서 일인칭 서술자 "나"는 시골 출신의 지식인으로 농민공들과 깊은 연관을 가지고 있지만 다른 한편으로는 사회적으로 부여되는 문화적 우월성을 갖춘 자이다. 다음 예문은 서술자 "나"의 형수가 공사 하청자인 호귀胡貴가 관리하는 현장에서 일하다 쓰러진 사건이 발생한 후에 호귀가 취한 행동에 관해 서술자가 추측하는 부분이다.

> 아무도 아 일을 형에게 알려주지 않았고 아무도 나에게 알려주지 않았다. 형수님은 스스로 전화 안 하셨을 것이다(그녀는 가족이 이일을 알면 돌아오라고 할 것을 걱정했다), 호귀 역시 전화하지 않았다. 호귀는 스스로 안 했을 뿐만 아니라, 다른 사람이 우리 집에 연락하는 것도 허락하지 않았다. 그는 말했다: 집에 알려주기만 하면 당장 쫓아내겠다고 을렀다. 그는 그쪽에서 잘 나갔지만 그래도 말썽이 끊이지 않았다. 그는 내가 가서 말썽 피우는 것을 두려워했다. 나는 아무래도 대학 졸업한 사람이잖아. 지금 비록 도시에서 건달로 지내지만 그래도 진정한 도시인이다. 그가 도시에서 산 시간은 나보다도 더 긴 데다 목돈을 번 사장이다. 그러나 농민은 농민이다. 뼈 속 깊은 농민이다. 그는 도시로 융합되지 못했고 도

시역시 그를 받아들이려 하지 않았다. 이는 그로 하여금 도시인에 대한 타고난 두려움을 갖게 했다. (「우리 형수님」, 214면)

서술자 "나"는 글을 쓰고 파는 빈털터리인데 호귀는 도시에서 비교적 잘 나가는 공사 하청자이다. 경제적 조건을 봤을 때 "나"는 상당히 가난하고 가족의 생계도 꾸려가지 못하고 있는데 호귀는 온 공사장의 인부들을 먹여 살리고 있다. 비록 서술자도 지적했듯이 호귀는 "비교적 낮은 급의 하청자"라서 경제적인 박탈을 당하는 계층이기도 하지만 적어도 경제적인 조건에서는 나의 상위에 있다는 것이 확실하다. 그러나 그러한 호귀는 나를 두려워한다. 그것은 바로 내가 문화적으로 그의 상위에 있기 때문이다. 이 소설에서 지식인은 하층민을 계몽시키는 역할로 등장한 것이 아니고 하층민들이 두려워하는 대상으로 등장한다. 왜냐하면 지식과 권력이 늘 결부돼 있기 때문에 하층민들은 바로 그것들의 지배대상이 되기 때문이다. 이 작품에서 농민공을 세 가지로 나누고 있는데, "첫 번째는 체력에 의해 생존하고, 두 번째는 폭력에 의해 생존하며 세 번째는 돈 있는 자에게 묶여 사는 것"이다. "형수님"은 첫 번째 부류에 해당되고 호귀는 두 번째 부류에 속한다. 호귀는 마지막에 농민공들을 시켜 폭력적인 방법으로 빚을 독촉 하는데, 결국은 감옥에 들어가게 된다. 이 사건은 "저층"이 지식과 권력에 의해 지배된다는 것의 적절한 예가 된다. 그것에 대해 서술자(이때 작가라고 해도 좋다)는 이와 같이 해석하고 있다.

호귀는 5년 형을 선고 받았다. 나머지 사람들은 2년에서 5년형 등 다양한 선고를 받았다. 호귀는 폭력으로 자신을 지키려고 했지만, 그는 몰랐다. 아무리 억울하다 해도 다른 사람의 건강과 생명을 뺏을 권리가 없다는 것…… (「우리 형수님」, 236면)

이 서술에서 보이듯이 호귀의 실패는 그가 "몰랐"기 때문이다. 다시 말해, 그의 우매함과 무식함 때문이다. 그는 남에게 진 것이 아니라, 지식과 지식에 수반되는 권력에 진 것이다. 그러나 이와 같은 설명은 사건의 표상만 해명하고 있는 것이다. 호귀는 과연 살인을 하면 사형을 선고 받아야 되는 것을 몰라서 행동했던 것인가? 그는 그 정도로 우매했던 것인가? 이에 대해 작가는 앞에서 미리 암시를 하고 있다.

채권자들은 다 나리님이다. 돈 달라고 할 때 그가 기분이 좋을 때는 한 번 만나주는데, 높은 데에서 낮은 곳을 보듯 말 몇 마디 할 것이다. 그러나 돈은 주지 않을 것이다. 기분이 안 좋을 때는 만나주지조차 않는다. (「우리 형수님」, 232면)

이 대목은 문제의 진실을 드러내고 있다. 호귀의 실패는 그의 무식함에서 비롯된 것이 아니다. 그것의 근본적인 원인은 그가 농민이었기 때문이다. 서술자가 말했듯이 "호귀는 진정한 사장 급이 아니다. 그는 농민 한 명에 불과하다. 객지에서 건축업을 한다는 것은 어떻게 진정한 사장이 될 수 있겠는가?" "비교적 높은 급의 사장은 시골 사람이 할 수 있는 것이 아니다……" 여기서 작가가 하청자인 호귀를 농민으로 치부하고 그의 비극적 삶을 설정한 것은 의도적인 장치라 봐야 할 것이다. 왜냐하면 이 안에서 하나의 사정을 강조하고 있기 때문이다. 즉 중국의 "저층"이 당하고 있는 경제적인 대우가 물론 형편없지만 문화적인 하위로 인해 발생하는 그들의 비극은 더욱 가슴 아픈 일이다. 이 두 가지 하위의 고통을 제일 분명하게 겪고 있는 "저층"의 주체는 바로 작가가 반복하게 서술하고 있는 농민공들이다. 그래서 서술자는 「우리 형수님」에서 분명하게 말했다: "가난한 자의 주체는 고향을 멀리 떠난 농민공들이다."(220면)

위의 논의를 통해 알 수 있듯이, 황석영과 나위장이 "유랑민"을 바라보는 시선에는 차이가 있다. 그것은 두 작가 개인적인 글쓰기 방식에서 비롯된다기보다 한 중 양국의 사정과 밀접한 관계가 있다. 신중국이 성립된 이후에 피지배층인 노동자들은 자본가의 지배 아래서 벗어나 체제의 주인이 되었다. 그 후 자본가와 노동자 사이의 차별은 없어지고 방대한 노동자들 사이에 평등의 관계를 형성되었다. 노동자들은 노동의 양에 따라 분배를 받고 공장이라는 큰 공동체에서 자녀교육이든, 의료든, 주거든 여러 보장을 받을 수 있었다. 동시에 그들은 문화적의 면에서 봤을 때 "도시"라는 공간에서 거주하기 때문에 도시의 문화 시설을 이용할 수 있었다. 농민의 경우에 지주의 착취에서 벗어나 땅을 분배 받아 마찬가지로 주인이 되었다. 농촌에서 지주와 소작농의 차별을 없애고 농민들 사이에도 평등의 관계가 형성되었다. 농민들은 농촌 수입으로 온 가족의 생계를 꾸려가게 된다. 이렇게 해서 노동자와 농민이 모두 해방되었던 것은 사실이다. 그러나 과거 몇십 년 동안 중국에서 도시와 농촌의 발전은 평행적으로 나가고 있지 못한 것이 사실이다. 한때 교육, 위생, 양로, 의료 등 공공자원은 90%이상 농촌에 소유되지 않고 있었다.[53] 전반적으로 봤을 때 농

53 李昌平, 「农村政策要回归正确路线」, 성균관대학교동아시아학술원국제세미나자료집, 2007, 177면.

민들은 경제적으로 주거, 의료 등 혜택을 누릴 수가 없었고, 곡식 값의 저렴함과 농업세의 징수, 비료 값의 증대로 인해 농업 수입은 생계를 유지하기도 어려운 실정이다. 더구나 의료, 교육 등 지출은 농업 수입만으로 부족하기 마련이다. 심지어 농촌에서는 초중교의 건설도 주로 농민들의 자금 모집에 의해 해왔다.[54] 문화적으로 공공적 자원을 향유할 수 있는 기회도 거의 없고, 또한 정신적 여유가 없기 때문에 점차 후진된 주체로 뒤떨어지게 된다. 결국은 각각 분리된 채 노동자는 도시의 주인이, 농민은 농촌의 주인이 되었다. 이렇게 구분된 각자의 공간에서는 평등한 관계가 가능할지도 모르지만 도시와 농촌 사이의 차별은 해소되지 않았고, 노동자는 도시의 주인이면서 농민의 상위자가 되었다. 만약 사회주의 체제 이전의 사회에서는 자본가 대 노동자, 지주 대 농민의 계급적 대립이 있었다면, 사회주의 사회에서는 도시인대 농민이라는 새로운 사회적 대립이 이루어진 것이다. 이 대립은 경제적, 물질적인 형태로만 나타나지 않고 문화적, 정신적 대립의 형태로도 나타난다. 그러므로 농민들은 이중적인 하위에 처해 있다. 그것이 바로 한국의 사회와 다른 점이다.

한국의 70년대에도 계급이 있었다. 예컨대 비록 숫자상으로 지주는 많지 않았지만 있기는 있었다.[55] 그들은 경제적으로 도시빈민보다 훨씬 상위라고 할 수 있었다. 그리고 한국이라는 공간이 상대적으로 좁기 때문에 부유 계층들의 문화 소비는 별로 지리적인 제한을 받지 않았다. 농촌의 부유한 계층들도 도시에서 집을 구하거나 자녀들을 도시로 보내 교육을

54 黄宗智, 「走出‘城乡分治, 一国两策’的困境」, 앞의 책,
55 서관모, 앞의 글 참조.

받도록 할 수 있었다. 1978년 개혁 개방이 후에 중국의 성향차별은 예전과 같이 더 이상 획일적으로 말할 수 없게 된다. 중국 정부에서는 성향 차별이라는 큰 사회적 문제를 의식해서 1978년 농촌에서는 공공 재산의 주식화와 하청제도를 통해 농촌 노선을 개혁하였다. 이를 통해 1980년대에 농촌 경제를 발전시켰고 성향 차별을 줄이기도 했다. 그러나 1990년대에 들어와서 상황이 바뀌었다. 토지의 국가 관리화, 농약과 비료 등의 국가 경영화, 투자유치의 혜택 정책으로 인해 영향을 받아 불리하게 된 향진 기업 등의 사정 때문에 동부 연해 지역과 중서부 내륙 지역, 그중에서도 특히 중서부 농촌과의 차이가 점차 커진다.[56] 동시에 도시에서 1990년대 중반부터 국가 기업의 사유화 정책에 따라 상당히 많은 노동자들이 "철밥통"[57]을 잃었고 따라서 생존을 보장해줄 수 있는 복지 혜택도 잃게 되었다. 경제적인 조건의 하강에 따라서 문화적인 우월감도 한 층 줄어들게 되는 것은 당연하다. 이와 동시에 동부 연해 농촌의 일부 농민들이 지역의 유리한 투자 조건을 이용해 경제와 문화적 하위의 위치에서 벗어나게 된다. 21세기로 들어오면서 중국 정부는 점차 '발전우선주의'에서 '발전과 공평을 겸하다'라는 것으로 나아가 2004년에 '효율우선'이라는 노선을 포기하게 된다. 2005년 말 중국공산당 16회 5차 회의에서 "사회적 공평을 중시하여 전체 인민이 개혁의 발전성과를 누리게 한다"[58]고 제기한다. 동시에 2004년부터 중국 정부에서 농업세를 폐지하고 그 후에 농업 보조금, 농민 의료

56 李昌平, 위의 글, 178~179면 참조.

57 "철밥통铁饭碗", 깨지지 않은 그릇이라는 측면에서 '철'이라는 수식어를 쓴다. 안정적인 직업, 특히 국영기업의 일자리를 비유한다.

58 王绍光, 「从经济政策到社会政策的历史性转变」, 앞의 책, 60면.

보험, 농민 자제 교육 면제 정책 등을 실행하기 시작했다. 그것은 어느 정도는 농촌 경제를 호전되게 만들었다. 그러나 몇 십 년 동안에 만들어진 성향 차별은 개혁개방으로 인해 사라지지 않았다. 내륙 지역의 대부분 농촌은 여전히 후진적이고 가난하다. 농촌의 우매함, 무식함과 같은 문화도 사라지지 않았다. 도시인들이 농민에 대한 우월감도 많이 보류되고 있다. 이와 같이 잔류된 감정이 서사에 자세히 기록되지는 않지만 사람들의 일상에서는 보이게 된다. 그것은 또한 작가의 신체적 감각에 잠재돼 있기 때문에 서로 다른 시각을 생산할 수 있게 되는 것이다.

3. 소설과 담론의 역동적인 관계

3.1 『객지』와 "민중문학론"의 발전

________________________________ 1974년에 출판된 『객지』는 현재 한국 문학사에서 경전에 비유될 수 있을 정도로 매우 중요한 작품으로 자리매김 하였다. 소설 한 편의 경전성은 소설 자체의 가치에서 비롯되기도 하지만 다른 한편으로는 소설을 둘러싼 담론과도 긴밀한 관계를 가진다. 『객지』의 경우도 예외적이지 않다. 그것을 검토하기 위해 우선 『객지』에 수록된 소설에 관한 논의를 살펴볼 필요가 있다. 이 소설들에 관한 논의는 적지 않게 전개되어왔는데 그중에서 소설이 나온 당시, 즉 1970, 80년대의 논의들이 주를 이루고 있고 1990년대의 이후의 논의들은 상대적으로 적은 것으로 조사된다.[59] 1970년대의 논의는 대체로 두 가지 경향으로, 하나는 당대의 사회적 문제와 결부되면서 사회 전체성을 표현하는 황석영

59 조사 결과 아래 각주를 참조한다.

작품의 리얼리즘적 정신에 주목하여 전개한 논의들이고,[60] 다른 하나는 소설의 내용과 관련하여 황석영 문학이 보여주는 생명력의 원천에 주목하여 전개한 논의들이다.[61] 전자는 "민중"적 현실을 재현하는 황석영 문학의 측면을 가장 중요시했기 때문에 "민중문학론"의 일환으로 작용하기도 한다. 후자는 황석영 문학 속에 등장하는 "고향" 모티프에 주목한 경우가 많다. 이는 당대에 제한된 논의들이 아니지만, 그것도 "유랑민"이 대폭 늘어나고 농민들의 "실향"으로 특징지어지는 시대적인 문제를 역설하는 테두리에 들어갈 수밖에 없다. 결국 이 두 가지 방향의 논의는 서로 보완돼 가면서 당대의 사회 전체나 민중의 실상을 재현하는 맥락에서 『객지』를 긍정적으로 평가한다.

1980년대에 들어와서 작가 황석영은 중단편 소설 창작에서 대하소설 『장길산』[62]과 장편 『무기의 그늘』[63]의 창작으로 방향을 돌렸고, 또한 『객지』에 이어 여러 권 중단편 소설집의 발간[64]에 따라, 황석영 중단편 소설

60 김병걸, 「한국소설과 사회의식」, 『창작과비평』, 1972년 겨울호.
천이두, 「반윤리와 윤리–황석영의 「삼포 가는 길」, 『문학과지성』, 1973년 겨울호.
백낙청, 「변두리 현실의 문학적 탐구」, 『한국문학』, 1974.2.
오생근, 「개인의식의 극복」, 『문학과지성』, 1974년 여름호.
신동한, 「폭넓은 리얼리즘의 세계—황석영소설집 『객지』」, 『창작과비평』 1974년 가을호.

61 염무웅, 「인간 회복의 문학–황석영론」, 『장사의 꿈』(황석영 소설선), 범우사, 1977.
오생근, 「진설한 절망의 힘」, 『창작과비평』, 1978년 가을호.
천이두, 「건강한 생명력의 회복–황석영의 작품세계」, 『황석영 전집』, 어문각, 1978.
김주연, 「떠남과 외지인 의식–황석영론」, 『현대문학』, 1979.5.
김치수, 「산업사회에 있어서 소설의 변화」, 『문학과지성』, 1979 가을호.

62 1984년 현암사에서 발간된다.

63 1988년 형성사에서 발간된다.

64 1974년 『객지』(창비)에 이어 1975년 『삼포 가는 길』(삼중당), 1977년 『심판의 집』(열화

전반을 아우르는 황석영 문학론이 펼쳐졌다. 이와 같은 논의들은 개별적인 작품에 대한 평가보다도 황석영 문학이 반영하는 시대정신과 미학적 가치 등 두 가지 차원에서 검토하는 경우가 많다. 이 두 가지 검토는 같은 글에서 나타나는 경우가 많다.[65] 그 이외에 개별적인 작품, 특히 「삼포 가는 길」을 해부하면서 여러 각도에서 검토하는 경우도 대표적이었다.[66] 이 시대의 작가론에서 대부분 1970년대의 두 가지 논의 방향을 수렴하면서 황석영 문학을 종합적으로 보는 경향이 있다. 거기에 황석영 소설에 나타난 표현의 미숙함을 냉정하게 지적한 논의[67]도 1970년대의 주요 논의와 구별되는 지점이다. 그렇지만 전반적으로 봤을 때 황석영 문학은 민중정신에 대한 재현의 맥락에서 검토하는 시각에 집중되어 있다.

1990년대 이후에 시대적인 분위기의 전환에 따라 문학 담론의 주된 자

당), 1978년 『가객』(백제), 1981년 『돼지꿈』(민음사) 등 4권의 중단편 소설집이 발간된다.

65 김종철, 「산업화와 문학―70년대 문학을 보는 한 관점」, 『창작과비평』, 1980년 봄호.
권오룡, 「체험과 상상력―황석영론」, 『돼지꿈』(황석영 소설선), 민음사, 1981.
이태동, 「역사적 휴머니즘과 미학의 근거―황석영론」, 『세계의 문학』, 1981년 봄호.
진형준, 「어느 리얼리스트의 상상세계」, 김병걸 · 채광석 편, 『역사, 현실 그리고 문학』, 지양사, 1983.
오생근, 「황석영, 혹은 존재의 삶」, 『황석영』(제3세대 한국문학15), 삼성출판사, 1983.
성민엽, 「작가적 신념과 현실―황석영론」, 백낙청 · 염무웅 엮음, 『한국문학의 현단계 Ⅲ』, 창비, 1984.

66 이동하, 「70년대 민중소설의 한 고전―「삼포 가는 길」, 『문학의 길, 삶의 길』, 문학과지성사사, 1987.
이상섭, 「「삼포 가는 길」 자세히 읽기의 한 시도」, 『문학과비평』, 1988년 봄호.
한형구, 「편력의 길 혹은 밑바닥 체험의 사상―「삼포 가는 길」」, 『문학과비평』, 1988년 봄호.
현준만, 「민중사실의 소설적 탐구―「삼포 가는 길」」, 『문학과비평』, 1988년 봄호.

67 예컨대, 성민엽은 "작위성 · 영웅주의를 낳는, 그리하여 낭만적 허위로의 추락을 초래하는 '작가의 신념과 현실과의 적절한 긴장관계의 이루어지지 않음"을 지적한다.(성민엽, 「작가의 신념과 현실」, 앞의 책, 139면.)

리에 있었던 "민중문학론"의 퇴장에 따라 황석영 문학의 평가 시각도 바뀌어졌다. 우선 황석영 문학 전반을 살펴보는 시각보다 구체적인 작품 속에 나타난 구체적인 내용에 주목하는 경향이 있다. 이는 황석영 소설에 나타난 모티프나 인물 유형에 관한 연구[68]로 모두 이러한 경우에 해당된다. 그리고 황석영 소설의 서술적인 측면에 주목하여 소설로서의 미학의 정수에 도달하지 못한 점을 검토하는 경향[69]도 이전 시대보다 더욱 선명하게 나타난다.

비록 시대에 따라 황석영 중단편 소설을 검토하는 시각이 바뀌어가고 있지만, 1970년대부터 현재까지 황석영 중단편 소설의 시대적 리얼리즘 정신, 이른바 당대의 소외 집단이나 하층 민중에 대한 표현의 문학이라는 점은 논의에서 빠진 적이 없었다.[70] 황석영의 구체적인 표현방식에 대해

68 정현기, 「1970년대 소설의 노 · 사갈등 모티브 연구」, 『매지논총』제7집, 연세대학교 매지학술연구소, 1990.2.
문재원, 「1970년대 소설에 나타난 매춘과 탈매춘」, 김정자 외, 『한국현대문학의 성과 매 춘연구』, 태학사, 1996.
최갑진, 「1970년대 소설의 갈등 연구─황석영과 조세희를 중심으로」, 『동남어문논 집』 제7집, 동아어문학회, 1997, 8.

69 하정일, 「민중의 발견과 민족문학의 새로운 도약」, 민족문학사연구소 엮음, 『민족문학사강좌』하, 창비, 1995, 263~4면 참조.
방민호, 「리얼리즘의 비판적 재인식」, 『비평의 도그마를 넘어』, 창비, 2000, 95면 참 조.
우찬제, 「한국 소설의 고통과 향유」, 『고독한 공생』, 문지, 2003, 54면 참조.

70 1990년대에 들어와서도 그것은 황석영 중단편 소설을 고찰하는 시각의 중요한 구성이었다.
하정일, 「민중의 발견과 민족문학의 새로운 도약」, 위의 글.
염무웅, 「민중의 현실과 소설가의 운명」, 『황석영─삼포 가는 길 외』, 한국소설문 학대계 68, 동아출판사, 1995.
임규찬, 「「객지」와 리얼리즘」, 최원식 · 임홍배 엮음, 『황석영 문학의 세계』, 앞의 책,
서영인, 「물화된 세계, 소외된 꿈」, 위의 책.

비판하는 논의에서도 그 점에 대해서는 긍정의 태도를 보였다.[71] 그만큼 『객지』는 시대성에서 강한 의미를 획득하고 있다. 이 작품들의 시대적 의미를 부여하는 논의들은 1970년대에 더욱 집중되어 있었다. 시인 신경림, 평론가 김병걸과 김치수의 글들은 당대의 논의 중에서 대표적이라 할 수 있으므로 여기서 짚고 가기로 한다.

중편 「객지」가 발표된 다음해인 1972년에 『창작과 비평』에 실린 김병걸의 글 「한국 사회와 소설의식」은 문학사회학의 시각에서 당대 한국 사회의 경제적 · 정치적 병폐를 검토하면서 "행동문학"이라는 단어를 사용한다. 이 글에서는 "행동문학"으로 김정한과 선우휘 소설에 이은 작품을 황석영의 「객지」로 보고 있다. 그는 이 작품을 "종래의 고착적인 리얼리즘"과 구별되는 "변증법적 리얼리즘", 이른바 "외부적 리얼리티에 대한 그의 의식의 반작용을 그의 시대와 사회가 요구하는 보편적 이념에 잘 부합"[72] 된다고 평가한다. 결국 이 작품은 "사회관계의 조직에 대한 충실한 표현이 될 뿐 아니라, 동시에 미래예시적인 의미를 띠게 되는 것이다"라고 높이 평가한다. 작가 정신에 대해서도 '대위'와 '동혁'을 통해 표현한 반항의식은 "모든 사람을 위한 자유"에 몸 바친 것으로 해독한다. 이글에서는 「객지」에 대한 평가의 시각을 정확하게 드러내고 있다. "「객지」는 왜 우리에게 절실하고도 깊은 감명을 주는가. 이에 대한 해답은 이 작품이 이룩한 문학적 성과와 가치 면에서 찾아야 할 것은 물론이겠지만, 다른 한편 이런 작품

71 예컨대, 성민엽은 비록 황석영 중단편 소설의 영웅주의와 낭만적 허위를 지적을 하는 것은 "그 열린 감수성을 토대로 한 민중적 현실의 탁월한 소설적 표현자로서의 황석영의 작품들을 진정으로 높이 평가하기 때문이다"라고 설명한다."(성민엽, 앞의 글, 140면.)

72 김병걸, 앞의 글, 766면.

이 생산되게끔 한 문학 외적 소여, 즉 한국 사회의 경제적 파행성에서도 찾아질 수 있다."[73]며 「객지」가 시대적인 의미를 획득하는 이유를 충분히 밝히고 있다.

김병걸에 이어 시인 신경림은 「문학과 민중」(1973)에서 민중 의식을 기준으로 현대 한국 문학을 "부르주아문학"과 민중문학으로 나누고 있다. 전자는 "특수 계층 및 지식 귀족에게 독점되어 있는 문학"이므로 비판의 대상이 되고 후자는 민중을 위한 문학이므로 긍정의 대상이 된다. 이러한 기준 하에 황석영의 「객지」는 높이 평가되고 있다. "문학의 소시민화, 귀족화에 강력하게 제동을 건 것이 이문구와 황석영이다. (중략) 황석영의 「객지」에 이르면 비로소 우리 문학에는 생산과 노동의 문제가 등장한다."[74] 이 논평에서 보이듯이 우선 「객지」의 소재(생산과 노동)가 참신한 것이므로 전시대의 부르주아문학과 크게 다르다는 점에서 의미를 획득한다. 이어서 「객지」의 내용에서 반영되는 작가 정신을 높이 평가하고 있다. "황석영은 이러한 병폐에 정면으로 대결, 어떠한 희생도 두려워하지 않고 투쟁을 전개해 나가는 한 떼의 노동자들을 보여줌으로써, 사회의 제반 악조건이나 제약 아래서도 삶 그 자체에 대하여 철저한 신뢰와 희망을 끝까지 잃지 않은 뛰어난 작가 정신을 발휘했다."[75] 이 평가에서는 『객지』가 지닌 문학 작품으로서의 계몽적인 역할에 주목하여 현실 대안과 결부시키면서, "민중문학론"이나 "민중운동"의 일부로 규정하기를 시도한다. 이와 같은 평자의 의도는 글의 결말부분의 영웅주의에 대한 지적의 대목에서도

73 위의 글, 767면.

74 신경림, 앞의 글, 59면.

75 위의 글, 60면.

드러난다. 평자는 황석영 문학의 "영웅주의"를 "민중과의 사이에 괴리감을 조성할 여지를" 만들어낼 수 있다는 측면에서 지적하고 있고, 서사의 측면에서 지적한 것이 아니다. 신경림의 글에서 황석영 소설은 당대 사회의 "병폐"를 드러내고 치료하는 측면에서 높이 평가된다고 보고 있다.

"민중문학론"이 뜨겁게 논의되고 있던 1970년대의 마지막 해인 1979년에 당시 진보 경향의 잡지 『문학과지성』에서는 "산업사회와 문화"이라는 특집으로 산업 시대의 경제, 문화, 문학 양상에 대하여 토론했다. 그 중에서 많은 양을 차지한 평론가 김치수의 글 『산업사회에 있어서 소설의 변화』는 1970년대 문학 현상에 대한 전반적인 회고와 정리라고 할 수 있다. 그는 황석영의 『객지』를 포함하여 조선작, 윤흥길, 조세희 등 네 작가의 소설을 분석하면서 "왜 소설이 삶의 어두운 면만을 다루고 있느냐 하는 질문"을 소설 사회학의 시각에서 답하고 있다. 그는 "우리 소설이 독특한 현실을 가지고 있음을 인정하지 않을 수 없다."[76]라고 하면서 그 이유는 "(경제적)향상의 과정에서 사랑과 자유와 평등에 해당하는 부르주아 혁명의 이념과 정신 같은 것이 실제적으로 전혀 고려의 대상이 되지 않았기 때문"인 것으로 판단한다. 여기서 그는 황석영의 『객지』에 수록된 작품들을 검토하면서 "황석영은 이러한 상황 설정을 통해서 우리가 살고 있는 현실의 핵심적이고 상징적인 의미를 추구하게 된다"고 평가한다. 마지막에 "소설이 사회의 보이지 않는 구조를 드러낸다고 하는 것은 바로 그러한 현실에 대한 자각을 가능하게 하기 때문이다."[77]라는 문장으로 결말을 짓

76 김치수, 앞의 글, 910면.

77 위의 글, 911면.

는다.

위의 세 편의 글에서 『객지』와 민중문학 담론의 관계를 파악할 수 있다. 『객지』의 의미는 '민중적 소재'와 '민중 현실에 대한 재현'에서 파악한다는 것으로 전술한 논의에서 공유되었다. 그것은 또한 "민중문학론"의 키워드이기도 하다. 『객지』에 대한 검토에서 민중문학의 구체적인 실천이 확인될 수 있었고, 또한 그것을 통해 민중문학의 창작 기법과 방향을 점차 정립해 나갈 수 있었다. 예컨대, 신경림이 지적한 "영웅주의"나 김병걸이 주목한 인물 이미지는 그러한 경우에 해당된다. 1979년의 김치수의 글에서 볼 수 있듯이, 『객지』는 이미 조선작 외 일련의 작품들과 합류하여 새로운 문예적인 현상—민중문학—의 흐름에 타게 되었다. 다시 말해, 『객지』에 대한 논의는 "민중문학론"의 일부를 구성했고, "민중문학론"의 전개는 다시 민중문학 작품들의 생산을 자극하여 민중문학의 방향을 제시했다.

한편 『객지』가 리얼리즘 문학의 정수를 보여준다는 점은 여러 차례 문학사에서 정의되어왔으므로, 이제는 『객지』에 관한 몇 가지 문학사적인 평가를 간략하게 살펴봄으로써 작품들의 위치를 해명해보기로 한다. 염무웅은 민중시대의 문학 전반을 고찰하면서 전태일 사건이 1970년대 사회사의 시발점이었듯이 「객지」의 발표는 1970년대 소설사의 출발점으로 평가한 바 있다.[78] 최근 한국현대소설을 소개하는 몇의 "문학사"책에서도 대체로 이러한 평가를 따르고 있다. 김윤식 · 정호웅의 『한국소설사』에서는 황석영의 「객지」와 「삼포 가는 길」을 "민중주의의 성장과 산업시대의 소설"의 문학 범주 안으로 귀납하면서 역시 이 작품들이 "현실과 소설 구조가

78 염무웅, 『민중시대의 문학』, 창비, 1979, 338면.

빈틈없는 상동관계에 놓"[79]이는 리얼리즘적 특징에 주목한다. 권영민의 『한국현대문학사』에서 1970년대의 문학 전반을 "민중" 주제와 "민족" 주제에 대한 표현의 두 부류로 나누면서 황석영은 "민중" 문학 분류에서 논의하고 있다. 그는 역시 황석영이 "그려내고 있는 삶은 현실은 근대화의 과정에서 소외된 사람들이 보여주는 어둠의 현실이다"라는 소설의 리얼리즘적 특징과 "여러 현실의 문제성을 철저하게 파헤치면서 인간의 삶의 전체적인 의미를 놓치지 않으려는 작가 의식의 자체의 투철함"[80]으로 표현되는 작가의 리얼리즘 정신에 주목하여 평가한다. 이재선의 『현대소설사』는 『객지』를 "도시화 현상과 도시 소설"이라는 범주 안에서 작품들에 나타난 도시의 모티프와 도시화에 따른 문제에 대한 재현의 소재에 주목하면서 논의한다.[81] 중편 「객지」보다 2년 뒤에 발간된 김윤식 · 김현의 『한국현대문학사』에서는 「객지」를 1960년대 작가들의 작품들과 함께 "개인주의의 대두"라는 테두리 안에서 개괄하면서 이 작품들이 "개인과 개인의 대립, 사회와 개인의 대립"[82]이라는 특징으로 전시대 문학과 구별된다고 보고 있다.

이와 같은 서술에서 보듯이 「객지」의 등장은 민중의식 및 산업화의 성장과 밀접한 관련을 가진다. 다시 말해, 당대의 단일한 경제 성장 지향 정책과 4.19 등 경제적, 정치적 사건들이 이 작품을 생성되게 하는 요인으로 보인다. 그것은 또한 시대적인 문학 양상 민중문학의 요인이기도 하다.

79 김윤식 · 정호웅, 『한국소설사』, 문학동네, 2002, 428면.

80 권영민, 앞의 책, 268~269면.

81 이재선, 『한국소설사2』, 민음사, 2002.

82 김윤식 · 김현, 『한국현대문학사』, 1974, 민음사, 마지막 장.

『객지』의 생성 및 논의는 시대적인 증후에서 확인될 필요성이 있다. 그러나 『객지』의 출현은 또한 당시의 문단적인 상황과 무관해 보이지 않는다.

상술했듯이 『객지』는 리얼리즘 문학의 전형으로서 문학사에서 중요한 위치를 차지한다. 이와 같은 평가는 이 작품이 기존의 문단 작풍을 전환시키는 계기의 측면도 주목을 받았기 때문이다. 신동한은 「폭넓은 리얼리즘의 세계」(1974)라는 글에서 "그 동안 여러 비평가에 의해 리얼리즘 논의가 있었지만 그것을 뒷받침해줄 무게 있는 작품을 찾기 어려웠던 시점에서 「객지」의 발표는 무엇보다도 커다란 뜻을 지닐 수 있었다."[83] 김병걸의 「한국소설과 사회의식」에서는 중편 「객지」의 리얼리즘적 특징을 이와 같은 측면에서 검토하고 있다. "이 작품의 기법에 있어서의 리얼리즘은 대상을 있는 그대로 수동적으로 받아들이는 구식 리얼리즘의 객관성과는 달리, 아고스티의 이른바 변증법적 리얼리즘, 즉 객체의 작용과 의식의 반작용과의 교직관계를 충실하게 나타내고 있다."[84] 위의 논의들은 "무게 있는" 리얼리즘 작품이 없거나 "수동적으로 받아들이는 구식 리얼리즘"만 있었던 바탕에 중편 「객지」의 출현이 문단에 리얼리즘의 새로운 정신을 부여했다는 점에 주목한다. 이와 같은 시각은 「객지」에 대한 논의에서 보편적이지는 않지만 꾸준히 언급되고 있는 것으로 볼 때 당대 문단의 상황을 어느 정도 투사하고 있는 듯하다.

83 신동한, 「폭넓은 리얼리즘의 세계」, 위의 책, 741면.

84 김병걸, 위의 글, 766면.

3.2 「우리의 길」 외와 "저층서사론"의 확대

—————————————————— 「나알」 이외의 나머지 나위장 소설이나 조정로 소설에 대한 비평은 수적으로 손에 꼽힐 정도로 적다.[85] 나위장의 소설에 관한 평론은 8편 정도의 글, 조만생曹万生의 「선과악의 선」, 장홍张宏의 「분열의 경성과 무망의 향촌」, 이동풍李东风의 「나위장과 그의 소설」, 이경택李敬泽의 「나위장의 신념」, 석명石鸣의 「저층에 대한 주목과 소외자의 눈길」, 나용罗勇의 「그 위대한 힘을 접촉한다」, 왕문초王文初의 「강직한 납함과 부드러운 가호함」, 풍민冯敏의 「대지의 소리를 경청하다」을 들 수 있다. 이중에서 왕문초의 글은 나위장의 중편 성장소설 「우리의 성장」에 대한 서평이라 논외로 한다. 나머지 7편의 글을 두 부류로 나누어 볼 수 있는데, 조만생, 풍민, 장홍의 글은 "저층"을 재현하는 소설의 내용에 대한 논의에 중점을 두는 작품론이라고 할 수 있고, 나머지 논의는 주로 작품으로 보여주는 작가의 자세나 책임감에 중점을 더 많이 두고 있으므로 작가론이라고 할 수 있다. 이 논의들에서는 전반적으로 나위장 소설을 "저층서사"가 가진 의미라는 큰 범주에서 보고, 이른바 '저층'에 대한 표현은 문학사에서 획기적인 의미를 가진 것이고, 문학의 도덕성에 대한 반성의 계기 등과 같은 점에서 긍정적으로 평가한다. 예컨대 석명의

85 曹万生, 「善与恶的界线」, 『作家文汇』, 2006, 第四期.
李敬泽, 「罗伟章之信念」, 『当代文坛』, 2006, 6.
石　鸣, 「底层关注与边缘目光—罗伟章小说解读」, 『当代文坛』, 2006, 3.
罗　勇, 「触摸那伟大的力量—罗伟章小说创作简论」, 『绵阳师范学院学报』, 2007.1.
冯　敏, ≪倾听大地的声音—评罗伟章的小说〈我们的路〉≫, ≪小说选刊≫, 2006年第1期.
王文初, 「刚性的呐喊与柔性的呵护—读罗伟章小说≪我们的成长≫」, 『当代文坛』, 2006, 3.
张　宏, 「分裂的镜城与无望的乡村—罗伟章近作解读」, 『文艺理论与批评』, 2007, 第四期.
李东风, 「罗伟章和他的小说」, 『北京文学』, 2007, 第三期.

글은 이렇게 시작한다.

> 목전에 우리 문화의 병증 중의 하나는 고난에 대한 무시인 것이다. 우월한 삶과 우월한 생활에 대한 갈구로 인해 고난을 무시하는 경향은 우리의 양심적인 제방과 도덕적인 판단력을 파괴시키고 있다. 그러나 나위장은 「우리의 성장」, 「우리의 길」, 「고향은 먼 곳에」, 「우리 형수님」 등 한 계열의 작품에서 저층서사를 통해 가장 귀한 품행을 나타냈고, 저층 고난에 대한 주목함, 체험함과 투입함은 작품에서 잠재하는 도덕적인 이상理想이라고 할 수 있다.[86]

이와 같은 견해는 나위장 소설에 대한 보편적인 평가 시각이라고 할 수 있다. 그중에서 주목 받을 만한 논의는 이경택의 글이다. 이 글에서는 중국 사상사의 변화 및 주류 문학의 체계와 관련하여 '작가의 담론화' 문제도 제기되고 있기 때문이다.

> 2004년 이래에 전통 문학잡지의 편집자와 독자에게 나위장이 소설가로 명망이 높아진 것은 그의 작품에서 등장하는 소재가 결정적인 역할을 했다. 그는 농촌 출신의 빈곤한 학생, 농민공, 하급 하청자, 가난한 자를 묘사하는데, 그것은 마치 본 세기 초에 중국인들의 의식 속에 있는 현실 구도가 조정되는 데에 문학적인 증언을 제공한 것과 같다. 이 조정의 과정에서 사회의 "저층"이 발견되고 규정되었는데 나위장은 처음부터 이 프로젝트

86 石鳴, 위의 글.

의 부지런한 공장工匠으로 분류되었다.[87]

위의 논의는 나위장 작품을 둘러싸는 사상사적인 배경, 창작 체제 등을 강조하고 있다. 우선 "전통문학 잡지의 편집자와 독자"의 주목을 받는 것은 나위장 문학의 대두에 중요한 요건이 된다. 그리고 나위장 문학은 "중국인 의식 속에 있는 현실 구도가 조정되는" 계기와 맞은 것도 중요한 조건이었다. 때문에 나위장의 문학이 가진 성격은 "저층"에 대한 발견이라는 큰 사상의 흐름 속에서 규정된다. 그래서 그는 "나위장은 간단화 될 수밖에 없다"라고 단언한다.

이경택은 나위장의 담론화를 지적해냈다. 그의 지적과 같이 나위장은 자기 자신의 의견이 무시된 채 시대적 이데올로기 아래서 "저층서사" 작가로 담론화 되었다. 하지만 나위장 본인은 "저층서사" 작가라는 말에 동의하지 않는다.

> 그(나위장)가 기자의 인터뷰에서 이렇게 말한 적이 있다. "문학은 문학이다. 문학은 경계가 없는 것이다. (중략) 만약 문학이 경계가 있다고 인정한다면 그 땅에 있는 글쓴이가 이 경계를 보지 못하기만 하면 그가 쓴 작품은 전국을 향해 가라고 요구를 안 해도 실은 그 작품이 이미 전국을 향해 가게 되는 것이다. 경계에서 벗어나지 못한 작가는 바로 그가 그 경계를 봤기 때문이다." 때문에 나위장은 소재대로 문학을 분류하는 것을 반대한다. 예컨대 현재 유행중인 저층서사라는 문법은 그의 생각에 따르

87 李敬澤, 위의 글.

면 성립되지 않은 것이다.[88]

다른 하나는 2006년 4월 12일 『하남일보河南日報』에 실린 "나위장의 「우리의 길」"에 관한 기사이다.

> 2006년의 중국문단에서 농민공은 무리로서 예없이 선명하고 포만한 이미지로 소설 분야에 들어왔다. 올해 1월에 중국 작가협회가 주관한 『소설선간』은 개판을 해서 농민공이 길가 옆에 앉아 빵을 먹고 있는 사진을 표지에 두고, 동시에 나위장의 「우리의 길」을 중점적으로 추천한다.[89]

여기서 자세히 들여다봐야 하는 것은 「우리의 길」을 보도한 『하남일보』의 성격과 이 소설을 실은 『소설선간』의 성격이다. 『하남일보』는 하남성河南省 성정 부의 주된 신문기관이다. 하남성은 2001년 말의 통계에 의하면 9555만 명의 인구로 중국에서 인구가 가장 많은 지역으로 주목 받는다. 또한 이 지역의 인구 밀도는 평균적으로 1킬로 평방 당 572명으로 높은 수에 달하기 때문에[90] 농민들이 분배 받을 수 있는 경작지의 수입으로는 생활비 지급은 매우 부족하게 된다. 때문에 하남성에 매년 총 농촌 노동력 4700만 명 중에서 1/3정도, 이른바 1000만 명이 넘는 농민공들을 배출한 지역이다.[91] 때문에 농민공은 하남성 정부의 주된 관심사로 기사 내용으

88 李东风, 위의 글.

89 http://www.gmw.cn/content/2006-04/12/content_402581.htm

90 百度網 http://zhidao.baidu.com/question/37971605.

91 中原新闻网 - 〈郑州日报〉, 2006.01.15.

로 실린 것이다. 이 기사에서 "농민공"의 생존 문제를 문학에서 재현한다는 점보다 현지 특징으로 내세울 수 있는 "농민공"의 문학화를 자랑하고 있는 태도가 더욱 명확하다. 또한 『소설선간』의 성격도 들여다 볼 필요가 있다. 이 잡지는 국가 문화 기관으로서의 "중국작가협회"[92] 주관 하에 만들어진 잡지이다. 시장경제 체제가 실행된 후에도 완전한 상업적인 기관으로 볼 수 없고 잡지 내용은 어느 정도 국가의 이데올로기에 부합해야 한다. 그러므로 「우리의 길」에 관한 담론에서 보이듯이 "저층"을 이중, 삼중으로, 이러저러한 의도에 의해 표현되는 경우가 많기 때문에 그 와중에 "저층서사" 작품의 지향점, 작가의 지향점과 점점 멀어진다. "저층서사" 담론의 이와 같은 복잡한 요소에 대해 작가들이나 평론가들은 심각하게 판단하고 있다. 그것은 바로 "저층"을 "미학적인 장치"나, "카드"로 사용되어 담론화하기에 대한 우려의 발언[93]이었다.

92 중국 공산당의 지도를 받아 중국 각민족의 작가들이 자진으로 결합한 전문적 인민단체이다. 당과 정부가 광대한 작가들, 문학자들을 연락하는 중요한 다리의 역할을 한다.(百度百科网, http://baike.baidu.com/view/113514.htm)

93 이에 관해 진효명, 장청화, 소염군 등의 글을 참조할 수 있다.
陈晓明, 앞의 글.
张清华, 「底层生存写作与我们时代的写作伦理」, ≪文艺争鸣≫, 2005, 6.
邵燕君, 「底层"如何文学"」, 『小說選刊』, 2006, 3.

/ 제4장 /

모더니즘 계열의 비교

조세희의 『난장이가 쏘아올린 작은 공』과 조정로의 「나알」 외

제4장
모더니즘 계열의 비교
: 조세희의 『난장이가 쏘아올린 작은 공』과 조정로의 「나알」 외

조세희 1942년 8월 20일 경기도 가평군에서 태어났다. 1963년 서라벌예술대학 문예창작과를 졸업하고 1965년 경희대학교 국문과를 졸업했다.[1]

조세희는 황석영보다 한 해 전인 1942년에 남한에서 태어났다. 그의 소설 창작은 문창과에 재학한 경험에서 많이 연유할 수 있을 것이다. 그 외에 조세희의 창작 배경은 황석영의 대담에서 언급되고 있었다.

술 먹고 원맨쇼나 하고 그랬지요. (중략) 그때 정서가 그랬죠. 김원일이는 당시에 빼어난 미남이었는데 자기는 황 아무개가 더 미남인 줄 알았대. (웃음) 조세희, 송영, 조해일 등도 모두 그때 친구들이고.[2]

1 네이버 백과사전에서 인용한다. 이하 작가 이력에 관한 내용은 모두 같은 데에서 인용한다.

2 황석영 · 차미령 대담, 앞의 글, 140면.

이 대목에서 주목해야 하는 것은 황석영이 언급한 김원일, 조세희, 송영, 조해일 등은 모두 40년대 생이고, 60년대에 등단한 작가들이라는 것이다.[3] 그 이외에도 이 시기의 한국 문단에는 김지하, 이문구, 윤흥길, 방영웅, 박태순 등과 같은 많은 문인들이 등장하였다.[4] 이와 같은 문단의 현상은 우연한 일이 아니었다. 위의 황석영의 말에서도 당대의 시대적인 분위기를 확인할 수 있다. 조세희의 『난장이가 쏘아올린 작은 공』[5]의 "작가의 말"에서도 그 시대를 비슷하게 추억하고 있다.

> 우리 땅이든 남의 땅이든, 십구세기말에서 이십세기 중반까지, 인류의 간절한 희망들이 파괴되던 시기의 작품들이 나를 키워주었었다.[6]

황석영 및 조세희의 말에서 알 수 있듯이, 조세희와 황석영은 같은 세대의 청년으로서 같은 시대적 분위기에서 성장했다. 외국 도서를 포함한 풍부한 독서의 경험은 조세희의 창작에 풍부한 기반을 형성한 것으로 추정된다. 때문에 조세희의 소설에서는 한국적인 현실이 다루어질 뿐만 아니

3 조세희, 1942년 생, 1965년 소설 '돛대없는 장선'로 등단.
김월일, 1942년 생, 1966년 대구매일신문 신춘문예 '1961년 알제리아' 등단.
송　영, 1940년 생, 1967년 소설 '투계'로 등단.

4 이문구, 1941년 생, 1966년 현대문학 '백결이' 등단.
윤흥길, 1942년 생, 1968년 에 '회색 면류관'이 당선되어 등단.
김지하, 1941년 생, 1969년 시 '황톳길'로 등단.
방영웅, 1942년 생, 1967년 장편 "분례기"로 문명 획득.
박태순, 1942년 생, 1964년 단편 '공알앙당'으로 등단.

5 조세희, 『난장이가 쏘아올린 작은공』, 이성과힘, 2000년.

6 조세희, 「파괴와 거짓 희망, 모멸의 시대」, 위의 책. 8면.

라, 외국적인 것 예컨대 프랑스 혁명에 대한 소개, 서구 사회에서 분석되어 온 자본의 축적 원리 등의 모티프도 등장한다. 또한 서사의 기법에서도 전통적인 리얼리즘의 기법보다 한 층 나아가 새로운 서술 기법, 환상적 모티프의 사용도 이러한 독서 경험과 관련한 것으로 추정된다.

2008년 11월 『난장이가 쏘아올린 작은 공』 30주년 기념 문집으로 나온 『침묵과 사랑』에서 수록된 여러 작가의 에세이에서는 조세희의 근황을 많이 반영하고 있다. 소설가 최인석의 글에서는 자기의 작업실이 조세희 선생님과 같은 동네라고 하면서 조세희가 현재 살고 있는 동네의 모습을 서술한다.

> 지난 초겨울, 작업실로 돌아가는 길이었다. 아파트 단지 입구에 동사무소가 있고, 바로 그 옆에 구립 어린이집이 있고, 그 옆에는 작은 운동장이 있었다. 운동장이라기에는 부끄러운 공간, 울타리 쪽에는 벤치가 몇 개 놓였지만 그 주위에는 잡초가 우거져 있어 다가가 앉기에는 불편했다. 그쪽에서 외국어로 태국 말인지 베트남 말인지 알 수 없는, 그 지역 특유의 툭탁거리는 언어로 한 여자가 이야기를 하는 소리가 들렸다. (중략) 서울과 경기도의 경계에 자리 잡은 시영아파트. (중략) 우연히 선생님과 같은 동네였다. 알고 보니 선생님은 그 아파트 단지가 생기면서부터 살기 시작하여 지금껏 삼십 년 가까이 고스란히 그 자리를 지키고 계셨다.[7]

7 최인석, 「난장이들은 다 어디에?」, 권성우 엮음, 『침묵과 사랑』, 이성과 힘, 2008, 276면. (이 책에 수록된 글의 저자들이 다양한 직업을 가졌다는 점은 매우 특징적이기 때문에 인용문 옆에 저자의 이름과 함께 직업을 병기한다.)

이 글에서 최인석은 조세희가 현재까지 경기도와 서울 사이에 있는 가난한 동네에서 30년 가까이 살고 있다는 것을 밝힌다. 현재 조세희의 소설가나 엘리트로서의 활동에 관한 정보는 거의 없다. 하지만 그는 시위 현장에 나가는 등, 여기 저기 다니면서 가난한 사람들의 삶의 모습을 사진에 담고 있다는 사실이 여러 글에서 제기된다.

> 가) 시위 현장에서 우연히 뵙기도 하고, 카메라의 눈으로 시위 현장을 살피는 선생님을 멀리서 목격하고 스쳐간 것도 두어 번이다.[8]
>
> (최인석, 소설가)

> 나) 특히 90년대 이후 크고 작은 집회와 시위 현장에서 카메라를 든 선생의 모습을 만나는 것은 더 이상 낯설거나 신기한 일이 아니게 되었다.[9]
>
> (최재봉, 『한겨레』기자)

위의 글을 통해서 알 수 있는데, 조세희는 가난한 동네에서 살고 시위현장에서 사진 찍고, 함께 시위하는 평범한 대중으로 살고 있다. 이러한 삶의 자세는 민중의 상위에서 살고 있는 일반 문인들과 그 입장이 상당히 다르므로 주목할 만하다.

그 외에 조세희의 삶의 태도도 살펴볼 만하다. 그는 세상과 자신에 대해 유난히 엄격한 사람이다. 2000년 판의 『난장이가 쏘아올린 작은 공』 "작가

8 위의 글, 278면.

9 최재봉, 「『하얀저고리』를 기다리며」, 위의 책, 305면.

의 말"에서 조세희는 "아직 젊었던 시절 칠십 년대와 반목했던 것과 같이 나는 지금 세계와도 사이가 안 좋다"라고 말한 바가 있었다. 30년 전에 『난장이가 쏘아올린 작은 공』을 쓰던 조세희는 시대와의 "불화" 속에서 살았다. 그의 그런 삶의 태도는 지금도 변하지 않았다.

> 2008년 1월 중순, 그날이었다. 기름유출사고 피해보상을 요구하며 몸에 불을 지른 충남 태안 주민이 죽은 날이었다. '그' 조세희가 전화했다. 머리가 너무 아프다고 했고 몇 달 동안 끊었던 담배에 다시 불을 붙였다고 했다.
>
> 2005년 11월 중순, 그날이었다. 쌀 개방에 반대하던 여성 농민이 농약을 먹고 호흡을 멈춘 날이었다. '그' 조세희가 전화했다. 농민집회에 참석했다가 하늘 물벼락보다 무서운 물대포를 맞았다고 했다.
>
> 분신해 죽고, 투신해 죽고, 목매 죽고, 맞아 죽는 사람이 없었던 적 없어, 그는 늘 견디지 못해 했다. 견딜 수 없을 때마다 담배를 피워댔고, 하루 세 갑 담배는 그의 몸을 갉아먹었다.[10] (이문영, 『한겨레』기자)

위의 글에서 반영되듯이 조세희는 가난한 자를 못 본 척할 수 있는 사람이 아니다. 그는 가난과 불행으로 표상되는 사회 문제를 포착할 뿐만 아니라 또한 그것에 대해 심각하게 여긴다. 하루에 "세 갑의 담배"나 "머리가 너무 아프다"등과 같은 서술에서 진지한 그의 삶의 자세를 짐작할 수 있다. 기자 이문영이 또한 이러한 내용을 썼다.

10 이문영, 「착륙하지 않는 쇠공, 끊이지 않는 절규」, 위의 책, 332~333면.

세상에 대해서보다 자신에 대해 훨씬 더 엄격한 사람, 그래서 더 삶이 팍팍했던 그에게, 좀 관대해지면, 조금만 너그러워지면 어떻겠냐고 말했었다. 그는 즉답을 피했다. 담배 연기를 깊이 들이마시고 한 말이 이랬다.

사람에겐 누구나 자기만의 성깔이, 자신도 어떻게 할 수 없는 뭔가가 있어. 외길 가는 사람은 외로워도 그길 가야지.[11](이문영, 『한겨레』기자)

조세희는 "외길"을 선택하였다. 『난장이가 쏘아올린 작은 공』이 대중들의 주목을 받았고 문학사에서 중요한 자리를 차지했지만 조세희는 유명해진 작가로서의 삶을 계속하지 않았다. 오히려 "외길"을 택한 것이었다. 이와 같은 조세희의 전기적인 사실은 조세희 문학의 정신을 두드러지게 한다.

조정로曹征路, 강소성 부영 사람이다. 1949년 9월에 상해에서 태어났다. (문혁 때)하향한 적 있었고 후에 입대한 적도 있었다. 노동자를 거쳐 공공기관의 간부로 지냈다. 현재 심천대학교 인문대에 교수로 재직한다. 일급작가이고 중국작가협회의 회원이다. 공산당원이다.[12]

조정로의 전기적인 자료도 역시 풍부하지 않다. 우선 1949년 중화인민공화국이 성립되는 해에 태어난 것은 주목 받을만하다. 그 시대에 태어난 사람들은 '애국 사상'을 비롯한 신중국의 강렬한 이데올로기에 필연적으로

11 위의 글, 339면.

12 深圳大学文学院 교수진 소개 홈페이지.

휩쓸렸[13]을 것이다. 동시에 그 세대는 대약진 운동大躍進運動[14], 설탕, 천, 곡식 등 생활필수품까지 국가에서 통일적으로 관리하는 제도[15]를 실행하는 20여 년 동안에 젊은 시절을 보냈다. 1966년부터 시작한 문혁의 10년 동안 조정로는 18~28세의 청춘 시절을 보냈다. 도시에 있던 대다수의 청년들과 마찬가지로 그도 농촌으로 보내졌다. 조정로의 작품 중에서 농촌을 소재로 하는 소설은 「오늘밤에 피곤한 아름다움이 유행한다今夜流行疲惫美」, 「붉은 구름红云」, 「두선사건豆选事件」 등이 있다. 그러나 이 작품들은 조정로 작품의 전반과 비교했을 때 아주 적은 비중을 차지하고 있다. 이에 비해 '도시'를 배경으로 하는 소설은 더 많은 비중을 차지하고 있다. 조정로의 연보에서 반영했듯이 '하향' 시절은 작가 조정로가 농촌 삶을 체험할 수 있었던 유일한 시기였다. 조정로는 도시에서 태어나 자랐고 하향했다가 입대하고 난 후에 다시 도시로 돌아와서 노동자, 공무원, 교수로 지냈던 것이다. 이러한 경력은 그의 소설에 상당히 많이 반영되어 있다. 한편, 그의 소설에는 사회주의적인 공동체적 유산에 대한 기억이 끊임없이 제시되고 있고, 다른 한편으로 노동자 삶의 문제, 관공부서의 내막, 교육계의

13 하나의 예로 들자면, 대중 유행가로서 공산당을 찬양하는 '공산당이 없으면 신중국이 없다没有共产党就没有新中国'와 주석 모택동을 찬양하는 '동방홍东方红' 등은 남녀노소 모두의 입에 익숙한 것이었다.

14 1958년 5월에 중국공산당 8회 두 번째 회의에서 두 번째 5개년 계획을 제기하면서 공농업의 발전 목표를 현실보다 훨씬 높게 세워 각 기관에 임무를 분배한다. 그 뒤로 2년 동안에 그 목표를 달성하기 위해 실제 상황에 맞지 않은 생산 운동을 시작한다. 1960년 겨울에 '대약진' 운동이 그친다.(http://news.xinhuanet.com/ziliao/2003-01/20/content_698127.htm)

15 1953년부터 곡식도 국가의 통일 구매와 통일 판매 제도에 편입시켰다. 곡식을 포함한 농부업 소비품은 국가에서 발행하여 수당 분배한 '표'에 따라 일정한 양만 구매할 수 있었다.(周晓虹 主编, 『中国中产阶层调查』, 社会科学文献出版社, 2005, 10면. 참조.)

문제를 골고루 드러내고 있다. 예컨대 노동자 문제를 제시하는 「나알」이 외에, 관광부서의 내막을 제시한 소설 『횡령 가로막는 지침反贪指南』, 「좋은 관리의 생애好官生涯」가 있고, 교육계 문제를 제시한 소설은 「진상真相」이 있다. 심천대학교 교수, 작가협회 회원 등의 칭호는 조정로의 경제적인 수입의 보장을 설명할 수 있다. 이것은 전문 작가 나위장과 크게 다른 점이라고 할 수 있다.

조정로의 다양한 경력은 그의 글쓰기에 크게 영향을 미친다. 그는 이운뢰와의 대담에서 "나의 전체적인 추구는 내가 겪었던 시대적 변천을 예술적으로 기록하는 것이었다." 이어서 그는 소설에 투영된 자신의 경험에 대해 이렇게 말한다.

> 노동자, 농민, 군인, 학생, 상인, 내가 거의 다 해봤어요. 잘 한 거는 아니었지만 합격 정도는 장담할 수 있지요. 이 경험들은 소설을 쓰는 데에 도움이 되는 것이 의심할 바가 없지요. 적어도 상식적인 오류를 범하는 일을 면할 수 있어요. 소설 창작은 생활 경험에 대한 높임이라고 할 수 있다고 생각해요. 많은 기발한 생각이 모두 경험에서 나온 것이니까요.

때문에 조정로의 소설은 취급되는 범위가 농촌, 공장, 벼슬길, 교육계를 넓게 아우르는 편이고, 현장에 대한 구체적인 묘사도 리얼리틱한 효과를 나타낼 수 있었다. 예를 들어 「나알」에서 막내 삼촌이 젊었을 때 공장에서 일하는 모습에 대한 묘사에서 그 점을 쉽게 확인할 수 있었다.[16]

16 "막내 삼촌이 철을 주조하는 모습은 내가 봤던 것이다. 그가 키 크고 피부가 하얗고 균형 잡힌 체격이었다. 온 몸은 삼각형의 작은 근육 덩어리였다. 망치가 불빛에서 휘두

한편 작품 연보로 봤을 때 조세희는 한국 문단에서 특이한 작가라고 할 수 있다. 그는 지극한 과작寡作의 작가이기 때문이다. 1965년 『경향신문』 신문문예에 소설 「돛대 없는 장선」으로 등장한 후에 10년의 침묵을 지켰다가 1975년에 난장이 연작의 첫 단편인 「칼날」을 발표했다. 그 후 1978년까지 난장이 연작을 구성하는 12개의 단편을 이어서 잡지에 연재했다. 1978년에 작품집 『난장이가 쏘아올린 작은 공』은 작품집으로 발간되어 베스트셀러가 되었다. "그 후에 소설집 『시간여행』(1983)과 사진 산문집 『침묵의 뿌리』(1985)가 뒤를 이었다고는 해도 그것은 역시 조세희 문학의 본령에는 미치지 못하는 책들이었다. 그렇다면 조세희 생의 침묵은 사실상 『난장이가 쏘아올린 작은 공』 이후부터 계속되고 있는 것이라고 보아야 할지도 모른다."[17] 1990년에 장편 소설 『하얀 저고리』는 신문에 연재하다가 3회 만에 중단되었다. 이와 같은 사실을 두고 봤을 때 『난장이가 쏘아올린 작은 공』이 출간된 이후 30년간에 조세희는 거의 침묵을 지켜왔던 셈이다. 그의 "침묵"은 많은 문인들로 하여금 직면하기 힘든 부분이다. 왜냐하면 "침묵" 자체가 그의 문학 정신을 고백하고 있기 때문이다.

『난장이가 쏘아올린 작은 공』은 한국 근대소설사에서 상당히 중요한 위치를 차지한다. 제1장에서 살펴봤듯이 문학적 성취도나 독자들의 반응은 전무의 기록을 타파했기 때문에 조세희도 보편적인 문인과 구별되는 작가로 알려져 있다. "2008년 7월에 인터넷 서점 예스24에서 독자 사 만여

를 때 그 근육들이 모두 말을 할 줄 아는 듯했다. 모두들 시끄럽게 소리를 내어 춤을 추는 하나하나의 작은 쥐들이 온 몸에 뛰어오르는 모습과 같다."(曹征路, 『那儿』, 百花文艺出版社, 2005, 50면.)

17 최재봉, 앞의 글, 303면.

명이 참여한 설문조사를 실시한 결과, 네티즌 선정 '한국의 대표 작가' 1위에 조세희가 선정되었다는 사실은 『난장이가 쏘아올린 작은 공』이 현재까지도 독자들의 마음에 커다란 파문을 던지고 있다는 사실을 분명히 보여준다."[18] 그러나 베스트셀러의 작가, 독자의 인기를 가장 끄는 작가로서의 조세희는 그 영광을 이어받지 않고 오히려 외면하면서 살고 있다.

> 아마도 그에게는 『난장이가 쏘아올린 작은 공』의 명성과 후광에 기대 후속 작품을 남발하는 방식으로 문단의 중심에 진입할 무수한 기회가 있었을 것이다. 한 작품이 베스트셀러가 되었을 때, 대부분의 작가는 그 책의 성과에 기대 계속 새로운 작품을 발표하고자 하는 욕망에서 자유롭지 않다. 그러나 조세희는 그렇게 하지 않았다.
>
> 그는 오랜 세월 동안 문학상 시상식에도 없었으며 문인들의 술자리에도, 심사위원의 자리에도, 원로들의 덕담 자리에도 없었다. 대신 그는 늘 서재와 거리와 시위 현장과 탄식의 공간에 있었던 것이다.[19]
>
> (권성우, 평론가)

권성우의 글에서 『난장이가 쏘아올린 작은 공』으로 인해 생겨난 영광을 이어받지 않고 태연한 자세를 지키는 조세희의 모습이 돋보인다. 이와 같은 조세희는 자세는 현대 문단의 많은 문인들과 구별되고 또 문인들로 하여금 부끄럽게 여겨지게 한다.

18 권성우, 「삼십 년의 사랑과 침묵에 대한 열 가지 주석」, 『침묵과 사랑』, 앞의 책, 16면.
19 권성우, 위의 글, 21~22면.

경건함이라면 신앙인에 대해서나 쓰는 말 같지만, 선생님을 뵈면 알 수 있다. 자신의 철학에 대한 지극한 경건함, 그것은 나이 오십 줄에 들어선 나에게도 놀라웠지만, 간혹 우리를 질리게 만들기도 했다.[20]

(최인석, 소설가)

그럴 뿐만 아니라 이렇듯 국민문학의 한 장을 새긴 작가는 지금도 그 영광과 상관없이 가난과 무명 속에 홀로 남겨졌으니 문학의 이름으로 크고 작은 부와 명망을 좇는 자들을 부끄럽게 하고도 남는다.[21]

(김영현, 소설가)

소설가 최인석과 김영현의 글에서 반영하듯이 조세희의 침묵은 실은 글쓰기가 범람하는 현대 한국 문단에 대한 비판의 역할을 하고 있다. 더욱 중요한 것은 문단의 명망이나 부와 관계없이 가난한 '시민'으로 살고 있는 작가로서의 자세이다. 『침묵의 뿌리』의 서문에서 그는 "작가로서가 아니라 이 땅에 사는 한 사람의 '시민'으로서 그동안 우리가 지어온 죄에 대해 말하고 싶었다."[22]고 말한다.

조세희는 이와 같이 그의 삶의 자세, 문학정신이 다른 문인들과 구별된다. 그에게 글쓰기는 쉬운 일이 아니다. "제일 어려운 일은 좋은 글을 쓰는 것, 두 번째로 어려운 일은 안 쓰는 것, 세 번째로 어려운 일은 침묵……"[23]

20 최인석, 앞의 글, 278면.

21 김영현, 앞의 글, 281면.

22 조세희, 『침묵의 뿌리』, 열화당, 1985, 11면.

23 이문영, 앞의 글.

이와 같은 엄격한 태도에서 보이듯이 그는 자신의 소설이 표현할 수 있는 세계가 일반 상업적인 문학이 요구하는 것과 다른, 어떤 범주에 제한되는 것으로 보인다.

조세희와 비교했을 때 조정로는 작품이 훨씬 더 많은 작가이다. 조정로는 1971년에 단편 「시작开端」으로 등단한 후에 글쓰기에 종사하게 된다. 소설집으로는 단편집 『시작开端』, 『산귀山鬼』, 중편집 『그대가 걸어가기만 하면只要你还在走』, ≪조정로중편소설정선曹征路中篇小说精选≫, 『나알那兒』; 장편소설 『횡령 가로막는 지침서反贪指南』, 『비전형적인 흑마非典型黑马』 외 있다. 장편 보고문학으로는 『복마기伏魔记』이 있다. 이론저서로는 ≪신시기소설 예술의 변천≫이 있다. 드라마 극본 『떨어진 낙엽坠落的树叶』, 『조직부에서 청년이 또 왔다组织部又来了年轻人』이 있다. 영화 대본 『바람이 부드럽게 분다风儿轻轻吹』, 『내 마음도 낭만적이다我心也浪漫』 외 등이 있다.[24]

작품 연보에서 보듯이 조정로는 오래된 창작 경력을 가진 작가이다. 창작 활동이 국가 이데올로기의 지배를 받은 1970년대부터 상업행위로 바뀐 현재까지 그는 빈틈없이 힘을 기울여왔다. 그리고 그의 창작은 다양한 장르에 걸쳐있다. 소설로부터 르포, 드라마 극본, 영화 대본까지 다양한 영역을 취급한다. 작품 연보로는 작가의 문학관을 판단하기 힘들 정도이다. 이 연보 이외에 평론가 이운뢰와의 대담에서 보충 정보를 제공했다. 이 대담에서 조정로는 드라마 극본과 영화 대본의 창작에 대해 이와 같이 해명하고 있다.

24 曹征路, 『那儿』, 百花文艺出版社, 2005, 작가 소개부분.

나는 친구의 요청을 받아 극본 좀 썼지요. 하지만 성공적이지 못했어요. 또한 소설과 무관하기도 해요. (중략) 영화나 드라마는 직관적인 것을 강조하고 독자가 못 알아볼 것을 가장 꺼리기 때문에 공명을 불러일으키지 못해요. 그러나 소설은 반대로 천박함을 가장 꺼리지요. (중략) 예술로서 영화나 드라마, 특히 드라마는 발전된 시간이 짧았고, 아직 어리지요. 그러나 소설은 이미 상당히 성숙된 것이지요. 그래서 "영화드라마동기"라는 잡지는 상업적으로 되지만 예술에서 성취를 얻으려면, 어렵지요.[25]

영화와 드라마, 및 소설에 대한 평가에서 반영하듯이 조정로는 소설 장르를 영화와 드라마의 상위 예술 장르라고 보고 있다. 이론적 논저 ≪신시기소설예술의 변천≫에 대해서 조정로는 "대학교에서 가르치기 때문에 이론이 없으면 안 된다."[26]라고 고백을 한다. 때문에 그는 이 대담에서 주로 자신의 소설을 논의했고, 드라마나 영화 대본에 대해서는 지나칠 정도로 가볍게 해설한다.

소재로 나누면 조정로의 소설은 여러 가지로 나눌 수 있다. 농촌 상황의 변화를 반영하는 소설, 학교와 지식인 상황을 반영하는 소설, 벼슬길의 내막을 폭로하는 소설, '저층'을 다루는 소설 등이다.

다양한 소재와 다양한 장르를 시도해온 조정로는 소설을 쓰는 것에 대해 이와 같이 정리한다. "소설을 쓰는 것은 내 개인이 시대적 삶에 대한 이해와 감개를 표현하는 것이다." "내 개인적으로 '주의 없음'을 주장한다.

25 「曹征路先生访谈」3부, 左岸文化网.

26 위의 글.

나는 또한 주의의 구속을 받지 않는다.” “내 자신 ‘작은 서사’나 ‘형식의 혁신’이 문제적이라고 보지 않은다. (중략) 작품의 가치를 평가하는 기준이 작품이 좋은지 아닌지인 것이고, 서사의 크기에 있는 것이 아니다.”[27]

조정로의 여러 주장에서 볼 수 있듯이 그는 ‘저층서사’를 적극적으로 추진하는 작가는 아니다. 그는 ‘저층’에 충실한 작가보다 ‘현실’에 충실한 작가라고 할 수 있다. 그리고 기법적인 면에서 그는 “형식의 혁신”을 반대하지 않고 다양한 장르를 시도한 것으로 봤을 때 형식에 대한 그의 탐색도 끊임없이 이루어져왔던 것이다.

1. 모더니즘 기법의 활용

———————————————— 조세희의 『난장이가 쏘아올린 작은 공』은 황석영의 『객지』보다 4년 뒤인 1975년에 잡지에 연재된 소설이다. 산업화 시대에 진입하기 시작한 유랑민의 현실을 그린 황석영의 『객지』에 이어 이 소설은 노동자 계급의 소외를 고발한다. 노동자 문제에 대한 주목은 조정로의 「나알」과 「네온사인」에서도 반영된다. 창작 기법 면에서 이 두 작가의 작품에서 돋보이는 모더니즘적인 기법은 주제의 경직성을 완화시키는 것으로 보인다. 구체적으로 『난장이가 쏘아올린 작은 공』에서는 연작소설이라는 창의적인 장르, 수식어가 없는 지극히 짧은 문장, 단편적인 인물 의식의 삽입, 시점의 불안정적인 이동 등의 기법을 보인다. 「나알」에서의 직접 화법의 간접화[28], 상징적 사물이나 인물의 설정[29], 「네

27 위의 글.

28 예컨대, 이와 같은 대목이 소설에서 등장한다.
“(삼촌이) 정중하게 말했다: 자료 하나 만들어주십시오. 내가 손을 비비면서 이렇게

온사인」에서의 이중적 서술자의 등장 등의 기법은 리얼리즘 기법을 넘어서는 것이다. 이에 대해 이 책에서는 모더니즘적인 기법으로 칭하기로 한다. 모더니즘 작가들, 예컨대 울프는 'Mr. Bennett and Mrs Brown'이라는 글에서 전통적인 서사 기법을 '아무런 쓸모가 없는 폐허와 마찬가지'인 것으로 형언하고 있다.[30] 그녀의 주장에 따르면 전통적 서사 기법은 변화무쌍한 삶을 표현하기에는 적절하지 못하다. 때문에 모더니스트들은 전통적인 형식에서 벗어나 '무형식의 형식'을 지향한다. 그것은 작품에서 반영되었을 때 주로 '비연대기적인 플롯의 진행 방법', '일관성이 없는 사건', '단일한 시점의 이탈', '단편적 의식' 등 각종 불안정적인 모티프로 표현된다.[31]

사실 조정로의 소설 기법에 대한 평론은 거의 없는 반면, 『난장이가 쏘아올린 작은 공』의 서술 기법에 대해서는 여러 가지 규정이 있었는데 어떤 학자들은 그것을 "반리얼리즘"이라 한다. 예컨대 이재선은 반리얼리즘 Counter-Realism이라는 용어를 "카운터 리얼리즘이란 전통적인 리얼리즘에 의식적으로 반하는 것으로, 그로테스크의 효과와 잡다한 환상을 이끌어 들인 문학이다."[32]라고 설명하면서 조세희의 소설은 "흔히 카운터 리얼리

높은 대접을 주시기에…… 안 그러셔도 되는 데요 정말 안 그러셔도 되는 데요 라고 나는 말한다."(曹征路, 〈那儿〉, 百花文艺出版社, 2005, 54면, 텍스트 인용은 이 책을 따르며 이하는 면수만 표기한다.)
이 구절에서 '삼촌'의 말과 '나'의 말을 서술할 때 쓰는 화법과 문자표는 모두 상식적인 문법인 직접 화법이나 간접 화법의 규칙에서 벗어나 있다. 특히 '나'의 화법은 직접화법의 간접화 기법을 사용하고 있다.

29 주인공 "막내삼촌"의 운명을 반복하는 강아지 "루티", 주인공의 운명을 예시해주는 치매에 걸린 "외할머니" 등의 등장은 서사적인 장치로 읽힐 수 있다.

30 Woolf, 'Mr. Bennett and Mrs Brown' *Collected Essays*, Vol. 1, New York: Harcourt, Brance&World, 1967, p.330, 참조.

31 김욱동, 「모더니즘」, 이선영 편, 『문예사조사』, 민음사, 2000, 178~189면 참조.

즘은 모순의 사회적인 원천을 강조하거나 형이상학적인 것에 집중하는 두 유형이 있는데, 조세희의 경우는 그 전자에 있다."라고 규정한다. 권영민은 이 소설의 서술 측면에 대해 다음과 같이 규정한다. "이 작품은 현실에 대한 비판적 인식, 반리얼리즘적인 독특한 단문형의 문체 및 서술자와 서술상황을 바꾸어 기술하는 시점의 이동 등이 연작의 형식과 조화를 이루고 있다."[33] 그러나 "반리얼리즘"이라는 용어가 "리얼리즘"에 대한 반박이라는 의미로 인해 텍스트의 의미를 좁게 규정하는 경향이 있으니 이 책 에서는 "모더니즘"이라는 용어를 취한다. 여기서 "모더니즘"적인 기법은 "리얼리즘"적인 기법을 넘어서면서도 "리얼리즘"을 반박하는 단순한 의미를 뜻하지 않는다. 왜냐하면 작품에서 전통적 리얼리즘적 기법과 배리되는 서술 기법이 드러난다 할지라도 작가의 의도에 따른 것이 아닐 수 있기 때문이다. 예컨대, 조정로는 자신의 작법을 여전히 리얼리즘적인 것으로 규정한다.

> 나의 이해에 따르면 리얼리즘이 유일한 방법으로서가 아니다. 그것은 다른 방법을 배척하는 것이 아니기 때문이다. 사실 리얼리즘도 기타 창작 기법의 경험을 수용해서 자신을 풍부하게 하고 발전시켰다. 예컨대 언어의 불안정함, 리듬의 가속, 구조의 교착 등과 같은 것이다. 사실 모든 기법은 다 장단점이 있기 때문에 그것을 절대화시킬 필요가 없다. 창작과 탐색은 절대로 어느 주의에 제한되는 것이 아니고 모든 주의가 발전의 권리를

32 이재선, 『현대 한국소설사 2』, 앞의 책, 300면.
33 권영민, 앞의 책, 294면.

가진다.[34]

이 대목에서 보듯이 조정로가 이해한 "리얼리즘" 개념은 "기타 창작 기법의 경험을 수용"한 혁신된 리얼리즘 기법이다. 이 개념은 한편으로 이 책에서 사용하는 전통적 의미상의 "리얼리즘적 기법"과 구별되는 것이고, 다른 한편으로는 전통적 리얼리즘 기법과 대조적으로 "모더니즘적 기법"이라고 칭한 것이다.

1.1 다성적 서술자

『난장이가 쏘아올린 작은 공』을 구성하는 12개의 단편 중에서 7개는 3인칭 전지적 서술자에 의해 서술되고 나머지 5개는 1인칭 서술자에 의해 서술된다. 1인칭 서술자의 단편들 중 「내 그물로 오는 가시고기」에서는 은강그룹 회장의 아들인 '경훈'이 서술자로 나타난다. 나머지 4개는 난장이의 큰 아들 '영수'가 서술자 된다. 그들의 목소리를 통해 같은 사건에 대한 완전히 배반되는 두 가지 시선을 반영한다.

(가) "개새끼!"

나는 외쳤다. (중략) 그들은 우리가 남다른 노력과 자본, 경영, 경쟁, 독점을 통해 누리는 생존을 공박하고, 저희들은 무서운 독물에 중독되어 서서히 죽어간다고 단장했다. 그 중독 독물이 설혹 가난이라 하고 그들

34 李云雷, 「立场审美与动态的平衡 —曹征路先生访谈」, 左岸文化网.

모두가 아버지의 공장에서 일했다고 해도 아버지에게 그 책임을 물어서는 안 되었다. 그들은 저희 자유의사에 따라 은강 공장에 들어가 일할 기회를 잡았던 것과 마찬가지로 언제나 마음대로 공장 일을 놓고 떠날 수가 있었다. 공장 일을 하면서 생활도 나아졌다. 그런데도 찡그린 얼굴을 펴본 적이 없다.[35]

(나) 그러나, 은강에서 나는 일만 할 수 없었다. 우리 삼남매는 공장에 나가 죽어라 일했으나 방세 내고, 먹고……남는 것은 없었다. 우리가 땀을 흘려 벌어온 돈은 다시 생존비로 다 나가버렸다. (218면)

(중략) 우리는 사랑이 없는 세계에서 살았다. 배운 사람들이 우리를 괴롭혔다. 그들은 책상 앞에 앉아 싼 임금으로 기계를 돌릴 방법만 생각했다. (중략) 그들은 우리의 열 배 이상의 돈을 받았다. (220면)

위의 인용문에서 (나)는 노동자 측의 영수의 목소리이고 (가)는 사용자 측의 경훈의 목소리이다. 이 두 가지 목소리에서 노동자의 생존 '현황', 사회 구조에 대한 두 가지의 시선이 반영된다. 노동자인 영수가 자신의 처지를 "죽어라 일했으나 남는 것은 없었다"고 말한 반면에, 사용자의 아들 경훈은 "공장 일을 하면서 생활도 나아졌다"고 본다. 영수가 이 사회에서 "배운 사람들이 우리를 괴롭혔다"고 하면서 고용 관계의 박탈적인 본질을 인식한 반면, 경훈은 "언제나 마음대로 공장 일을 놓고 떠날 수 있다고" 하면서 고용 관계를 평등적, 민주적인 것으로 보고 있다. 그래서 경훈의

35 조세희, 『난장이가 쏘아올린 작은 공』, 이성과힘, 2000, 290면.(이하 텍스트 인용은 이 책을 따르며 면수만 표기한다.)

결론은 노동자들의 가난은 “아버지에게 그 책임을 물어서는 안 되었다”는 것이다. 여기서 경훈과 영수의 두 가지 시선은 고용 관계의 표상과 본질을 암시하고 있다. 그 표상은 또한 자본가들이 자신을 합리화시키고 보호하는 간판으로 해석되고 있다는 것이 암시되고 있다. 예컨대 법정에서 경훈이 불평을 한 것은 자본가 가족이라는 자신의 기반을 보호하려는 의식에서 비롯된 것이 아니고 자본가 자제로서 양성된 습관적인 사유에서 나온 것이다. 이와 같은 사유의 습관이 바로 기존 사회 질서를 지키는 사유인 것이다. 소설에서 경훈의 목소리를 통해 기존 사회 질서, 당시의 불공평한 사회 구조를 보호하는 자들의 윤리를 설명한다. 반면 영수의 목소리를 통해서는 그러한 윤리의 일방주의적인 한계를 드러내고 있다. 또한 같은 일에 대한 경훈과 영수의 상반된 목소리를 통해서 경훈의 윤리가 더 이상 성립되지 못하게 만든다. 결국 두 목소리의 출현은 고용관계의 표상과 본질 사이에 이루어진 갈등을 폭로해낸다.

소설에서 서술자 경훈의 등장은 중요한 역할을 하고 있다. 사실 경훈이라는 개인은 사용자 측 내부에서 소외를 당한 사람이다. 유약하고 아버지의 재산에 대해 욕심 없는 그는, 형들에게도 무시를 당하는 약한 자이다. 그런 점에서 그는 오히려 노동자 측과 같은 처지에 있다. 따라서 법정에서 노동자들이 보여주는 힘든 모습을 목격한 그는 노동자에 대한 동정심도 없지 않았다.

> (노동자들) 그들이 행복한 마음으로 일만 하게 하는 약을 만드는 거예요. 그들이 공장에서 먹는 밥이나 음료수에 그 약을 넣어야죠. 약은 우수한 연구진을 구성해 만들게 해야 돼요. (299면)

이와 같은 해결 방법은 사회에 대한 그의 표면적인 인식에서 나온 것이고 그는 자본가라는 자신의 기반이 흔들려야 한다는 것을 인식하지 못하기 때문이다. 이 대목은 경훈이라는 인물의 정체성을 "사용자" 출신과 "피사용자" 감안이라는 이중적인 성격으로 균형 잡게 한다. 이처럼 경훈의 내면을 최대한으로 객관화시켰다. 다시 말해, 경훈은 사용자 측의 이익만 대표하는 자가 아닌 피사용자의 입장을 감안한 자임에도 불구하고 위와 같은 불평을 하게 되는 것이다.

이 소설집의 시작편인 「뫼비우스의 띠」와 결말편인 「에필로그」를 제외하고[36] 그 중에 5편의 3인칭 서술자 소설에서는 중산층 신애와 윤호[37]를 주인공으로 하고, 4편의 1인칭 서술자 소설에서는 난장이 아들 영수를 주인공 겸 서술자라 하며, 1편의 1인칭 소설에서는 자본가 아들 경훈을 주인공이자 서술자로 하고 있다. (물론 모든 단편에 난장이 일가가 빠짐없이 등장한다) 이와 같이 이 소설에서는 중산층 목소리, (3인칭 서술자 소설에서 중산층의 목소리가 많이 등장하고), 하층민 목소리(주로 영수의 목소리), 자본가 아들의 목소리(경훈) 등 다성적 목소리가 이 연작소설에서 함께 등장한다. 바로 이 다성적 목소리를 통해 다양한 세계관과 가치관이 같이 투영하게 된다. 여기서 다성적 서술자의 등장은 전통적 리얼리즘적인 기법을 돌파하는 단순한 미학적인 장치로 이해하면 안 된다. 그것은 현실 상황을 제시하는 데에 크게 기여를 하기 때문이다. 이것이 바로 『난

36 이 두 개의 단편에 나타난 이야기는 난장이 일가와 별도의 이야기이므로 이야기 연구를 할 때 제외하기로 한다. 그러나 이 두 단편의 내용은 또한 서로 호응이 되는 것이라 소설집의 시작과 결말로 배정된 것으로 보인다.

37 윤호는 자본가 아들이지만 노동자 입장을 늘 동조했기 때문에 일단 신애와 같은 분류의 사람으로 나눈다.

장이가 쏘아올린 작은 공』이 문학적 지평에 높이 세워지는 이유이다.

조세희의 소설과 유사하게 조정로의 소설에서 등장한 서술자도 다양하다고 할 수 있다. 「나알」에서 1인칭 서술자 "나"는 남성이고 신문사 기자이다. 「네온사인」에서는 액자 식의 이중적 서술자가 등장한다. 액자 밖의 1인칭 서술자가 "나"는 남성이고 경찰인데 액자 안의 서술자는 1인칭이지만 여성이고 '저층'을 대표하는 인물이다. 「두선사건」에서는 비교적 간결한 서술 방법을 취하여 3인칭 서술자에 의해 이야기를 전달한다. 여기서 주로 앞의 두 작품을 보았는데 특히 「네온사인」에 등장한 서술자이다. 「네온사인」의 전반적인 테마는 성노동자인 예홍매霓虹梅의 사망 사건에 대한 경찰들의 추적이다. 추적하는 과정에서 예홍매의 일기장 두 권이 발견된다. 경찰들은 사건을 밝히기 위해 이 일기를 조사하기 시작한다. 소설 전체의 내용에서 경찰들의 추적에 관한 묘사는 아주 작은 부분을 차지하고 예홍매의 일기 내용이 매우 큰 부분을 차지한다. 따라서 이 소설은 액자소설로 볼 수 있는데 액자 밖의 서술자는 테마를 이끌어가는 장치에 불과하고, 액자 안의 서술자야말로 이야기 내용을 서술하고 주제를 반영하는 진정한 서술자이다. 액자 밖의 서술자의 서술에 따라 조사한 결과를 다시 종합해서 말하자면 이와 같은 이야기가 나온다. 사자 예홍매는 성 매매에 종사하는 여성이다. 그녀의 "손님" 중에 위조화폐 사건과 관련된 자가 있는데 그가 위조화폐로 그녀에게 대금을 지불한다. 무심히 화폐를 받은 그녀는 집에 가서야 그것이 위조된 것이라는 걸 알게 되어 그것을 책 안에 끼워 넣는다. 그런데 범죄자 집단이 그 화폐를 추적하기 위해 예홍매에게 찾아와서 위협을 한다. 예홍매는 아무런 반항이 없이 범죄자에게 죽임을 당하며 오히려 고맙다고 말한다. 예홍매 사건과 위조화폐 사건이 모두 명

료하게 밝혀진다. 액자 안의 서술자 예홍매의 서술에서도 이러한 이야기가 확인될 수 있지만 일기라는 고백체의 특징으로 인해 예홍매의 심리와 개인적인 사정이 훨씬 더 많이 부각된다. 예를 들어 남편이 죽고 늙은 시어머니와 아픈 딸을 데리고 있는 중년 실직 노동자이라는 예홍매의 개인적 사정, 남의 시선에서 느끼는 굴욕감, 폭력적인 손님들에게 당하는 경험, 딸에 대한 사랑으로 인해 죽지 못해 살고 있는 심정 등에 관한 고백이다. 중요한 것은 이와 같은 내용은 모두 저층 여성이라는 서술자의 입을 통해 전달된다는 점이다. 때문에 세밀한 감정과 비분한 분위기가 아주 자세하게 드러낸다. 이것은 남성 작가에게 그리 쉬운 일이 아니었을 텐데도 조정로는 그것을 해내는 데에 성공적이라고 할 수 있다.

> 이 방은 이 두 가지 조건을 갖췄다. 북면과 서면에 있는 두 창은 네온사인 액정 화면과 마주보고 있다. 두 벽면은 스크린으로 다채로운 빛이 반짝거리고 화면이 끊임없이 바뀐다. 이 도시에 있는 욕망들은 벽에 있는 미녀들로 반영되고 초일류의 꿈은 벽의 모델로 반영된다. 그것들은 온통 내 방으로 옮겨왔으니 분위기가 한 순간에 업되었다. 그들은 50원으로 대간부의 대접을 받는 셈이다.[38]
>
> 나는 이렇게 결심을 했다. 이 모든 것을 받아들이겠노라고. 나에게 있어서 죽음이 가장 간단한 해결책이다. 그러나 나는 그러한 권리가 없다. 나는 나에게 돈을 빌려준 착한 사람들에게 책임을 다해야 하고 그리고 애애와 할머니에게도 책임을 져야 한다. 지금부터 나는 착실한 사람이

38 『霓虹』전문: http://www.eduww.com/Article/ShowArticle.asp?ArticleID=9981(전문은 6개의 소제목으로 나누어져 있다. 따라서 소제목과 단락을 표기하였다.)

되어야 한다. 내 일에 충실하면서 환상을 버려야 한다. 열심히, 지나가는 모든 남자들에게 추파를 던져야 한다. 그들은 쾌락이 필요하고 나는 돈이 필요하다. 나는 창녀다. (偵察日誌2, 세 번째, 네 번째 단락)

위의 대목은 「네온사인」에 등장한 첫 번째 일기의 마지막 부분이다. 이것으로 "네온사인"이라는 제목이 지시하는 이야기의 맥락을 밝혔고, 다른 한편으로 여주인공 "예홍매"의 독백을 통해 그녀의 비분한 감정을 노출시키고 있다. 예컨대 "교태로운 눈길", "내 일에 충실"한다와 같은 표현은 아이러니하게 "죽을 권리 없는" 여주인공의 곤경을 역설하고 있다. 이와 같이 여성 내면에 대한 세밀한 묘사의 대목이 많이 등장한다.

반면에 액자 밖의 서술자가 사건 조사에 대해 서술하기 때문에 공식적이고 객관적인 사실에 대한 기록만 서술한다. 심지어 "저층"의 입장과 구별하기 위해 경찰들의 조사에서도 예홍매에 대한 모욕의 태도를 취한 문장이 나타난다.

(조사팀원의) 물음: 이일 하는 건 돈을 쉽게 벌기 때문인 것 아니에요?
(동료 창녀의) 대답: 쉽다고요?
물음: 그러면 어떻게 쉽지 않는지 한 번 말해봐요.
대답: 말해봤자 믿지 않을 거예요. 돈을 벌어도 둘 수가 없어요. 모두 집에 부쳐야 하고……약탈 당할까봐 두려워요……
물음: 그녀는 이렇게 나이 들었는데 장사 되겠어요?
대답: 되지요. 그녀는 도시 사람이잖아요. 우리와는 달라요.
물음: 그러니까 그녀가 경박하다고, 손님을 유혹할 줄 안다고 말하는 건가

요?

대답: 아뇨. 그녀가 착한 사람이에요. 정말 착해요. 이게 거짓말이라면 난 사람도 아니에요. (談話筆錄4)

위의 대목은 살인 안건에 관해서 조사팀원과 예홍매의 창녀 동료인 '아홍'의 대화에 관한 기록이다. 조사팀원이 비록 공적인 살인 안에 관한 증거를 조사하고 있는데도 불구하고 그의 말투에서 '창녀' 직업을 깔보는 것과 사자의 '창녀' 신분을 희롱하는 태도가 드러난다. 사자에 대한 냉혹한 '조사팀원"의 감정과 '예홍매'의 비분한 감정, 이른바 액자 밖과 액자 안의 내용은 선명한 대조 효과에 이른다.

조세희와 조정로의 소설에서 다성적 서술자의 등장은 오로지 리얼리즘 서술 기법을 타파하는 차원에 머무르지 않고 작가들이 표현하고자 하는 문제를 대비의 효과를 통해 한 층 강조하게 된다. 조세희는 빈민 아들 "영수"와 자본가 아들 "경훈"의 목소리를 통해 고용 관계를 이해하는 두 가지 시선을 보여주었는데 거기서 가진 자와 못 가진 자의 근원적인 사고를 폭로한다. 조정로의 소설에서 액자 서술의 설정은 "저층" 본인의 주관적인 서술과 제도권에 있는 방관자의 서술을 하나의 이야기 안에 편성했기 때문에 '저층'을 반대된 입장에서 서술되고 있다. 입장이 완전히 다른 이 두 명의 서술자의 서술은 오히려 '저층'의 입장을 역설하게 된다. 이로 인해서 작가의 의도적인 서술 장치를 엿보게 된다.

1.2 선적 이야기의 타파

———————————— 『난장이가 쏘아올린 작은 공』에 대해 특히 강조해야 되는 것은 연작소설이라는 장르와 단편적인 삽화를 통해 선적 서술 방식을 타파하여 "발전" 책략 아래서 고통스러운 나날을 보내고 있는 한국 민중의 감정을 미학의 차원에서 역설하고 있다는 점이다.

『난장이가 쏘아올린 작은 공』은 연작소설이라는 새로운 장르를 개척한 소설로 한국문학사에서 주목 받았다. "연작의 방법을 소설적 창작 기법으로 활용하여 연작소설의 장르적 가능성을 확립한 작가로 이문구와 조세희를 꼽을 수 있다."[39] 연작소설은 문자 그대로 여러 편 독립된 단편들이 모아질 때 또 하나의 큰 이야기가 되는 소설의 형태이다. 연작소설을 구성하는 단편들이 분절성을 유지하면서도 내적인 연결을 확보하는 기능을 한다. "연작 소설의 형태에서 작은 단위의 삽화들이 결합되는 방식은 이야기의 계기적인 연속성에 근거할 수도 있고, 독립된 삽화들이 어떤 외형적인 틀에 의해 배열될 수도 있다."[40] 연작소설을 구성하는 단편들이 상대적 자율성을 가지고 있기 때문에 하나의 덩어리로 묶일 때 하나의 큰 이야기가 되지만 그 이야기가 선적 서술과 확연한 차이가 난다. 『난장이가 쏘아올린 작은 공』이 독자들에게 성공을 얻은 이유는 무엇보다도 단편들의 분절성을 잘 이용한 데에 있다. 난장이 일가의 삶을 중심으로 서술되는 300페이지 넘는 분량은 전통적인 선적 이야기에 의해서 전달하는 것보다

39 권영민, 『한국현대문학사』2, 민음사, 2005, 322면.

40 위의 책, 325면.

다양한 목소리, 시점, 소재를 통해 분절로 전달하는 것은 재미있는 효과를 산출할 수 있다. 한편으로 작가도 이야기가 독자들과 의사소통을 하면서 창작하기 때문에 독자들에게 원동력을 얻을 수 있는 것도 사실이다.[41]

동시에 연작소설이라는 장르가 시대적인 감각과 부합하다는 점에서 『난장이가 쏘아올린 작은 공』은 더욱 성공을 거둘 수 있었다. 전체적인 큰 이야기를 미리 감안하더라도 표현하는 방식은 독립적이고, 완결적이며, 분절적인 단편들에 의한 것이다. 이는 산업화되는 과정에서 사람들이 정신적으로 받아들여야 하는 근대[42]의 새로운 가치관들, 예컨대, 개인주의, 순간성, 소외, 생산과 소비의 관계 등의 특징을 소설의 미학을 통해 드러내고 있는 것이다. 연작소설이라는 새로운 장르는 일관되게 서술하는 전통적인 장편소설에 대한 반박인 동시에 급속히 산업화되는 역사적인 시기에 사람들의 정신적인 욕구도 반영하게 된다. 그것은 창작동기를 직접 들어보면 더욱 확신할 수 있다.

> 인간의 기본권이 말살된 '칼'의 시간에 작은 '펜'으로 작은 노트에 글을 써나가며, 이 작품들이 하나하나 작은 덩어리에 불과하지만 무슨 일이 있

41 조세희는 『난장이가 쏘아올린 작은 공』의 맨 앞에 「작가의 말」에서 이렇게 고백한다. "이 작품은 그동안 이어져온 독자들에 의해 완성에 다가가고 있다는 것을 나는 느낀다."

42 근대의 특성에 대해 여러 가지 측면에서 정리할 수 있는데 본고에서 주로 근대성에 드러난 분절성을 주목하고 있다. 이에 관한 논의는 아래와 같은 책에서 논의되고 있다.
Harvey David, 구동회·박영민 공역, 『포스트모더니티의 조건』, 한울, 2005. "근대화"부분.
김성기, 「세기말의 모더니티」, 김성기 편, 『모더니티란 무엇인가』, 민음사, 1994.
이진경, 「마르크스주의와 현대성」, 위의 책.
이병천, 「세계사적 근대와 한국의 근대」, 위의 책.

> 어도 '파괴를 견디고' 따뜻한 사랑과 고통 받는 피의 이야기로 살아 독자들에게 전달되지 않으면 안 된다는 생각을 나는 했었다. (중략) 나에게 책은 분열된 힘들을 모아 통합하는 마당이었다. 나는 작은 노트 몇 권에 나누어 씌어져 그 동안 작은 싸움에 참가한 적이 있는, 그러나 누구에게도 아직 분명한 정체를 잡혀보지 않은 소부대들을 불러 모았다.[43]

장편소설에서 보이는 일관성으로부터 연작소설에서 보이는 분절성으로의 이동은 당대 현실화된 근대성에 대한 문학적 반응이라고 할 수 있다. 『난장이가 쏘아올린 작은 공』을 구성하는 하나하나의 이야기를 봤을 때 삽화들을 자유롭게 삽입하는 특징이 있다. 일반적으로 서술의 리듬을 유지하기 위해 서사에서 삽화가 들어갈 때, 과도過渡적인 문장에 의해 실현된다. 그럴 때 과도적인 문장은 서술의 초점을 이동시키는 것을 도와준다. 『난장이가 쏘아올린 작은 공』에도 이러한 경우가 없지 않다.

> 영희는 울고 있었다. 어렸을 때부터 영희는 잘 울었다. 그때 나는 말했다. "울지 마, 영희야." (84면)

위의 인용문에서 "그때 나는 말했다"라는 문장은 서술에 '현재'[44]의 이야기에서 과거의 추억으로 건너가는 과도적인 역할을 한다. 그러므로 삽화는 독해의 혼란을 불러일으키지 않는다.

43 조세희, 「파괴와 거짓 희망, 모멸의 시대」, 『난장이가 쏘아올린 작은 공』 머리말.

44 여기서의 '현재'와 '과거'는 서술된 이야기 안의 시간을 뜻한다.

그러나 『난장이가 쏘아올린 작은 공』에 등장한 삽화는 과도적인 문장이 없이 단편적으로 등장하는 것이 주된 경우이다. '현재'의 이야기에서 갑자기 '과거'의 이야기로 돌리는 삽화들이 많이 등장한다. 따라서 서술의 리듬에서도 계속 파도가 일어나게 된다.

> 사용자4: "네, 그러죠. 옷핀이 도대체 어쨌다는 건지 전 모르겠습니다."
> 사용자2: "옷핀?"
> 어머니: 옷핀을 잊지 마라, 영의야.
> 영희: 왜, 엄마.
> 어머니: 옷이 뜯어지면 이 옷핀으로 꿰매야 돼.
> 노동자3: "그 옷핀이 저희 노동자들을 울리고 있어요."
> 영희: 아빠보고 난장이라는 아인 이걸로 찔러버려야지.
> 어머니: 그러면 안 돼. 피가 나.
> 영희: 찔러버릴 거야.
> 노동자3: "밤일을 할 때 일어나는 일입니다. 누구나 새벽 두세 시가 되면 졸음을 못 이겨 깜빡 조는 수가 있습니다. 반장이 옷핀으로 팔을 찔렀습니다." (224면)

위의 대목은 노동자대표와 회사 측의 사용자들이 담판하는 장면에 대한 기술이다. 그런데 중간에 갑자기 '어머니'와 영희의 대화가 삽입된다. 이 삽화는 아무런 중계 없이 자연스럽게 '현재'의 이야기에 개입하는 것이다. 「잘못은 신에게도 있다」에서 노동자 대표와 사용자의 담판이 기술되는 대목에서 이와 같이 과거의 삽화에 의해 중단된 장면이 5번이나 등장한다.

그런데 이 단편에서 적어도 따옴표의 유무에 따라 '과거'와 '현재'가 구분되지만, 단편 『난장이가 쏘아올린 작은 공』에서는 아무런 징표가 없는, 이 경우보다 더 자연스러운 삽화도 많이 등장한다.

> "얘들 아버지는 무덤두 없어요."
>
> 어머니가 말했다.
>
> "화장을 했어요. 한줌도 못 되는 가루를 물 위에 뿌렸다우."
>
> "춥지 않으세요?"
>
> "괜찮다."
>
> 아버지는 노를 세워 들었다. (250면)

인용문에서 보듯이 '현재'의 이야기는 '어머니'가 지섭에게 죽은 난장이의 화장에 대해 설명하는 장면이다. 그러다가 갑자기 난장이가 영수와 배에서 대화하는 장면이 등장해버린다. 이와 같이 삽화들이 아무런 구속과 징표 없이 자유롭게 서술에 삽입되는 것이다. 「클라인씨의 병」에서 이런 식의 자유로운 삽화는 여러 번 반복돼서 사용된다. 여기서 더욱 주목할 것은 서사를 이끄는 주된 이야기와 삽화의 이야기에서 모두 같은 시제가 사용된다는 것이다. 소설에서 '과거', '현재', '미래'가 서로 혼재하면서 등장한다는 것은 『난장이가 쏘아올린 작은 공』 의 또 하나의 서사적인 특징이다.[45] 한편 토막처럼 과거와 현재 사이에 발생하는 단편적인 시간 단위는

45 김지영은 이러한 서사적인 특징을 과거에 "이중화된 시간"으로 정의하여, "현재의 흐름을 정지시키는 희상은 현재와 함께 공존하는 과거 전체로 설명된다"라는 결론을 내린다.(김지영, 앞의 논문, 50면.)

근대의 안정성 결여, 시간과 노동의 선분화線分化[46]를 폭로하는 모더니즘 기법의 서사 장치로 작용한다. 다른 한편 이러한 기법은 푸르스트를 비롯한 모더니즘 작가들의 '의식의 흐름'과 유사한 면을 보여주고 있다. 그것은 "문학의 기법과 관련하여서는 작중 인물의 의식 속에 아무런 논리적 연관성도 없이 잡다하게 떠오르는 감각, 생각, 감정, 기억, 연상, 인상 따위를 묘사하는 것을 뜻한다."[47] 그러나 바로 이와 같은 단편적 의식의 등장은 호흡이 가빠지고 아무런 여유가 없는 도시빈민과 노동자의 심정을 표현할 수 있게 된다.

『난장이가 쏘아올린 작은 공』의 서사와 비슷하게 조정로 「나알」과 「네온사인」에서도 모더니즘적인 기법이 돋보인다. 「나알」에서 이중적인 서사가 등장하는데 그중에서는 주된 서사는 주인공 "막내삼촌"이 국가 기업의 공공 재산을 보호하고 실직된 노동자들의 권익을 되살려주기 위한 노력에 관한 이야기이다. 이것과 동시에 병행하는 서사는 "막내삼촌"의 연애 혹은 사랑의 감정에 관한 멜로드라마적인 이야기다. 이 부차적인 서사에서 "삼촌"의 제자였던 여주인공 "두월매杜月梅"와 "삼촌" 사이의 사랑 이야기를 전달하고 있다. 그러나 소설의 1절에서 등장한 "삼촌"은 이미 중년의 인물이다. 다시 말해, 이 소설은 전통적 연대기적인 서술 방식[48]을 타파하

46 근대에서는 매순간이 다음 순간에 의해 추월당하고 부정당하고 있다. 따라서 근대성은 항상 자기 정당화에 대한 욕구를 안고 지내야 한다. 안정성의 결여와 정당성의 상실은 근대의 양면이다.(남진우, 『미적 근대성과 순간의 시학』, 소명출판, 2001, 36면 참조.)

47 김욱동, 앞의 글, 186면.

48 연대기적 순서chronological order: 여러 상황 여러 사건이 일어나는 순서대로의 배열. 연대기적인 순서는 실증적인 역사 서술에 의해서 특권적인 지위를 얻고 있다.(제럴드 프린스 지음, 앞의 책, 42면.)

여 비연대기적인 플롯 진행 방법을 취하고 있다. 연대기적인 이야기의 구성은 이와 같다.

1. 삼촌이 젊었을 때 공장에서 기술 일을 너무 잘해 상도 받고 노동자 대표로 뽑힌다. 삼촌과 제자 두월매는 서로 사랑하지만 우연한 사건으로 삼촌과 현재의 외숙모가 결혼을 한다.

2. 삼촌이 있는 회사가 개혁 개방에 따라 사유화된다. 그 과정에서 삼촌이 노동자들의 권익을 최대한 살리고 싶어서 노동자들에게 주식을 사서 회사를 다시 노동자의 것으로 만들자고 나선다. 그러나 결국은 윗사람들이 그 돈을 말아먹었고 삼촌은 오히려 그들에게 이용을 당했다.

3. 실직 노동자 두월매는 입원한 딸의 병원비를 위해 밤에 길거리에서 손님을 잡아 몸을 파는 일을 하게 된다. 어느 날 밤에 그녀는 삼촌 집안의 개—"루티"—에게 물려 동네 노동자들이 그녀를 동정한다. 삼촌은 이 사건을 듣고 가슴 아파한다. 그는 성정부에 가서 공공 재산을 저렴한 가격으로 개인에게 파는 것, 노동자들이 갑자기 실직된 것 등의 문제들을 지도자들에게 제기했는데 그 지도자들은 오로지 위로만 한다.

4. 삼촌은 돌아와서 신문사에서 기자로서 일하는 나에게 부탁해서 회사의 사정을 서류로 작성한다. 삼촌은 서류를 가지고 북경에 가서 중앙 정부에 반영한다. 그 과정에서 지방 지도자들이 사람을 시켜 삼촌을 막기 위해 삼촌의 모든 소지물을 몰래 다 빼앗아간다. 그러나 삼촌이 그 서류의 내용을 이미 한 자도 빠짐없이 외웠으므로 막노동을 두 달 하고 돈을 벌어 중앙의 부속에 가서 사정을 피력했다. 역시 유효한 안이 주어지지 않는다.

5. 삼촌이 돌아와서 노동자들을 동원했는데 한 번 속았던 노동자들은 아무도 나서지 않는다. 삼촌의 사부였던 두 분이 와서 삼촌에게 말한다.

"노동자들은 128원 받는데 너는 얼마 받느냐 말이야? 너 노동자 아닌 지 오래 됐다." 삼촌은 이 말을 듣고 기진맥진한다.

6. 삼촌에 의해 먼 데로 보내졌던 루티가 어느 날 밤 상을 입고 집에 찾아온다. 동네 노동자들의 일치된 의견에 따라 루티를 다시 먼 데로 보내게 된다. 사람들에게 쫓기다가 높은 철문에 올라간 루티가 아예 스스로 떨어져 자살한다. 동네 노동자들이 모두 루티를 불쌍해한다.

7. 이때 시에서 회사를 새로운 주인에 팔기로 한다. 노동자들은 초조한데 지도자가 없는 상황이다. 그래서 어떤 사람들이 삼촌을 찾아왔지만 삼촌은 여전히 안 나서기로 한다. 그러나 어느 날 두월매가 삼촌을 찾아와 그에게 욕을 하면서 설득한다.

8. 돈이 없는 노동자들이 집문서를 맡겨 은행에서 대출을 받아 최후의 희망을 걸고 주식의 대부분을 차지했다. 그러나 이때 시에서 새로운 문건이 내려온다. 주식의 평균화를 피해야 하고 큰 주식을 소유하는 경영자들을 격려하기 위해 은행에서 대출도 해줄 수 있다. 개인 소유의 작은 주식을 매입하는 것을 격려한다. 이 문건에 따라 삼촌이 3%의 주식을 가졌기 때문에 경영자 층에 속해 정부의 혜택 정책을 누릴 수 있다. 이 극한 변화에 대처하지 못한 삼촌은 사람들에게 더 이상 해명이 안 돼서 결국은 평생 사랑하는 기계 옆에서 자살한다. 삼촌이 자살한 후에 두월매가 기독교를 믿게 되고 위에서 전문적인 조사팀이 내려와 회사의 사정을 공평하게 마무리해준다.

그러나 실제로 「나알」의 서술에 따른 이야기의 구성 순서는 이와 다르다. 즉 1절부터 8절까지의 순서는 3-1-2-4-5-6-7-8로 바뀐다. 서술 구조의 전체를 봤을 때 소설의 앞부분에서는 이야기의 실제 발생 시간의 순서와 서술된 시간의 순서는 다르게 나타나고, 뒷부분에서는 이야기의 발생 순서와 서술된 시간의 순서가 일치한다. 앞부분의 서술은 선적인 것을 따르지 않고 시간의 뒤바꿈을 보여주고 있다. 이와 같은 서술적 장치는 소설의 주제와 깊은 관련을 맺은 것이다. 이 작품은 주로 국유재산의 사유화, 노동자들의 갑작스러운 실직 상황에 따른 사회적 문제를 둘러싼 이야기다. 그래서 시작 부분부터 문제적인 "현재"의 상황, 즉 여성 실직 노동자가 몸을 팔게 되기까지의 상황을 보여주는 것은 주제를 한 층 강조하게 된다. 이러한 효과를 높이기 위해 "삼촌" 및 노동자들이 행복하게 살던 "젊은 시절" 이야기는 서술의 뒤로 밀려난다.

「나알」의 서술이 앞부분에서만 선적인 서술을 타파했다면, 「네온사인」의 서술 시간은 시종 이야기 시간과 어긋나고 있다. 앞에서도 언급했지만 이 소설은 액자식의 서술을 취했기 때문에 액자 밖에 있는 부차적인 서사와 액자 안에 있는 주된 서사가 병행하고 있다. 부차적인 서사에서 서술된 시간과 이야기의 시간이 거의 일치한다고 볼 수 있다. 그러나 중요한 것은 주된 서사의 시간이다. 주된 서사는 주인공 예홍매의 일기인데 소설에서 일기의 날짜는 모두 익명의 형식, 이른바 *월*일로 되어 있다. 사실 각 편의 일기 내용은 전혀 시간에 따라 연결된 것이 아니다. 그것은 학생 시절에 대한 추억, 젊은 시절에 일어난 사건들, 가족들 이른바 시어머니와 딸과의 관계, 사랑했던 남자들과의 만남, 성노동에 종사하게 되는 계기들, 성노동자들과의 관계, '작업실'의 환경, 성노동자들과 함께 투쟁할 때의 심정 등에 관한 내면의 고백이다. 여기서 볼 수 있는 것은 예홍매라는 사람의 성장에 관한 이야기이다. 물론 이는 주로 실직된 후의 이야기에 더 많이 치중되어 있고 서술된 일기의 내용은 전혀 그녀의 성장 시간에 따른 것이 아니다. 오히려 실직된 후의 예홍매가 '과거'의 일들을 시간과 관계없이 회상하면서 기록하는 형식으로 서술되고 있다. 다시 말해, 서술된 시간은 서술자의 주관적인 회상에 의해 결정된 시간이기 때문에 실제 사건이 일어나는 객관적인 시간과 일치하지 않는다. 「네온사인」에서 서술자의 일기 형식을 통해 이야기의 시간을 서술에서 뒤바꾸고 있다. 그것은 선적 이야기에 대한 배반이다.

「나알」과 「네온사인」의 서술에서 선적 이야기를 타파해서 새로운 순서를 구성하는 것은 이야기의 전달에 있어서 특별한 효과를 낳는다. 제일 중요한 것은 이야기에 대한 독자들의 궁금증을 불러일으킨 것이다. 특히 「네온사인」은 거의 탐정 소설의 형식을 취하여 주인공 예홍매의 피살 사건부터 서술하고 있다. 그러므로 독자들이 이 여인의 프로필에 대한 궁금증이 자연히 생기게 되고 또한 서술자는 독자의 궁금증에 따라 그들을 이 여인의 일기장 속으로 들어가게 인도한다. 이와 같은 서술적 기법은 기존의 리얼리즘 소설의 서술에 대한 반항이다. 한편 그것은 "저층서사" 작가들이 등장하기 이전의 "선봉파" 작가[49]들이 지향하는 바이다. "선봉파" 작가들은 서술 기법의 면에서 다양한 서술자, 불안정적인 시점, 뒤얽힌 시간, 기괴한 공간 등을 통해서 기존 작법을 반항하고 서사의 소설의 미학적인 가치를 중요시한다.[50] "저층서사" 작가들이 "선봉파"의 영향아래서

49 중국 비평가 왕녕은 '선봉파' 작가들을 이와 같이 이해하고 있다: "중국 선봉 비평가와 내 본인의 인식에 따르면 이 소설가들은 유소라, 서성, 막언, 마원, 손감로, 여화, 소동, 유형, 엽조언, 잔설, 홍봉 등을 포함시켜 말할 수 있다. 이 작가들의 연령대는 25~40세 정도이다. 또한 어떤 비평가들, 예컨대 왕간은 이들 작가들을 신리얼리스트나 포스트리얼리스트라고 한다. 이것은 오로지 연구의 시각과 용어상의 차이일 뿐이다."(王宁, 앞의 책, 250면 각주 인용.)

벗어나지 못해 "저층"을 오로지 미학적인 장치를 채우기 위한 이야기 거리로 다루어진다는 우려가 몇몇 평론가[51]에 의해 제기된 적이 있다. 또한 작가 조정로도 그 점을 스스로 경계하고 있다. 예컨대 「나알」에서 주목할 만한 인물이 한 명 있다. 그는 서술자 '나'의 동료이고 신문사 사장에게 신임을 받고 또한 문단에서도 잘 나가는, '서문경'이라는 별명을 가진 사람이다. '서문경'[52]은 '가난함'을 소재로 글을 쓰는 것으로 문단에서 유명하다. 그런데 '막내 삼촌'에 대해 써달라고 한 나의 부탁을 들은 후 한 그의 대답이 의미심장하다.

> 현재 말한 가난함은 역사적 내용이 없는 가난함이지, 추상적 전 인류의 가난함이지. 너 이것도 모르냐? 무슨 순수문학을 한다니. 게다가 너의 막내 삼촌은 나이도 저렇게 들었는데 성적인 능력을 아직도 갖추고 계시냐? 멋진 섹스 신이 없으면 가난함을 어떻게 초월할 수 있겠느냐? 초월할 수 없는 가난함은 가난함이라고 할 수 있겠냐 말이야.

'서문경'이라는 인물의 등장은 현재 중국 '저층서사'의 왜곡된 현상을 그

50 예컨대, 중국의 기존 언어 습관을 반박하는 선봉파의 특징에 대해서 왕녕은 이렇게 해설하고 있다: "(선봉파) 소설가들은 서사에서 여러 가지 시도를 한다. 막언의 『붉은 수수밭』 시리즈에서 동어반복과 서술 시점의 변환, 『환락』에서 단편적, 정신분열식의 2인칭 의식류 서술과 심리 묘사는 모두 한어의 어법적인 규칙을 타파했다. (중략) 그러나 몇 명 더 젊은 선봉파 소설가들은 언어를 실험하는 면에서 해체적, 전복적 및 기호화적인 경향이 더욱 뻔하다."(위의 책, 255면.)

51 陈晓明, 邵燕君 등이 있다.(陈晓明, 앞의 글; 邵燕君, 〈'底层'如何文学?〉, 左岸文学网.)

52 서문경西门庆: 수호전에서 영웅 인물 오송의 형수와 간통하다가 오송에게 살해당한 악질 토호이다.

려내고 있다. 그의 대답과 같이 일부 '저층서사' 작가들은 "역사적 내용이 없는" 가난함을 서사하고 '저층'을 오로지 소재적인 장치로 취급하고 있다. '저층서사'의 이와 같은 문제점을 인식한 조정로는 한편 서사적 기법의 면에서 새로운 혁신을 추구하고 있다. 그가 이운뢰와의 대담에서 포스트모더니즘적인 서사적 경향을 언급하면서 "형식적인 혁신 자체가 잘못한 것이 아니다. 그러나 내용이 없는 혁신의 형식은 독립된 창조를 실현할 수 없다. 문학 형식은 물품과 달리 포장만 바꾸면 되는 일이 아니기 때문이다."[53] 평론가 진효명에 의하면 "저층서사" 작가의 일부는 "선봉파" 작가들에게 영향을 받는다고 한다.[54] 조정로의 경우 서사적 기법의 새로운 혁신을 시도하는 면에서 "선봉파" 작가들의 작풍과 관계가 없지 않은 것으로 보인다.

이제까지 조세희의 『난장이가 쏘아올린 작은 공』과 조정로의 「나알」 외 작품의 서술 측면을 살펴봤는데, 두 작가의 작품에서 모더니즘적인 기법이 돋보인다. 1.2에서는 주로 두 작가의 소설에 서술된 시간과 이야기의 리듬의 측면에서 고찰을 하고 있다. 『난장이가 쏘아올린 작은 공』같은 경우에 삽화들의 자유로운 개입에 따라 이야기의 리듬이 깨지는 경우가 많다. 서술된 사건들의 시간은 실제 사건들의 시간과 거의 무관하게 등장한다. 이와 비슷하게 조정로의 「나알」 외 작품에서는 액자 형식, 화법의 변용 등의 기법을 통해 리얼리즘적 기법에서 벗어나고 있다. 특히 서술된 시간과 실제 이야기의 시간이 어긋나게 서술되고 있다. 이들 작품들에서

53 曹征路, 「曹征路先生访谈(李云雷)」, 左岸文化网.

54 陈晓明, 앞의 글 참조.

모두 선적 이야기를 타파하여 새로운 짜임새를 취하고 있다. 그러나 이러한 서사적 기법을 취하는 작가들의 입장이 다른 차원에서 온 것으로 보인다. 조세희는 단행본 『난장이가 쏘아올린 작은 공』의 "작가의 말"에서 이와 같이 고백하고 있다.

> 인간의 기본권이 말살된 '칼'의 시간에 작은 '펜'으로 작은 노트에 글을 써나가며, 이 작품들이 하나하나 작은 덩어리에 불과하지만 무슨 일이 있어도 '파괴를 견디고' 따뜻한 사랑과 고통 받는 피의 이야기로 살아 독자들에게 전달되지 않으면 안 된다는 생각을 나는 했었다. (중략) 나는 작은 노트 몇 권에 나누어 씌어져 그 동안 작은 싸움에 참가한 적이 있는, 그러나 누구에게도 아직 분명한 정체를 잡혀보지 않은 소부대들을 불러 모았다. 책이 나왔을 때 사람들은 내 소설이 동화적이고 우화적이라고 했다. 또 사람들은 내 문장이 보기 드물게 짧고, 형식도 새롭고, 슬프고, 그러면서 아름답다고 했다. (중략) 내가 바로 그렇게 쓴 사람이었다. 말아 아닌 '비언어'로 우리를 괴롭히고 모독하는 철저한 제삼세계형 파괴자들을 '언어'로 상대하겠다는 마음으로 책상 앞에 앉아 며칠 밤을 새우고도 제대로 된 문장 하나 못 써 절망에 빠졌던 것도 나였다.[55]

위의 작가의 고백에서 엿볼 수 있듯이, 『난장이가 쏘아올린 작은 공』의 창작 당시는 한국 민중들은 극적도로 악랄한 정치적 독재와 힘든 경제적 발전 과정에 처해 있다. 이 소설에 사용된 형식과 기법들은 소설의 미학적

55 조세희, 「파괴와 거짓 희망, 모멸의 시대」, 『난장이가 쏘아올린 작은 공』 머리말.

인 가치를 높이는 차원에서 온 것으로 읽히지 않는다. 보다 어두운 현실을 '비언어'로 상대하려는 작가의 무의식에서 비롯된 것으로 보인다. 이 소설집이 현실과 미학의 뛰어난 결합으로 평가되어온 이유도 여기에 있다. 이렇게 볼 때 조정로의 소설에 사용된 기법들이 어떻게 해석되어야 할지 판단하기 힘들다. 단행본도 없고 조정로 소설에 대한 기존의 논의에서 이 문제를 검토한 경우가 없기 때문이다. 단지 중국 현대 소설의 흐름에서 봤을 때, 조정로의 소설은 '선봉파' 소설의 기법과 통하는 면이 있다고 위에서도 증명한 바가 있다. 그것은 만약 '선봉파'를 넘어서자는 의도에서 사용되는 것이라면 '저층서사'의 발전에 의미 없는 일이 된다. 그러나 "저층서사"를 경직된 서사에서 해방시키는 의도에서 사용되는 것이라면 '저층서사'의 발전에 오히려 유익한 것으로 보인다. 종합해서 말하자면 서술기법의 활용은 두 작가의 소설에 모두 보이지만 그것은 같은 것으로 파악하면 안 된다. 왜냐하면 그 기법들이 동원되는 문학사적인 배경과 사회적 배경이 전혀 다르기 때문이다. 이것은 민중문학과 "저층서사"를 비교해서 이해하는 데에 유의해야 되는 점이다.

2. 현실 극복의 민중상

2.1 중산층 시민과 양심적 지식인

상술한 바 『난장이가 쏘아올린 작은 공』의 서술자는 다성적으로 설정되어, 12개의 단편들 중에서 5편은 중산층 신애와 자본가 아들 윤호를 주인공으로 하며 그들의 삶을 그려내고 있다. 여기서 "민중"에 대한 조세희의 시선이 반영된다. 작가는 신애와 윤호를 중산층과 자본가 자제 중의 급진적 인물로 부각시키고 그들의 삶에 시선을 보내줌으로써 그들을 "민중" 속으로 포섭시킨다.[56] 급진적 중산층에 대한 작가의 기대는 소설에서 신애부부와 윤호, 교회 목사, 노동자를 지도하는 과학자 등을 통해 드러나고 있다.

우선 하층민에 대한 중산층의 감정적인 유대감이 신애 부부의 행동에 부각된다. 예컨대, 신애는 딸 세대의 세상을 비판하면서 "아빠나 엄마는 너희만 했을 때 농촌을 찾아다니면서 꽤 열성적인 운동을 했었어."(「칼날」, 45면)라는 표현에서 과거에 대한 그녀의 향수를 나타낸다. 그러나 이와 비슷하게 난장이는 "동네는 지저분해도 재미있습니다. 동네 아이들은 발육이 나빠 유난히 작아 보이지만 귀엽습니다. 저희 여편네는 돼지를 방죽으로 몰아넣어 목욕을 시키죠."(「칼날」, 53면)라고 말하면서 공동체 생활에 대한 미련을 드러낸다. 여기서 중산층 주부와 하층민 난장이가 공동체에 대한 향수에서 같은 입장을 보여주고 있다. 뿐만 아니라, 소설에서 신애는 자신을 난장이와 같은 계층으로 취급하는 대목도 등장한다. 신애는 난장이에게 "이웃해 살았으면 좋겠고"(「칼날」, 54면)라 남편에게 "우리는 난장이라구요!"(「칼날」, 36면)라고 한다. 소설에서 사랑은 하층민들끼리 이루어질 뿐만 아니라, 중산층인 신애와 난장이, 자본가 아들인 윤호와 영수 사이에도 생긴다. 그러나 그들 사이의 우정은 주로 중산층의 높은 각오나 하층민에 대한 적극적인 접근에서 이루어지고 있다. 예컨대 소설에서 윤호에 대한 내면 묘사 중에서 난장이 일가에 대한 동정의 심리는 중요한 부분을 차지한다.

56 민중구성을 이렇게 보는 작가의 시각에 대해 평론가 성민엽은 조세희가 "반성하는 중간층"에 대해 지나치게 기대한다고 지적했다.(성민엽, 「이차원의 전망」, 『한국문학의 현단계Ⅱ』, 창비, 1983.)

윤호는 두 팔에 힘을 주자 은희는 포옥 숨을 들이마셨다. 그러나 쓸데 없는 일이었다. 그때 윤호는 어떤 도덕적인 핵심과 맞부딪쳤다. 그래서 이제 끝내야지, 하고 그는 중얼거렸다. 은희를 안고 있는 윤호의 머릿속에 까만 기계들이 들어차 있는 은강시가 떠올랐다.

"단체를 만들자. 그 사람 혼자의 힘으로는 안 되는 일야." (194면)

이 대목에서 윤호를 대표로 하는 급진적 중산층 심지어 부르주아 자제들의 적극적인 자세를 보여주고 있다. "도덕적인 핵심"에 대한 각오와 "단체를 만들자"라는 생각에서 하층민과 같은 입장에 서겠다는 표현이다. 급진적 중산층을 사회 변혁의 힘으로 보고 있다는 작가의 입장이 여기서 표명된다.

이 소설에서는 중산층의 계몽적인 역할에 대해서도 구체적으로 묘사된다. 그것은 노동자 교회의 목사, 목사의 친구인 과학자 등의 인물을 통해 보여주고 있다. 목사는 사회적인 여러 자원을 동원할 수 있는 자, 과학자는 소규모 공장을 가진 자이므로 여기서는 중산층으로 취급하기로 한다. 이들의 계몽적 노선은 주로 시민 혁명을 제일 먼저 벌인 프랑스와 산업혁명이 먼저 일어난 영국의 길을 따라 이성적, 과학적인 방법을 취하는 것이다. 노동자로 일하는 난장이의 큰 아들 영수는 목사의 스승적인 역할에 대해 다음과 같이 서술하고 있다.

나의 머리에 발전기를 설치한 이가 바로 그였다. 나는 그가 마련한 여섯 달 과정의 교육 프로그램에 참가하여 많은 것을 배웠다. 나는 산업사회의 구조와 인간 사회 조직, 노동 운동의 역사, 노사간의 당면 문제,

노동 관계법 등을 배웠다. 정치. 경제. 역사. 신학. 기술에 대해서도 배웠다. 모두 열네 명이 매주 토요일 오후에 모여 일요일 저녁까지 숙식을 함께하며 배웠다. 피교육자들은 전기. 철강. 화학. 전자. 제분. 방직. 목재. 공작창. 알루미늄. 자동차. 유리. 조선. 피복 공장 등에서 왔다. 모두 가난한 집안의 아들딸들이었다. (242면)

이 대목은 영수의 목소리로 서술된 부분이다. 여기서 영수를 비롯한 각 분야의 노동자 대표들은 노동자의 권리를 획득할 수 있는 방법을 습득하게 된다. 그리고 중요한 것은 영수가 배운 후에 "우리가 노력만 하면 스스로를 구원할 수 있을 것이라고 믿었다"(242면)라는 확신이 선다는 점이다. 그것은 노동자 교회의 교육은 노동자들에게 자신감을 부여하고 자아를 되찾게 하는 계몽적인 역할을 발휘했다고 증언한다.

소설에서는 소시민적 중산층뿐만 아니라, 쁘띠부르주아에 대해서도 큰 기대를 걸고 있다. 예컨대, 교육자로 등장한 "과학자"는 또한 작은 공장을 가진 공장주이다. 하지만 그의 발언은 자신이 처해 있는 계급의 기반을 흔드는 것이다.

그에 의하면 기술과학의 발전이 숙련 노동자를 실직시켰고, 공장 내의 단순 노동은 어린 노동자들의 장시간 저임금의 노동으로 충당되었다. 그리하여 공장을 중심으로 인구가 집중하고, 도시에는 빈민굴이 생겼다. (중략) 부의 증가는 저임금 노동자의 수의 증가와 비례해왔다는 역사를 그가 들춰냈다. 우리는 그를 믿었다. (244면)

부가 돌아가는 원리를 노동의 면에서 파악하고 있는 "과학자"의 발언은 부를 가진 부르주아의 계급을 수호하는 것이 아님에 분명하다. 오히려 반대 입장에 있는 노동자들의 이익을 획득하기 위한 것이다. "과학자"와 극히 유사한 입장을 취하는 인물로 윤호가 있다. 윤호라는 인물은 노동자와 대립하는 "사용자"측의 아들이다. 그는 자신이 처해 있는 계급에 대한 혐오감과 스스로의 속죄감에서 고통을 받는다. 윤호는 아버지의 압력에도 불구하고 권력과 중심을 상징하는 A학교 사회계열을 방기하고 소외자들의 이익을 상징하는 B학교의 노동법을 선택한다. 그는 대학 입시 공부를 무시한 채 열심히 『노동수첩』만 읽는다. 여기서 윤호는 초기의 영수, 지섭과 같이 "노동법"을 통해서 노동자들의 권리를 얻으려 한다.

『난장이가 쏘아올린 작은 공』에서 중산층들의 계몽적인 역할은 노동자와 사용자의 실제 투쟁에서도 작용한다. 노동자 교회의 목사와 과학자가 영수, 영이를 비롯한 젊은 노동자 대표들을 교육시켰고 이 대표들이 사용자측과 정식으로 담판을 벌일 수 있었다. 그리고 바로 이 젊은 노동자대표들이 교육을 받았기 때문에 노동자들을 질서 있게 조직할 수 있었고, 설득력 있게 동원할 수 있었다. 「잘못은 신에게도 있다」라는 단편은 바로 교육을 받은 영수, 영이 등 젊은 노동자들이 "법적인" 방식으로 투쟁하는 과정을 보여준다. 비록 노동자들의 투쟁은 실패로 결말을 맺고 말지만 그것은 어두운 현실에 대한 고발이지 중산층의 계몽적인 역할 자체에 대한 부정은 아닐 것이다.

조세희의 구상과 비슷하게 조정로의 소설에서도 중산층에 대한 기대가 보인다. 특히 『나알』은 주로 실업자가 되는 "노동자"에 관한 이야기지만 주인공은 노동자조직회의 주석을 맡은 "막내 삼촌"이고, 서술자는 노동자 집안 출신이며 신문사에서 기자로 일하는 “나”이다. 소설의 줄거리는 다음과 같다. 대형 국영 기업에서 일하는 3,000명의 노동자들은 기업의 사유화 과정에서 점점 곤경에 내몰린다. 노조의 회장工会主席을 맡은 주인공 막내 삼촌은 전심전력으로 노동자의 이익을 보호하려 하는 인물이다. 그렇지만 시에서 기업을 사유화시키는 과정에서 막내삼촌을 두 번이나 이용해서 노동자들을 설득한다. 막내 삼촌은 윗사람에게 이용을 당한 사실을 깨달은 후에 省정부를 거쳐 北京에 혼자 가서 “중앙”에게 실제 상황을 고발한다. 그런데 그에게 주어지는 답은 한 없이 기다리는 것이었다. 그는 동네에 돌아와 최후의 방법을 취해 한 번 더 나서서 노동자들을 동원하여 공장 판매 반대 운동을 하려고 한다. 이때 막내 삼촌은 이미 위신을 잃어 개인적으로 친한 노동자들의 동정만 구했다. 삼촌이 절망해서 포기할 무렵, 과부가 된 여공 두월매가 나서서 최후의 방법을 취하자 한다. 즉 모두들 같이 집문서를 걸고 은행에 가서 대출을 받아 주식을 사서 노동자들이 다시 주인이 되자는 것이다. 막내 삼촌은 감동을 받아 杜와 함께 모범 역할을 하고 전체 노동자들을 동원했다. 노동자들은 모두 목숨을 걸고 모처럼 단결하게 되었다. 그런데 바로 그때 위에서 “문건”이 내려와 공장이 대주주에게 경영권을 주어야 한다고 선고한다. 삼촌이 투자한 돈이 비교적 많기 때문에 큰 주주가 되어 노동자들과 다시 멀어지게 되었다. 노동자들은 삼촌에게 다시 한 번 속게 되는 셈이다. 막내 삼촌은 기진맥진하여 자신을 포함한 노동자들을 구제하려 했지만 현실은 늘 그의 소원을 배반하는 것이었다. 절망에 빠진 그는 결국은 자신이 사용해오고 관리해온 공장기계 앞에서 자살을 한다.

이 이야기에서 주목해야 되는 부분은 비록 막내 삼촌이 노동자의 이익을 대변하지만 노동자들과 다른 경제적인 대우를 받고 있다는 대목이다. 즉 막내 삼촌이 마지막으로 노동자들을 동원할 때는 이미 노동자들과 화해하기 힘든 거리를 가졌다. 그때 삼촌의 사부를 했었던 나이 든 노동자가 삼촌에게 중요한 말을 던졌다. "양심을 좀 만져봐라, 노동자들은 128원 받는데 너는 얼마 받느냐 말이야. 너 노동자 아닌 지 오래 됐지!"(72면) 막내 삼촌은 이 말을 듣고 자신의 정체성을 반성하다가 결국은 "저층"에서 이탈한 자신의 정체성을 깨닫는다. 그때부터 막내삼촌은 더 이상 투쟁할 에너지를 잃어 거의 정신을 잃은 사람이 되었다. 이 소설에서 표현되는 중산층인 막내삼촌은 주관적으로 "저층"의 이익을 대변하고 싶은 것이 확실하다. 그러나 그가 처한 계층과 "저층"들 사이에 이루어지는 괴리를 메우는 일을 감당하기 어려웠다. 따라서 결국 그의 자살로 증언을 할 수밖에 없었다. 그것은 그의 개인적인 노력에 비해 기존 제도권에서 만들어지는 객관적인 조건이 너무나 방대하기 때문이다.

「나알」이 도시의 기존 제도권을 보여줬는가 하면, 「두선사건」은 농촌의 기존 질서를 보여주고 있다. 이 소설에서는 농민의 이익을 대변하는 중산층 간부인 "연서기"가 등장한다. "연서기"라는 인물에 대해 소설에서 다음과 같이 서술한다.

연서기는 새로 온 서기이다. 그는 원래 현 정부에서 일했고 이론적인 수준이 높은 대학원 졸업생이다. 그 전 해에 「어제의 거지촌, 오늘의 신농촌」이라는 기사 한 편을 써서 성신문에 발표한 적이 있는데 그것으로 현정부를 놀래켰다. 그래서 그는 방가구촌에 대해 좋은 감정을 가지고 있다. 이제 그는 제삼 후보 팀의 팀원이 되었고 기층에 내려가는 것이 주로 단련을 하는 것이다. 현재의 정세는 어떻게 말해야 할까? 사회주의 신농촌을 건설하는 것이다. 그는 한국에 가서 새마을운동도 견학했고, 미국에 가서 농업합작사도 고찰하는 등 아주 많은 앞선 아이디어들을 갖고 있다. (그가 돌아와서) 첫 번째 아이디어는 바로 천당향에서 두선 실험점을 하는 것이다. (중략) 그래서 그는 방계무 동무를 발견했다.[57]

이 대목을 통해 연서기는 젊은 세대의 지도자이고, 탄탄한 이론적인 지식을 가지며 기존의 부패 세력을 반대하는 "계무"를 지지하는 인물이라는 것을 알 수 있다. 그러나 연서기의 역할은 이야기의 중반까지만 있었고, 이야기의 후반에 가서 연서기는 윗사람인 전서기의 지시에 따라 이 사건의 처리에서 배제되고 아무 힘도 쓰지 못하는 자리로 밀려난다. 뿐만 아니라, 전서기가 연서기에게 의미심장한 말을 던진다. "당신은 아직 젊어, 앞으로 기회가 많거든. 무대는 아주 크잖아, 지금 뭘 하려고 그렇게 급해."(「두선사건」, 12부) 선거의 결과는 연서기에게는 뜻밖에 있는 것이었다. 겉으로 보기에 이야기는 비극적이지도 낙관적이지도 않은 뜻밖의 결말을 맺는다. 그러나 실상 그것은 비극적인 것이 될 수밖에 없다. "국동"이 서기 자리에서 물러섰지만 서기 자리에 올라온 "계인"은 황서기 등과 같은 부패한 세력의 꼭두각시에 불과하다. 동네사람들의 적은 하나의 "국동"이 아니라, 수많은 "국동"의 연대인 것이고, 그것은 무너지지 않는 방대한 성벽이다.

57 「豆选事件」8부, (乌有之乡网)
http://www.wyzxsx.com/Article/Class12/200709/24871.html
(전문은 총 16개의 부분으로 구성되어 있다. 따라서 이하는 "몇 부"라고만 표기하겠다.)

『난장이가 쏘아올린 작은 공』과 「나알」 외 작품에서 하층민을 위한 중산층의 노력은 공동적인 소재로 다뤄진다. 그러나 중산층의 역할과 중산층을 바라보는 작가의 시각이 다르다. 조세희의 소설에서 중산층과 하층민의 연대는 민간과 실생활에서 이루어지는데 이때 중산층은 노동자들을 계몽시키고 교육시키는 지도자의 역할로 부각된다. 그러나 조정로의 소설에서 중산층은 주로 정치적인 구도 안에서 하층민의 이익을 대변하는 극소수의 지도자로 등장한다. 때문에 이러한 중산층과 하층민 사이에 화해할 수 없는 입지의 괴리가 생길 수밖에 없다. 그 결과로 민중이라는 기반이 튼튼하지 않은데다 지도자라는 벽이 너무나 탄탄하기 때문에 그들의 노력이 헛수고가 될 수밖에 없었다. "중산층" 이미지에 대한 이와 같은 설정은 작가 개인의 시각에 달린 것으로만 보기엔 설명이 부족하다. 소설의 원천은 현실이다. 다시 말해 서로 다른 "중산층"의 등장은 한국과 중국의 서로 다른 현실 상황도 투영하고 있다. 중산층을 지식인으로 환원하여 생각한다면 70년대의 진보적 한국 지식인들은 박정희 정권을 반대하는 민중들과 완전히 같은 입지에 있었다고 볼 수 있다. 예컨대, 대학 교수나 학교 교사들의 결의서, 및 해임 당한 사건들이 많이 있었다.[58] 그러면서 민중 속에서 지도와 계몽의 역할을 하고 있었던 것이다. 그러나 근대이래 중국의 지식인들은 민중들과 몇 번의 갈등을 이룬 적이 있다. 5.4 운동

58 "1974년 12월 13일 「민주회복국민선언」에 서명한 교수들 중 국립 경기공업전문의 김병걸 부교수는 학교측의 권고에 의하여 사표를 냈고, 국립 서울 문리대의 백낙청 부교수는 역시 사직할 것을 권고 받았다."그 이외에 1974년경에 민주운동에 참여했던 김지하 시인이 투옥되었고, 장백일, 임헌영, 김우종, 정을병 등 문인들도 해직을 당했다.(박태순, 「자유실천문인협의회와 70년대 문학운동사(1)」, 『실천문학』, 1985 제5집, 513~515면 참조.

시기에 루쉰과 같이 민중의 목소리를 발하는 지식인들이 있었지만, 항일 전쟁 시기부터 문혁 이전까지 지식인들은 거의 공산당에 포섭되어 인민의 지도자로 있었다. 그런데 공산당원 자체도 노동자와 농민 출신이 많았기 때문에 이론적으로 따지면 지도자나 인민이나 같은 입지에 있는 것이다. 그러나 실제 생활에서 그것은 성립될 수 없다. 여기서 문혁 시기에 지식인들은 인민의 공적이 될 만큼은 비판을 많이 받아 인민의 지도를 받기도 했었다. 개혁개방이후 이와 같이 여러 가지 역사적 기원에서 봤을 때 중국과 한국의 지식인의 입지는 다르다는 것이 분명하다.

2.2 도시빈민과 실직노동자

———————————————— 주목해야 할 것은『난장이가 쏘아올린 작은 공』의 결말에 중산층의 계몽을 받아들인 노동자들의 반항은 실패로 끝맺는다. 물론 이 비극적인 결말은 작가의 비관적인 현실관을 반영했지만 다른 한편으로 작가의 또 다른 메시지를 전한 것을 보인다. 주인공들이 반항하는 것은 권력과 박탈이지만 그들이 사용하는 방법도 권력 속에 포섭되는 것이다. 법, 제도 등과 같은 방법은 또 다른 권력의 상징이 되는 것이기 때문이다. 따라서 이 소설에서 문제시할 것은 바로 이러한 근대적인 질서이다. 앞에서도 언급했지만 따라서 근대적인 질서, 이른바 원시적 공동체의 해체, 도시 생활에서 인간 소통의 격절 등은 소설의 서술적인 차원에서 많이 제시되고 있다. 소설의 이야기적인 측면에서도 이와 같은 제시가 드러난다. 영수가 영국과 프랑스의 길을 따라 새 노조를 만들어 투쟁하다가 실패를 하게 될 때 그는 깨달았다. "모두 잘못을 저지르고 있었다. 예외란 있을 수 없었다. 은강에서는 신도 예외가 아니었

다."(234면.) 근대라는 큰 성안에 포위되어 있는 인간들이 이 성벽을 넘어서는 것은 거의 불가능한 일이라는 것을 영수가 알게 된다. 이때 작가는 현실을 돌파할 수 있는 마지막 힘을 하층민들에게 본다. 그것은 상상적인 공간에서 이루어진 난장이의 '천국'과 실제적인 공간에서 이루어진 영수의 파국적인 살인 행위로 대변될 수 있다. 이 두 가지 방식은 영수의 생각으로 아래와 같이 형상화되고 있다.

> 아버지는 사랑에 기대를 걸었다. 아버지가 꿈꾼 세상은 모두에게 할 일을 주고, 일한 대가로 먹고 입고, 누구나 다 자식을 공부시키며 이웃을 사랑하는 세계였다. 그 세계의 지배 계층은 호화로운 생활을 하지 않을 것이라고 아버지는 말했었다. 인간이 갖는 고통에 대해 그들도 알 권리가 있기 때문이라는 것이었다. 그곳에서 아무도 호화로운 생활을 하려고 하지 않을 것이다. 지나친 부의 축적을 사랑의 상실로 공인하고 사랑을 갖지 않은 사람네 집에 내리는 햇빛을 가려버리고, 바람도 막아버리고, 전깃줄도 잘라버리고, 수도선도 끊어버린다. (중략) 그러나 아버지가 그린 세상도 이상 사회는 아니었다. 사랑을 갖지 않은 사람을 벌하기 위해 법을 제정해야 한다는 것이 문제였다. 법을 가져야 한다면 이 세계와 다를 것이 없다. (213면)

이 대목에서 난장이의 상상적인 공간을 보여주고 있다. 사랑이 강요된다는 측면에서 봤을 때는 근대적인 질서 안에 포섭되지 않은 것처럼 보인다. 그러나 영수가 그 사회의 치명적인 단점을 지적했다. "법을 제정해야 한다는" 점이다. 영수는 법 자체가 현실을 타파할 수 있는 방법이 아니라는 것을 깨닫는다. 그것은 또한 법을 비롯한 근대적인 제도의 한계에 대한 깨달음이다.

> 내가 그린 세상에서는 누구나 자유로운 이성에 의해 살아갈 수 있다. 나는 아버지가 꿈꾼 세상에서 법률 제정이라는 공식을 빼버렸다. 교육의 수단을 이용해 누구나 고귀한 사랑을 갖도록 한다는 것이 나의 생각이었다. (213면)

보다시피, 영수의 구상은 '사랑'이 가득 차고 현실에서 이탈한 이상적인 사회이다. 그의 이상은 현실이 부딪혀 실현하기 불가능하다고 확인되었을 때 『난장이가 쏘아올린 작은 공』에서 제시하는 최후의 방법으로 파국적인 살인 행위가 등장한다. 폭력 모티프는 20년대 경향소설에서 흔히 사용된 바 있다. 따라서 『난장이가 쏘아올린 작은 공』의 살인 모티프 역시 경향소설의 살인 행위 같은 것으로 평가된 바가 있다.[59] 그러나 『난장이가 쏘아올린 작은 공』의 폭력은 우매한 충동적인 행위와 본질적인 차이를 지닌다. 폭력까지 가는 전 과정은 영수 한 명을 통해 설명될 수 있다. 영수라는 인물은 아버지 세대로부터 내려온 기대를 지고 있으면서 지식과 사회적 연대를 동원해서도 현실에서 돌파할 수 없다는 것을 깨달았을 때, 개인의 목숨을 희생해서 이 사랑이 없는 사용자를 죽임으로써 반항할 방법밖에 없었던 것이다.

59 "조급한 현실 재단, 모순 타개의 방향과 방법의 조급한 제시인 것인데, 이 점에서는 최서해의 소설이 대표하는 1920년대 중반 신경향파 소설의 경우와 별다르지 않다."(김윤식・정호웅, 『한국소설사』, 문학동네, 2002, 437면)

작가가 영수의 파국적인 행위를 위해 미리 전제를 깔아주는 것도 예전의 소설과 구별된다. 즉 「뫼비우스의 띠」에서 교사의 이야기를 통해서 독자들에게 메시지를 전달하고 있다는 점이. 함께 굴뚝 청소를 했는데 한 아이만 깨끗한 일은 있을 수 없다. 진실을 드러내려면 그 질문 자체의 잘못됨을 밝혀야 한다. "뫼비우스의 띠"의 제기는 늘 안과 밖 양면이 있는 고정 관념을 깨는 힌트이다. 따라서 영수의 살인행위가 과연 비도덕적인 행위이고 법에 의해 징계를 받아야 하는 것인가라는 의문이 남는다. 폭력은 사회의 한 귀퉁이로 쫓겨난 고통과 절망의 주체가 취하는 극단적인 발언 수단이다. 이러한 방법은 1970년대 한국 사회에 연달아 일어난 분신사건과 일맥상통하는 것으로 보인다.[60]

조정로의 소설에서는 끊임없이 "저층"의 새로운 공동체를 구상한다. 「나알」에서 막내삼촌이 투쟁할 수 있는 원동력이 바로 실직된 노동자의 지지로부터 나왔다는 사실이다. 그의 배후에는 등을 기댈 수 있는 커다란 벽이 있는데 그것은 새로운 형식의 공동체이다. 이 공동체는 사회주의적인 공동체와 다르다. 소설에서 보여주듯이 이전에 노동자 계급이 국가기업이라는 공동체 안에 있을 때는 의료, 보험, 주거, 자녀 교육 등 여러 측면에서 보호를 받고 있었다. 그러나 1990년대 기업이 사유화되는 순간부터 노동자들은 이 모든 것을 잃게 되었다. 노동자들에게 직장을 잃는 것은 생활의 모든 보장을 잃어버리는 것과 같다. 여기서 강조되어야 할 부분은

60 1970년대 초에 이르러 보다 공정한 부의 분배와 정치참여를 위해 상당히 적극적인 방식으로 투쟁하기 시작했다. 먼저 노동운동은 1970년 11월 13일 평화시장 재단사인 전태일의 분신자살 사건, 1970년 11월 25일 조선호텔 이상찬의 분신기도, 1971년 2월 2일 한국 회관 김차호의 분신기도 등으로 이어졌다.(한국역사연구회, 앞의 책, 110면.)

비록 국가기업과 같은 실재적인 공동체가 와해되어도 정신적인 공동체는 여전히 사라지지 않았다는 사실이다. 그것은 노동자들의 관습적인 생각에 기반한 것이다. 그러나 그런 생각은 오늘날 점점 희박해지고 있다. 조정로의 소설은 바로 그것의 유산을 간직하고 있는 것이다.

「나알」의 이야기가 전개되는 장소는 해고당한 노동자들의 공단촌工团村이다. 공단촌은 다음과 같이 묘사된다.

> 소위 공단신촌은 실은 새 건물이 아니다. 그저 睡女山을 따라 아무렇게나 만든 노동자 숙소에 불과하다. 동쪽에 있는 촌락은 동촌이라고 하고 서쪽에 있는 것은 서촌이라고 부르다보니 가운데 있는 촌락은 저절로 신촌이라 불리게 되었다. 마구 부른 이름일 뿐이다. 평상시에도 3번집 엄마, 4번집 엄마라고 부른다. 사실 이곳에 거주하는 사람 모두가 기계공장의 노동자들이었기에 서로 모를 리가 없었다. (40면)

위의 대목에서 알 수 있듯이, 기계공장이 비록 해체되었지만 노동자들은 여전히 같은 단지에서 살면서 서로의 상황을 잘 알고 지낸다. 「나알」에서 두월매가 밤거리를 걷다가 개에게 물린 사건이 있는데, 그 사건은 "날이 밝을 때 동네 구석구석까지 모두 전해졌다. 모두들 두월매가 고생이 많다고 한탄을 하며 그 재수 없는 개새끼를 욕했다."(41면) 이 사건을 통해 실직 노동자들의 긴밀한 연대를 엿볼 수 있다. 또한 노동자들 사이의 "형제자매"와 같은 깊은 감정도 드러난다. 의심할 바 없이 이러한 공동체 문화는 상품화된 새로운 시대의 주거 공간의 문화와 확연히 다르다. 상품화된 주거공간에서는 이웃의 도움을 청하는 것이 쉬운 일이 아니다. 여기서 묘사하는 공단촌은 사회주의식 공동체의 문화를 계승하고 있다.

더욱 중요한 것은 이 소설에 사회주의 공동체 이후의 새로운 공동체, 즉 포스트[61] 사회주의적 공동체가 나타난다. 포스트 사회주의적 공동체는 사회주의적 공동체도 자본주의적 공동체도 아닌 새로운 의미를 가지고 있다. 그것은 제삼의 실험적 가능성을 보여준다. 그것의 문화적인 관습으로 봤을 때 사회주의식 공동체의 유산을 물려받는 것이지만 실재적인 존재형태는 사유화된 패러다임 중의 하나이다. 「나알」에서 "막내삼촌"이 실직한 노동자들을 동원해서 세 번씩이나 단체 행동을 할 수 있었던 것은 바로 이러한 포스트 사회주의적 공동체의 힘을 빌렸기 때문이다. 따라서 「나알」이 암시하는 바와 같이, 이러한 공동체는 안정적인 실태를 가지고 있지 않기 때문에 보기에는 약하지만 실제로는 끈기 있는 힘을 발산하고 있다. 하지만 「나알」에서 포스트 사회주의적 공동체에 대해 구체적으로 전개하지 못했다. 예컨대 지도자의 선택이라든지, 어떤 조직 형태로 발전해야 하는지 등과 같은 정보는 전혀 주지 않는다. 그것은 자매편 「네온사인」에 와서야 비로소 명확해진다.

「네온사인」에서 과부이면서 실직자인 예홍매에 관한 이야기가 전체 서사를 관통하고 있다. 딸의 교육비 및 수술비, 시어머니의 부양을 부담해야 되는 중년 실직자 예홍매는 생존의 핍박을 받아 매춘에까지 종사하게 된다. 이야기는 거의 예홍매의 일기를 빌려 서술된다. 일기는 당사자의 내면적 고백이기 때문에 소설 전체에 쓸쓸하고 비분한 분위기를 덧씌운 게

61 "포스트"라는 말은 "after", 즉 –이후라는 뜻이 있고, "beyond", 즉 "–를 넘어서다"라는 뜻이 있는데 본고에서 "포스트 사회주의 공동체"라는 개념어에서 전자의 뜻을 따르므로 이 개념은 "사회주의 이후의 공동체"라는 뜻으로 쓰인다.

된다. 일기는 저층들의 비참한 처지를 표현하는 데에 아주 적합한 서사 장치로써 기능한다. 이 소설은 전체적으로 슬픈 분위기 속에서도 희망의 빛을 보여주고 있다. 이러한 희망은 바로 새로운 공동체에서 얻어진다.

이 소설에서는 두 가지 공동체가 제시된다. 하나는 유사부刘师傅가 조직한 "실직자호조회下岗工人互助会"이고, 다른 하나는 예홍매를 위시한 "성노동자협회性工作者协会"이다. 소설의 분위기는 바로 이 두개의 공동체를 통해 역전된다. 주인공들은 이 공동체 속에서 잠시나마 자신의 존엄을 되찾을 수 있는 기회를 얻는다. 동시에 이 공동체의 출현에 따라 서사도 고조高潮에 밀려가게 된다. 유사부를 비롯한 "실직자호조회"에 대해 다음과 같이 묘사하고 있다.

> 대로 맞은편에 많은 사람들이 모여들었다. 자전거를 타고 온 사람, 지팡이를 쓰고 온 사람, 삼륜차를 운전하고 온 사람, 그리고 여러 할아버지와 할머니. 그들은 와서 아무 말도 하지 않고 그저 대로 맞은편에서 구경만 할 뿐이다. 다만 한 가지 특징이 있는데, 그건 그들이 모두 유니폼을 입고 있는 것이다. 회사 마크가 찍혀 있는 옛날 스타일의 유니폼이다. 화학공장, 강철공장, 그리고 방직공장 등에서 입었던 옷들이다. (중략) 이러한 상황을 본 그 "손자"놈은 얼굴빛이 파래지더니 어린애 같은 얼굴이 순식간에 찌그러졌다. (谈话笔录15, 41번째 단락)

이 대목은 동료가 육체적인 폭력을 당하자 예홍매를 비롯한 성노동자들이 관련 부서로 몰려가 배상을 요구하는 장면이다. 그녀들은 권력 앞에서 물러서지 않고, 목숨을 걸어 인권을 호소한다. 그녀들을 유일하게 응원해

주는 단체가 바로 유사부를 비롯한 "실직자호조회"이다. 이 대목에서 볼 수 있듯이 강한 권력도 결국 민중의 조직적인 형태에 굴복해버린다는 것이다. 물론 여기서 "실직자호조회"의 사회적인 역할에 대해 작가가 걸고 있는 기대가 너무나 커서 이상적인 낭만주의로 빠진 경향이 없지 않다. 하지만 그럼에도 불구하고 포스트 사회주의적인 공동체, 사회주의도 자본주의도 아닌 제삼의 가능성을 제시했다는 점에서 이 소설의 의미가 크다고 본다.

이와 같은 포스트 사회주의적인 공동체의 구체적인 조직방식은 예홍매의 "성노동자협회"에서 더욱 선명하게 드러난다. 이 공동체의 구성원은 각지에서 올라온 시골 처녀 그리고 여성 실직자들이 대부분이다. 그녀들은 가족의 생계를 유지하기 위해 육체를 판다. 협회 가입 여부는 자유이고, 협회의 결정은 "회의"를 통해서 내려진다. 영업을 할 때 서로 예의를 지켜 순서대로 한다. 때문에 서로 다툴 일이 없고 어려움이 생길 때에는 서로 도와준다. 이 공동체로 인해 성노동자들은 살아갈 용기와 존엄을 되찾게 된다. 「네온사인」에서 "실직자호조회"와 "성노동자협회"가 연대하여 권력에 대항할 때 이야기 역시 최고조에 달하게 된다. 예홍매는 일기에서 이렇게 고백하고 있다:

> 가난한 자들이 서로 손을 잡고 노래하게 되었다. 이것은 정말이지 낙오되었던 외로운 기러기가 대오를 따라가게 되고, 물에 빠진 사람이 해안을 발견한 것 같은 느낌이다. (중략) 아홍의 말을 빌려 쓰자면, 여태까지 계속 살아오긴 했지만 이제서야 비로소 인간처럼 사는 게 어떤 것인지를 알게 되었다. (중략) 제일 중요한 것은 우리가 드디어 인간다운 인간이 되었다

는 사실이다. 존엄이 있는 그러한 인간이란 말이다."

(谈话笔录15, 45번째 단락)

이 대목에서 보이듯이, 공동체의 힘은 주인공들의 생명을 버티게 해줄 정도로 강력하다. 「네온사인」에서 조정로는 「나알」보다 한 걸음 더 나아가 포스트 사회주의적인 단체에 대해 구체적인 내용을 제시했다. 그 공동체가 미칠 수 있는 범위도 커지고 형식도 더욱 선명해지면서, 공동체의 힘도 따라서 커진다. 소설 「나알那儿」의 원제 "英特纳雄那儿"는 "국제공산주의"의 중국어 음역어이다. 이 제목으로도 알 수 있듯이 조정로는 "저층"의 미래를 중국의 공산주의적 유산에서 검토하고 있다.

「두선사건」에 와서 포스트 사회주의적인 공동체의 형태는 도시에서 농촌으로 이동한다. 이 소설은 모 촌락의 당서기 선거에 관한 이야기다. 이 동네의 서기 "국동國棟"은 형제들의 높은 정치적 권력 인맥을 빌려 동네에서 공적인 토지를 팔고, 여자를 겁탈하며 횡행 한다. 그러나 주인공인 "계무繼武"는 외지에서 일하다 온 청년들을 모아 새로운 공동체 "토지수호회土地守護會"를 만들어 "두선豆選"[62]이라는 민주주의적인 선거 계기를 통해 "국동"의 권력을 무너뜨리려 했다. 그러나 그 과정에서 "국동"에게 겁탈을 당하던 형수인 "국화菊子"는 "계무"를 도와주기 위해 나서다가 사람들의 모욕을 견디지 못해 자살을 했고, "계무"는 "국동"이 보낸 깡패들에게 주먹을 맞았을 뿐만 아니라 "국동"의 형제들과 동조하는 크나큰 정부의 세력에 의해 와해된다. 마지막에 정부의 뜻에 따라 새로 뽑힌 당서기는 "계무"도

62 콩알 투표, 이른바 투표용지 대신 콩알을 입후보자 뒤의 그릇에 넣는 투표방법이다.

"국동"도 아닌, "계무"의 무능한 형인 "계인繼仁"이 된다. 소설에서 현재 중국 농촌의 사정을 잘 투사하고 있다. 즉 촌락공동체는 더 이상 농민의 권리를 보호해주는 조직으로 작용하지 않고 그 안에서 복잡한 권력의 기제가 작동하고 있다는 것이다. 권력 안에서 농민의 이익을 대변할 수 있는 새로운 공동체가 구성되어야 한다는 것이 바로 작가의 시각이다. 그것은 이 소설에 나오는 각지의 농촌에서 조직한 "토지보호회"와 같은 공동체에 대한 묘사에서 확인될 수 있다.

> 그(계무)는 발견했다, 도시 교외의 일부 향진에서 상급에 진정陳情하러 간 사람들은 조직되었는데 어떤 조직들은 토지보호회라고 하고 어떤 조직들은 토지보호당소조라고 불렀다. 이 사람들은 말한 조건이 통일되어 있었고 집단적으로 행동해서 개발상들과 담판을 했는데 그 중에서 성공한 키스도 진짜로 있었다. 그래서 그도 토지보호팀 하나 조직해서 그들을 흉내 내어서 국동과 한 판 벌여보려고 생각했다. (3부)

여기서 보듯이 "토지보호회"는 단순한 민간단체로 볼 수 있지만 사실은 한 것이다. 말하자면 이 마을 사람들 공동의 경제적인 이익을 보호하기 위해 개발상들과 대립되는 단체가 그것의 일반적인 형태이다. 그것의 대두는 바로 토지를 개인 자본으로 활용하기 시작한 "개혁개방" 이후의 일이다. 그러나 공동체의 구성은 여전히 마을이라는 국가 단위로서의 공동체를 기초로 한다. 이 소설에서 볼 수 있듯이 이 공동체의 구성은 많은 경우에 공동된 경제적인 이익보다도 사회주의 시기 제기했던 "단체주의"의 유산에 의해 이루어진 것이다. 때문에 소설에서는 "단체주의"의 유산에 대해 제시하고 있다.

가) 이때 방계무가 훠즈와 상즈[63] 등을 데리고 단체주의를 연구하고 있었다. 어떻게 말해야 할까? 지금은 각자 개인의 이익만 챙기는 시대이기에, 단체는 이미 흘러간 물이 되었다. 그러나 방국동을 선거에서 물리치려면 단체주의가 없으면 안 되는 것도 사실이다. (8부)

나) 그분이 배 고프셨지. 죽고 싶지 않으셨겠지. 계속해서 몸부림 치셨겠지. 그러나 그를 살게 할 수 있는 열쇠는 바로 자기의 허리띠에 걸려 있었고 손만 내면 바로 종자를 입안으로 넣을 수 있었지. 그러나 불쌍하게도 그분 그냥 굶어 돌아가셨어. (중략) 방가구촌은 언제 단체주의를 중요시했냐? 바로 그때였지. 너희들은 어디 단체를 알겠냐?(6부)

인용문 가)는 서술자의 목소리이고, 나)는 방가구촌에서 연배와 위엄이 가장 높은 분 점자아저씨의 말이다. 가)에서 계무가 강조했던 "단체주의"는 나)에서 설명되고 있다. 나)에서 "바로 그때였지"에서의 "그때"는 개혁개방 이전에 사회주의적 경제 체제를 실행한 시기를 지칭한다. 그 시기의 "단체주의"는 오늘날의 계무에게 되살려 "토지보호회"라는 새로운 공동체를 조직하게 된다. 그것은 이 소설의 중요한 대목인데, 「나알」이나 「네온사인」과 같은 맥락이다. 이른바, 저층의 출구를 포스트 사회주의적인 공동체로 본 작가의 구상으로 파악할 수 있다.

63 마을 청년들의 이름.

위의 소설들에 등장하는 인물과 사건을 통해 하층민들의 출구에 대한 작가 조세희와 조정로의 구상을 살펴봤다. 소설에서 중산층들이 적극적인 역할로 등장하기 때문에 중산층에 대한 작가의 시선이 설명된다. 그러나 조세희의 소설에 등장한 중산층의 감정 및 행동이 처음부터 끝까지 저층에게 일정한 도움을 준 반면에 조정로의 소설에 등장한 중산층은 처음에는 저층을 적극적으로 돕다가 나중에는 좌절되고 만다. 결국 조정로 소설의 중산층은 현실에서 "하층"으로 변신되기가 불가능하고 상층으로 귀속되기 마련인 상황인 것이다. 그들의 힘이 막대한 상층에게 반항하기에는 너무나 미약하기 때문이다. "중산층"을 부각시키는 두 작가의 시선에서도 차이를 보인다. 조세희는 주로 경제적인 구도에서 중산층에 처해 있는 자들에게 희망을 거는 것에 비해 조정로는 정치적인 구도에서 중간층에 있는 자들을 주목하고 있다. 이와 같은 두 가지 시선의 생성은 한 · 중 양국의 체제와 큰 관련이 있다. 자본주의 노선을 취한 한국에서 계층을 구분하는 데에 자본이 중요한 척도가 되는 반면에 사회주의 노선을 취하는 중국에서는 자본보다 권력이 중요한 지표가 된다. 또한 두 작가의 시선에는 한중 양국의 지식인 상황도 어느 정도 반영하고 있다. 197·80년대에 한국의 급진적 지식인들은 민주화운동을 지도하면서도 민중들과 함께 격렬한 투쟁을 벌였다. 결국 한국에서는 혁명이 아닌 민주화운동을 통해 군정정치를 물러서게 했고, 문민정권을 맞이하였다.[64] 그러나 문민정권 하에서도 지식인들은 체제에 비판적인 입장을 견지하고 있었다. 그러나 중국에서는 사회변혁을 위해 지식인들이 민중들과 함께 했던 투쟁의 사례,[65] 즉 아래

64 197, 80년대의 민주화 운동을 거쳐 1987년의 6월 항쟁에서 승리를 걷어 처음으로 대통령 직선제를 실행하게 되었고 1993년에는 문민정부를 세웠다.

로부터 위로까지의 변혁에서 모두 혁명의 방식을 통해 승리를 얻은 것이었다. 때문에 승리를 얻기 이전에는 지식인과 민중들과의 거리가 좁혀지지만[66] 승리를 얻은 이후에는 지식인들이 국가체제 안으로 편입되는 것이 대부분이다. 그러므로 대부분의 지식인들이 국가 체제 내부에서 비판적인 역할을 수행하게 되어 민중들과의 거리가 멀어지기 쉽다. 따라서 지식인들이 발휘할 수 있는 정치성도 한정적인 것으로 바뀐다.[67] 그렇게 봤을 때 조정로 소설에 등장한 "연서기"나 "막내삼촌"은 중국 지식인 혹은 중간층의 전형이라고 할 수 있다.

두 번째로 조정로와 조세희는 모두 도시 빈민에 주목하여 하층민을 묘사한다. 두 작가의 소설에는 노동자 조직 모티프도 공통적으로 등장한다. 그렇지만 그들이 저층 문제를 고민하는 방식은 위에서 살펴보았듯이 서로 상당히 다른 특징을 보인다. 그것은 또한 2차 세계 대전 이후 한국과 중국의 역사적인 경험과 깊은 관계가 있다. 우선 "도시 빈민"의 개념을 살펴볼 필요가 있다. 중국에서의 도시빈민을 가령 조정로 소설에 나타난 실직자들로 이해한다면 도시호적을 가진 실직 노동자를 지칭하는 것이다. 경제적인 조건으로 봤을 때 실직자들은 빈민에 속하지만, 문화적인 조건으로 볼 때 그들을 "저층"으로 보기는 힘들다. 예컨대 노동자들이 아무리 가난

65 역사상 몇 차례 유명한 농민 분기 및 근대이래에 모택동이 지도한 공산당의 혁명을 들 수 있다.

66 예컨대, 1940년대 중화전국문예계항적협회(문협)가 설립될 때 "글이 농촌으로, 글이 전쟁 대오로 가자"라를 구호가 제기되었고 작가들의 창작 활동은 민중들과 실제로 결합되었다.(钱理群, 温儒敏, 吴福辉, 『中国现代文学三十年』, 北京大学出版社, 2006, 344면.)

67 물론 그것은 지식인 전체의 상황을 뜻한 것이 아니다. 예컨대 5.4운동 시기에 잠시 문학의 자주성을 보여준 순간이 있었고 루쉰과 같은 비판적인 지식인의 역할이 컸다.

해도 시골로 내려가지 않는 것은 그들의 문화적인 추구와 관련이 있다. 때문에 실직된 노동자들은 자신이 "주인"이 될 수 있었던 사회주의적 경험을 유난히 중요시한다. 경제적인 의미에서 사회주의 제도가 이미 해체되었음에도 불구하고 여전히 그 정신적인 유산을 붙들고서 사회적 투쟁을 벌여나가는 것이다. 그런데 한국의 노동자 조직은 이와는 다른 배경에서 이루어진다. 2차 대전 이후 자본주의 제도를 걸어온 한국 사회에서 노동자, 소작농, 도시 빈민은 한결같이 "피고용자"에 속하는 하층민들이다. 1961년부터 1982년까지 20년에 걸쳐 실행해온 5개년 계획을 통해 한국은 원시적인 자본의 축적을 상당부분 달성했다. 『난장이가 쏘아올린 작은 공』이 쓰일 당시, 하층민들은 저임금 노동, 심각한 산업재해, 불안정적인 생계에 대해 끊임없이 반항하고 있었지만, 다른 한편으로 사람들은 이미 그러한 상황에 익숙해지고 있었다. 게다가 그 시기에는 박정희 군사 정권의 유신체제가 독재적으로 실행하고 있었기에, 하층민들은 경제적인 착취와 동시에 심각한 정신적 구속에 직면할 수밖에 없었다. 이러한 상황에서 그들은 서구 혁명의 길을 따라가거나 폭력적인 힘—분신이나 살인—, 아니면 환상적인 감정의 화해를 통해 탈출을 도모하는 수밖에 없었다.

하층민의 출구에 대해 조세희와 조정로는 모두 대담하게 구상하고 있지만 그 구상의 각도와 내용에서 차이를 보인다. 그것은 하층민들이 처해 있는 시대적, 국가적 배경과 크게 관련된다. 물론 저자의 서술 시각, 당대의 담론과도 무관하지 않을 것이다. 따라서 다음 장에서 작품과 담론의 관계를 검토하기로 한다.

3. 소설과 담론의 상호 관계

3.1. 『난장이가 쏘아올린 작은 공』과 "민중문학론"의 새 단계

―――――――――――――――― 당대의 많은 논의에서 『객지』와 『난장이가 쏘아올린 작은 공』을 민중문학의 대표작으로 검토하는 경우가 적지 않았다.[68] 『난장이가 쏘아올린 작은 공』에 대한 논의는 시대별로 나누어 다음과 같은 특징으로 요약될 수 있다. 1970년대의 논의는 이 작품의 주제적인 측면에 주목하여 산업화시대의 현실 문제에 대한 예리한 시각과 현실을 파헤치는 작가 정신의 관점에서 『난장이가 쏘아올린 작은 공』을 높이 평가하는 경우가 많다.[69] 물론 이 작품의 표현 기법이 동시대의 다른 작품들과 확연히 달라지기 때문에 그의 미학적인 가치에 주목하는 평가는 처음부터 있었다. 김병익은 대부분 주제와 기법의 두 측면을 겸하면서 평가한다. 그의 「대립적 세계관과 미학」라는 글에서 이 작품은 "인물과 세계, 작가와 대상, 간명과 복합, 단절과 연계, 그리고 서사적 공간과 서정적 구조의 대립과 초월을 위한 방법적 표현인 것"으로 평가한다.[70] 1980년대의 논의로는 기존의 긍정적인 평가에서 벗어나 작가 세계관의 한계를 지적하는 비평이 등장한다.[71] 1990년대 이후에 『난장이가 쏘아올

68 김치수, 「산업사회에 있어서 소설의 변화」, 『문학과지성』, 1979, 가을.
김도연, 앞의 글.
김명인, 「지식인 문학의 위기와 새로운 민족 문학의 구상」, 『문학예술운동 · 1』, 1987.
김병익, 「난장이, 혹은 소외집단의 언어」, 『문학과지성』, 1977 봄.

69 염무웅, 「도시–산업화시대의 문학」, 『창작과비평』, 1978, 봄.
이동렬, 「암울한 시대의 밝은 조명」, 『문학과지성』, 1978 가을.
송재영, 「삶의 현장과 그 언어」, 『세계의문학』, 1978 가을.
김우창, 「산업시대의 문학」, 『문학과지성』, 1979, 가을.

70 김병익, 「대립적 세계관과 미학」, 『문학과지성』, 1978 겨울.

린 작은 공』에 관한 연구는 주제적, 기법적, 형식적 등 여러 측면에서 종합적으로 전개되고 있다. 비평의 입장도 찬반에 그치지 않고 다양하게 나타난다. 전반적으로 볼 때 이 작품의 형식적 미학에 대한 접근이 중심을 차지하고 있다.[72] 예컨대 연작 소설이라는 장르,[73] 서사 기법,[74] 상징적 기법[75] 등에 관한 연구들이 펼쳐졌다. 이것은 황석영의 『객지』에 대한 비평의 시각과 확연히 다른 지점이다. 이와 같은 비평의 시각과 비중을 통해 또한 『난장이가 쏘아올린 작은 공』의 미학적인 가치가 한 층 더 잘 설명된다. 최근 2008년 11월 10일에 발간된 "『난장이가 쏘아올린 작은 공』 30주년 기념문집"인 『침묵과 사랑』에서 여러 세대의 평론가, 작가, 사학자, 철학

71 성민엽, 「이차원의 전망」, 백낙청 · 염우웅 편, 『한국문학의 현단계Ⅱ』, 창작과비평사, 1983.
김종철, 「산업화와 문학―70년대 문학을 보는 한 관점」, 『창작과 비평』, 1980 봄.
김윤식, 「난장이 문학론」, 『소설문학』, 1984, 12.
황광수, 「노동문제의 소설적 표현」, 백낙청 · 염무웅 편, 『한국문학의 현단계Ⅳ』, 창작과비평사, 1985.

72 주제의 측면에서 접근하는 글은 아래의 4편 정도 들 수 있다,
김정란, 「죽일 수 없는 난장이의 꿈」, 『현대소설』, 1990, 가을.
조남현, 「1970년대 소설의 실상과 의미」, 『우리 소설의 판과 틀』, 서울대출판부, 1991.
방민호, 「리얼리즘론의 새로운 모색 속에서 보는 『난장이』」, 『내일을 여는 작가』, 1997년 11 · 12호.

73 문흥술, 「뫼비우스의 띠와 연작형, 그리고 난장의 죽음」, 문학사와 비평연구회 편, 『1970년대 문학 연구』, 예하, 1994.
황국명, 「인식양식으로서의 연작소설」, 『떠도는 시대의 길찾기』, 세계사, 1995.

74 이경호, 「서정의 공간과 다성의 공간」, 『작가세계』, 1990 겨울.
황순재, 「조세희 소설연구(1)」, 『한국문학논총』제18집, 1996.7.
신지윤, 「조세희 소설의 미적 근대성 연구」, 부산대 석사논문, 2001.
김지영, 「조세희 소설의 서사 기법 연구」, 서울대 석사논문, 2003.

75 한 기, 「현실에서 환상으로, 환상에서 현실로」, 『문학정신』, 1995, 겨울.
김욱동, 「한국소설의 환상적 전통」, 『문학사상』, 1998, 11.

자 및 기자를 아우르는 사회 각 계층의 인사들의 『난장이가 쏘아올린 작은 공』 및 작가 조세희에 관한 목소리를 수록했다.[76] 수록된 글에서는 작가 조세희의 담백한 문학적 자의식 및 『난장이가 쏘아올린 작은 공』에서 반영되는 사회적 문제들이 현대 문단이나, 현대 사회에 투사되는 점에 초점을 맞추고 있다. 이 책에서는 주로 이 작품에 대한 초반의 논의, 즉 "민중문학론"과 『난장이가 쏘아올린 작은 공』의 관계에 관한 비평 몇 가지를 살펴보기로 한다.

「칼날」부터 「난장이가 쏘아올린 작은 공」까지 4편의 소설이 연재된 후, 조세희 문학에 대한 최초의 평론으로 1977년에 김병익은 「난장이, 혹은 소외집단의 언어」라는 글을 발표했다. 글의 서두에서 그는 조세희의 이 '근작'들이 주목을 받는 이유를 직접 분석한다.

> 첫째는 그가 난장이 일가의 무허가 주택이 철거당하는 일련의 이야기들을 통해 이른바 소외계층의 삶답지 못한 삶의 양상을, 통절한 아픔을 절제하는 가운데 드러내는 능력이며, 둘째는 그 드러내는 방법에 있어 〈난장이〉란 키 심벌과 그의 특유한 단문의 문체에 의존하고 있다는 점이다.[77]

여기서 김병익이 설명한 두 가지 요인은 내용과 형식의 측면이라고 환

76 이 책은 총 3부로 구성되는데 1부 "의미와 역사"에서 젊은 비평가들이 새로 쓴 글을 모았고, 2부 "기억과 해설"에서 소설 발표된 당시에 당대의 비평가들을 쓴 글을 모았으며, 3부 "추억과 우정, 그리고 『난장이가 쏘아올린 작은 공』"에서 작가들의 에세이를 모았다.(권성우 편, 『침묵과사랑』, 앞의 책.)

77 김병익, 「난장이, 혹은 소외집단의 언어」, 앞의 책.

언할 수 있다. 이글에서는 『난장이가 쏘아올린 작은 공』의 기법에 대한 논의도 없지 않았지만 그보다 내용에 대한 논의가 더욱 큰 비중을 차지하고 있다. 그는 이 작품과 함께 동시대 작품인 황석영의 「삼포 가는 길」, 조선작의 「영자의 전성시대」, 윤흥길의 「집」을 같이 나열하여 "집"이라는 모티프에 주목하면서 "도시화 · 공업화에 의해 집을 잃은" 소외 계층에 대한 표현을 분석했다. 결국 이 글에서 조세희의 소설은 "소외계층의 삶답지 못한 삶의 양상을 웅변하는 것"으로 평가된다.

2년 뒤 김병익은 「두 열림을 향하여」라는 글에서 80년대 문학에 대한 새로운 요구를 제기한다. 이글에서 그는 조세희 소설의 또 다른 의미, 이른바 '대중적 전파력'에 주목했다. 그는 "비대중적 주제와 기법으로 대중에게 침투할 수 있다는 것은 대중 사회에 있어서의 문학 그 자체와 그것의 교육적 효과에 대한 기대를 저버리지 않고 있는 것이"기 때문이라고 설명한다. "교육적 효과"를 강조한다는 점에서 봤을 때 문학의 계몽적 역할을 지향하는 것으로 읽힐 수 있다. 독자와의 소통을 통해 대중을 계몽시킨다는 것은 또한 "민중문학론"의 중요한 논제였다.

"민중문학론"이 한창 뜨겁게 논의되었던 1984년에 김윤식이 『난장이가 쏘아올린 작은 공』을 다시 평가했다. 그는 문학사적인 관점에서 20년대 이래에 논쟁되어온 "순수"문학과 "참여"문학의 갈등이 『난장이가 쏘아올린 작은 공』이라는 작품에서 통합이 되었고 그것은 "문학사적 휘황 순간"[78]이라고 했다. 이와 같은 결론은 실은 "민중문학론"에서 "운동으로서의 문학"과 "미학으로서의 문학"의 결합의 성공한 케이스에 대한 예시이기

78 김윤식, 「난장이 문학론」, 『소설문학』, 1984, 12.

도 하다.

한편 『난장이가 쏘아올린 작은 공』도 한국 현대 소설사에서 빠짐없이 다루어지는 작품이다. 시기적으로 『객지』보다 몇 년 뒤에 발표된 소설들이기 때문에 반영되는 사회의 계층들도 『객지』의 유랑민에서 노동자 계급으로 바뀐다. 김윤식 · 정호웅의 『한국소설사』에서는 『난장이가 쏘아올린 작은 공』의 이러한 특징에 초점을 맞춰 문학사에 차지한 이작품의 의미를 평가하고 있다. "한국 사회의 발전을 따라 이제 대단위 공장 노동자의 세계가 문제되기 시작한다. 「난장이가 쏘아올린 작은 공」 연작(1978)은 이 같은 소재의 본격적인 소설화로서 커다란 소설사적인 의미를 지닌 것이다."[79] 그러나 이와 같은 관점과 더불어 『난장이가 쏘아올린 작은 공』의 표현상의 기법적 측면도 문학사에서 주목을 받고 있는 작품집이다. 이 책에서는 『난장이가 쏘아올린 작은 공』의 소재적 측면에 중점을 두고 서술하고 있으면서도 마찬가지로 이 소설집의 기법을 간과하지 않고 있다. "아름답고 개성적인 문체 창조의 한 전범"이라고 평가한다. 『한국소설사』 외에 『난장이가 쏘아올린 작은 공』을 평가하는 또다른 문학사적인 시선은 거의 형식과 내용을 교묘하게 결합하는 점에서 이 작품집의 자리를 매김해주고 있다. 이재선은 『현대 한국소설사』에서 이 작품집을 "도시공간의 시학—도시화 현상과 도시소설"이라는 장에서 검토를 하고 있는데 그는 "조세희의 『난장이……』의 세계는 리얼리즘과 대응—리얼리즘Counter-Realism가 교호하는 세계다. (중략) 여하간에 이와 같은 대비의 원리는 이런 기법적인 것에서만 제한된 것이 아니고, 지향과 추락의 방향적 대비와 〈다름〉의

79 김윤식 · 정호웅, 앞의 책, 436면.

첨예한 대비를 통해서 현실의 모순점을 드러내 주기도 한다."[80]라고 평가한다. 김병익의 글 「두 열림을 향하여」에서 1970년대 한국 사회가 직면하는 가장 큰 세 가지 문제, 이른바 '민족주의 혹은 분단 상황', '소외 계층과 근로자 문제', '대중사회와 대중문화'를 문학 작품과의 긴밀한 관계를 결부시키면서 분석하고 있다. 여러 작품에 대한 분석에서 조세희의 『난장이가 쏘아올린 작은 공』은 두 번째와 세 번째 문제를 잘 드러내는 데에 높이 평가되고 있다. "조세희의 주제와 기법의 복합적인 방법이 최상의 효과를 얻고 있지만, 근로자에 대한 사회적 긴장에 상응하는 문학적 긴장을 여전히 획득하기 위해서는 더욱 많은 방법이 개발되어야 할 것이다." "가령 조세희의 『난장이가 쏘아 올린 작은 공』은 그것의 문학적 호소력과 대중적 전파력을 동시에 지니고 근로자와 대학생 사회에 깊은 파급을 주었다는 것은 주목되어야 한다."[81]라고 이 작품의 중요성을 강조하고 있다. 김윤식의 「「난장이」 속에 장전된 폭약」이라는 글에서 한국 현대문학사에서 "순수"와 "참여"문학 논쟁의 흐름을 검토하면서 『난장이가 쏘아올린 작은 공』을 "순수파와 참여파의 한순간의 의견의 일치를 가져왔음엔 틀림없었던 일이다. 한 순간일지라도 그러한 의견의 일치는 값진 것이며 더구나 문학사적인 안목에서 보면 하나의 섬광 같은 것이다."[82]

위의 몇 가지 문학사적인 서술에서 보이듯이, 『난장이가 쏘아올린 작은 공』은 1970년대의 큰 사회문제 이른바 "소외 계층과 근로자 문제"를 반영하는 데에 중요한 작품으로 자리 잡은 이외에, 비평사에서 늘 논쟁해왔던

80 이재선, 앞의 책, 300면.

81 김병익, 「두 열림을 향하여」, 『실천문학』1호, 통권 237~238면.

82 김윤식, 「난장이 문학론」, 앞의 책.

"형식과 내용", "참여와 순수"라는 문제를 해결하는 전범의 자리로도 견고하다. 이와 같은 문학사적인 자리는 사실 이 작품집을 다른 작품들과 구별되는 문학적인 지평선에 세우게 한다. 만약 『객지』가 "'민중문학'이 어떤 것을 다루어야 하는가?"라는 맥락에서 '담론화' 되었는가 하면, 『난장이가 쏘아올린 작은 공』은 그보다 민중문학이 '민중'을 어떻게 다루어야 하는가?"라는 맥락에서 '담론화' 되었다. 이 두 작품집은 두 가지 차원에서 민중문학의 범주 속에 들어가게 되었다.

3.2. 「나알」 외와 "저층서사론"의 발단

———————————————— 조정로의 소설에 관한 논의는 대부분 「나알」에 집중되어 "저층서사"의 대두와 관련되어 초기에 많이 논의되었다.[83] 이 작품은 2004년 5월에 『당대』에 발표된 후에 문예지 『문예이론과 비평』은 이어 계아아季亞婭의 「"좌익문학"전통의 회복과 그것의 힘」이라는 글이 실렸다. 이 글에서 계아아는 「나알」을 "좌익문학"의 전통을 회복한다는 의미에서 높이 평가하고 있다.[84] 이어서 유명한 작가 한육해韓毓海, 평론가 광신년은 이 잡지에 글을 발표해서 현재 중국의 프롤레타리아 운명을 반영한다는 점에서 중요한 작품이라고 평가한다.[85] 이어서 북경대

83 나알」이외의 작품에 관한 논의는 아래 3편 정도로 들 수 있다.
李云雷, 「无望中的挣扎与力量—《霓虹》简评」, 左岸文化网.
边城夜色, 「看高贵的人格及生命怎样被践踏」, 左岸文化网.
张　宏, 「问题小说的传统与当下文学的使命—从小说《豆选事件》说起」, 乌有之乡网.

84 季亚娅, 「"左翼文学"传统的复苏和它的力量—评曹征路的小说「那儿」」, 『文艺理论与批 评』, 2005 年第1期.

85 韩毓海, 「狂飚为我从天落——为《那儿》而作」, 『文艺理论与批评』, 2005年第2期.
吴正毅 · 旷新年, 「工人阶级的伤痕文学」, 『文艺理论与批评』, 2005年第2期.

학에서 수업 시간과 좌담회에서 북경대 중문과 대학원생 및 졸업생과 일부의 교수를 중심으로 「나알」을 토론한다.[86] 동시에 또 다른 문예잡지 『당대작가평론』에서도 「나알」에 관한 평론이 특집으로 실렸다.[87] 이 글들은 "좌익전통"의 맥락에서 검토하는 기존 평가 시각과 달리 다양한 시각으로 이 소설을 접근하고 있다. 왕효명王曉明의 글에서는 사람을 위한 문학의 본질에서 출발하여 「나알」의 사회적인 의미를 긍정적으로 평가한다. 냉가冷嘉와 오지봉의 글에서는 「나알」의 텍스트를 구체적으로 해부하면서 이 소설의 장단점을 드러내고 있다. 장군张军과 장병근张屏瑾의 글에서는 문학의 미학적인 측면이 더욱 중요하다고 밝히면서 「나알」의 한계를 지적한다. 잡지를 통해 펼쳐진 논의에 이어 2005년 11월에 중국작가협회와 광동작가 협회는 연합하여 "조정로 현상"이라는 학술회의를 가졌다. 이 회의에는 문단에서 영향력이 큰 작가들과 평론가들이 참석한다. 여기서는 여전히 「나알」을 중심으로 하여 조정로에 대해 검토하는 것이었다. 그러나 결국 찬성, 반대, 중립이라는 세 가지 입장이 형성되었다.[88] 2006년에 들어와 「해남사범대학학보」에 「나알」에 대한 허유현许维贤, 이운뢰, 정봉郑鹏 등

86 2005년 7월에 중문과에서 자발적인 토론회를 열었다. 2005년 11월에 진효명 교수가 수업 시 간에 대학원생들, 졸업생들과 함께 「나알」을 토론했다.

87 吳志峰, 「被围剿的工人阶级话语——谈谈≪那儿≫中的话语形象」, 『当代作家评论』, 2005年06期.
张　军, 「≪那儿≫留给我们的问题」, 『当代作家评论』, 2005年06期.
冷　嘉, 「≪那儿≫中对历史记忆的书写」, 『当代作家评论』, 2005年06期,
张屏瑾, 「那儿来的文学」, 『当代作家评论』, 2005年06期.
周　荣, 「≪那儿≫要从什么地方读起」, 『当代作家评论』, 2005年05期.
王晓明, 「泡沫底下的越界之路」, 『当代作家评论』, 2005年06期.

88 세 가지 입장을 각각 표명한 논자들은 앞의 제2장에서 이미 표명한 바 있었다.

세 사람의 글이 실렸다.[89] 이 글들에서 「나알」에 대한 검토는 대체로 북경대 토론회에서 나온 관점들을 지속한 것으로 '저층서사'의 대두 현상과 결부시키며 전개되었다. 여기까지가 「나알」에 대한 집중적인 검토를 한 것이다. 물론 그 후에도, 2006년부터 2008년 현재까지 이 소설에 관한 논의가 없지는 않았다.[90] 하지만 이 시기 대부분의 논의들은 텍스트에 대한 검토보다 "저층서사"라는 새로운 문학적인 현상에서 이 작품의 등장을 언급한 것이었다.

「나알」에 관한 토론과 평론에서 보이듯이 이 소설의 발표는 80년대 이래의 문학 경향에 대한 반전, 지식인 자신의 반성, 좌익전통에 대한 향수 등의 맥락에서 논의되었고, 가장 중요한 것은 "저층서사"의 대두를 불러일으킨 것이었다. 그러나 소설 「나알」이 '저층서사'의 범주 안으로 지정된 것은 비평자들에 의해 완성되었고 실제로 조정로는 자신의 작품을 "저층서사"라고 지칭하는 데에 동의하지 않는다.

89 许维贤, 「谁说话了？—论≪那儿≫的书写面向及其窘境」, 『海南师范学院学报(社会科 学版)』, 2006年01期.
李云雷, 「底层写作的误区与新"左翼文艺"的可能性」, 『海南师范学院学报(社会科学版)』, 2006年01期.
郑 鹏, 「阶级的严肃和≪那儿≫的模糊 」, 『海南师范学院学报(社会科学版)』, 2006年01期.

90 单 元, 「文学之用与作家良知——以≪马嘶岭血案≫≪那儿≫为例」, 『浙江海洋学院学报(人文科学版)』, 2006年04期
졸 고, 「中韩底层文学的比较—「客地」和「那儿」为中心」, 『文艺理论与批评』, 2007年第5期.
李建立, 「批评与写作的历史处境——从小说≪那儿≫看"底层写作"与"纯文学"之争」, 『江汉大学学报(人文科学版)』, 2007年01期.

내 글이 저층문학이라고 하는 게 저를 높이 봤던 것이네요. 이 모자는 그대를 포함한 평론가들이 내게 씌워주신 것이지요. 나는 나요. 나는 주의가 없는 사람이고 무슨 사조 따위를 만들 힘도, 마음도 없는 사람이에요. (중략) 어떤 사람은 내 소설이 이념화된 것이라고, 이것도 동의할 수 없네요, 내가 소설을 쓸 때 고정된 이념이 있어본 적이 없었기 때문이에요. 인물 한 명 내지 몇 명 생기는 대로 쓰기를 시작하지요. 쓰다가 이야기와 이념이 점차 보이고요, 이념이 강렬한지 아닌지는 인물 자신의 논리가 실현될 수 있는지 없는지에 따른 것이요. 나는 생활의 논리 및 그것의 기반에 세워진 역사적인 논리와 예술적인 논리를 중요시한다.[91]

조정로의 말에서 작품의 "저층서사" 담론화를 더욱 명백히 알 수 있게 된다. 한편 민중문학 담론의 상황과 대비했을 때, 중국 문단의 상황이 비교적 복잡하다고 할 수 있다. 중국의 창작 체제와 평론 체제가 늘 관방적인 것과 민간적인 것이라는 이중의 방향이 병행돼왔다. 예컨대 문학상을 보면, 노신문학상 모순茅盾문학상 등과 같은 관방적인 문학상과 인민문학人民文学문학상, 장중庄重문학상, 풍목冯牧문학상 등 민간 문학상이 있다. 그중에서 관방적인 문학지나 문학상은 절대적으로 우세한 영향력을 가진다. "저층서사"의 대표작인 「나알」은 2007년 중국 문단에서 가장 중요한 문학상인 "노신문학상"의 최종 후보작 명단에도 들어가지 못했다. 하지만 한편으로 "저층서사" 담론은 사회의 각 분야에서 날로 커지고 있다. "저층서사" 담론의 확장은 소수 급진적 지식인들의 논의와 관방적인 이데올로기의

91 李云雷, 「审美与"动态的平衡"—曹征路先生访谈」, 左岸文化网.

만남에서 덕을 본다. 그러나 「나알」에 대한 평론이 2006년 초까지, 이른바 "저층" 담론이 관방의 강한 개입 이전에 집중되어 있는 것으로 봤을 때, 이 소설은 지식인의 관심으로 담론화된 작품이고, 또한 "저층서사"의 대두에서 큰 역할을 한 작품이라고 할 수 있다.

여러 가지로 봤을 때, 비록 "저층서사"와 민중문학 작품들 사이에 많은 유사성을 지닌다 할지라도 "저층서사" 담론과 민중문학 담론 가이에는 상당한 차이가 있다. 민중문학 담론은 작가들과 평론가들의 공통된 논의와 창작의 기반에서 형성되었는가 하면 "저층서사" 담론은 작가들과 비평가들의 공모 관계에서 이루어진 것으로 보기 힘들다. 왜냐하면 "저층서사"나 "저층서사 작가"라는 용어는 실은 비평가들이 자신의 입장과 결부시키면서 일방적으로 명명한 것에 불과하고, "저층서사 작가"들은 그러한 명명에 동의하려 하지 않는다. 그것은 민중문학과 "저층서사"의 색다른 담론 방식과 크게 관련되기 때문이다.

/ 제5장 /

방법으로서의 민중문학과 저층서사의 만남

제5장
방법으로서의 민중문학과 저층서사의 만남

——————————————— 본론에서 민중문학과 "저층서사"를 기존 개념, 작가의 전기 및 창작 배경, 대표작들의 서술 장치와 서술된 인물이나 사건에서 드러나는 주제, 작품을 둘러싸는 담론 등 측면을 통해 검토했다. 민중문학 작품이나 "저층서사" 작품들이 각자의 민족문학사에서 검토되어 왔지만, 양자의 만남에서는 새로운 접근 시선이 발견될 수 있었다. 시공간적인 간격을 두고 있는데도 불구하고 민중문학이나 "저층서사"가 하층민의 현실을 재현하고, 하층민들의 문제를 제기한다는 점에서 민족을 넘어서고 있고, 그러한 의미에서 "민족문학"이라는 용어로 포섭할 수 없는 측면이 증명하고 있다. 그것은 인간을 위한, 사회를 위한 문학의 본질을 말해주고 있다. 그러나 비교작업에서 보여주듯이 각 문학 작품에 내재하는 작가의 감각, 삶의 양상, 작품을 담론화하는 시선과 입장 등 점은 또한 서로 다른 양상으로 나타난다. 그것은 바로 문학의 두 얼굴—보편성과 개별성—인 것이다.

2장에서 민중문학과 "저층서사"의 형성 및 개념 검토를 통해서 양자의 성격을 정리했는데 그것은 두 가지 개념을 이해하는 데에 부족하다. 따라서 3장과 4장에서 민중문학의 대표적 작품에 대한 고찰을 하고 있다. 작품을 통해서 민중문학과 "저층서사"의 공통점과 차이점을 한 층 더 명확하게 알아낼 수 있게 되었다. 이 작품들은 서술 기법이나 모티프, 인물 이미지 등 면에서 분명 공동점을 갖추고 있다. 예컨대 프로 작가 황석영과 나위장에 의해 유랑민을 중심으로 형상화하고 있는 『객지』와 「우리의 길」 외 작품들은 전통적 리얼리즘적 기법으로 유랑민을 재현하고 있다. 그러나 이들 작품들에 등장한 유랑민들의 정체성은 다른 형태로 나타난다. 이러한 차이가 나오게 된 이유는 미학적인 차원에서만 검토하면 규명할 수 없는 일이다. 왜냐하면 이안에서 '유랑민'을 재현하는 작가의 시각과 서로 다른 시공간에서 형성된 '유랑민'의 정체성이 다르다는 전제가 깔려 있기 때문이다. 예컨대, 황석영은 유랑민 1인칭 서술자 혹은 3인칭 관찰자로서의 객관적인 서술자를 취하지만, 나위장은 늘 유랑민과 지식인의 입장을 이중으로 반영하는 서술자를 취한다. 이와 같은 색다른 서사적인 장치 안에 작가들의 입장을 대변하고 있다. 한편 "민중"과 "저층"의 실체를 들여다볼 필요가 있다. 중국에서 성향차이라는 테제가 지난 몇 십 년의 사회주의 경험에서 이루어져 지금도 여전히 크게 작용하고 있다. '농민공'과 '실직노동자들'은 경제적인 차원에서 모두 하층민에 해당되지만 문화적인 위상에서 큰 차이를 가지고 있다. 또한 호적제도나 토지 분배 제도 등과 같은 규정은 농민공들의 정체성을 도시빈민과 동등할 수 없는 사회의 최하단으로 만들고 만다. 그러나 한국 같은 경우에 농촌이 공업단지로 개발되어 살아진 경우가 더욱 많다. 때문에 도시 빈민과 농민은 경제적인 위상이나 문화적인 위상에서 큰 차이를 보이지 않고 모두 하층민에 속한다. 표현 시각 및 표현된 실체에서 보이는 차이점은 조세희 소설과 조정로 소설에서도 비슷하게 나타난다.

이와 같이 민중문학과 "저층서사"를 고찰할 때 그것이 형성되는 시공간적인 요소, 지식인의 시선 등 요소가 강조될 수밖에 없다. 산업화, 도시화를 급속히 성장하는, 근대성을 추구하던 한국의 1970년대에 '민중'의 모습과 민중문학의 함의는 근대성과 탈근대성에 대한 지향이 공존하는 다원화 시대인 오늘날의 중국[1] '저층'의 모습과 '저층서사'의 함의와 각자의 특징을 지니는 것이 필연적이다.

동시에 이와 같은 차이점의 나타남은 작품이 태어나는 시대의 정치적인 분위기와도 무관하지 않다. 정권의 형태에 따라 지식인들의 행동 방식도 달라져야 하기 때문이다. 민중문학과 "저층서사" 담론이 다른 성격을 형성하게 된 것은 또한 한국과 중국의 색다른 지식 상황 및 지식인의 상황에 대한 투사이다. 가령 현대 한국 사회의 지식은 국가 권력에 대한 비판적 검토, 지식인들은 국가 이데올로기와 배반되는 지식을 생산함으로서 사회의 발전에 도움을 주는가 하면, 현대 중국 사회의 지식은 어느 정도 국가 권력의 힘을 기반으로 하고, 지식인들은 국가 체제 내부에서 이데올로기에 대한 비판과 수정을 통해 사회의 발전에 도움을 준다. 때문에 한국과

1 예컨대 장욱동은 그의 글 "포스트모더니즘과 현대중국"에서 이와 같이 말하고 있다. '모던'과 '포스트모던'이 보편적인 관념사와 사회사 내부에서 연속성을 가지고 있을 뿐만 아니라, "포스트모던" 담론을 중국으로 이식한 사람들도 의식하든 의식하지 않든 간에 '신시기' 문화의 미완성된 사업, 이른바 서구에서 이론적인 영감과 에너지를 탐색하고 중국이 서구 자본주의사회와 담론상 동보화하거나 "접속"되는 것을 쟁취한다는 것을 계속 하고 있었다.(张旭东, 『批评的踪迹』, 三联, 2003, 168면.)

중국의 현대 지식 상황을 이해할 때 같은 용어로 규정하기는 힘들다. 예컨대, 한국에서 지식계에서 나누어진 "좌파"와 "우파"의 진영은 중국의 사정에 투사될 때 일대일의 관계에 맞는 무리를 찾기 힘들다. 만약 "민중"이나 "인민"을 위해 분투하는 지식인들이 "좌파"라면 한국의 "좌파" 지식인과 중국의 "좌파"지식인이 정치성을 행사하는 방식이 다르기 때문이다. 중국 진보 지식인들의 역할에 관해 유욱과 채상의 대담에서 토론된 바가 있었는데 잠시 살펴보겠다.

> 유욱: 제 생각에 이와 같은 우리의 연구는 현실을 진정으로 좌우하려면 쉬운 일이 아니다. 박사 대학원생이나 교사들을 포함한 많은 사람들이 나에게 물어본다. 당신들이 이렇게 연구하고 사회를 이렇게 비판하는데 대체 무슨 역할을 하는가?
>
> 채상: 내 생각에 역할이 있다고 봐야 한다. "삼농" 문제에서 지식인들의 반복적인 토론이 없이는 중앙에서 "삼농문제"에 관한 1호 문건이 어떻게 내렸겠어요? 내 생각에 지식인들은 한편 너무 경망하면 안 되는 일이지만 다른 한편 자신이 종사하는 일의 가치를 너무나 저하시켜도 안 되는 일이지요. 작년에 손지강孙志刚 사건도 하나의 예이었지요. 많은 지식인들의 분주와 토론이 없었다면 고층 전체를 어떻게 떨쳤겠어요? 우리는 쉽게 극단에 가게 되는데 한편 지식인들 중에서 개인화의 경향이 생긴 것이지요. 그러나 대부분의 지식인들은 사회적 정의감과 책임감이 있는 것이에요.[2]

2 蔡翔, 「底层问题与知识分子的使命」, 앞의 책.

채상의 말은 중국 지식인의 역할을 긍정적인 시각에서 보고 있다. 그의 얘기와 같이 "삼농" 문제나 "손지강 사건"[3]에서 지식인들이 민중을 대변하는 정치성을 실제로 작용했다. 바로 지식인들의 논의와 지속적인 토론, 국가와의 대화를 통해 중앙 정부에서 지배 노선을 끊임없이 개혁하면서 민중들과의 갈등을 완화시킨 것이었다. "개혁"은 최종적으로 중국 지식식인과 강권의 국가 사이의 대화 결과나 타협된 결과로 보인다. 여기서 중국 지식인들은 민중의 어떤 문제를 발견하고 대변하는지가 중요하다. 그런 점에서 봤을 때 한국 지식인들의 행사 방식과 다르게 나타난다. 80년대의 민주주의 운동은 전민적인 것이기 때문에 문민정권의 탄생은 최종적으로 민중과 국가의 대화 결과, 혹은 타협된 것으로 보인다. 이때 지식인들이 민중들을 어떤 식으로 계몽시킨다는 점이 중요하다. 지식인의 주요 대화 상대자는 민중들이기 때문이다. 만약 중국 지식인들은 민중들의 대변자이라고 한다면 한국 지식인들은 민중의 지도자나 동반자라고 할 수 있다. 물론 그것은 중국과 한국 두 나라의 경우에 반영될 때 더욱 복잡한 문제로 검토되어야 한다. 한편으로 두 나라의 근대 역사, 특히 1949년부터 현재까지의 60년 사이에 양국 정치 체제의 차이로 인해 지식인들의 정치적 공간이 다르게 형성되었고[4], 다른 한편으로 30년 전의 사회구성체와 오늘날에

3 2003년 광동에서 일하는 청년 손지강이 야간에 나가다가 경찰에게 신분증이 없는 유랑민으로 취급당해 수용소로 끌려간다. 수용소에서 수용인원의 폭행을 당해 기절한다. 이 사건이 발생한 후에 국내 각 신문, 지식인 , 인터넷 사이에 크게 논란을 불러일으킨다. 그해에 중앙에서 수용소 개량 정책을 내렸고 손지강에게 폭행을 가하는 당사자들, 수용소 관리에 소홀했던 경찰들을 처형을 한다.

4 중국의 경우에 2008년은 중국이 개혁개방한 지 30주년 되는 해 인데 중국 지식인들에 의해 개혁 개방 30년을 되돌아보는 단계적인 연구 성과가 어느 정도 이루어졌다. 이 책과 관련되어 언급되어야 하는 성과는 "신좌파 대표자"라고 지칭되는 감양, 왕소광,

신자유자의를 추구하는 글로버화에 파묻혀버린 민중들과 달라, 현대 사회에서 지식인과 민중의 대화가 더 이상 쉽지 않다는 것은 보편적인 일일 수도 있다.[5]

이 책의 3, 4장에서 작품 내용에 대한 분석에 이어 작품을 둘러싸는 담론의 형성 과정도 함께 검토했다. 담론 방식의 차이에서 정치적 배경의 요인을 한 번 더 확인할 수 있었다. 1992년 등소평의 '남순강화' 이후에 중국에서 시장 경제로의 전환, 단체 기업의 사유화 등을 통해 개혁의 강도를 강화하면서 "발전우선주의"라는 지배적 이데올로기를 세웠다. 그러나 21세기에 들어와 90년대 이후의 개혁 방침에 따른 변화의 폐단이 점차 드러나 민중과 국가의 갈등이 갈수록 심해진다. 2002년부터 중국 공산당은 당내 노선을 조정하기 시작했다. '호온정권胡溫政權'의 방침에 따라 당내 노선이 더욱 크게 조정되었다. "발전"에서 '화해'의 이데올로기로 바꾸면서 관과 민 사이의 갈등을 부단히 완화시키고 있다. 이와 같은 "저층서사"의 등장 배경은 민중문학 당시의 '박정희 정권'이 조성하는 정치적 분위기와는 다르다. 때문에 민중문학 이 정부 이데올로기에 반하는 운동의 문학적인 실천으로 담론화되었고, 반면에 '저층서사'가 정부 이데올로기를 옹호

황휘 등의 새로운 시각이다. 이들 연구자들은 이하 책에서 앞으로 중국의 발전 방향을 모두 20세기, 특히 49년부터 개혁 개방 초반(80년대)의 경험에서 그 자원을 찾고 있다.
甘 阳,『通三统』, 三联, 2007.
汪 晖,『去政治的政治—短20世纪的终结与90年代』, 三联, 2008.
周建明; 胡鞍钢; 王绍光,『和谐社会构建：欧洲的经验与中国的探索』, 清华大学出版社, 2007.

5 예컨대, 고병권, 김세균, 박영균, 원용진, 강내희 등 한국좌파 지식인들도 지적하듯이 2008년 6월 10일 서울 백만 명 촛불 시위 와 1987년 6월 10일의 전민중적 민주주의 항쟁 집회의 양태 및 성격이 다르다.(「특집 좌담: 좌파, 2008년 촛불집회를 말한다」, 『문화과학』55호, 문화과학사, 2008, 참조.)

하는 문학적인 현상으로 담론화되고 있다. 결국은 민중문학과 '저층서사'에 대한 인식은 '민중', '저층'의 시공간적인 개념, '민중문학론'과 '저층서사론'의 시공간적인 개념에서 다시 확인되어야 한다.

'민중문학'과 '저층서사'에 대한 재인식은 한편 한국문학과 중국문학, 한국과 중국을 이해하는 창구로서의 의미를 가진다. 본론에서 문학 작품을 고찰할 때, 작품의 내용과 그 내용을 구성하는 작가의 시선을 반복해서 제기했는데 그것을 통해 한중 양국 작가, 더 나아가 지식인들의 시선을 살펴보기 위해서이다. 한중 양국 작가들의 시선이나 감각에 대한 비교는 또한 "동아시아" 담론에 대한 새로운 접근이기도 하다. 지식인들이 자국의 문제를 해결할 때 어떤 측면에서 '동아시아' 담론과 연계를 맺어야 하는가? 여기서는 다케우치 요시미가 제기한 "방법으로서의 동아시아"를 빌려오겠다. 다케우치는 루쉰의 문학에서 계시를 얻어 "방법으로서의 동아시아"를 제기했다. 그것은 동아시아 안의 타자를 통해서 자아를 끊임없이 부정하고 갱신하는 방법이다. 한국이나 중국 지식인들의 시각은 자국 안에만 갇혀 있으면 편협적으로 경도될 수밖에 없다. 들뢰즈의 "탈주" 개념에서 제시했듯이 끊임없이 기존의 "영토"에서 탈주해야 발전 가능성이 있는 "영토"가 될 수 있다. 지식인들은 바로 그 발전의 가능성을 "동아시아"안에 있는 타자에서 빌려오는 역할을 담당해야 한다. 민중문학과 저층서사의 만남은 궁극적으로 '방법으로서의 동아시아'가 되어 동아시아 지식인들이 자국 상황을 반성하는 계기가 되면 한다.

6 · 25 전쟁 후부터 92년 한 · 중 수교에 이르기까지 중국과 한국은 사회주의와 자본주의라는 세계의 양대 진영에 각자 자리 잡았기 때문에 지리상 인접한데도 불구하고 서로 간에 교류했던 흔적이 거의 없었다. 약 40년

즘의 간격을 두고 92년 한 · 중 수교 이후부터 두 나라 사이에 경제, 문화, 사회 등 각 분야에서 교류하기 시작한 것이다. 교류의 과정은 서로에 대한 무지의 정도를 확인하는 과정이 된다. 특히 현대사에서 그 40년의 빈틈이 큰 이유가 되었다. 때문에 사회와 인간을 담은 냉전시기의 문학 작품, 문예 잡지의 내용을 그런 의미에서 더욱 연구되고 발굴되어야 한다고 생각한다. 민중문학과 "저층서사"의 성격을 대표적 작품 몇 편을 미시적으로 접근한 면서 살펴봤는데, 각자의 성격에서 서로 다른 40년의 역사를 반영하고 있다. 이와 같은 비교 작업이 양국 서로간의 이해를 촉진하고, 앞으로 문학의 측면에서 이루어질 교류에 도움이 되기를 기대해 본다.

/ 부록 /

"저층"의 현실을 돌파하는 두 가지 시선
—曹征路 소설과 조세희 소설에 대한 비교—

1. 서론

———————————————— 2004년, 중국의 진보 성향의 잡지 ≪当代≫(5월호)에 曹征路[1]의 『那儿』[2]이라는 중편 소설이 실렸다.[3] 이 소설의 발표는 학계와 인터넷 공간 및 사회에서 많은 논쟁을 불러일으켰는데, 최초의 논쟁은 "左岸文化"과 "乌有之乡" 등의 웹사이트에서 시작되었다. 이곳에서는 학자들의 논문들을 집중적으로 소개하였으며, 乌有之乡은 『那儿』와 관련한 전문 좌담회를 개최하기도 했다. 중편 소설 한 편을 두고 자발적으로 좌담회를 연 것은 1980년대 이후 중국에서 처음 일어난 사건이었다. 그 뒤로 2006년1월까지 ≪文艺理论与批评≫, ≪当代作家评

1 曹征路, 1949년 생, 한족, 공산당원. 安徽省예술연구소 전문작가이고 현재 深圳大学 중문학과 교수.

2 원제는 "英特纳雄那儿"이다. 작품이 사람들의 입에 오르내리면서 『那儿』로 변경되었다. "英特纳雄那儿"는 영문international , 불어internationale의 음역어이다. 즉 "국제공산주의"라는 뜻이다.

3 이 소설 발표된 후에 ≪小說選刊≫, ≪北京文學≫, ≪小說月報≫에도 부분으로 실리고 ≪2004最佳小說選≫에도 수록되었다.

论》, 《海南师范学院学报》 등의 신문, 잡지사는 『那儿』에 대한 토론회를 개최했다. 그 사이에 북경대학교 중문과 및 광동작가협회와 중국작가협회는 별도로 『那儿』에 대한 토론회를 개최했다. 이러한 일련의 과정 속에서 『那儿』는 최근 몇 년간 중국 문단에 등장한 "저층서사底层叙事"의 효시로 자리 잡았다.

"저층서사"가 표현하는 문제의식은 사실 1970년대 한국 "민중문학"의 그것과 유사한 면을 가진다. 1961년부터 70년대 중후반까지 몇 차례에 걸친 경제개발계획 5개년 발전계획을 통해 보여준 한국 사회의 산업화 속도와 도시화 속도는 전 세계를 놀라게 하기에 충분했다.[4] 그런데 중국에서1992년 邓小平 南巡讲话에서 제기한 "發展壓倒一切발전 최우선주의", "發展才能穩定발전을 통한 안정의 달성"과 같은 구호는 박정희 정권의 "성장, 안정, 균형" 등의 구호와 동어반복적인 것이며, 21세기에 등장한 중국의 "사회주의 신농촌 건설" 역시 박정희 정권의 "새마을 운동"과 같은 맥락의 용어라 할 수 있다. 1970년대 한국 경제 발전의 키워드는 현재의 중국에서 재발견되고 있다. 중국의 현황과 70년대의 한국을 나란히 서술한다고 해서 양자가 같다는 뜻이 아니다. 그러나 시공간적인 차이에도 불구하고 적어도 경제 발전의 사회적 많은 양상들이 유사하다. 이러한 정책은 분명 국가의 경제를 발전시켰지만 그 이면에서 저층들이 대가를 치른 것 역시 의심할 여지가 없다. 예컨대 과다한 노동 시간, 저임금, 지나친 강도의 노동, 심각한 직업병과 산업재해를 유발하는 직업 환경, 경작지의 박탈 등의 문제는 중

4 1960년 한국의 GNP성장율은 2.3%였는데 3차례의 5개년계획을 통해 1976년에 이르러 GNP의 성장률은 15%에 달하게 되었다.(한국연사연구회 현대사연구반, 『한국현대사3』, 풀빛, 1993, 140-63면)

국에서도 마찬가지로 등장한다. 이와 같은 사회적 배경을 놓고 보았을 때 한국의 "민중문학"과 중국의 "저층사사"가 가진 사회적인 문제의식은 매우 유사하다. 따라서 양자가 다루는 문학적인 소재 및 모티프, 작품과 담론의 상호 역동적인 관계 등의 면에서 많은 유사점을 지니고 있다. 그런데 30년이나 되는 시간적인 차이와 서로 다른 정치 체제를 지닌 한국과 중국의 상이한 문학적 배경으로 인해, 양자가 공통점보다는 차이점을 더 많이 보여주고 있다. 유사한 현상 뒤에 숨어 있는 차이점을 분석해냄으로써 문제를 설명하는 것이 바로 비교문학[5]의 윤리라고 하겠다. 한편으로 오늘날의 한중 양국 지식인들에게 좀 더 미시적으로 서로의 상황을 알아보는 데에 도움이 되고, 그들이 소통하는 데에 조금이나마 유익한 계기가 됐으면 하는 것이 필자의 입장이다.

수많은 작품들 중에서 曹征路와 조세희의 소설을 선택한 이유는 두 작가는 "저층"에 대한 단순한 연민에 그치지 않고, "저층"의 삶에 대한 돌파구를 마련하고자 하는 문학적 시도를 하기 위해 노력한 작가로 평가할 수 있기 때문이다. 그렇지만 시공간적인 차이로 인해 두 작가는 저층에 대한 구체적인 전망에 있어서 상이한 시각을 보여준다. 그것은 중국의 사회주의적 경험과 한국의 자본주의적인 역사 맥락과 깊은 관련을 맺고 있다.

5 비교문학의 방법은 영향비교, 수용비교, 평행비교, 학문간 비교 등으로 나누어질 수 있다.(王向远, 『비교문학분과신론』, 강서성교육출판사, 2002, 16~17면.) 본고에서는 평행연구Parallelism or Parallel Study의 방법을 취한다.

2. 중국 "저층서사"의 대두

———————————————— 이 시점에서 "저층서사"가 주목 받는 것은 우연한 일이 아니었다. 1980년대 중국 정부가 개혁개방 정책을 취한 이후에 시장 경제와 함께 들어온 '자유', '민주' 등 새로운 개념들은 사람들에게 한때 반가운 것이었다. 그러나 1990년대 중반부터 시장경제의 폐단이 점차 드러나기 시작했고, 사람들은 예전보다도 심한 계급의 격차, 빈부의 격차 등을 비롯한 사회적 불평등을 보게 되었다. 인민들은 "자유"의 가치관 속에서 오히려 자유를 얻지 못하고 있었다. 그 당시 한참 자유주의를 주장했던 학자들조차 공황에 빠지게 되었고, 자신들의 주장에 대해 다시 검토할 수밖에 없었다. 1995년 蔡翔은 「底层」이라는 제목으로 산문을 발표했다. 이 산문은 일부 지식인들의 공감을 불러일으켰다.[6] 즉 "저층"은 지식인의 시야에 중요한 화제가 되어야 한다는 것이었다.

"저층"이 문학의 소재로 대폭 등장하게 되는 것은 『那儿』 등장 이후의 일이다. 그것은 위에서 말한 바와 같이, 1990년대 후반에 중국 학계에서 점차 펼쳐지는 '저층'에 관한 논의의 영향을 받아서 생겨난 것이다. 물론 그 이외에 창작 계통의 흐름과도 크게 관련된 일이었다. 예컨대, 1980년대부터 등단한 선봉파先锋派 문학은 1990년대 초반까지 중국 문단의 주류를 차지하고 있었다. 이들의 작품들은 많은 비평가들로부터 서구 문법을 많이 수용함으로써 중국 현실을 떠나 있다는 비난을 받고 있었다. 문단의 이러한 논쟁은 일부 작가들의 "현실주의 회귀"를 유도했다. 더구나 그 무렵에(1990년대 후반) "저층" 문제는 날로 뚜렷한 사회적 현실 문제로 부상

6 예컨대 张承志, 韩少功, 李陀 등은 이를 공감한다.

하게 되었다. 그러므로 "저층서사"는 포스트 선봉문학의 새로운 문학 형식으로도 볼 수 있고 새로운 현실주의 문학의 형식으로도 볼 수 있다. 陈晓明은 1990년대 말에 중국 문단을 휩쓴 "미녀작가"들 이후에 등단하는 "저층서사" 작가들을 "만생대晚生代"라고 부른다. 그는 2004년의 "저층서사" 작품들을 보면서, 그들은 탈선봉파의 의욕이 상당히 강한데도 불구하고 선봉파 문학의 영향을 많이 받았다고 하였다. 그러므로 "저층"은 사회적인 문제로 소설에서 부각되는 것이 아니라, 미학적인 조작물로 다뤄지는 위험성이 생긴다고 지적하였다.[7] 이러한 우려는 중국 "저층서사" 창작에 유익한 경계가 되었다. 그 이외에 "저층서사"의 문제의식과 창작 취지에서 5.4전통, 좌익 문학 전통을 계승한다는 점을 높이 평가 받아야 한다는 의견들도 많이 나와 있다.[8] 이와 같이 중국의 저층 서사는 평론과 창작이 서로 추동하는 구도에서 보완돼 가고 있고, 아직까지는 유동적인 미숙한 형태로 남아 있다. 현재까지 출판되는 단행본까지는 확인하기 힘들다.

평론가 李云雷는 "저층서사"에 대해 이렇게 규정하고 있다: "저층서사"라는 말은 2004년부터 생긴 문학적인 용어이다. 2004년에 ≪天涯≫에 "저층과 저층의 표현"에 관한 일련의 글이 실린 후에 문단 및 사회에서 크게 주목을 받았다. 『那儿』에 관한 토론은 이 글들의 중요한 화제였다.[9] 최근에 문단에서 대표적 "저층서사" 작가는 曹征路, 刘继明, 罗伟章, 胡学文

7 陈晓明, 〈"后人民性"与美学的脱身术〉, http://cq.netsh.com/bbs/754498/html/tree_5816141.html

8 李云雷, 旷新年, 邵燕君, 张宁, 韩毓海 등 신좌파로 활동하는 자들이 많다. 반대로 张君, 冷嘉, 南翔, 张炜 등은 문학 작품으로서의 미학적 가치를 중요시해야 된다는 주장을 견지한다. 陈晓明, 李敬泽, 王甘 등은 중간적 입장을 취하고 있다.

9 李云雷, 〈中国底层文学在新世纪的崛起〉, 2007.9.16, 乌有之乡书社(http://www.wyzxsx.com/Index.html)

등을 들 수 있다. "저층서사"의 평론 및 창작기지는 ≪天涯≫, ≪上海文学≫, ≪小说选刊≫, ≪北京文学≫ 등과 같은 창작 잡지 및 ≪文学评论≫, ≪文艺理论与批评≫ 등 문예이론 잡지로 들 수 있다.

3. 曹征路의 "포스트 사회주의적 공동체" 구상

———————————————— 21세기의 전지구화적인 시대적 분위기에 맞춰 중국 문단에도 "사소한 서사"를 둘러싼 다양한 글쓰기 양상들이 보인다. 그러나 사회적인 문제를 염두에 두고 "거대한 서사"에 여전히 힘을 기울이는 작가들도 없지 않다. 曹征路는 바로 그 중의 한 명이다. 그것은 "오늘날은 여전히 계몽의 시대이고, 거대한 서사는 지난간 일이 아니다. 중국에서는 공적인 화제가 여전히 많다今天仍是启蒙的时代, 宏大叙事没有过时, 中国的公共话题多得很."[10]라는 글쓰기의 태도에서도 확인할 수 있다. 여기서 볼 수 있듯이 "저층"을 계속 소재로 하는 것 및 "저층"을 꾸준히 일관된 각도에서 관찰하는 것은 작가의 의도적인 발언이다.

曹征路는 끊임없이 "저층"의 새로운 공동체를 구상했다. 본고에서는 『那儿』 및 그 자매편 『霓虹』을 대표작으로 살펴보겠다. 소설 『那儿』는 주로 실업자가 되는 "노동자"에 관한 이야기이다. 대형 국유 기업에서 일하는 3000명의 노동자들은 기업의 사유화 과정에서 점점 곤경에 내몰린다. 주인공 막내 삼촌은 노조의 회장工会主席을 맡은 사람인데 전심전력으로 노동자의 이익을 보호하려 하는 인물이다. 그렇지만 시에서 기업을 사유화시키는 과정에서 막내삼촌을 두 번이나 이용해서 노동자들을 설득한

10 曹征路, 「新文学运动百年祭」, http://www.eduww.com/lilc/go.asp?id=4220.

다. 막내 삼촌은 "상급"에게 이용을 당한 사실을 깨달은 후에 省정부를 거쳐 北京에 혼자 가서 "중앙"에게 실제 상황을 고발한다. 그런데 그에게 주어지는 답은 한 없이 기다리는 것이었다. 그는 동네에 돌아와 최후의 방법을 취해 한 번 더 나서서 노동자들을 동원하여 공장 판매 반대 운동을 하려고 한다. 이때의 막내 삼촌은 이미 위신을 잃어 개인적으로 친한 노동자들의 동정만 구했다. 삼촌이 절망해서 포기하는 무렵에 과부가 된 여공 杜月梅가 나서서 최후의 방법을 취하자 한다. 즉 모두들 같이 부동산을 걸고 은행에 가서 대출을 받아 주식을 사서 노동자들이 다시 주인이 되자는 것이다. 막내 삼촌은 감동을 받아 杜와 함께 모범 역할을 하고 전체 노동자들을 동원했다. 이번에 노동자들은 모두 목숨 걸고 모처럼 단결하게 되었다. 그런데 바로 이때 위에서 "문건"이 내려와 공장이 대주주에게 경영권을 주어야 한다고 선고했다. 삼촌이 투입한 돈이 비교적 많기 때문에 큰 주주가 되어 노동자들과 다시 떨어지게 되었다. 노동자들은 삼촌에게 다시 한 번 속게 되는 셈이다. 막내 삼촌은 기진맥진하여 자신을 포함한 노동자들을 구제하려 했지만 사실은 늘 그의 소원을 배반하는 것이었다. 절망에 빠진 그는 결국은 자신이 사용해오고 관리해온 공장기계 앞에서 자살을 한다.

주목해야 할 부분은 그가 투쟁할 수 있는 원동력이 바로 실직된 노동자의 지지로부터 나왔다는 사실이다. 그의 배후에는 등을 기댈 수 있는 커다란 벽이 있는데 그것은 새로운 형식의 공동체이다. 이 공동체는 사회주의적인 공동체와 다르다. 예컨대, 소설에서 보여주듯이 이전에 노동자 계급이 국가기업이라는 공동체 안에 있을 때는 의료, 보험, 주거, 자녀 교육 등 여러 측면에서 보호를 받고 있었다. 그러나 1990년대 기업이 사유화되는 순간에 노동자들이 이 모든 것을 다 잃게 되었다. 노동자들에게 직장을 잃는 것은 생활의 모든 보장을 다 잃어버리는 것과 마찬가지이다. 여기서 강조되어야 할 부분은 비록 국가기업과 같은 실재적인 공동체가 와해되었지만 정신적인 공동체는 여전히 사라지지 않았다는 사실이다. 그것은 노동자들의 관습적인 생각에 기반을 둔 것이다. 오늘날 점점 희박해지고 있을 실정이다. 曹征路의 소설은 바로 이러한 유산을 간직하고 있는 것이다.

『那儿』의 이야기가 전개되는 장소는 해고당한 노동자들의 공단촌工团村이다. 공단촌은 다음과 같이 묘사된다.

> 소위 공단신촌은 실은 새 건물이 아니다. 그저 睡女山을 따라 아무렇게나 만든 노동자 숙소에 불과하다. 동쪽에 있는 촌락은 동촌이라고 하고 서쪽에 있는 것은 서촌이라고 부르다보니 가운데 있는 촌락은 저절로 신촌이라 불리게 되었다. 마구 부른 이름일 뿐이다. 평상시에도 3번집 엄마, 4번집 엄마라고 부른다. 사실 이곳에 거주하는 사람 모두가 기계공장의 노동자들이었기에 서로 모를 리가 없었다.
>
> (所谓的工人新村其实并不新, 只是顺着睡女山搭建的工人宿舍, 东边的叫东村, 西边的叫西村, 中间的叫新村, 随便取个名字而已。平时也都三号妈四号妈地叫着, 其实全都是矿机厂工人, 谁还不了解谁呀。所以到天亮的时候, 角角落落都已经传遍了, 都在叹息杜月梅命苦, 都在骂那只缺德带冒烟的恶狗。) (1부 다섯 번째 단락)[11]

11 http://www.xici.net/b365661/d25152456.htm 전문은 총 4부로 나누어져 있다. 인요문은 몇 부 몇 단락 식으로 표기한다.

이와 같은 대목에서 알 수 있듯이, 기계공장이 비록 해체되었지만 노동자들은 여전히 같은 단지에서 살면서 서로의 상황을 잘 알고 지냈다. 『那儿』에서 杜月梅이가 밤거리를 걷다가 개에게 물린 사건이 있는데, 그 사건은 "날이 밝을 때 동네 구석구석까지 모두 전해졌다. 모두들 杜月梅이가 고생이 많다고 한탄을 하며 그 재수 없는 개새끼를 욕했다所以到天亮的时候, 角角落落都已经传遍了, 都在叹息杜月梅命苦, 都在骂那只缺德带冒烟的恶狗."(1부 5번째 단락) 이 사건을 통해 실직 노동자들의 긴밀한 연대를 엿볼 수 있다. 또한 노동자들 사이의 "형제자매"와 같은 깊은 감정도 드러난다. 의심할 바 없이 이러한 공동체 문화는 상품화된 새로운 시대의 주거 공간의 문화와 확연히 다르다. 상품화된 주거공간에서는 이웃의 도움을 청하는 것이 쉬운 일이 아니다. 여기서 묘사하는 공단촌은 사회주의식 공동체의 문화를 계승하고 있다.

더욱 중요한 것은 이 소설에 사회주의 공동체 이후의 새로운 공동체, 즉 포스트[12] 사회주의적 공동체가 나타난다. 포스트 사회주의적 공동체는 사회주의적 공동체도 아닌 자본주의적 공동체도 아닌 새로운 의미를 가지고 있다. 그것은 제삼의 실험적 가능성을 보여준다. 그것의 문화적인 관습으로 봤을 때 사회주의식 공동체의 유산을 물려받는 것이지만 실재적인 존재형태는 사유화된 패러다임 중의 하나이다. 『那儿』에서 "막내삼촌"이 실직한 노동자들을 동원해서 세 번씩이나 단체 행동을 할 수 있었던 것은 바로 이러한 포스트 사회주의적 공동체의 힘을 빌렸기 때문이다. 따라서

12 "포스트"라는 말은 "after", 즉 –이후라는 뜻이 있고, "beyond", 즉 "–를 넘어서다"라는 뜻이 있는데 본고에서 "포스트 사회주의 공동체"라는 개념어에서 전자의 뜻을 따르므로 이 개념은 "사회주의 이후의 공동체"라는 뜻으로 쓰인다.

『那儿』가 암시하는 바와 같이, 이러한 공동체는 안정적인 실태를 가지고 있지 않기 때문에 보기에는 약하지만 실제로는 끈기 있는 힘을 발산하고 있다. 하지만 『那儿』에서 포스트 사회주의적 공동체에 대해 구체적으로 전개하지 못했다. 예컨대 지도자의 역할이라든지, 어떤 조직 형태로 발전해야 하는지 등과 같은 정보는 전혀 주어지지 않는다. 그것은 자매편 『霓虹』에 와서야 비로소 명확해진다.

『霓虹』[13]은 2006년 ≪当代≫6월 호에 발표된 중편 소설이다. 이 소설에서 과부이면서 실직자인 倪红梅에 관한 이야기가 전체 서사를 관통하고 있다. 딸의 교육비 및 수술비, 시어머니의 부양을 부담해야 되는 중년 실직자 倪红梅는 생존의 핍박을 받아 매춘에까지 종사하게 된다. 이야기는 거의 倪红梅의 일기를 빌려 서술된다. 일기는 당사자의 내면적 고백이기 때문에 소설 전체에 쓸쓸하고 비분한 분위기를 덧씌운 게 된다. 일기는 저층들의 비참한 처지를 표현하는 데에 아주 적합한 서사 장치로 기능한다. 이 소설은 전체적인 슬픈 분위기 속에서도 희망의 빛을 보여주고 있다. 이러한 희망은 바로 새로운 공동체에서 얻어진다.

이 소설에서는 두 가지 공동체가 제시된다. 하나는 유사부刘师傅가 조직한 "실직자호조회下岗工人互助会"이고, 다른 하나는 倪红梅를 위시한 "성노동자협회性工作者协会"이다. 소설의 분위기는 바로 이 두개의 공동체를 통해 역전된다. 주인공들은 이 공동체 속에서 잠시나마 자신의 존엄을 되찾을 수 있는 기회를 얻는다. 동시에 이 공동체의 출현에 따라 서사도 고조高潮에 밀려가게 된다. 유사부를 비롯한 "실직자호조회"에 대해 다음과 같이

13 『霓虹』전문: http://www.eduww.com/Article/ShowArticle.asp?ArticleID=9981

묘사하고 있다.

> 대로 맞은편에 많은 사람들이 모여들었다. 자전거를 타고 온 사람, 지팡이를 쓰고 온 사람, 삼륜차를 운전하고 온 사람, 그리고 여러 할아버지와 할머니. 그들은 와서 아무 말도 하지 않고 그저 대로 맞은편에서 구경만 할 뿐이다. 다만 한 가지 특징이 있는데, 그건 그들이 모두 유니폼을 입고 있는 것이다. 회사 마크가 찍혀 있는 옛날 스타일의 유니폼이다. 화학공장, 강철공장, 그리고 방직공장 등에서 입었던 옷들이다. (중략) 이러한 상황을 본 그 "손자"놈은 얼굴빛이 파래지더니 어린애 같은 얼굴이 순식간에 찌그러졌다.
>
> (这时外头已经明显热闹起来，马路对面陆陆续续来了不少人。骑车的，拄拐的，蹬三轮拖板车的，还有一些老头老太。他们来了也不说什么，就是站在马路对面看。只是有一点很特别，他们都穿着工作服，是从前那种老式的印着厂标的工作服，有焦化厂的，钢铁厂的，也有绢纺厂的，棉纺厂的。见到这情形那"孙子"脸色陡然就青了，一张娃娃脸转眼就裂开好几道口子)[14]

이 대목은 동료가 육체적인 폭력을 당하자 倪红梅를 비롯한 성노동자들이 관련 부서로 몰려가 배상을 요구하는 장면이다. 그녀들은 권력 앞에서 물러서지 않고, 목숨을 걸어 인권을 호소한다. 그녀들을 유일하게 응원해주는 단체가 바로 유사부를 비롯한 "실직자호조회"였다. 이 대목에서

14 전문은 6개의 소제목으로 나누어져 있다. 따라서 소제목과 단락을 표기하였다.(谈话笔录15, 41번째 단락)

볼 수 있듯이 강한 권력도 결국 민중의 조직적인 형태에 굴복해버린다. 물론 여기서 "실직자호조회"의 사회적인 역할에 대해 작가가 걸고 있는 기대가 너무나 커서 이상적인 낭만주의로 빠진 경향이 없지 않다. 하지만 그럼에도 불구하고 포스트 사회주의적인 공동체, 사회주의도 아닌 자본주의도 아닌 제삼의 가능성을 제시했다는 점에서 이 소설의 의미가 크다고 본다.

이와 같은 포스트 사회주의적인 공동체의 구체적인 조직방식은 倪红梅의 "성노동자협회"에서 더욱 선명하게 드러난다. 이 공동체의 구성원은 각지에서 올라온 시골 처녀 그리고 여성 실직자들이 대부분이다. 그녀들은 가족의 생계를 유지하기 위해 육체를 판다. 협회 가입 여부는 자유이고, 협회의 결정은 "회의"를 통해서 내린다. 영업을 할 때 서로 예의를 지켜 순서대로 한다. 때문에 서로 다툴 일이 없고 어려움이 생길 때에는 서로 도와준다. 이 공동체로 인해 성노동자들은 살아갈 용기와 존엄을 되찾게 된다. 『霓虹』에서 "실직자호조회"와 "성노동자협회"가 연대하여 권력에 대항할 때 이야기 역시 최고조에 달하게 된다. 倪红梅는 일기에서 이렇게 고백하고 있다:

> 가난한 자들이 서로 손을 잡고 노래하게 되었다. 이것은 정말이지 낙오되었던 외로운 기러기가 대오를 따라가게 되고, 물에 빠진 사람이 해안을 발견한 것 같은 느낌이다. (중략) 아홍의 말을 빌려 쓰자면, 여태까지 계속 살아오긴 했지만 이제야 비로소 인간처럼 사는 게 어떤 것인지를 알게 되었다. (중략) 제일 중요한 것은 우리가 드디어 인간다운 인간이 되었다는 사실이다. 존엄이 있는 그러한 인간이란 말이다."

(劳苦人拉起了手，唱起了歌。这是孤雁追上了队伍，是溺水者看见了海岸线．用阿红的话说，猛然觉得自己活了这么大，到现在才知道啥叫个人。最重要的是，我们做了一回人，有尊严的那种人．)

(谈话笔录15, 45번째 단락)

이 대목에서 보이듯이, 공동체의 힘은 주인공들의 생명을 버티게 해줄 정도로 강력하다. 『霓虹』에서 曹征路는 『那儿』보다 한 걸음 더 나아가 포스트 사회주의적인 단체에 대해 구체적인 내용을 제시했다. 그 공동체가 미칠 수 있는 범위도 커지고 형식도 더욱 선명해지면서, 공동체의 힘도 따라서 커진다. 소설 『那儿』의 원제 "英特纳雄那儿"는 "국제공산주의"의 음역어이다. 이 제목으로도 알 수 있듯이 曹征路는 "저층"의 미래를 중국의 공산주의적 유산에서 검토하고 있다.

4. 한국 "민중문학"의 발생

"저층"에 대한 묘사는 한국 7, 80년대의 "민중문학"의 중요한 주제였다. 6, 70년대에 산업화와 도시화의 진행에 따라 한국 경제는 상당히 빠른 속도로 발전했다. 그러나 그것은 어디까지나 수많은 노동자들의 가혹한 노동을 대가로 한 것이었다. 이러한 문제들은 점차 한국 지식인의 주목을 받게 되었다. 60년대의 "민족문학 민중론"이 지식인들의 반응 표현이었다. 그것에 이어 70년대에 "민중문학론" 진영이 형성되었다.[15] 지식인들은 『문학과 지성』[16], 『창작과 비평』[17]

15 성민엽, 「변하는 것과 변하지 않은 것」, 『변하는 것과 변하지 않은 것』, 문학과지성사, 2004, 61면 참조.

등 매체를 통해 뜨거운 토론을 전개했다. 예컨대, 1979년에 『문학과 지성』은 창간 9주년 기념호를 내면서 "산업사회와 문화"라는 제목으로 아주 긴 토론회를 열었다.[18] 문학평론가에서 사학, 신학, 철학, 법학, 사회학, 및 예술, 소설, 시 등 각 분야를 아우르는 전문가들이 산업사회의 문제들과 가치관의 변화에 대해 여러 측면에서 토론을 전개했다. 또 다른 진보 성향의 계간 잡지 『창작과 비평』은 문학과 정치의 이중적인 시각에서 한국사회의 문제를 검토했다. 1978년부터 1979년까지 5회의 토론회를 가졌다.[19] 한편 문학 창작 진영에서는 민중문학 작품과 민중시인 및 민중소설

16 계간지, 1970년 가을 창간, 1980년 여름호로 폐간.

17 계간지, 1966년 봄 창간, 1980년 여름 통권 56호로 강제폐간, 1985년 발행사 등록취소, 1988년 봄 계간 복간.

18 토론은 3부로 나누어서 전개됐는데 토론1에는 김병익(평론), 김재민(독문학), 김치수(평론), 서광선(신학/토론 사회), 소흥열(철학/주제 보고), 송상용(과학사), 이광주(서양사), 이명현(철학), 정일조(신학), 조동걸(한국사), 추호경(법학), 황인철(법학) 등이 참석했다. 토론2에는 김주연(평론), 김준길(사회학), 박영신(사회학/주제 보고), 서우석(음악), 성완경(미술), 오생근(평론), 유재천(사회학/토론 사회), 이강숙(음악), 이광훈(평론), 한상법(법학), 한상철(연극), 홍성원(소설) 등, 토론3에는 김광규(시/토론 사회), 김우창(평론), 김종철(평론), 김현(평론), 반성완(독문학), 유평근(불문학), 윤흥길(소설가), 오규원(시인), 이동렬(불문학), 이상택(국문학), 정현종(시인) 등이 참여했다. ≪문학과 지성≫, 통권37호(1979 가을호), 845-911면.

19 1978년 가을호에 "내가 생각하는 민족문학"이라는 제목으로 토론회를 개최했다. 고은(시인), 유종호(문학평론가), 구종서(문학평론가), 이부영(기자), 백낙청(문학평론가) 등이 참석했다. 1979년 봄호에 "국문학연구와 문화창조의 방향"이라는 제목으로 토론회를 개최했다. 이재선(국문과 교수), 조동일(국문과 교수), 임형택(한문교육과 교수), 염무웅(문학평론가) 등이 참석했다. 1979년 여름호에 "오늘의 여성문제와 여성운동"이라는 제목으로 토론회를 개최했다. 이효재(사회학과 교수), 이창숙(기자), 김행자(정치학과 교수), 서정미(대학 강사), 백낙청(창비 편집위원) 등이 참석했다. 1979년 가을호에 "대중문화의 현황과 새 방향"이라는 제목으로 토론회를 개최했다. 한완상(사회학 교수), 오도광(한국일보 문화부장), 박우섭(연극연출가), 석정남(노동자), 김윤수(창비 편집위원) 등이 참석했다. 1979년 겨울호에 "오늘의 경제현실과 경제학"이라는 제목으로 토론회를 개최했다. 변형윤(경제학과 교수), 전철환(경제학과 교수), 임재경(한국일

가가 여럿 배출되었다. "최일남, 이문구, 박태순, 황석영, 윤흥길, 조세희 등의 소설적 작업은 도시 변두리의 빈민, 노동자, 계층의 삶과 피폐된 농촌의 현실을 고발하면서 진정한 인간적인 삶에 대한 요구를 문학으로 형상화하고 있다."[20] 문학작품의 생성도 반대로 "민중문학론"을 불러일으켜 발전시켰다.

평론가 성민엽은 "민중문학"에 대해 이렇게 해석하고 있다. "'민중문학'이라는 개념은 주체적 실천에 의해 형성되어 왔고 또 형성되어 가고 있는 전략적. 상대적 개념이지, 일의적으로 미리 주어지는 고정 불변의 선험적. 절대적 개념이 아니다."[21] 주목해야 할 것은 한국의 "민중문학"은 사회운동의 일부로 작용을 하고 있었던 것이다. 따라서 민중문학 작품은 "민중"에게 잘 전달된 것을 특징으로 한다. 예컨대, 무크지, 노동 시집, 마당극 등[22]의 문학적인 형식은 민중과의 소통에서 큰 역할을 했다. 민중들은 "민중문학" 작품에서 많은 힘과 계시를 얻었다. 『난장이가 쏘아 올린 작은 공』[23]은 대중들에게 잘 읽히는 전형적인 소설로 꼽힌다.[24] 본고에서 이 소설을 연

보 논설위원) 등이 참석했다.

20 권영민, 『한국현대문학사2』, 민음사, 2005, 255면.

21 성민엽, 「민중문학의 논리」, 성민엽 편, 『민중문학론』, 1984, 문학과지성사, 145면.

22 무크지 『실천문학』, 노동시집 『노동의 새벽』(박노해) 등은 대표적인 것이었다.

23 이 소설집은 12편의 단편 소설로 구성되어 있다. 각 소설의 제목과 발표지 및 발표연도는 다음과 같다. 「칼날」(『문학사상』1975년 12호), 「뫼비우스의 띠」(『세대』1976년 2월호), 「우주여행」(『뿌리깊은나무』1976년 9월호), 「난장이가 쏘아올린 작은 공」(『문학과지성』1976년 겨울호), 「육교 위에서」(『세대』1977년 2월호), 「궤도 회전」(『한국문학』1977년 6월호), 「기계도시」(『대학신문』1977년 6월 20일), 「은강 노동 가족의 생계비」(『문학사상』1977년 10호), 「잘못은 신에게도 있다」(『문예중앙』1977년 겨울호), 「클라인씨의 병」(『문학과지성』1978년 봄호), 「내 그물로 오는 가시고기」(『창작과비평』1978년 여름호), 「에필로그」(『문학사상』1978년 3월호).

구 대상으로 삼는 또 다른 이유는, 이 소설에서 하층민의 현실 돌파 방안을 내세우는 점에 있다. 曹征路 소설과 유사하게 『난장이가 쏘아 올린 작은 공』에서의 저층도 여러 가지 방법을 동원해서 반항의 자세를 취한다. 하지만 그들의 적은 근대라는 제도였다. 그리하여 소설에서는 근대를 넘어서려는, 이른바 포스트[25] 모던적인 반항 방법을 용감하게 구상하기에 이른다.

5. 조세희의 "포스트 모던적 반항" 방법 구상

—『난장이가 쏘아올린 작은 공』

에서는 근대성을 극복하는 방법으로 대체로 세 가지를 제시했다. 첫째는 자본주의 사회의 허위와 냉막한 인정을 폭로하면서 휴머니즘적인 시각에서 '사랑'을 통해 근대를 초극하는 방법이다. 조세희[26]의 『난장이가 쏘아올린 작은 공』은 문학작품으로서 아주 독특한 성격을 지닌다. 이 소설은 연작소설이라는 창의적인 장르, 수식어가 없는 지극히 짧은 문장, 삽화의 자유로운 삽입, 시점의 불안정적인 이동 등의 서술 기법을 통해 분절성, 소외, 단절성으로 특징지어지는 근대의 부정적인 측면을 가감 없이 폭로한다. 원시적인 '사랑'은 근대의 폐단을 화해시킬 수 있는 새로운 방법으로 등장한다. 그것은 근대 이전으로 회귀하는 통로보다 근대를 넘어서는 통

24 1978년에 문학과지성사에서 100만부를 찍었다. 순문학 작품으로 이정도의 판매량은한국문학사의 사건이라고 할 수 있다.

25 여기서 "beyond"라는 뜻으로 쓰인다.

26 조세희, 1942년생, 경기 가평 출생, 주요 소설집은 『난장이가 쏘아올린 작은 공』, 『시간여행』 등 있다.

로로 작용한다. 왜냐하면『난장이가 쏘아올린 작은 공』에 강조한 "사랑"은 과거에만 속한 것이 아닌, 영원한 사랑인 것이다. '사랑'을 지향하는 인물은 난장이를 포함한 하위층의 도시빈민을 비롯해 급진적 중산층 주부 신애, 교회 목사 등을 포함한 사회 구성원들이다.[27]

난장이와 신애, 비록 이 두 사람의 사회적 계층은 다르지만 신변에 일어나는 사회적인 변화를 부정적으로 보는 것에 있어서는 서로 비슷하다. 중산층 주부 신애는 스스로를 사회에서 소외당하는 사람으로 여겨 "저 자신과 남편을 난장이에 비유"[28]하기도 한다. 물신화에 매몰된 이웃 사람들의 비도덕적 행위, 못 가진 자들의 생존권 박탈, 자본에 의해 작동되는 왜곡된 인간관계 등 산업화 시대의 부정적인 측면들이 「칼날」에서 신애와 난장이의 체험을 통해 사정없이 폭로된다. 반면에 두 인물은 산업화되기 이전의 인간관계, 즉 영원한 사랑을 지향한다. 난장이는 고통이 없고 사랑만 가득 차 있는 달나라를 끊임없이 상상한다. 그가 나중에 높은 굴뚝에 올라간 것도 달나라로 날아가서 진정한 사랑을 누리기 위해서이다. 그렇지만 현실에서의 난장이는 생존을 위해 "전부다 쇠뿐"[29]인 차갑고 딱딱한 도구를 사용할 수밖에 없었다. 냉혹한 자본주의 현실 앞에서 인간미로서는 결코

27 민중구성을 이렇게 보는 작가의 시각에 대해 평론가 성민엽은 조세희가 "반성하는 중간층"에 대해 지나치게 기대한다고 지적했다.(성민엽, 「이차원의 전망」, 『한국문학의 현단계』, 창비, 1983.)

28 조세희, 「칼날」, 『난장이가 쏘아올린 작은 공』, 이성과힘, 2006, 32면.(텍스트 인용은 이 책을 따르며 아래는 인용 부분의 출처인 단편의 제목과 책의 면수만 표기함)

29 "그것은 절단기, 멍키, 스패너, 런치, 드라이버, 해머, 수도꼭지, 펌프 종지굽, 크고 작은 나사, T자관, U자관, 그리고 줄톱 들이었다. 쇠로 된 것들뿐이었다."(54)『난장이가 쏘아올린 작은 공』에서 난장이의 도구에 대해 이와 같은 묘사는 세 번이나 되풀이되고 있는데 이것은 작가의 의도적인 장치로 생각된다.

그것의 부정적인 단면을 화해시킬 수 없었던 것이다. 이는 『난장이가 쏘아 올린 작은 공』의 비극적인 결말에서 이미 잘 드러나 있다.

두 번째는 프랑스와 영국의 길을 따라 과학, 지식, 법에 의해 근대를 극복하는 것이다. 이를 지향하는 인물로는 빈민의 큰아들인 영수, 교회 목사, 자본가 아들 윤호 등이 있다. 이러한 방법은 근대적인 지식을 동원해서 근대적인 제도를 극복한다는 점에서 아이러니컬하다고 할 수 있다. 이는 결국 실패로 종말 지을 수밖에 없다. 예컨대, 노동자 영수가 나중에 노동자대표까지 성장한 밑바탕에는 대체로 두 가지 경험이 있다고 볼 수 있다. 하나는 그가 어릴 때부터 싸여온 독서의 경험이고, 다른 하나는 커서 노동자 교회에서 주최하는 교육과정에 참여하는 경험이다. 이 두 가지 경험은 모두 근대의 큰 틀 안에 있는 '과학적', '이성적' 방법이다. 영수가 노동자 조직을 만들어 사용자측과 담판의 식으로 제도를 개선하려 했지만 결국은 노동할 권리까지 박탈당한다. 윤호라는 인물은 노동자와 대립하는 "사용자"측의 아들이다. 그는 자신이 처해 있는 계층에 대한 혐오감과 스스로의 속죄감에서 고통을 받는다. 윤호는 아버지의 압력인데도 불구하고 권력과 중심을 상징하는 A학교 사회계열을 방기하고 소외자들의 이익을 상징하는 B학교의 노동법을 선택한다. 그는 대학 입시의 공부를 무시한 채 열심히 『노동수첩』만 읽는다. 영수와 윤호가 모두 "노동법", 공장의 규정에 희망을 건다. 그런데 그들이 반항하는 것은 권력과 박탈이지만 사용되는 방법도 여전히 권력에서 벗어나지 못한다. 그리하여 영수는 마지막에 이르러 깨닫게 된다. "모두 잘못을 저지르고 있었다. 예외란 있을 수 없었다. 은강에서는 신도 예외가 아니다."(「신에게도 잘못이 있다」, 234면) 법과 제도, 과학적인 방법을 통해서 근대를 극복하는 길도 인간미와 마찬가지로 막힐 수밖에 없었던 것이다.

근대의 초극과 관련하여 『난장이가 쏘아올린 작은 공』에서 제시하는 최후의 방법은 파국적인 살인 행위이다. 폭력 모티프는 20년대 경향소설에서 흔히 사용된 바 있다. 따라서 『난장이가 쏘아올린 작은 공』의 살인 모티프 역시 경향 소설의 살인 행위 같은 것으로 평가된 바가 있다.[30] 그러나 『난장이가 쏘아올린 작은 공』의 폭력은 우매한 충동적인 행위와 본질적인 차이를 지닌다. 폭력까지 가는 전 과정은 영수 한 명을 통해 설명될 수 있다. 아버지 세대로부터 내려온 기대를 지고 있을 때, 교육을 통해 얻은 방식으로 저항하다가 모두 실패할 때, 갈 길이 정말 안 보일 때, 폭력을 취하게 된 것이었다. 작가는 영수의 파국적인 행위를 위해 미리 전제를 깔아주는 것도 예전의 소설과 구별된다. 즉 「뫼비우스의 띠」에서 교사의 이야기를 통해서 독자들에게 메시지를 전달하고 있다는 점이. 함께 굴뚝 청소를 했는데 한 아이만 깨끗한 일은 있을 수 없다. 진실을 드러내려면 그 질문 자체의 잘못됨을 밝혀야 한다. "뫼비우스의 띠"의 제기는 늘 안과 밖 양면이 있는 고정 관념을 깨는 힌트이다. 따라서 영수의 살인행위는 비도덕적인 행위로, 법에 의해 징계를 받아야 하는 것인가라는 의문이 남겨진다. 폭력은 사회의 한 귀퉁이로 쫓겨난 고통과 절망의 주체가 취하는 극단적인 발언 수단이다. 이러한 방법은 1970년대 한국 사회에 연달아 일어난 분신 사건과 일맥상통하는 것으로 보인다.[31]

30 "조급한 현실 재단, 모순 타개의 방향과 방법의 조급한 제시인 것인데, 이 점에서는 최서해의 소설이 대표하는 1920년대 중반 신경향파 소설의 경우와 별다르지 않다."(김윤식 · 정호웅, 『한국소설사』, 문학동네, 2002, 437면)

31 1970년대 초에 이르러 보다 공정한 부의 분배와 정치참여를 위해 상당히 적극적인 방식으로 투쟁하기 시작했다. 먼저 노동운동은 1970년 11월 13일 평화시장 재단사인

6. 결론: "저층" 의미에 대한 재고

본론에서 살펴본 바와 같이, 曹征路와 조세희는 모두 도시 빈민에 주목하여 하층민을 묘사한다. 두 작가의 소설에는 노동자 조직 모티프도 공통적으로 등장한다. 그렇지만 그들이 저층 문제를 고민하는 방식은 위에서 살펴보았듯이 서로 상당히 다른 특징을 보인다. 그것은 2차 세계 대전 이후 한국과 중국의 역사적인 경험과 깊은 관계가 있다. 우선 "도시 빈민"의 개념을 살펴볼 필요가 있다. 중국에서의 도시빈민은 만약 曹征路 소설에 나타난 실직자들로 이해한다면 도시호적[32]을 가진 실직 노동자를 지칭한 것이다. 경제적인 조건으로 봤을 때 실직자들은 빈민에 속하지만, 문화적인 조건으로 보면 그들을 "저층"으로 보기 힘들다. 1990년대 후반기에 국가기업이 사영화되기 이전의 중국에서는 노동자 계급이 정치, 경제 및 문화적인 면에서 모두 안정적이고 사회구성의 중요한 부분이었다. 1990년대 후반기에 기업 사영화의 개혁 정책으로 노동자들은 여러 측면에서 주도적인 역할을 잃게 되었다. 하지만 도시라는 상위 공간의 문화와 오랫동안 유지한 지도자의 위치에 익숙해 있던 그들은 단순히 과거의 경제적인 여건에만 미련을 두고 있는 것이 아니었다. 그들이 아무리 가난해도 시골로 내려가지 않는 것은 그들

전태일의 분신자살 사건, 1970년 11월 25일 조선호텔 이상찬의 분신기도, 1971년 2월 2일 한국 회관 김차호의 분신기도 등으로 이어졌다.(한국역사연구회, 앞의 책, 110면.)

32 종래에 중국의 호적户口 제도는 비교적 엄격하게 이루어져왔다. 그것은 사회계급분화 및 사회치안을 유지하는 제도로 사용되었다. 신중국이 성립된 이후에 그것이 "도시호적城镇户口"과 "농촌호적农村户口" 두 가지로 나누어졌다. "농촌호적"을 가진 사람은 나라에서 땅을 분배 받는 대신에 도시에 나가면 보험, 교육, 주거 등 여러 면에서 불편한 점이 있다.

의 문화적인 추구와 관련이 있다. 그들이 사회주의적 경험을 유난히 중요시하는 것도 마찬가지의 이유에서이다. 경제적인 의미에서 같이 생산하고 분배하는 옛날 제체와 많이 달라졌음에도 불구하고 여전히 시장경제 이전의 노동자문화와 감정에서 연대감을 얻어 사회적 투쟁을 벌여나가는 것이다.

그런데 한국의 노동자 조직은 이와는 다른 배경에서 이루어진다. 2차 대전 이후 자본주의 제도를 걸어온 한국 사회에서 노동자, 소작농, 도시 빈민은 한결같이 "피고용자"에 속하는 하층민들이다. 1961년부터 1982년까지 20년에 걸쳐 실행해온 5개년 계획을 통해 한국은 원시적인 자본의 축적을 상당부분 달성했다. 『난장이가 쏘아올린 작은 공』이 쓰여질 당시[33], 하층민들은 저임금 노동, 심각한 산해재해, 불안정적인 생계에 대해 끊임없이 반항하고 있었지만, 다른 한편으로 사람들은 이미 그러한 상황에 익숙해지고 있었다. 게다가 그 시기에는 박정희 군사 정권의 독재가 횡행하고 있었기에, 하층민들은 경제적인 착취와 동시에 심각한 정신적 구속에 직면할 수밖에 없었다. 이러한 상황에서 그들은 서구 혁명의 길을 따라가거나 폭력적인 힘—분신이나 살인—, 아니면 환상적인 감정의 화해를 통해 탈출을 도모하는 수밖에 없었다.

이와 같이 "저층"은 중국의 "저층서사"와 한국의 "민중문학"에서 공통적인 주제어로 등장하지만 그 실체는 서로 다른 것을 지칭할 때가 있다. (물론 그렇다고 해서 같은 실체를 지칭할 때가 없는 것이 아니다.) 특히 도시 빈민을 지칭할 때는 그 역사적인 맥락을 더욱 면밀하게 검토해야 한다.

33 첫편 「칼날」은 1975년에 발표되었고 막편 「에필로그」는 1978년에 발표되었다.

오늘날 "저층"을 주목하는 韓中 양국의 지식인들이 출발점에서는 입장이 일치하지만 문제를 고민하는 방식에 있어서는 서로 다른 각도를 취하는 경우가 종종 발생한다. 그것은 한중 문학에 관심 가진 사람들에게 있어서 유의해야 하는 점이다.

■ **참고문헌**

1. 중국자료

曹征路, ≪那儿≫, ≪霓虹≫, ≪新文学运动百年祭≫, 左岸文化(http://www.eduww.com/)
王向远, ≪比较文学学科新论≫, 江西教育出版社, 2005。
温儒民, ≪新文学现实主义的流变≫, 北京大学出版社, 2007。
洪子诚, ≪中国当代文学史≫, 北京大学出版社, 2006。
钱理群, 温儒民, 吴福辉, ≪中国现代文学三十年≫, 2006。
贺照田, ≪当代中国的知识感觉与观念感觉≫, 广西师范大学出版社, 2006。
左岸文化网站 http://www.eduww.com/
乌有之乡网站 http://www.wyzxsx.com/

2. 한국자료

『문예중앙』, 동양방송.중앙일보사, 1983.
『창작과비평』, 창작과 비평사, 1970~1979.
『문학과지성』, 문학과 지성, 일조각, 1970~1980.
『실천문학』, 실천문학사, 1984.
『소설문학』, 소설문학동인회, 1984~1985.
『세계의 문학』, 민음사, 1978.
조세희, 『난장이가 쏘아올린 작은 공』, 이성과 힘, 2006.
권영민, 『한국현대문학사』2, 민음사, 2005.
김성기, 『모더니즘이란 무엇인가』, 민음사, 1994.
김윤식 · 정호웅 편, 『한국문학의 리얼리즘과 모더니즘』, 민음사, 1989.
____________, 『한국소설사』, 문학동네, 2002.
김지영, 『조세희 소설의 서사 기법 연구』, 서울대 석사논문, 2003.
남진우, 『미적 근대성과 순간의 시학』, 소명, 2001.

이진경, 『자본을 넘어선 자본』, 그린비, 2004.
성민엽, 『변하는 것과 변하지 않는 것』, 문학과 지성, 2004.
______ 편, 『민중문학론』, 문학과 지성사, 1984.
한국연사연구회 현대사연구반, 『한국현대사』3, 풀빛, 1993.

3. 기타 국외 자료
Chatman, Seymour Benjamin, 『영화와 소설의 서사구조』, 미음사, 1990.
Harvey David, 구동회 · 박영미 옮김, 『포스트모더니티의 조건』, 한울, 2005.
Rimmon-Kenan, Shlomith, 최상규 옮김, 『소설의 현대 시학』, 예림기획, 1999.
Weisstein, Ulrich, 이유영 옮김, 『비교문학론』, 기린원, 1989.
Chevrel, Yves, 『비교문학, 어떻게 할 것인가』, 민음사, 2002.

저층문학평론의 현장 대담 1

참석자 광신년(중국 청화대학교 중문과 교수, 중국 문학 비평가)
원영혁(본 책의 저자)

시간 2014년 2월 17일

원: 선생님, 인터뷰를 받아주셔서 정말 감사합니다.

광: 별말씀을요. 사실 '저층문학'에 관해 나는 잘 몰라요. 원선생이 채상 선생님이나 이운뢰 선생님에게 물으면 얻을 것이 많을 텐데요.

원: 안 그래도 그 얘기부터 하려던 참이었어요. 말씀하셨듯이 지난 세기 90년대 초에 채상 선생님이 산문〈저층〉에서 저층문학을 제기하셨잖아요. 거기다 90년대 중반에 중국 학계에서 불러일으킨 '인문정신반성' 토론에서도 저층 화제가 빠지지 않았는데 이상하게도 그 시기에는 '저층문학' 현상이 일어나지 않았고 소설들도 전혀 없었잖아요. 이른바 2004년에 소설 〈인터네셔나알〉(흔히 〈나알那儿라고 함〉라고 함)이 발표되면서 저층문학에 관한 일련의 토론을 불러일으켰고 따라서 문단에서 '저층서사'현상이 대두된 거지요. 제가 궁금한 것은 비록 〈나알〉이라는 소설이 독자를 충분히 감동시킬 수 있고 미학적인 가치도 있겠

지만 그것만으로 하나의 문학현상을 일으킨 것이 아닌 것 같아요. 아마도 이 작품이 발표된 시기와 문단의 변화, 사회적인 배경과 어떤 관련 있어서 그랬겠지요?

광: 〈나알〉이 발표된 후에 나는 평론을 한 편 썼는데 제목은 〈나알, 노동자계급의 상흔문학〉으로 지었지요. 내 개인적으로 이 작품을 '순문학에 대한 반성'과 '신시기문학의 종결'라는 문학사의 맥락에서 봤던 거지요. 나는 문화대혁명이후의 중국문학을 '상흔문학'으로 간주했어요. 왜냐하면 근본적으로 말하자면 이 시기의 작품들은 한결같이 관료계급과 지식인계급이 문혁이 남긴 상흔을 표현한 것이기 때문이지요. 다시 말해 이 두 계급이 문혁에 대한 정치적 고소인 셈이지요. 그러나 〈나알〉은 노동자 계급의 시각에서 개혁을 반성하는 작품이지요. 그것은 개혁을 검토하자는 사조와 결부되고 있었지요. 그렇다고 해서 내가 〈나알〉이 문학적으로 뛰어난 작품이라고 하고 싶지 않아요. 오히려 이 작품은 예술적인 면에서 봤을 때 아직 많이 거칠고 충분히 "문학적"이지 않다고 봅니다. 현재 중국 문단에 등장한 저층서사는 사상적인 면에서든 예술적인 면에서는 모두 뚜렷한 제한성과 결함이 남아 있다고 할 수 있어요. '저층서사'의 작가는 문단의 주류가 아니니까 많은 작가들이 '저층서사'로 돌린 것은 순수 제재의 신선함 때문인데 저층에 대한 입장과 숙고는 거의 없는 상태였지요.

원: 네, 선생님, 비록 완전히 같지는 않겠지만 지난 세기 7, 80년대 한국의 '민중문학론'에서 가장 뜨거운 화제는 작가의 정체성 문제와 문학을 평가하는 기준이었지요. 이를 둘러싸고 평론가들은 논쟁을 벌였는데 대체로 보수파, 중간파, 급진파로 나누어 볼 수 있었지요. 보수파는

말을 안 해도 아시겠고 중간파는 민중을 잠정적인 개념으로 보고 지식인들이 자신의 전문적인 장기를 살려 민중들과 같은 입장에 선다는 것을 주장한 동시에 다른 한편 민중문학의 작가는 반드시 민중일 필요가 없다고, 민중문학의 문예적인 가치를 볼 때도 엄격하게 요구해야 된다고 주장했지요. 그런데 급진파들이 민중문학을 민중들이 창작한 것이어야 하고 기존의 엘리트 중심의 문학 헤게모니를 깨뜨려야 하며 이른바 수기, 일기, 회보, 벽보, 가두시를 비롯한 민중들의 창작품을 문학 속으로 들여놔야 한다고 주장했어요. 같은 평론가의 입장에서 선생님의 고견을 여쭤보고 싶은데 중국의 '저층문학론'이 기존의 엘리트문학의 헤게모니도 도전할 수 있는지…

광: 나는 '저층문학'이 기존의 문학 질서와 엘리트 중심주의의 헤게모니를 깨뜨리려면 반드시 예술로 이겨내야 된다고 생각해요. 재작년에 나는 〈좌익문학에 대한 재사고〉 라는 글에서 그람시의 〈문학비평의 기준〉에 나온 관심을 인용했는데, 이른바 "예술은 예술이다, '미리 배정되거나' 규정된 정치적 홍보물이 아니다. 이 개념 자체가 시대의 반영물로서 일정한 정치적 조류를 적극적으로 밀고 가는 문화적 조류를 형성하는 데에 지장이 되지 않겠는가? 그렇지 않을 것이다. 반대로 이 개념은 가장 철저한 방식으로 문제를 제기했고 문학비평으로 하여금 더욱 절실해지고 유효해지게 만들면서 활발하게 만든다."라고 했지요. 그람시의 관점은 좌익문학뿐만 아니라 저층서사 및 다른 문학 현상에도 다 적용하지요. 현재 나는 '저층서사'가 제재만으로 시선을 끄는데 사상적이거나 예술적인 면에서 폭발적인 힘을 가진 것이 아니라고 봐요.

원: 네, 그렇게 발전돼가는 것이 정말 기대됩니다. 선생님, 저는 중국문단

을 잘 모르지만 최근 몇 년 동안에 중국문단에서도 하나 둘씩 미묘한 변화가 일어난 것 같아요. 예컨대 신노동자문학상의 등장, 비허구서사의 확장, 농민공 정소경씨의 수상 등 이러한 변화들은 물론 저층작가들이 스스로 노력해서 얻어진 성과이라고 할 수 있지만 아무래도 그보다는 문단 주류 담론의 역할이 좀 있었겠지요? 대해서 혹시 엘리트중심 문학 헤게모니의 약화로 해석할 수 있지 않을까요? 또한 위의 변화의 기원을 따지려면 또 어느 문학전통까지 거슬러 올라갈 수 있을까요? 그 밑에 깔려 있는 사회적 배경으로는 또한 어떤 것이 있지요?

광: 나는 개인적으로 중국 지식계와 문학의 현상과 앞날을 낙관적으로 보지 않아요. 현재 중국의 창작과 비평은 속된 공리적인 경향이 뻔하지요. 예컨대 원선생님이 방금 신노동자문학상 제기했지요, 그것은 많은 사람들에게 지적과 비아냥을 받고 있지요. 왜냐하면 수상한 사람들은 모두 순문학작가였던 거예요. 사상적인 언론의 측면에서 중국은 여전히 많이 보수적이지요. 아시다시피 사상과 이데올로기는 경쟁하는 과정에서 점차 넓혀진 분야지요. "논쟁하지 않는다"식의 습관적인 사유방식은 중국의 사상을 더 이상 발전하기 힘들게 했어요. 사상에 대한 제어는 곧바로 인격의 타락과 사상의 죽음을 초래하기 마련이지요. 그런데 새로운 문학은 반드시 새로운 사상을 기반으로 해야 하고 새로운 정치적 상상과 사상이 핀 꽃과 같은 것이지요.

원: 네, 선생님, 현재 '저층서사'가 비록 문학적인 현상으로서 문단에서 주목을 받은 것이 사실이지만 재미있는 것은 저층서사의 작가들은 자기 자신이 '저층문학' 작가라고 불리는 건 그리 원하지 않는 것 같고 그분들은 대부분 자신의 작품들을 '저층문학'으로 토론되는 과정에서 '저층'

화된 것이었어요. 이 점은 한국 당시의 '민중문학' 작가들과 많이 다르지요. 그분들은 많은 경우에 저절로 하향해서 위장 노동자가 되거나 노동현장에 가서 막노동을 하거나 했고 '민중'이나 '민중문학'라는 구호를 적극적으로 불렀어요. 그래서 저는 중국 지식인들의 역설적인 입장을 약간 보인 것 같은데요. 선생님 보시기에 이와 같은 중국 지식인들의 델레마는 중국문학의 걸림돌이 되지 않겠는가 해서요……

광: 그것은 이상하지 않아요. 앞에서 말했듯이 대부분의 중국 작가들은 사상적인 면에서든 예술적인 면에서든 뛰어나지 않지요. 지극히 공리적이고 세속을 추구하지요. 노벨상의 취향에 따라 작품을 쓰지요. 평론가 허자동은 프랑스계 중국인 고행건의 노벨상 수상에서 중국인 작가들이 수상하는 조건을 요약했는데 "뭐야엔의 여섯 개 행운 코드"라고도 했어요. 중국의 오늘은 독립된 작가와 비판적인 사상이 드물어요. 개인적으로 중국 작가들은 지나치게 노벨상을 중요시한다고 생각해요. 이토록 공리를 추구하는 것은 정상적인 현상이 아니지요. "저층글쓰기"는 문학에서 여전히 소수자지요. 주류 작가들은 저층문학을 쓰지 않지요. 아울러 저층글쓰기 하는 작가들도 저층작가라고 호명되기를 원하는 작가들이 전혀 없어요. 오늘의 작가들은 자기의 책이 베스트셀러가 된다는 것을 영광으로 삼고 비평가들도 따라서 이 책들을 둘러싸서 평론을 쓰지요. 그들의 글쓰기는 정치적인 영합과 상업적인 투기라는 두 가지 특성을 가지고 있어요. 대개 민중을 무시하는 과정에서 자신의 엘리트 신분을 확인하게 되고 그 신분을 두드러지게 만든 것이지요.

원: 네, 선생님, 사실은 저층 문학 현상이 중국 문단에만 등장한 것이 아니

라 산업화 단계를 밟아온 많은 나라에서 저층문학 현상이 나타난 바 있었지요. 한국문학 연구자로서 한국 민중문학을 중국 문학계에 소개하고 번역하는 일에 힘을 기울여왔는데 물론 해외의 저층문학은 중국의 상황과 많이 다르겠지만 참조할 만한 점도 있으리라 생각합니다. 중국문학의 전문가로서 해외의 저층문학이 중국의 저층문학을 발전시킬 수 있는 공간을 가져올 수 있다고 생각하세요? 아니면 어떤 식으로 대처해야 되지요?

광: 정치적인 면에서 한국은 아시아 국가 중에서 민주화 전통을 가장 오랫동안 유지해온 나라이지요. 그러나 신시기이래에 중국 지식계에서 민주주의를 반대하고 대신 괴물스러운 민주화를 강조하는 경향이 일어났지요. 문학에 있어 중국 신시기 문학에서 '순문학' 취향이 뚜렷하게 등장했는데 여기서 말한 '순문학'은 엘리트화와 탈정치화된 것으로 이해된 것이고 지식인들끼리 상상한 그런 '순문학'대로 서구 모더니즘문학의 질서를 구축시킨 것이지요. 잘 나가는 작가들은 거의 한결같이 자신이 중국의 마르크스와 카프카라고 자칭하고 있지요. 왜냐하면 마르크스는 제3세계 작가로서 그의 예술적인 성취가 서구 세계의 인정을 받은 사례이고, 카프카는 모더니즘 예술의 대사로 공인되었기 때문이에요. 중국 유명 작가들의 정치적인 입장은 마르크스, 카프카와 근본적으로 대립된 것이지요. 마르크스는 좌익 입장에 뚜렷하게 서는 작가이고 카프카는 또한 사회주의 경향이 있는 작가이잖아요. 그러나 중국 작가들은 자기 작품의 환상적인 색깔을 가지고 마르크스를 닮았다고 표방하고 상상의 방식을 가지고 카프카를 넘었다고 하지요. 실은 마르크스야말로 리얼리즘적인 경향을 지닌 작가이고 카프카도 또한 디킨

스를 존경하는 작가였지요. 그러나 많은 중국 작가들은 리얼리즘에 대해 혐오스러운 태도를 공식적으로 취하고 있어요. 많은 학자들은 중국 작가들이 마르크스를 오독했다고 비판하는데 제 생각에 그것은 오독이 아니라, 그들은 그들에게 유용한 부분을 채택해서 받아들였을 뿐이에요.

원: 확실히 중국 주류 지식인들은 주변 국가보다도 유럽이나 미국에 관심을 두고 있어요. 이것은 세계화화의 당연한 산물이기도 하지요. 근대를 넘어서야 한다는 점에서 주류 지식인들은 고민 좀 하면 좋겠어요. 특히 문학 작품이라면 그래도 같은 동양인으로서의 정서가 더 가깝지 않겠어요?

광: 중국 작가들은 한국의 문학 경험을 중요시하지 않을 거예요. 한국 작가가 노벨문학상을 받아 '국제적인 인정'을 받았으면 몰라도……여태까지 한국문학은 '국제적인 인정'을 못 받았기 때문에 중국 작가들은 한국 문학에 당연히 관심이 없는 거지요. 앞에서도 말했지만 오늘 중국의 작가들은 대체로 공리적이에요. 그들은 루쉰이나 모순 등 5.4신문학의 인솔자들을 하나도 안 닮았어요. 5.4시기에 루쉰, 모순 같은 문인들은 "약소민족"의 문학에 관심을 보냈고 반대로 오늘의 중국 작가들은 오로지 '키 크고 멋있으며 부유함(남자 배우자를 택하는 기준)'과 '피부가 하얗고 부유하며 얼굴 예쁨(여자 배우를 택할 기준)'을 따라다니지요. 사실은 멀리 갈 필요 없이 중국신문학 자체의 우수한 전통만 해도 이어받을 만한 데가 많단 말이에요. 5.4문학혁명의 지도자인 호적은 1918년에 〈문학혁명론의 건설〉에서 지적하기를, 중국 전통문학의 서사 범위는 너무나도 좁았고 오로지 관료사회와 창녀사회를 그

렸어요. 그래서 그는 문학 표현의 범위를 확대시켜야 한다고요. 5.4 신문학은 휴머니즘적인 입장에서 출발하여 새로운 노력을 시도했어요. 비록 성과가 그리 풍요롭지 못하긴 했단 말이지요. 그러나 마찬가지로 보수파 문인들의 조소를 당했지요. 예컨대 양실추는 5.4신문학에서 '인력꾼파'가 생겼다고 비웃었어요. 나중에 30년대에 내려 '대중문학'구호도 제기된 바가 있었고 40년대에 '공농병문학'의 구호도 제기된 바가 있었습니다. 그러나 오늘날의 문학은 거의 5.4문학혁명 이전의 상태로 다시 되돌아간 것 같습니다. 오로지 관료와 창녀를 묘사하니까요. 비록 문학 작품의 인물들이 관료나 창녀가 아니어도 관료나 창녀답게 묘사하게 돼 있으니까요.

원: 선생님, 이렇게 진솔하게 해답을 주셔서 정말 감사합니다. 선생님의 말씀에서 저는 많은 것을 배웠습니다. 한편으로 우리 세대의 연구자들은 지식의 바탕을 단단히 다지지 못했다는 점에서 한탄도 되고요. 물론 제 개인의 부족함일 수도 있지만 그보다 제가 더하고 싶은 얘기는 우리 세대는 역시 경솔한 학술, 학술의 경솔함에서 자라났기 때문일 것 같습니다. 저도, 주변 사람들도, 온 학술계에서 들뜨는 분위기가 둘러싸여 있어요. 선생님의 관점은 상당히 예리하시고요, 이와 같은 비평의 스타일은 아마도 선생님만의 스타일이 될 것 같습니다. 하하~

광: 지식은 원래 앞으로만 가게 돼 있어요. 세대마다 색다른 장점이 있지요. 나의 지식 바탕은 많이 부족해요. 젊은 세대는 나보다 훨씬 잘할 것으로 믿어요.

저층문학평론의 현장 대담 2

참석자 유 욱(중국 화동사범대학교 중문과 교수, 중국 문학 비평가)
원영혁(본 책의 저자)

시간 2014년 3월 16일

원: 유선생님, 제 인터뷰에 응해 주셔서 감사합니다. 교수님은 국내에서 '저층문학'을 전문으로 연구하시는 소수 학자 중의 한분이십니다. 저는 선생님께서 쓰신 저서, 평론 및 대담을 읽어보고 교수님께서 저층문학에 대해 심도 있게 연구하고 계신다는 것을 알게 되었는데, 조금 궁금한 것은 최근 선생님께서 연구 방향을 전통작가인 조수리 작가로 돌리신 것 같아요. 그 이유부터 이야기해 주시면 감사하겠습니다.

유: 하하, 사실 저층문학은 현대문학에만 있는 현상이 아니에요. 근대의 많은 소설들이 저층문학과 통하는 면이 있다고 생각해요. 조수리 연구나 막언 연구는 제가 문학 본체에 대한 연구로 회귀해야 한다는 느낌이 들어서 착수하기 시작한 것이에요. 그 동안 '저층문학'에 대한 연구에 전념하다 보니 문학을 둘러싼 사회적 컨텍스트에 신경을 많이 쓴 느낌이 없지 않아서요.

원: 그러시군요. 맞는 말씀인 것 같아요. 저층문학도 궁극적으로 문학 작품 자체가 가장 중요하지요. 선생님께서는 십여 년 동안 저층문학을 연구하시면서 그동안 저층문학이 발전하는 과정 및 변화를 지켜보셨잖아요. 그 얘기를 좀 듣고 싶어요.

유: 아마도 제가 국내에서 최초로 저층문학을 연구한 사람 중의 한 명일 거예요. 제가 박사 논문을 쓰던 2000년은 중국 경제가 크게 발전하면서 도농차별이 날로 커지고 '삼농문제'도 부각되는 시점이었어요. 또한 제가 시골출신이라 워낙 도농문제에 대해 관심이 많았기에 저층문학을 연구대상으로 선택했어요. 그 당시에는 참조할 만한 이론이 많지 않았어요. 인도의 연구 성과가 가장 많았고, 미국에서는 주로 사회학 분야에서 진행되고 있었지요. 그 중 인도의 저층연구는 그람시의 이론과 연관이 되고 나중에 거기서 탈식민주의로 특징짓는 스피박의 연구도 파생시켰기 때문에 저는 인도의 이론을 참조했었지요. 한편 중국문학에서 '저층'의 기원을 찾다가 채상 선생님의 산문 〈저층〉을 주목하게 되었어요. 저층 이라는 말은 문학 연구에서 비롯된 말은 아니에요. 최초로 사회학에서 사회계층을 분류할 때 '저층'이라는 말을 썼지요. 1993년에 출판된 〈1992-1993년 중국의 사회 상황에 대한 분석과 예측 보고서〉 및 1995년에 출판된 〈중국의 신세기 계급계층에 대한 보고서〉에서 중국의 사회 계층에 대한 구분이 명확하게 나오기 시작했어요. 2002년에 육학예가 편집한 〈당대 중국의 사회계층 보고서〉에서는 중국의 10대 계층을 구분하면서 저층에 대한 분명한 정의를 내렸어요.

원: 네, '저층'이라는 개념은 산업화 배경에서 사회구조의 변화에 따른 거지요. 한국에서도 중국과 마찬가지로 70년대에 사회학자 서관모 선생

님이나 박현채 선생님이 '저층' 개념을 깊이 연구하신 바가 있었어요. 사실 오늘날 우리가 말하는 '저층문학'은 사회학이나 문학연구 분야보다 더 일찍 나타났어요. 그것은 작가가 사회에 대해 더 민감한 촉각을 가지고 있고 사회를 더욱 다각적으로 반영할 수 있기 때문이지요. 지리, 방방 등 작가들을 필두로 한 '신사실주의'소설의 등장과 함께 80년대 후반에 오늘날과 비슷한 '저층문학'도 나타나기 시작했어요. 그중 어떤 소설들은 사회구조의 측면에서 농민을 개념화하였어요. 예컨대 전중하의 〈오월〉, 양효성의 〈궤양〉, 막언의 〈분노한 마늘쫑〉과 같은 작품이에요. 90년대 중반에 진행된 인문정신에 대한 대토론은 현실의 격변을 직시하는 지식인들의 정신적 운동이었는데 전국 범위에서 큰 영향을 미쳤어요. 그러나 계층적 측면에서 봤을 때 이 토론은 사실 사회계층의 분화 문제를 의식하지 못하고 부의 팽창으로 인한 사회전반의 도덕 타락과 문학이 이에 어떤 식으로 대응해야 할지에 대해서만 토론한 것이라고 볼 수 있지요.

사람들은 사회 계층에 관한 보고서가 출판된 다음에야 중국 사회의 구조가 이렇게 변했구나라는 것을 깨달은 것이었지요. 〈나알[1]〉라는 작품이 문단에 큰 충격을 준 것은 노동자 위상의 변화를 반영했고 그것도 공산주의 이상과 연계해서 서술을 했기 때문이라고 할 수 있어요. 전반적으로 볼 때 이 작품은 지식인의 입장에서 저층을 잘 대변한 작품인 셈이지요. 그러나 이때의 노동자 계층은 텍스트 내에서든 실제 사회에서든 저층으로 타락된 것이 분명하지요. 2004년에 이르러 사회

1 인터네셔나알의 준말, 중국어 원문은 "那儿".

전반의 계층분화는 잘 알려진 사실이고 계층의 분화는 더 이상 숨길 수 있는 것이 아니었지요. 〈나알〉은 적시적으로 나타난 작품이고 또한 계층이론과 저층의식의 개입도 있었어요. 〈나알〉의 사고방식은 그 전 시기'몽롱한' 저층문학보다 훨씬 돋보이고 작가의 창작기법도 원숙하여 저층문학을 새로운 단계로 끌어올렸다고 평가할 수 있어요.

원: 네, 저층문학의 이슈화에 〈나알〉이 결정적인 역할을 했던 것 같아요. 20세기 7, 80년대 한국의 '민중문학론'에서 가장 뜨거운 화제는 작가의 정체성 문제와 문학을 평가하는 기준이었지요. 이를 둘러싸고 평론가들이 논쟁을 벌였는데 대체로 보수파, 중간파, 급진파로 나누어 볼 수 있었어요. 보수파는 말을 안 해도 아시겠고, 중간파는 민중을 잠정적인 개념으로 보고 지식인들이 자신의 전문적인 장기를 살려 민중들과 같은 입장에 서야 한다고 주장하는 동시에 민중문학의 작가는 반드시 민중일 필요가 없지만 민중문학의 예술적인 가치는 엄격하게 요구해야 된다고 주장했지요. 그런데 급진파들은 민중문학을 민중들이 창작한 것이어야 하고 기존의 엘리트 중심의 문학 헤게모니를 깨뜨려야 하며 이른바 수기, 일기, 회보, 벽보, 가두시를 비롯한 민중들의 작품을 문학에 귀속시켜야 한다고 주장했어요. 이에 대해 같은 평론가의 입장에서 선생님의 고견을 들어보고 싶은데요. 즉 중국의 '저층문학론'이 기존의 엘리트문학의 헤게모니에 도전할 수 있는지요?

유: 이 문제는 중국에서도 마찬가지로 존재하고 논쟁을 불러일으키기도 했어요. 저는 그것을 대변문제와 문학성 문제라고 봐요. 저층문학 연구는 중국에서 쉽게 취급할 수 있는 문제가 아니에요. 왜냐하면 자주 아래의 질문 즉 "자기 자신이 저층도 아니면서 왜 혹은 뭘 가지고 저층

을 연구하냐"는 질문을 받을 수 있기 때문이지요. 사실 위의 질문은 '우'파 지식인이나 '자유파' 지식인들이 자주 던지는 질문이에요. 그들은 그저 관망하면서 질문한 것이지만 엉뚱한 소리는 아니에요. 저층이 아니라서 혹은 저층 경험이 없기에 저층의 진정한 입장을 이해할 수 없고 저층을 대변할 때도 저층이 공감할 수 없는 서술이 있다는 거지요. 결국은 대변의 태도와 효과가 정반대되는 경우가 생기지요. 저층문학의 연구에서 문과 연구자들이 저층 경험이 없거나 저층과 친근하게 지냈던 경험이 없기에 저층을 이해하기 어려울 수밖에 없는 상황이 늘 생기지요. 물론 저는 이 학자들이 소수자를 배려한다는 태도 자체는 맞다고 생각해요. 이 태도를 가지고 있다는 것만 해도 쉬운 것이 아니잖아요. 현재의 전면적인 우편향 사회에서, 또는 포스터모더니티 사회가 저층으로 하여금 갈수록 타락되고 도덕성을 잃도록 하는 오늘날에 저층을 진지하게 알아보려고 하는 학자가 있다는 것 자체가 쉬운 일이 아니에요. 현재 문단에서 인정받은 저층 작가들은 대부분 저층의 '대변인'이라고 할 수 있지요. 막언같은 경우, 주로 농민을 다루고 절실하게 농민을 위해 생각하는 작가입니다. 한편 막언의 문학 세계가 너무 방대하기 때문에 노신의 문학을 향토문학이라고 하면 범위가 너무 좁은 것처럼 그의 문학을 저층문학이라고 하는 것은 부적절하지요.

원: 말이 나온 김에 막언 문학에 대해 좀 구체적으로 말씀해주시면 안될까요?

유: 제가 전문 연구자가 아니기 때문에 심도 있는 분석은 못하겠어요. 하지만 막언의 중요한 작품은 모두 농촌과 농민을 다루었다는 것만은 분명해요. 농민에 대한 이해와 동정이 피상적인 것이 아니라고 할 수

있지요. 저층의 시각에서 봤을 때 막언이 농민 출신이기 때문에 그의 글쓰기는 저층에 대한 깊은 이해를 바탕으로 한 거예요. 그러다가 유명한 작가가 되면서 엘레트가 되면서 그의 글쓰기는 '대변식'이 되었어요. 그런데도 그의 작품은 저층을 이해하고 주목하고 있어요. 이와 같은 면에서 보면 막언의 대변은 지식인화된 대변이지요. 기타 대표적인 저층문학 작가인 진응송, 조정로, 조내겸도 모두 대변식이고, 이들은 모두 지식인이고 심지어 대학교수인 사람도 있어요. 가평와, 진충실, 장위, 노요 등 기타 작가의 작품도 농민과 농촌을 기술하여 농민들의 운명에 대해 관심을 두고 있으므로 사실은 이들의 작품들도 저층문학이라고 해도 안 될 것이 없다고 봐요. 이와 같은 대변은 아주 중요하며 또한 자연스럽게 다음 주제 즉 노동문학을 떠올리게 하는군요.

원: 그렇지요. 그렇지 않아도 노동문학을 저층문학의 맥락에서 어떻게 검토해야 할지 여쭤보려고 했어요.

유: 노동자들이 스스로 쓰는 글은 예술적 가치로 봤을 때 분명히 대변식 작품에 미치지 못하는 면이 있어요. 한국 문학계의 이러한 논쟁은 사실 중국 문단에서도 마찬가지로 직면하고 있어요. 단지 한국은 민주주의 정도가 더 높기에 한국 저층문학과 노동운동이 아래에서 위로 향한다는 특징이 중국과 많이 다르지요. 중국에서 저층문학에 대한 토론은 광범위하게 전개되지 못하고 있으며 표현 방식과 대변 가능 여부에 대해서도 아직 정리되지 못했으므로 저층문학의 분류와 문학성 문제는 아예 취급하지도 못하고 있고 주목하는 사람도 없는데 이것은 중국 문학의 불행이랄지 행운이랄지 알 수가 없군요. 중국 같은 경우에 저층문학이 주목을 받아 순문학 분야로 진입하게 되어도 영향력이 그리

크지 않을 거예요. 왜냐하면 글쓰기의 주변 환경이 자본주의적 환경이기 때문에 문학도 자본의 일부로 운영될 수밖에 없으므로 재능 있는 작가들도 영향력을 크게 행사하지는 못하지요. 막언의 문학은 저층 운명에 대한 배려가 깊지만 대다수의 평론가들은 막언 소설의 언어나 사상 문제에 초점을 맞추고 있어요. 따라서 저층문학은 주류 문학에 대한 도전이 되지 못할 것이며 저는 단지 저층문학이 무사히 '존재'하는 것만을 바라는 마음이에요.

원: 네, 저층문학의 문제는 또한 세계문학의 문제군요. 근대성을 넘어선다는 것은 아마 현대사회의 모든 양심적 지식인의 과제라고 해도 과언이 아닐걸요. 선생님, 저는 중국문단에 대해 잘 모르지만 최근 몇 년 동안 중국문단에서도 하나 둘씩 미묘한 변화가 일어나는 것 같아요. 예컨대 신노동자 문학상의 등장, 비허구서사의 확장, 농민공 정소경씨의 수상 등 이러한 변화들은 물론 저층작가들이 스스로 노력해서 얻어진 성과라고 할 수 있지만 아무래도 그보다는 문단의 주류 담론의 역할이 좀 있었겠지요? 이에 대해서 혹시 엘리트중심 문학 헤게모니의 약화로 해석할 수 있지 않을까요? 또한 위의 변화의 기원을 따지려면 어느 문학전통까지 거슬러 올라갈 수 있을까요? 그 저변에 깔려 있는 사회적 배경은 무엇인지요?

유: 노동자문학상의 설립은 그 해 문학계의 경사라고 할 수 있어요. 순문학 발표의 중요한 매체인 〈인민문학〉은 2004년부터 많은 저층문학 작품을 게재하였는데 그 중에 노동자문학도 포함되었고 상도 설립하고 기획도서도 출판했어요. 제가 그 작품들을 읽어봤는데 작품들의 예술적가치는 모두 대단했어요. 여기서 조금 전개해서 이야기하자면 예술

적 가치는 중국에서 흔히 문학성이라고 하기도 해요. 한 작품의 예술적 가치는 아주 중요한 요소로서 예술적 가치는 작가의 언어 서술 능력과 서사를 구축하는 능력과 가장 크게 관계를 짓는다고 봐요. 그리고 작가의 사고능력과도 중요한 관계를 가지지요. 문학성 면에서 노동문학의 전반적 수준이 물론 빨리 진보되었지만, 예컨대 소설을 쓰는 주충현이나 시를 쓰는 정소경은 사회에 대한 깊은 사고를 글에서 나타냈지요. 그러나 노동문학의 가장 큰 적은 사회 위치의 제약성과 교육수준의 저하로 인해 지속성과 심도가 결핍하다는 점이에요. 지속성을 말하자면 작가가 성공한 후에 노동문학에 대한 사고를 지속할 수 있느냐의 문제예요. 최초로 성공한 노동자 작가들이 정부의 문화기관에 흡수되어 운명이 달라지고 문화적으로 성공하게 되지요. 따라서 그 뒤의 작품도 달라지게 되었어요. 21세기에 들어선 후 나타난 비교적 대표적인 노동문학 작가는 왕세효, 대빈, 오양, 엽증 등이 있어요. 그 중 왕세효의 〈자취집에서 칼을 가는 소리〉는 노동문학의 수준을 향상시킨 상징적인 작품이이에요. 그 외에 대빈의 〈심남대도〉와 임소웅의 〈노동의 길〉 등 작품도 높은 미학적 가치를 가진다는 평가를 받았어요. 그러나 그 뒤로 오랫동안 남방의 노동문학은 대체로 세속을 따르거나 거칠게 쓴 작품이 대다수였어요. 노동문학의 경직화된 양식이 이루어진 셈이지요. 예컨대 어느 여성노동자가 사장님에게 사랑을 받게 된다거나 남성 노동자가 사장님의 편애를 받는다거나 하는 저속한 내용들이 많이 등장하여 우수한 작가와 작품을 찾아보기 힘들어요. 노동문학의 대표 잡지인 〈대붕만大鵬湾〉의 편집인 장위명이 말했듯이 원고를 고를 때 시장성과 독자의 독해 심리를 무시할 수 없어요. 때문에 노동문학은 더욱 세속화되고 간단해졌어요. 그나마 주승현의 소설과 정소경의 시는 문학성이 높다고 할 수 있어요. 정소경의 시는 중국의 일류 작가의 수준에 이르렀지요. 그러나 그녀의 창작은 대변식 저층문학과 같은 문제를 안고 있어요. 그것은 바로 문학이 곤경에 빠져 있고 시 속의 인물은 작가 자신과 같이 출구를 찾지 못하고 있다는 것이지요. 근본적으로 말하자면 경제화 사회와 대립할 만한 근대화의 성공 환상을 넘어서는 이론을 찾아내지 못한 거지요. 노동자 작가의 사상은 주류 이데올로기 안에 쉽게 예속되어 근대화의 길에 걸맞는 성공신화와 같은 맥락이 되어 노동문학을 근본적으로 와해시켰기 때문이지요. 따라서 노동문학 작가들은 자신의 위치와 사고의 제약으로 인해 근대화 모델이 제공하는 틀에서 벗어나지 못하고 있어요. 그러나 작가 막언은 이 점을 과감히 탈피하였고 이는 또한 중국문학의 행운이라고 할 수 있어요.

원: 네, 선생님, 그게 바로 한중 지식인들이 소통하는 과정에서 가장 큰 장애인 것 같아요. 중국 지식인들은 권력이 비록 제한적이지만 제가 알기로 사회의 발전을 추진하는 상황이 다른 나라보다 복잡한 것 같아요. 외국의 좌파지식인들은 그것을 이해하기 힘들어하거든요. 한국문학을 공부하는 중국인으로서 제가 앞으로 한중 지식인들의 다리 역할을 열심히 하겠습니다. 나중에 기회가 되면 이 문제를 두고 다시 토론하시지요. 다시 저층문제로 돌아옵시다. 현재 '저층서사'가 비록 문학적인 현상으로서 문단에서 주목을 받는 것이 사실이지만 재미있는 것은 저층서사의 작가들은 자기 자신이 '저층문학' 작가라고 불리는 걸 그리 원하지 않는 것 같고 그분들은 대부분 그들의 작품이 '저층문학'

으로 토론되는 과정에서 '저층화'된 것이지요. 이 점은 한국 당시의 '민중문학' 작가들과 많이 다른데 이분들은 자발적으로 시골에 가거나, 위장 노동자가 되거나, 노동현장에 가서 막노동을 하거나 했고 '민중'이나 '민중문학'라는 구호를 적극적으로 외쳤지요. 이 점에서 볼 때 저는 중국 지식인들의 입장이 좀 난감할 수도 있다고 생각하는데, 선생님 보시기에 이와 같은 중국 지식인들의 딜레마는 중국문학의 걸림돌이 되는 것은 아닐까요?

유: 저층문학 작가의 명칭의 문제는 큰 문제가 아니라고 봐요. 문학 연구는 작가에게 좋은 계기가 될 수 있기에 무슨 라벨을 붙여주든 거부하는 경우가 많지 않아요. 유명한 작가들에 대해 저층작가라는 레벨을 붙이는 경우가 많지 않아요. 예컨대 막언, 가평와, 왕안억도 모두 저층을 다루었지만요. 한편 진응송, 조정로 등 작가들은 저층작가라고 불린 후에 좋은 테마를 찾느라고 공장이나 농촌을 더욱 자주 다니게 되어 깊이있는 작품을 창작해 나가고 있어요. 사실 제 생각에는 저층을 주목하는 것은 중국 지식인들에게 있어서 고상한 행동이라고 봐도 될 것 같아요. 중국의 유교 사상은 원래부터 성공하면 천하 백성들을 위해 베풀어야 한다는 이념을 가지고 있기 때문에 저층에 관심을 가지는 것은 자신의 출세와 충돌되지 않을 뿐더러 작가들에게 유익할 수도 있을 것 같아요. 많은 학자와 작가들은 일부러 농촌에 가서 직접 체험하고 농민들과 같이 살면서 다큐와 비슷한 작품을 배출하였는데, 예컨대 조금청과 춘도 부부가 그런 식이에요. 이 분들은 조용하게 일만 하고 어떤 주의나 이론이 필요 없는 것 같아요. 이 경우는 한국 지식인의 능동성과 비슷한 것이에요. 그것은 서구 이론에서의 주체성의 팽창

과 다르겠고, 중국의 유교가 그 속에서 계속 제약하는 역할을 하고 있으므로 지식인들로 하여금 복종하면서 큰 문제부터 생각하게 하지요. 이것은 유감이라고 할 수 없지만 동양의 전통문화의 영향이기도 해요. 중국 지식인들이 현재 직면한 딜레마는 그들의 신분이 아니라 지키고 싶은 사람이 갈수록 없어지고 우익 세력이 갈수록 커진다는 것이에요. 이것은 중국에 대해 좋은 일인지 아닌지도 참 결론을 내리기 쉽지 않은 문제에요.

원: 선생님, 마지막으로 한 가지만 더 여쭤볼 게요. 사실은 저층 문학 현상이 중국 문단에만 있는 것이 아니고 산업화 단계를 밟아온 많은 나라에서 저층문학 현상이 나타난 바 있었지요. 저는 한국문학 연구자로서 한국의 민중문학을 중국 문학계에 소개하고 번역하는 일에 힘을 기울여왔는데 물론 해외의 저층문학은 중국의 상황과 많이 다르겠지만 참조할 만한 점도 있으리라 생각합니다. 중국문학의 전문가로서 해외의 저층문학이 중국의 저층문학을 발전시킬 수 있는 공간을 가져올 수 있다고 생각하세요? 아니면 어떤 식으로 대처해야 되지요?

유: 이 문제는 아주 가치가 있다고 생각해요. 현재 국내에서 저층문학 연구에 종사하는 학자들은 중국과 외국의 저층문학을 체계적으로 연구하는 경우가 별로 없어요. 서구의 이론은 우리에게 중요한 제시 역할을 해주었지요. 저의 저층 연구는 그람시의 저층 이론, 인도와 미국의 저층 연구, 사이드와 스피박의 탈식민이론, 일본 다케우치 요시미의 근대 초극 사상을 참조했어요. 외국의 저층문학 작품도 물론 보고는 싶어요. 지금은 저층에 관한 영화, 그 다음 소설을 좀 볼 기회가 있는데 이 작품들은 중국의 상황보도 복잡한 경우가 많고 정서도 더욱 자연스

러워요. 비록 마찬가지로 엘리트식의 관심이지만 진심에서 우러나오는 관심으로 보였어요. 국내의 저층문학 작품은 어떤 경우에는 창작 동기 자체를 의심하게 하는데 그것은 많은 작품들은 지나치게 표현에 치중되고 있기 때문이지요. 또한 작가 본인의 포용성이 부족한 데다가 비문학적 요소가 많이 곁들여 있기 때문이에요. 그래서 외국의 저층문학을 소개하면 중국 저층문학에 좋은 참조가 될 것이고 좋은 계시를 줄 것이라고 믿어요. 원선생님도 한국의 저층문학 작품을 많이 번역했잖아요. 한국의 작품들을 보면 소설의 미학적 성취를 떠나서 한국 지식인들의 아래에서 위로 추진하는 능동성에 비했을 때 중국의 작가들은 너무 피동적이고 제한을 많이 받으며 자신의 이익에 대한 생각이 많기에 작가적 성취가 제한적이 될 수밖에 없다는 생각이 들어요. 이 점에서 막언만이 예외라고 할 수 있지요. 그는 중국의 전통문화와 서구의 모던, 포스트모던 기법을 결부시켜 중국의 향토 문명을 중심으로 도교의 무위 사상으로부터 출발하여 인류 중심주의를 초월하는 경계에 이르렀고 사상과 형식의 완벽한 결합을 이루어 냈어요. 그의 작품은 현실에 대한 투영이 있고, 문학성도 있으며 심각한 초월까지 실현하였지요. 이런 점이야말로 저층문학이 노력해야 할 방향이라고 생각해요.

원: 좋은 말씀 많이 들었습니다. 저층문학도 여러 나라의 경험을 참조해서 한 걸음 더 나아가기를 바랍니다. 선생님의 다음 저서도 기대하겠습니다.

"민중문학 다시 돌이켜보기" 대담 1

참석자 최원식, 원영혁(이하 최, 원으로 생략함)

시간 2014년 8월 28일

장소 인하대학교 최원식 교수님 연구실

원: 선생님, 한국문학에서 지난 세기 70년대부터 민중문학을 토론했는데 그 뒤로 민중문학 논의 확대는 80년대에 이르러서 이루어진 거잖아요. 특히 85년 이후에 들어가서는 급진 경향이 있는 평론가들의 비평에 따라 민중문학도 새로운 단계로 발전되었다고 할 수 있지요? 이와 같은 변화를 규명하려면 아마도 7, 80년대의 정치적, 사회적 배경부터 알아야 되겠지요?

최: 그렇지요. 그 배경을 이야기하자면은… 우선 70년대 한국의 문학론은 민중문학보다 민족문학이지요. 정확한 이름은 민족문학론이에요. 1960년에 4월혁명이 일어나잖아요? 이승만 독재정권을 붕괴시킨 4월 혁명이 한국문학에 준 충격이 커요. 4월 혁명의 충격 속에서 한국 문학이 민족의 현실에 눈 뜨게 되었어요. 그것은 분단된 나라의 남쪽 독재정

권이 분단을 빌미로 민주주의를 제약하고 있었다는 것이에요.

원: 네…독재와 분단이요. 이 시기의 한국 문학을 연구할 때 저에게 가장 큰 걸림돌이 그 둘 사이의 관계에요. 한국분들은 당연시하게 연결되어 있다고 보시는데 외국인로서의 저는 그걸 깊이 이해하지 못했어요.

최: 그렇지요. 한반도에서 살지 않은 이상, 이해하기 힘들지요. 북에 공산주의 정권이 세워지면서 남한에서는 그를 막기 위해서라는 것을 빌미로 민중의 자유를 유보하는 독재를 정당화했어요. 바로 분단이라는 괴물이 민주주의의 유보를 끊임없이 한국에 강요한 거지요. 그런데 이와 같은 분단과 독재의 가장 큰 희생자가 민중이니까 자연히 4월혁명 이후에 민족의 현실, 민중의 고통이 새로운 문학적 화두로 떠올랐어요.

원: 네, 이제 한국 민중의 고통, 그리고 7, 80년대 내내 민주주의 운동 성격을 좀 알 듯해요. 아마 분단과 달라붙어 같이 가는 민주주의운동의 성격은 정말 한국적인 것이라 할 만한 특징이지요.

최: 그렇지요. 4월혁명 이전의 한국 문학은 아시다시피 순수문학론이 지배했어요. 그러니까 문학으로부터 사회성, 정치성을 추방한 것이 순수문학인데 4월혁명의 충격 속에서 한국 문학이 순수문학론에 대해서 의문을 던지고 "참여문학"에 눈 뜨게 돼요. 주의할 점은 1961년에 5.16쿠데타가 일어나서 4월 혁명으로 탄생한 민주정부가 붕괴되죠. 이후 4월혁명을 근원으로 하는 민주 세력하고 쿠데타로 출현한 산업화세력, 이 두 축이 이루어지지요. 민주 세력은 민주주의를 실현함으로써 통일로 나아가는 것을 핵심문제로 생각하고, 산업화 세력은 가난한 나라로부터 벗어나는 것을 우선 과제로 설정했어요. 그게 4월 혁명 이후 두

세력의 긴 싸움이에요.

원: 지금의 정치 판국만 보면 한국 사회의 정치가 굉장히 복잡하게 보이는데 그 역사적인 근원을 따지면 또한 그렇지는 않았군요. 그러면 그 민주주의 세력의 대표적인 정치가들은 누구를 비롯한 것이었지요?

최: 나중에 대통령이 되는 김영삼. 김대중 다 그쪽이고 노무현도요. 박정희, 전두환, 노태우, 이명박 그리고 박근혜는 산업화 세력쪽이라고 할 수 있지요. 5.16 쿠데타에 의해 민주정부가 붕괴했어도 4월혁명의 영향력은 강력해서 60년대 중반에 순수 참여 논쟁이 발생, 이미 지적했듯이 순수문학론에 대한 참여문학론의 도전이 시작됩니다. 그 참여문학론이 70년대에 민주와 통일을 두 기둥으로 하는 민족문학운동으로 진전됩니다. 무엇보다 민주주의에 대한 요구지요. 민주주의는 유신(1972) 이후 더 악화됐는데 당면목표는 대통령 직선제를 회복하는 것이 핵심이었어요.

원: 네, 4.19이후부터 계속 직선제를 실행해온 것이 아니었어요?

최: 하하~ 그때는 대의원들 몇 천 명이 모여서 뽑았어요.

원: 대표들, 인민대표들이네요. 하하~~

최: 하여튼 인민대표인지 뭔지 통일주체국민회의 사람들이 대통령을 간선으로 그러니까 거의 만장일치로 선출했어요. 하하~ 그랬던 시대가 70년대였어요. 민족문학론은 그러니 무엇보다 민주주의의 실현을 축으로 작가들이니까 언론자유, 표현 자유를 내세웠지요. 그리고 통일, 그동안 통일 문제는 금기였어요. 나중에 알게 되었는데 한때 북한이 잘 살았더라고. 그래서 남한정부가 오히려 방어 자세만 취했어요. 물론 민족문학운동이 진행되면서 모든 독재, 우익독재와 좌익독재에도 반

대하는 더 높은 민주주의에 대한 의식이 심화되었지요. 그런데 독재와 분단 아래 민중이 가장 크게 고통 받았기 때문에 민족문학론은 민중문학론과 짝을 이루었던 거지요.

원: 이제 들어보니까 역시 민중문학을 고찰하려면 4.19까지 추켜 올라가야 되는군요. 그러면 문학에서의 변화는 또한 어떤 식으로 전개되었지요?

최: 70년대 문학운동은 시에서는 김지하, 소설에서는 황석영의 등장으로 앞 시기의 문학과 날카롭게 단절됩니다. 황석영의 두 중편이 획기적인데 노동자들의 투쟁을 다룬 〈객지〉와 남북 사이에 끼여 파괴된 지식인의 초상을 그려낸 〈한씨연대기〉는 민주와 통일, 민족문학운동의 두 핵심주제를 그대로 표상했다고 해도 지나치지 않지요. 거기에 유신독재에 온몸으로 충돌한 김지하의 강렬한 저항시가 있었죠. 그게 70년대 민족문학운동이에요. 민족문학인데 구체적으로는 민중문학이지요. 민족을 구성하는 것이 민중이기 때문인데, 그럼에도 민족문학이라는 이름으로 민중문학을 포섭하는 위상을 견지했던 거에요.

원: 커버가 됐었군요. 그런데 왜 굳이 민족문학론이고 민중문학론이 아니었어요?

최: 일차적으로는 검열이 심해서 탄압을 피하려는 의도도 있었어요.

원: 민중은 민감 용어예요?

최: 엄격한 반공체제 아래에서 "인민"을 비롯해 "프롤레타리아" "계급" "무산계급" 라는 용어들이 금기시되었어요. 대한민국 건국(1948) 이후 특히 6.25전쟁(1950~53)을 거치면서, 남한에서는 계급은 물론이고 인민이란 말도 못 쓰게 되었지요. 민주화 이후 쓰지만은.

원: 다 "people"이잖아요?

최: People, 한국어로는 정확히 인민인데 인민을 국민으로 고쳐서 썼지요. 북한과 중국의 나라이름 때문이기도 해요. 인민화공화국이라고 하잖아요. 이 바람에 남한에서는 이전에는 멀쩡히 쓰던 말을 못 쓰게 돼 그래서 인민 대신에 민중을 썼는데 그 말도 신중히 사용했지요. 민중이 결국 인민 또는 계급 아니냐, 하면서 색안경을 쓰고 덤비는 축들이 있었거든요. 그래서 이쪽에서는 민중은 국민대중의 준말이다, 하면서 방어한 경우도 있을 정도였어요. 이런 사정으로 민중문학론보다는 민족문학론을 내세운 거지요. 그런데 민족문학론이 발전되면서 70년대 말에 현장 노동자들이 자신들의 이야기를 스스로 발화하는 노동자의 기층서사가 나오기 시작했어요.

원: 여기서 통일을 희망한다는 사람들은 북한이 남한을 통일시키는 것 원하는 거지요?

최: 아니죠. 물론 그런 사람도 없지 않았겠지만, 기본은 남북의 평화통일이지요.

원: 그러면 어떤 정부의 형태를 원한 거죠?

최: 나중에 더 구체화되었지만 앞에서 이야기했듯이 남과 북 어느 일방의 독재를 지지하지 않았습니다. 즉 무력이든 자본이든 북이 남을 흡수한다거나 남이 북을 흡수하는 데 반대하지요. 북과 남이 평화적으로 통일을 이루자. 남의 자본주의와 북의 사회주의가 아닌 제3의 체제여야 하는데, 당분간은 중국의 일국양제처럼 두 체제의 평화공존이 목표였다고 할 수 있습니다. 분단 상태가 남북 민중 모두에 얼마나 고통을 주는가만 생각했었지요. 이걸 끝내기 위해서는 뭔가 평화통일을 해야 한다는 당위가 앞섰습니다. 그렇게 가다보니까 70년대 민족문학운동

에 민중이 갈수록 부각되었지요. 김지하가 특히 민중을 강조했어요. 그로부터 민중이라는 말이 광범위적으로 쓰이기 시작했지요. 그때 민중은 인민 대신에 무산계급 대신에 쓴 면도 있는데 그것만은 아니에요. 민중은 프롤레타리아만이 아니고 농민, 노동자, 지식인, 그리고 양심적 부르주아들도 들어가니 계급연합이지요. 인민이나 무산계급보다 훨씬 더 광의적인 개념이지요. 어떤 계급 출신이든지, 민족의 분단상태를 끝내고 민주주의의 실현을 지지하는 사람은 일단 민중이지요. 물론 핵심은 노동자, 농민 이고 그 당시에 노동자들이 진짜 고통 받았거든요. 노동자들에 대한 탄압이 아주 심했으니까. 노동운동이 활발하면 임금이 올라가야 하지죠. 임금이 올라가면 제품 값이 올라가죠. 원가가 올라가면 외국에 수출로 먹고 사는데 수출 경쟁력이 떨어져요. 그러니까 노동자들을 억눌러서 노동운동을 최소화시켰어요. 그러다 보니까 농민운동도 최초화 시켰어요. 저임금에도 굶어죽지 않게 하려면 쌀값이 싸야지. 저임금 정책, 저곡가 정책. 그러니까 겨우 먹고 살게 하면서 수출경쟁력을 높이는 거였지요.

원: 그야말로 탄압과 착취가 심했던 시절이었지요.

최: 그렇지요. 그런데 눌리는 과정에서 자연스럽게 노동운동과 농민운동이 활발해졌어요. 노동자들이 〈객지〉만 읽고 끝나는 게 아니고 자기 얘기를 쓰기 시작했어요. 70년대 말 유동우의 〈어느 돌맹이의 외침〉은 한 획을 그은 노동자의 글쓰긴데, 80년대에는 석정남이란 여성 노동자의 〈공장의 불빛〉이 이어지지요. 80년대 민중문학론은 70년대 민중문학의 발전과정이라고 부를 수가 있죠. 이 도정에 1979년 갑자기 박정희가 저격으로 죽었어요. 그래서 모든 사람들이 유신독재가 끝났으니

까 한국의 민주주의가 올 줄 알았지. 그런데 신군부라고 불렸던 전두환 노태우 쿠데타로 새로운 독재정권이 들어섰어요. 광주항쟁을 잔혹하게 진압하면서 등장한 신군부는 말하자면 유신체제의 재편입니다.

원: 거의 옛날 정부의 노선을 그대로 이어가는 거예요?

최: 박정희를 이어받은 거예요. 80년대는 세계적으로 경제의 호황기예요. 그 덕에 한국경제가 좋아서 독재를 덮어주었어요. 그런데 정치적인 암흑기였어요. 민주주의 주장한 사람들이 다 잡혀갔어요. 70년대의 민중문학운동도 일단 깨졌지요.

원: 80년대에 우여곡절의 단계를 밟았구나. 민중문학이 발전된 것이 아니라 도태된 셈이네요.

최: 그러나 80년대 중반부터 민주화투쟁이 다시 불붙으면서 민중문학운동도 새롭게 대두하지요. 70년대는 문학이 중심이었는데 80년대엔 미술 음악 영화 등 장르가 다양해졌어요, 그리고 70년대보다 민중을 더 강조하게 되었지요.

원: 교수님, 그게 대중예술의 형태로 일종의 탈중심적인 경향이 되는 셈이 아니에요? 엘리트들의 헤게모니를 깨트리는 시도로 볼 수 없나요?

최: 그렇지요. 상대적으로 문학보다 영화 같은 예술이 대중적이지요. 80년대에 문학을 넘어 문화운동으로 번진 데는 박정희 이후의 경제적 상승이 바탕일거에요. 먹고 살 만하면 삶의 질 즉 문화에 대한 욕구가 자연스럽게 생성되는 법이니까 아마도 이런 변화가 나타났을 거에요. 문학보다 영화를 비롯한 문화는 상대적으로 돈이 드니까요. 그리고 또 하나 달라진 게 70년대는 서울 중심이었어요, 그런데 80년대는 각 지방에서 소집단운동들이 일어났어요. 문학에서 다른 예술 형태로, 서울에서

지방으로. 80년대는 이 두 특징이 두드러진 셈입니다. 70년대 에는 〈창작과 비평〉과 〈문학과지성〉, 이 두 계간지가 문학의 중심인데 전두환이 다 폐간시켰어요. 그 두 계간지가 없어지니까 경향 각지에서 소집단 동인지들이 많이 나타나면서 이들 새로운 세대가 저항의 축을 이루니 자연히 탈중심적인 경향이지요. 신군부에 대한 저항이면서 70년대 민족문학에 대한 도전이기도 했지요.

원: 이 시기에 비교적 대표적인 문인들이 누구지요?

최: 노동자 시인 박노해가 대표지요.

원: 그런데 선생님, 박노해는 자신의 이야기에 충실한 노동자 시인이지 처음부터 탈중심화를 시도한 건 아니지요?

최: 의도하지 않아도 저절로 탈중심화지요. 비록 새 세대가 자력으로 70년대 문학중심을 극복한 것이 아니라 군부가 대신 깨트렸다 하더라도 80년대적 확산, 그러니까 서울에서 지방으로, 문학에서 다른 예술로, 중심 계간지에서 다양한 동인지로~

원: 문인들은 저절로 탈중심화되는 추세를 탔을지 몰라도 비평가들은 의식적으로 엘리트 헤게모니를 깨트리려고 시도했지요.

최: 그렇습니다. 예컨대 김명인이 70년대 민족문학이 소시민적이라면서, 민중적 민족문학론을 제기했지요. 사실은 김지하가 70년대 〈풍자와 자살〉이라는 글에서 60년대 참여문학의 대표적인 시인 김수영이 소시민이라고 비판하면서 이제는 민중문학을 해야 한다는 것을 주장했어요. 김지하의 급진적 경향이 새롭게 부활한 게 김명인 관점이라고 할 수 있지요. 여기서 더 나아간 게 〈노동해방문학〉입니다.

원: 여기 실린 시나 소설의 창작가는 다 노동자들이에요?

최: 그렇지는 않지요. 박노해가 대표적이지만 참여자는 대개 지식인들이었지요.

〈노동해방문학〉의 논의는 문학에 중심을 두는 것이 아니라 노동자를 축으로 삼는 사회주의 혁명을 주장하지요. 이 반대편에 '민족해방문학'이 있었지요. 문학인들도 PD와 NL이 갈려서. 후자가 주체사상과 직간접적으로 연계된다면 전자는 북을 괄호에 넣고 남한 혁명을 지지합니다. 하여튼 80년대에 들어 이론의 급진화가 급속합니다. 민중적 민족문학론은 그 입구 역할을 한 셈이라 논의가 깊이 들어가기도 전에 추월당했다고 할까요.

원: 그렇다면 민중문학이라는 담론을 거의 정면적으로 전개 못했네요. 하려고 하다가도 급진적 목소리들로 덮어썼잖아요.

최: 하하. 그런 셈이지요. 그 때는 백가쟁명의 시대라고 해도 과언이 아니었지요. 그 덕에 우리 사회의 금기가 많이 깨졌어요. 왕년의 운동권은 좌익으로 몰려는 제도권의 단정에 민주주의자라고 항변한 데 반해, 80년대 PD운동권은 법정에서 당당히 사회주의자라고 외치는 바람에 한국사회의 오랜 금기가 녹았어요. 한편 NL적 운동권에 의해 미국문화원 방화 사건이 일어나면서 반미구호가 처음으로 등장했어요. 우리 사회 마지막 금기인 반미마저 해체되었어요. 그만큼 운동이 극렬했다고 할 수 있겠는데, 바로 그래서 (문학)운동이 대중으로부터 떨어졌어요. 그 반성 속에서 다시 대중과 만나는 데 성공한 6월 항쟁(1987)이 일어났어요. 다시 대통령 직선제 개헌을 핵심의제로 운동의 대중화를 결정적으로 진전시킴으로써 전두환 정부를 굴복시켰죠.

원: 참 역사의 치환점이 될 만한 큰 민중적 승리네요.

최: 그런데 그게 제한적 승리에요. 여당은 직선제 개헌을 수용함으로써 오히려 김대중과 김영삼을 분리시켜 삼자대결로 승리를 가져가는 고도의 작전을 펼친 겁니다. 아마도 미국과 일본이 코치했겠지요.

원: 그렇군요. 민중들은 그걸 몰랐지요?

최: 6.29선언 당시 다 환호하고 그랬지요. 양김씨가 분열할 줄 알았나? 6월 민주항쟁 다음 7, 8월에 곧바로 노동자대투쟁으로 넘어가는 점을 감안하고 보면80년대 민중문학론은 70년대 민족문학론의 연장이기도 하고 단절이기도 해요. 그럼에도 단절보다도 연장을 더 강조하는 것은 결국 6월항쟁이라는 큰 흐름으로 수렴되기 때문이에요. 6월항쟁은 한국 사회에서 절차적인 민주화가 실현되는 결정적인 계기로 한국사회는 그 이후 군사독재로 다시 돌아가기 어렵게 되었기 때문입니다. 80년대의 문학운동은 급진주의로 치달았지만 결국은 한국사회의 민주화라는 공약수로 수렴된 거지요.

원: 그렇다면 그 시대의 문학은 정치적 색깔이 아주 선명했지요?

최: 70, 80년대에는 문학의 정치성과 사회성이 최대로 발현된 때에요. 근데 1987년 이후 한국의 문학이 달라지기 시작돼요. 사회성으로부터 물러나요. 6월항쟁 이후 민주화가 울퉁불퉁 진행되는 것과 함께 1989년에 베를린 장벽의 붕괴로 말미암아 1991년 소련의 해체라는 대사건이 일어났어요. 한국 문학은 큰 충격에 빠졌어요. 민중문학론은 자본주의 너머를 꿈꾸었거든요. 물론 소련형 사회주의도 극복대상이었지요. 이미 지적했듯이 한반도 평화통일방안은 남한식 자본주의도 아니고 북한식 사회주의도 아닌 제3방식으로밖에 이루어질 수 없다는 인식 위에 기초하고 있었음에도 자본주의가 아니라 사회주의가 붕괴하는 일을

직접 목격한다는 것은 그 체감이 대단했어요. 안으로는 절차적 민주주의의 실현, 바깥으로는 사회주의에 대한 환상이 깨지면서 이 이중의 충격 속에서 한국문학이 급히 탈사회성으로 질주해 갔어요. 90년대에 들어서 긴장감이 사라진 거지요. 독재라는 싸움의 대상과 자본주의 너머라는 상상력이 동시에 사라졌어요. 그렇다고 해서 90년대 문학이 완전히 사회성에서 벗어난 것도 아님에도 7, 80년대 문학과는 낯선 문학이지요.

원: 그랬군요. 교수님 90년대에 와서 문학이 탈사회적으로 되었다는 이유는 또한 상업적인 룰의 요소도 있지 않아요? 사회의 안정에 따라 국민들이 자본주의 사회의 경제 발전에 따라 패스트푸드 문화를 받아들여서 살잖아요. 작가들이 또한 독자들의 그런 비위를 맞추다 보니 저절로 탈사회적으로 된다는 거……

최: 한국사회가 긴 싸움 속에서 어느 틈에 민주화와 산업화를 동시에 성취한 나라로 올라섰거든요. 말하자면 이제 풍요로운 민주사회가 되었지요. 그게 문학에 별로 안 좋은 거예요. 문학은 위기 속에서 위기를 먹이로 사는 거거든요. 위기를 어떻게 벗어나 자유롭고 평등한, 그래서 온 인민이 우애로운 사회를 어떻게 건설할 것인가를 야 고민하는 것이 문학이니까요.

원: 그렇지요. 춘추전국 시대의 백가쟁명도 난세의 산물이 되듯…

최: 그렇지요? 그러다가 1997년 IMF위기가 왔잖아요. 그게 사실은 한국문학이나 사회에 나쁘지 않았어요. 마치 선진국이 된 양 흥청망청하던 중에 이 사태는 한국사회의 현재와 자본주의 사회에 대해서 다시 성찰하는 계기가 되었죠.

원: 제가 알기로는 그 당시에 민중문학을 주장하는 젊은 학자들은 자진으로 하향하거나 공장에 들어가서 노동의 체험을 겪어보는 경우가 적지 않았습니다. 그 경험은 나중에 개인의 문학 성취나 한국문단에 어떤 영향을 미쳤습니까?

최: 그건 80년대에요. 그때 운동권은 대개 위장노동자로 공장으로 침투하지요. 그 대표적 작가가 방현석인데 인천에 많이 들어왔어요. 인천은 식민지시대나 해방 이후나 유명한 공업지대예요. 일제 때는 공산주의자들이 여기 와서 운동했고, 80년대에도 많이 내려왔어요. 그런데 데 80년대 운동의 급진화에는 운동권 지식인들의 광주사건에 대한 죄책감이 있어요. 광주항쟁(1980)에서 처음에는 학생, 지식인 들이 함께하다가 본격적 진압을 앞두고는 대개 빠져나오고 최후까지 시청을 지키다 죽어간 분들은 기층민중이 대부분이었어요.

원: 그러고 보니 한강 선생님의 〈소년이 온다〉에서 그 장면들이 나오네요…

최: 그 소설 벌써 읽었군요. 물론 그 국면에서 꼭 희생당해야만 최선인가는 따로 논의할 일이지만 하여튼 그 죄책감이 계속 80년대 운동의 부채로 작동, 그 급진화의 원천이 아니었던가, 합니다. 그때 이북방송 청취율이 상승했다고 해요. 한국방송은 까막눈인데 이북 방송에서는 광주 상황을 실시간으로 중계방송했지요.

원: 이북에서 남한 상황을 어떻게 알고 방송하지요?

최: 글쎄 잘 모르겠지만 뭐 그 정도 알려면 어려울 것도 없지 않을까? 하여튼 박정희의 죽음이 민주주의가 아니라 다시 군부독재로 계승되는 것에 대한 환멸 속에 주사파가 크게 형성되었다는 분석이에요.

원: 교수님, 그렇다면 주사파들이 이북식의 사회주의에 대한 환상이 굉장히 컸지요?

최: 남한 민주화가 처절하게 짓밟힌 과정을 목도하면서 상대적으로 북한에 대한 환상이 커졌다고 할까. 반면에 PD들이 생각하는 사회주의는 정통 사회주의라 주사에 부정적이었지요. NL과 PD가 생각하는 사회주의가 아주 다르지요.

원: 그 시기에 많은 사람들이 막시즘이나 사회주의에 관한 금서들을 지하에서 몰래 읽었다면서요. 정말 그렇습니까?

최: 금서들, 그런데 신통한 것은 금서들이 한국사회에서 계속 유통되었어요. 그중 고서점의 기여가 컸지요. 하하~도서관에선 금서들이 모두 갇혀 있었는데 고서점에서는 사람들이 계속 찾아서 읽었지요.

원: 네~선생님, 너무 좋은 말씀해주셨네요. 말씀 들으니 머릿속에서 좀 정리가 되네요. 정말 신기한 나라네요. 마지막 한 가지만 말씀해주시면 좋겠어요. 〈작가〉에서 봤는데 74년에 성립된 문인단체 자실로부터 성장해온 한국작가회의는 성립 40주년을 기념하는 차원에서 토론 자리를 가졌습니다. 이 토론에서 그 당시에 활동하시는 작가, 평론가들을 초청하여 현장에 대한 회고로부터 다시 토론했는데 선생님께서도 참여하셨잖아요. 물론 40주년이라는 역사적인 의미가 커서 그 자리가 마련되는 것이 당연한 일일 수 있습니다. 하지만 민중문학 이야기는 오늘날 문학의 주된 담론이 아닌 것은 누구나 알고 있습니다. 그러니까 이 토론 자리의 계획은 또한 어떤 맥락에서 이해되어야 하는지 선생님께서 가르쳐주시면 감사하겠습니다.

최: 지금의 한국작가회의라는 문인단체는 1974년 유신독재에 대한 최초

의 집단적 시위를 통해 탄생된 자유실천문인협회가 모체입니다..

원: 좌파문인단체라고 할 수 있겠죠?

최: 그게 좀 복잡하지요. 엄격한 의미의 좌파는 6.25 이후 한국에서 찾기 어렵지요. 자유실천문인협의회는 우파는 아니지만 완전히 좌파도 아니에요. 기존의 문협 출신들이 적지 않은데 대표간사 고은 씨가 상징적이지요. 순수문학파에서 참여파로 전신한 분이잖아요. 대체로 좌파의 영향을 받은 민주주의자들이지요. 표현의 자유라는 고전적 자유를 표방하면서 유신독재에 반대하고 통일을 꿈꾸는 양심적 작가들이 주류였어요.

원: 한국에서는 이 두 가지가 항상 같이 가는 것 같아요. 중국에서 통일은 정치와 외교의 문제라서 정부의 책임이라고 생각했는데, 한국에서는 분단의 고통을 겪는 주체가 민중들이라는 걸 깊이 공감하게 되었고…

최: 그렇지요. 제3자로서 이해가 어렵지요. 자유실천문인협의회가 80년대에 재건되면서 민족문학작가회의가 되었다가 최근 민족 두 글자를 뺐어요. 그래서 지금은 한국작가회의가 됐지요. 올해 40주년을 맞아 제가 40주년기념사업단단장에 위촉되었는데, 올해 말 기념식을 가질 예정이에요.

원: 제 얘기는요…물론 기념하는 의미도 없지 않겠지만 사실 민중문학이라든지 이런 주제를 내세운다는 것은 현재의 문단 분위기에서 떨어지는 것이 아닌가……

최: 이름이 계속 달라진 것도 그런 상황을 반영하는 거예요. 40주년을 즈음하여 중지를 모아 작가회의의 어제와 오늘을 잘 살펴 내일을 준비해야지요. 그럼에도 민중문학을 폐기하는 방향이라기보다는 새로운 상황

에 즉해 어떻게 갱신할 것인가가 논의의 주방향이지 않을까, 합니다만………

원: 선생님 혹시 이 행사에서 세월호에 관한 논의도 있을까요?

최: 아마도 세월호는 지속적 숙고의 대상이 될 겁니다. 지금까지 한국 사회를 지배한 어떤 원리에 대해 근본적인 변화를 요구하는 것 같아요. 최근 한국에선 6월항쟁에 기원한 1987체제라는 말을 쓰곤 하는데 이 체제는 민주화의 이정표이긴 해도 한편 타협의 산물인지라 근본적인 개혁이 요구되기도 하거든요. 요컨대 민주화 이후에도 기본적으로는 개발독재모델을 넘어서는 모델을 제출하지 못했거든요. 세월호는 개혁해야 할 때 개혁하지 못했을 때 일어날 수 있는 악몽을 상징한다는 점에서 지금은 한국 사회의 진정한 변혁을 모색해야 해요.

원: 그러면 새로운 기대를 해야 하겠네요. 다시 한 번 감사합니다. 교수님~ 높은 수준의 민주주의가 한국에서 재빨리 실현되기를 함께 빌겠습니다.

"민중문학 다시 돌이켜보기" 대담 2

참석자 김명인, 원영혁(이하 김, 원으로 생략함)
시간 2014년 8월 28일
장소 인하대학교 사범대 학장 사무실

원: 교수님, 인터뷰 받아주셔서 감사합니다. 이 인터뷰의 맥락부터 말씀드리자면 제 박사논문은 한국의 '민중문학'과 중국의 '저층서사'를 비교연구를 했어요. 거기서 주소 70년대 황석영과 조세희 선생님의 소설을 다루었는데 근데 최근에 중국 상황을 보니까 노동문학 작품들이 점차 등장하고 노동자문학단체도 생기면서 노동자상까지 생기더라고요. 그래서 이제 80년대 한국 노동자들이 쓰는 작품이나 문단 메커니즘의 변화를 살펴보려고 생각하고 있습니다. 제가 '민중문학'을 연구하는데 아무래도 선생님의 논의를 피할 수가 없잖아요. 그러니 역시 오늘은 민중문학의 배경부터 선생님의 입장에서 나온 말씀 듣고 싶습니다.

김: 중국은 사실은 역설적으로 노동자들이 주인인데 그런데 어떻게 보면 개혁개방 이후에 경제체제의 바뀜에 따라 새로운 노동자 그룹이 구성

된 셈이지요. 예전에 관념적으로 이루어진 노동자가 해체되는 거죠. 내륙의 농민들이 농민공을 내려지고 개발지역에 와서 자의반 타의반으로 새로운 노동자들을 형성하는 거지요. 그러면서 이제 중국에서 이런 문제 많이 생길 거예요. 당연히 저임금 있고 인권보장도 안 되고, 저임금에 장시간 노동의 인권보장도 안 되고 그지요?

원: 네. 이와 같은 문제들은 중국에서 확실히 없지는 않아요. 저층문학도 이런 맥락에서 생긴 거예요…

김: 한국에 70년대 80년대와 비슷하고, 한국에 60년대에 경제 개발 시작되면서, 그때부터 농촌으로부터 "노총 보내라" 그러죠. 이농이 생기고 농촌도 점점 자본주의 하려면 농촌 희생해야 하니까 희생시키면서 농촌에서 살기 힘들면서 이농하게 되고 도시에서 발달한 공업부분으로 옮겨오게 되고, 그러면서 이제 초기에는 농촌에서 사는 거보다 도시에서 임금 낮지만 조금 더 돈을 버니까 지금의 농민공과 똑같죠? 그렇지만 노동강도를 생각하면 사실은 농촌보다 힘들게 사는 거지요. 농사라는 게 놀면서도 하고 쉬면서도 하고 매일 일하지 않잖아요. 그래서 도시에 나와 임금노동자 되는 사람도 있고, 되지 못하는 사람도 있고 그래요. 그런데 농촌에서 나왔지만 도시에서 노동자가 못 되는 사람 어떻게, 날품팔이를 한다든지 주변 노동화가 될 수밖에 없잖아요. 그런 사람이 많으면 또 어떻게 돼요? 공장 노동자가 임금이 적어져요. 그래서 이런 악순환 생기면서 노동문제가 생기지요. 노동자이라는 것은 좁게 말하면 긍정적인 산업 부분에 고용된 임금 노동자를 얘기하지만 넓게 얘기하면 임금 노동자가 못 된, 예비 노동자들, 노동자가 되고 싶은데 기회가 닿지 않은 사람들을 말한 거지요. 계절에 따라 노동하는 사람

들, 공사장에서 노가다를 하는 사람들, 또는 날품팔이 하는 사람 다 예비 노동자지요.

원: 황석영 선생님의 〈객지〉, 〈삼포 가는 길〉, 〈장사의 꿈〉 등 소설에서 이와 같은 유랑민들을 많이 묘사되었지요? 중국도 비슷한 면이 많지요.

김: 그런 면에서 보면은 중국에 2000년대, 2010년대, 지금 한 20년 동안의 양상과 한국의 7, 80년대 양상이 비슷한 거죠. 한국 7, 80년대에 공장 노동자 뿐만 아니라 실업자들도 주변 노동자들 여성 같은 경우에는 여러 가지 서비스업, 보모라든지, 미용실이라든지, 버스 안내라든지 이런 형상이 광범위하게 일어나니까 그들의 삶이 당연히 힘들고 고통스럽지요. 그것은 결국 자본주의 돼가면서 생긴 부조화한 문제인데 7, 80년대의 민중문학 속에 등장하게 되지요. 85년대 이후에 표면적으로 문제화되었지요.

원: 그게 선생님의 〈지식인 문학의 위기와 새로운 민족 문학의 구상〉이 불을 질렀다고 들었는데요. 문제화된다는 것도 선생님 때문이잖아요. 하하~~

김: 하하, 나도 참여는 했지만 그렇다고 해서 내가 원래 없던 거 만든 거는 아니지요. 하하~ 70년대부터 이미 민중문학 논의가 있었어요. 염무웅 선생님, 백낙청 선생님 같은 분들이 문제제기를 했지요. 그때까지는 민중의 고통에 대해서 관심을 가지는 문학이 생겨났어요. 작가들도 그러고. 80년대에 들어서 양상이 달라졌어요. 그전까지는 지식인 작가들이 민중의 현실을 그리는 거, 민중의 현실을 포착하는 거, 민중의 현실에 관심을 가지고 지식인들이 대변하는 식이었어요. 민중들이 하

지 못한 말을 대신 해주다라는 의미 강조했어요.

원: 그야말로 위로부터의 민중문학이었지요?

김: 그렇지요. 그리고 이제 80년대에 들어서 왜 바뀌냐면 물론 6, 70년대 내내 노동운동이 활발하게 진행이 되었는데, 그 열악한 상황에서 초기에 정말 힘겨운 상태, 자본과 권력이 전부 탄압하고 노동자들이 단결도 못하면서 나란히 항쟁을 했어요. 70년대에 장태일 열사가 노동기본법을 외치면서 분신하셨는데 거기서 알듯이 정말 열악했지요. 근데 70년대 장태일 분신도 불구하고 해결이 안 되고, 70년대 내내 여러 사업장에서 노동자조합을 결성하고 단결을 시도하고, 노동 조건을 개선하기 위한 투쟁이 계속 있었어요. 그랬는데 70년대 말이 되면서 점점 조직화돼요. 그러다가 80년에 광주민주항쟁이 일어나면서 어떤 전기를 맡게 되는 것 같아요. 광주민주항쟁은 지식인 운동 어니죠. 학생이나 지식인들뿐만 아니라 시민들하고 하는 것이고 시민 중에서 많은 공장 노동자들, 주변 노동자들 많이 참여했는데 나중에 이 항쟁이 주체가 되고, 사실은 당시 많은 학생들이, 지식인들, 정치인들이 다 도망하고 주변 노동자들만 남아 가지고 항쟁하는 거지요. 그 사건의 충격이 크기 때문에 거기서 위로부터 하는 운동이 한계가 있다, 더 이상 민중의 해방에 도움이 안 된다라고 하는 인식이 퍼지게 되었고 문단에서도 신 세대 일어났어요. 그전까지 화석영, 고은, 이문구 이런 분들이 문단의 중심을 이루어졌고, 80년대 중반에서 신진작가, 신진 비평가들이 등장했다. 그러면서 아래로부터의 민중문학, 민중주체의 민중문학 이런 말이 등장했다. 실제로 민중주체의 민중문학은 두 가지 의미가 있어요. 하나는 민중적 입장에서 출발하는 것, 거기다가 이제 하나 더

해서 민중주체의 동시에 노동자의 주체성, 당파성이 중요하다는 거지요. 노동사의 입장에서 모든 문제를 봐라 봐봐야 한다는 거예요. 실제로는 노동자 입장에서 문제를 봐라보는 것 지식인이 할 수 있어, 하지만 노동자들이 어떻게 문학을 포함한 예술 전반에서 자기 주도성을 가질 수 있느냐, 이게 중요한 문제가 되는 거예요.

원: 선생님, 이게 바로 민중문학과 저층서사의 가장 핵심적인 문제지요. 하하~민중문학 토론에서 가장 문제 되는 부분은 창작주체의 문제와 미학 평가 기준의 문제이잖아요. 그 당시에 선생님의 견해는 아주 지표적이었지요. 그 당시에 어느 정도 수용되었는지 정말 궁금합니다. 지금의 중국 문단에서도 전통적인 문단 메커니즘이 조금씩 도전받고 있거든요. 앞으로 어떻게 될지는 모르겠는데…한국의 경험 좀 듣고 싶어요.

김: 창작주체 문젠데 80년대 후반에 박노해 현상에서 가장 최고로 삼는 거죠? 박노해 노동자 출신이고 당대 문학에 가장 친민적이고 예술적으로도 굉장한 성취를 했다고 봐요. 노동자 작가들이 점점 등장하는데 그 이전에 수기나 일기도 나왔는데 아직 노동자의 쓰기 형태, 아직 예술적 성취에 따라가지 않은 그런 경우인데, 박노해의 등장하고 소설 쪽에서는 방현석, 정화진 같은 작가들이 등장하면서 이제 노동자 주체 문제 노동자 창작주체를 포함한 노동자문학이 현실적으로 등장했어요. 또한 각지 노동자들의 문예 운동이 전국적으로 생겼어요. 노동자의 문학 단체도 전국적으로 활발해졌어요. 노동자들이 글 쓰고 평가도 하고 여러 가지 단체가 많이 생겼어요. 그러다가 87, 88년 무슨 일이 있냐면 87년도에 6월항쟁 있었고 88연에 노동자투쟁이 일어났어요. 노

동자들이 대투쟁을 해 가지고, 모든 노동자들이 거의 거리에 나섰어 노동조합, 민중노동조합을 결성하는 운동이 있고 대부분이 성공했어요.

원: 그게 무슨 특별한 계기가 있었나요?

김: 다른 게 아니라 학생, 시민 중심의 민주화 투쟁이 성공하면서 그 바탕을 깔았지요. 그러면서 자연적으로 그런 성황 속에서 노동자들이 개별 사업장에서 정면 투쟁으로 발전한 거예요. 단체도 생기고 조직화 되는데 그 와중에 바로 노동자 문예 운동도 역시 활발하게 했어요. 89년에까지 전국사업장에서 대부분 민주노동조직을 만들었어요. 그러면서 그 과정에서 투쟁의 형상화, 이른바 노동자 문예가 발전했지요.

원: 거의 최고조를 이르렀지요? 선생님, 그런데30년이 흐른 뒤의 오늘날은 그 노동문학을 어떻게 평가해야 하지요?

김: 그러니까 85년 이후에 민중 주체의 민중문학을 제기하고 노동자 조직성을 강렬하게 주장했던 일부 급진적인 비평가, 작가들의 입장이 이제 역사적으로 증명이 된 거지요. 이렇게 봐야죠. 하하~

원: 네~ 그러게요. 그 시기에 노동문학이 정말 대단했었지요.

김: 눈앞에 보이는 것처럼 30년이나 지났네요. 그리고 민중주체 문학운동이라는 것은 민중들의 성장과 불가분한 관계가 있는 거예요. 민중의 성장과 민중이 주체가 되면 민중문학이 당연히 발전한 거지요. 그냥 주장하다는 게 아니니까 80년대 후반에는 실제적으로 민중들의 광범한, 그리고 폭발적인 대투쟁이 있었고, 성취했다 말이에요. 그러니까 민중문학 발전과 섞였어요. 그런데 이게 90년대 이후에 급격하게 쇠퇴했어요. 그거는 사회적으로 민주화운동을 통해 대통령 직선제를 비롯

한 제도적 민주화가 실현된 거지요. 더불어 민주적 노조 많이 만들어지고 거기서 사람들이 성취감을 얻었을 거예요. 물론 정권을 바로 바뀌지 않고 87년도 전두환 후계자인 노태우가 90년대까지 됐으니까 93년부터 이제 김영삼 들어서 문민정부가 되는데 5년 정도 군정부 상태 있었는데 그 군정부 상태 연장되는 것도 불구하고 그 군정부 예전 같은 독제 정권이 아니었으니까. 문제는 그 무렵에 재미있는 게 1988년 올림픽이 있었고 한국에서 경제적으로 획기적으로 발전했어요. 그전에 한국 경제가 자본주의에도 불구하고 계속 개방하지 않은 거예요. 굉장히 폐쇄적인 상태였어요. 그때 우리 정말 수입품이라는 게 본 적이 없었어요.

원: 그랬어요? 하긴 우리도 그때 한국이라는 나라조차 몰랐고 어른들에게 남조선이라고만 들은 적이 있었던 것 같았어요. 그러면 해외여행도 못 갔지요? 거의……

김: 그럼요. 88년 이후부터 개방한 셈이지요. 지금 말하면 세계화, 신자유주의의 시작이 그때부터였어요. 그때 신자유주의 시작됐는데 한국 사회에서 그 흐름이 10년 정도 흐른 거예요. 그전에 박정희 정권에 붕괴된 것은 한국 사람들은 민주투쟁과 관련하지만 동시 전 세계적으로 신자유주의가 일어나면서, 신자유주의의 특징 뭐냐면, 자본이용이 자유화로 해야 돼, 자본 언제나 연결화 되는데 한국 사회는 미국, 일본한테 개방했지만 다른 나라한테 그렇지 못하기 때문에 상당적인 폐쇄적인 국가전체를 이뤄지는 상태였어요. 80년대 광주투쟁의 영향으로 전두환 정부부터 신자유주의의 영향을 하면서 "개혁개방", "세계화"라는 말이 한국 사회에서 굉장히 강하게 터지기 시작하고 실제로 88년 올림

픽은 한국 개방을 상징하는 종요한 사건인데요. 그러면서 개혁개방이 중국도 마찬가지로 한국도 빨리 발전했어. 사람들이 갑자기 너무 잘 살게 됐어요. 그래서 민중의 고통이 많이 있었지만 전체적으로 보면 굉장히 풍요로워졌어요. 원래 민주를 보장하는 유일한 방법이 민중투쟁이라고 생각하는데 이제는 민중투쟁과 세계화 같이 이뤄지면서 너무 잘 살게 된 거야, 그러니까 원래 많은 민중운동을 참여하고 지지하는 사람들은 그만하자는 거지요. "지금 잘 살고 보장도 있는데 더 할 필요가 있겠냐"는 거지요.

원: 네. 위기감이 살아진다는 거지요.

김: 그런데 이제 그렇게 되면서 87, 88년대 노동자들도 잘 살게 됐으니 노동자들도 민주투쟁 지지를 안 하는 거지요. 임금도 많이 오르고 상당수의 대기업 노동자들이 잘 살게 됐어요. 전체적으로 볼 때 민중운동이라는 것이 동력을 상실해 버리는 거지요. 그러면서 87, 88, 89년 급진적으로 발전된 민중문학의 논리, 그리고 또 민중운동 논리, 갑자기 힘을 잃어버렸어. 그리고 우리가 원하는 이상이 더 발전되고 더 진보된 입장을 가지고 더 급진적으로 싸우는 사람들이 갑자기 손 놓고 안 쫓아갔게 돼요. 그러니까 운동권이라는 말이 생기는 거지요. 운동권이라는 말은 운동하는 사람들의 어떤 집단을 지칭하는 것인데 옛날에는 반독제운동, 민주운동 누구나 하고 싶지만 무서워서 못했지만 이제는 안 해도 되는 상황에서 운동을 요구한다는 거예요. 그러니까 그런 특이한 집단이에요.

원: 원동권이라는 말은 민주주의 투쟁에서 가장 앞서가는 사람들을 뜻하는 것이 아니라 특정한 역사적인 상황에서 생긴 약간 부정적인 의미를

가진 집단이군요.

김: 운동권이라는 말은 좋은 의미 아니에요. 운동권이라는 말은 대다수 사람들이 아닌데 그런 사람들만 운동한다니까 굉장히 안 좋은 말이다. 그 말이 그때 생겼어요. 그러니까 지금은 점점 신자유주의 20년 지나면서 한국 사회는 양극화 되고 정말 80, 90년대 풍요하게 살았다는 말이죠.

원: 민주화의 지장과 경제적인 어려움을 이제 다 극복했으니까 전사들이 이제 갑자기 적을 잃어버리듯이 목표도 없어지겠네요.

김: 그렇다고 해서 지금 세상이 행복해진 거는 아니에요. 마찬가지로 힘들었어요. 아시다시피 국민 전체 50% 비정규직이고 노동자 계급에 1000만 명 넘었는데 그중에 60%가 비정규직이라는 말이지요. 그전 한국 사회에 비정규직 생기 전까지는 노력해면 먹고 사는 사회, 한 직장에 들어가면서 열심히 일하면 승진도 하고 장래를 보장하는 사회인데 비정규직이 생기면서 전체가 불안해지지요.

원: 자본주의의 일정한 단계로 넘어오면서 저절로 이렇게 되는 거지요?

김: 신자유주의의 요구지요. 신자유주의는 노동 유동성을 제일 중시해요. 해고도 마음대로 할 수 있고 자본이 마음대로 진출할 수 있고, 고용유연화나 또 노동유연화나 신자본주의의 핵심이기 때문에 단지 그 뿐만 아니라 신자유주의 모든 것은 개인 능력에 따라 결정하는 거다. 니가 못 나서 못 사는 거다. 경쟁으로 이겨라!

원: 완전히 약육강식의 논리네요.

김: 약육강식이지요. 그전에는 한 사회의 전부 잘 살아간다. 근데 신자유주의 사회에서는 못 사는 사람들은 자기 못 나서 못 산다. 경쟁력이

적기 때문에 소외된다는 거지요. 이런 강한 이데올로기가 유통되는 거지요. 한국 사회에서 버림받은 사람은 많다는 말이지요. 중국에서 지금 농민공 문제 다 해결하자는 말이 있지만 한국 사회에서 그게 아니에요. 지금 훨씬 나쁜 사회인데 그전에는 농민운동, 민주운동 등의 기본 조건을 다 잃어버리고, 훨씬 더 고통스럽고 훨씬 더 힘듦에도 불구하고 사회적인 호소력은 떨어졌어요. 다 그렇게 되는 거예요. 그러니까 민중주체, 민중문화 이런 말들이 발잡을 자리가 없어지는 거요. 민중운동이 민중의 세력이 아주 약해졌기 때문에 아무리 얘기해도 현실적인 기반이 없는 거예요. 이제 소수자로 표현되는 거예요. 노동자와 농민들이 아니라 장애인, 가난여성들, 이주노동자들 이런 소수자에 대한 표현이 되고 소수자의 입장이 되고 소수자가 말한다는 정도로 과거의 민중운동, 민중문화 하는 것이 당시 바뀌는 거지요.

원: 이제는 단편적으로 말하자면 계급의 대립보다도 근대를 넘어가는 문제가 전 세계의 문제이기도 하지요. 밑바탕에 처해 있는 사람들이 이중적, 삼중적인 고통을 받는 셈이 되지요. 민중의 구성 자체도 달라졌고요.

김: 그렇지요. 지금도 한국 사회 엘피로 상황도 그렇고 세월호 사건도 그렇게 열심히 싸웠지만 문제가 뭐냐면 소수자밖에 참여 안 한다. 과거처럼 연대가 이뤄지고 직접적으로 기본을 가져서 큰 문제를 가지고 전부 싸우는 상태가 못 되고 굉장히 고립된 상태에서 운동권이 한 일이 되거든요. 그게 지금 사람들이 20년에 생각했던 행복 사회가 아니라는 것을 알고 변화시킨 생각이 가지지만 아직은 현실을 못 따라가는 거죠. 그러니까 지금은 단체들이 많지만 효과적으로 이루지 못하고

있어요. 전부 이기적인 자기 이익을 위해서 하는 거지요. 사회 전체의 변화를 생각하지 않은 말이죠.

원: 그것도 신자유주의가 승리를 걷은 산물이라고 해야 되겠지요. 사람들의 주의력을 분산시키고 눈앞의 이익에만 두고 한다는 거…

김: 그렇지요. 사람들이 탈중심만은 좋은 거예요. 중앙세력에 대한 일종의 견제적인 역할이 있으니까요. 이런 사회가 건강한 사회가 아니라는 것을 다 알고 있지만 중요한 게 변화를 이루냐, 안 이루냐 하는 것이지요.

원: 자본주의 이데올로기가 정말 무서운 거네요. 선생님, 이제 우리 다른 문제 좀 토론해볼까요? 제가 알기로는 그 당시에 민중문학을 주장하는 젊은 학자들은 자진으로 하향하거나 공장에 들어가서 노동의 체험을 겪어보는 경우가 적지 않았습니다. 선생님께서 혹시 그 당시에 이와 같은 경험 있으세요? 있으시면 어떤 마음 품고 하셨어요? 그리고 그 경험은 나중에 개인의 문학 성취나 한국문단에 어떤 영향을 미쳤습니까?

김: 나는 노동 체험이 없어요. 학교에 다닐 때부터 학생운동, 대학생운동 둘 다 참가해서 왜냐면은 노동운동 쪽으로 가는 입장이 있었고 또 학생운동 쪽으로 가는 입장이 있어요. 나는 학생운동 쪽에 있었어요. 하하~

원: 좀 이해가 갈 것 같아요. 중국 문혁 때 운동파 중에서도 여러 갈래가 있었거든요. 그럼 우리 다시 문학 이야기로 돌아가지요. 저는 한국현대문학에서 다른 나라들과 선명하게 구분될 수 있는 문학현상은 역시 민중문학이라고 봅니다. 그것이 인문정신 뿐만 아니라 한민족 전체를

아우르는 민족적 정서가 담겨져 있다고 봅니다. 선생님께서 민중문학을 어떻게 보십니까?

김: 민중문학이라는 것은 한국문학에서 중요하기는 하지요. 대단하다는 것이 주관적인 이야기가 아니고 역사적으로 볼 때, 서구에서는 사회주의운동 활발할 때, 프로레트콜트문학도 있었고 러시아도 물론이었고 중국에서도 마찬가지로 해방구 중심으로 해서 연안문학이 굉장히 활발하다는 걸로 알고 있어요. 혁명이 일어나는 나라에서는 민중문학운동이 다 있었고…한국의 민중문학이 같다고 할 수 없지만 서구에서 68혁명이 일어나지고 60년대 말 제3세계 민중운동와의 연대, 안전운동, 히피운동 외는 혁명적인 성격이 있었고 그 혁명운동과 관련된 문학운동들이 지나갈 무렵에 한국 사회에서 80년대에 전 세계 유례없이 갑자기 민중문학운동이 일어났어요. 그때에 굉장히 세계적으로도 주목을 받았고 그리고 한국 사회는 평등 지향에 의심이 강해지고 80년대까지 계속 활발하게 있었지요.

원: 하긴 80년대의 중국문학은 문혁의 충격에서 벗어났을 무렵이니 화제가 단일했었지요. 또한 개혁개방에 따라 서구문학 사조도 따라서 수입되었을 때였는데 작가들이 흉내 내려고 애썼지요. 나라의 현실을 착안해서 문제제기를 하는 문학이 거의 없었지요.

김: 우리 민중문학운동에는 이제 단지 프로레트콜트 떠나서 좀 더 얘기하자면 우리 민족전통, 우리 민족에 있는 민족문화와 결부해서 진행됐다는 점이 대단해요. 지금은 모르지만 70, 80년대 모든 투쟁 현장에는 풍물놀이 등장했어요.

원: 그랬어요? 사물놀이예요?

김: 그렇지요. 사물놀이가 항상 있었지요.

원: 어쩐지…한국의 시위 현장에 가도 항상 흥을 내면서 하는 분위기였는데…

김: 흥을 가지고 했지요. 지금 안 되지만 그때 전부 그랬어요. 그러니까 민족전통과 민중투쟁이 결합하는 상태, 풍물, 노래, 춤을 빠진 운동이 없었어요. 전부 노래하고 춤을 추면서 그 장면이 특이한 장면이지요.

원: 정말 신기하네요. 재미있었겠네요. 하하~ 이게 한국만의 운동 분위기 아닌가 싶어요. 이런 전통적인 문화, 문화의 정서는 같은 동양 나라에서도 보기 힘들 걸요.

김: 하하, 그리고 춤패, 노래패, 탈춤, 민화, 연극 이런 전통 민족적 민중문학하고 민중적 민족문학이 서로 결합하는 상태로 했지요. 민중 입장에서 넘어서서 민중적 언어를 취한 거지요, 시에서는 김지하 선생님 같은 경우에 시의 언어와 민중 창극인 판소리와 결부해서 창작했고, 소설에서도 어떤 작가들이 일부로 전통적인 말투로 쓰기도 하는 그런 분이 많이 있었어요. 사실은 제가 이와 같은 형식이 물론 좋지만 그게 꼭 있어야 한다고 생각하지 않아요. 민중문학 그때는 그런 분위기였는데, 지금 풍물을 치는 것 너무 형식적인 일이 되고 현대 살고 있는 사람들의 정서에 맞지 않아요. 지금 한류 스타들이 훨씬 더 정서에 맞는 거죠. 그런 변화가 있어야 되는데 변화하지 않고 남아있는 게 문제지요. 지금의 세대는 자유스러운데 자꾸 마이크를 중앙에 놓고 다 들리게 소리 지른다면 사람들이 안 듣지요. 다문화적이고 다중심적으로 되었지요. 그때그때 달라야 지요.

원: 그렇지요, 선생님~이제 어떻게 보면 나이차이나 세대차이라는 것이

있기 마련이지요. 이참에 민중문학 토론에 참여하신 분들의 나이 얘기 좀 하지요. 80년대 민중문학 토론에 참여하신 분들은 대부분 50년대 내지 60년대 초 생이시잖아요. 이분들은 어떤 공동적인 체험 배경이 있었어요? 60년대 후반에 태어나신 평론가나 작가들과 어떤 차이점이 있어요?

김: 가장 큰 배경은 결국은 박정희 군정부 시절에 청소년 시절을 보내는 것이었지요. 우리들은 청소년 시대에 우울한 유신시대를 보내고 내가 중학교 일학년 때 유신이 선포되었고 그리고 대학교 3학년 때 박정희 씨가 암살당했어요. 보다 더 결정적인 것은 광주민주항쟁이 일어난 거였어요. 내가 23살 때니까 가장 예민하고 뜨거운 나이였어요.

원: 선생님 원래 고향이 서울 이쪽이에요? 광주에 내려가려고 안 했어요?

김: 갈려고 하지요. 그때 나도 학생운동 때문에 매날 도망 다니면서 했지요. 하하~ 그런데 다 막아주니까 광주에 못 들어갔지요. 우리 세대에 간단해, 광주에서 같이 못 죽었다. 그때 죄책감이 실은 큰 거지요. 그러니까 우리 세대 간의 급진성의 바탕인 거지요. 우리 세대는 윗세대나 아랫세대보다 유별하게 강렬해요.

원: 그렇군요. 열혈청년들에게 그 감정이 강렬할 수밖에…혹시 평론을 할 때도 그런 죄책감이 드러나나요?

김: 그렇지요. 우리 유신세대, 광주세대라고 할 수 있어요. 우리는 한참 서울 학생운동 했었고 80년5월13일날 서울에서 대규모 가두 시위했단 말이에요. 10만 명이 서울에서 모여 가지고 시위 하는데 그때 우리 끝까지 못하고 해산해버렸어요.

원: 탄압이 심해서요?

김: 오로지 탄압 때문만이 아니었어요. 그때 관망을 하고 있다가 다시 모이자 했는데 5월 17일 밤에 계엄령 때문에 서울에서는 안 됐었고 광주에서 됐었던 거예요. 광주 학생들이 시위를 했었고 가장 격렬했어요. 그 다음날에 마치 준비된 것처럼 계엄군이 곧바로 광주로 내려간 거였지요. 그때 우리는 싸우기는 했는데 원래같이 못 싸웠고 광주 사람들만 죽었다는 거지요. 그 죄책감이 보통 한이 아니고, 평생 잊지 못하는 거지요. 나뿐만 아니라 다 그런 거예요. 그것은 80년에 너무 과격한 논지를 펼치는 중요한 이유였지요. 그 전 세대와 차이가 있을 거예요. 우리는 한복판에 있었기 때문에 그렇지요.

원: 네…정말 우리나라의 지식청년 세대처럼, 하향의 경험은 그분들이 평생도 잊지 못한대요.

김: 그렇지요. 85년 이후 정권도 조금씩 풀려져요. 87, 88년 무렵에도 싸웠지만 비교적으로 자유로워져서, 공부도 잘하게 할 수 있었어요. 우리는 죄책감을 지면서 싸우다가 나아진 거지요. 87, 88년 그때 막 대학운동이거나 운동문예단체들을 편하게 했어요. 원래 10명만 모여도 잡혀가는데 80년대 중반 후 천 명이 모여도 잡혀가지 않았고…

원: 선생님도 고생 하신 적이 있으세요?

김: 나는 80년 11월에 감옥에 잡혀 들어가서 83년 8월에 나왔어요. 2년 8개월 동안 감옥살이를 했어요.

원: 그러셨어요? 그때 많은 분들 그런 경험 있었어요?

김: 그 많은 사람 다 그랬었어요.예를 들면 서울대학교 인문대학 한 학년에 185명밖에 안 되는데 그때 그중에서 40명이 잡혀가고 40명이 학교에서 제적당하고 1/3정도 다 감옥에 갔다 왔는데요. 그런 세대이니까

흔한 거예요. 최원식 선생님 세대는 안 그랬어요. 그때는 극소수였어요. 그 다음 세대도 감옥에 많이 못 갔어요. 내가 77학번이고 감옥에 세 번에 들어갔고요. 한번 가서 금방 나왔고 두 번째 재판 불려갔고… 하하

원: 그러셨군요. 하하~~교수님 지금 잘되셨잖아요. 혹시 같이 가다오신 분들 중에 안 된 분들도 있어요?

김: 있지요. 계속해서 고생하는 사람도 있고 계속 노동운동을 한 사람도 있어요. 집도 안 되고 건강도 그렇고… 대개는 잘 된 셈이지요. 정치를 하는 친구도 있고 부자 된 친구도 있지요. 그때 사실은 대학생이 많지 않았어요. 대학교 나오는 사람들이 먹고 사는 게 그렇게 어렵지 않았어요. 삼성이나 이런 회사에 들어가는 게 창피하고 그랬어요.

원: 우리나라처럼 평생 자기 자신을 따라가는 기록부 같은 거 있는데 어디 출신이고 어디서 취직 경험 있으며 무슨 경력 있고 그런 거예요. 특히 감옥 갔다 온 그런 경험 영향 많이 받거든요…여기서도 그런 거 있습니까?

김: 있지요. 나는 88년도에 사면을 받아서 다 지워버렸는데 웃기는 게 그 지웠다는 사실이 남아 있지요.

원: 하하~그래요? 다시 만들면 되잖아요. 하하~~재미있네요. 교수님께 오늘 정말 재미있는 이야기를 듣게 되었네요. 마지막에 한 가지만 더 듣고 싶어요. 중국에서 최근 10년 사이에 '저층서사'라는 토론이 대두되고 있습니다. 작품의 소재나 문제의식은 민중문학과 닮아가는 면이 없지 않습니다. 하지만 비평계에서 일부의 작가들이 '저층민중' 소재를 비평계나 독자들의 시선을 끄는 도구로 사용하거나 저층민중의 이야

기를 온갖 기법을 동원해 미학적 전략으로 쓴다는 우려가 있습니다. '민중문학' 토론의 직접 참여하시고 또 대표적인 시각을 가진 민중문학 평론가로서 중국 저층서사에 대한 조언을 부탁한다면 어떤 말씀하고 싶습니까?

김: 쉬운 문제 아닌데 한국 문학에서도 옛날부터 하층민중은 많이 나타났는데, 민중의 어투를 빌려서 하더라도 그 기본적인 세계관이 비민중적이거나 반민중적이면문제가 되죠. 물론 그게 자유지요. 하지만 그것은 민중문학이라고 하고 민중을 대변한다면 안 되는 거지요. 그게 윤리적으로 용서할 수 없어요. 하층민중의 언어를 사용한다는 것은 할 수 있겠지요. 그런데 중요한 게 할 수 없다는 게 아니라 그것을 가지고 자기가 민중을 대변한다거나 민중을 위해서 뭔가 한다는 거나 민중문학작가라는 게 문제가 되는 거지요. 중국 저층사람들은 역동적으로 그런 문제 등장하고 앞으로 사회문제가 될 텐데… 그럴 경우 그들의 자신의 목소리를 제대로 나오게 하는 게 중요하다고 생각하고요. 작가들과 비평가들이 정말로 그들을 위한 입장이 확실하지 않으면 굉장히 왜곡되기 쉬운 거예요.

원: 네, 저층의 목소리를 어떻게 하면 발화하게 할 수 있을까? 이 문제를 정말 진지하게 양심적으로 접근해야 될 것 같아요. 교수님, 이번 인터뷰의 마지막 문제로 한 가지 더 추가해서 여쭤보고 싶습니다. 선생님께서 85년에 〈지식인 위기~〉를 발표하시는 것은 민중문학론의 불을 질렀다고 평가 받고 있는데 그만큼 중요한 글이지요. 그 글에서 80년대 들어서 노동자들이 자진적인 주체로서의 성장과 노동자조직, 노동자문학의 성장을 바람직한 시선으로 보고 계십니다. 한 마디로 문단

메커니즘의 새로운 변화를 주장하시는 거지요. 같은 맥락인데 지금 중국의 극소수 저층문학평론가들도 비허구소설의 토론으로부터 기존 문단 메커니즘에 대해 의문을 던지고 있습니다. 한국의 지난 상황을 보면 80시대 문단의 변화, 이른바 계간지 시대에서 동인지, 기획출판 도서, 회보 등 매체로의 옮김, 엘리트 문인 조직에서 지방문인단체, 가두 시낭송회 등 조직으로의 옮김은 일시적인 것으로 보세요? 노동자 문학이나 새로운 장르들은 문학사에 들어가거나 다른 형태로 인정받게 되었나요? 그 시대적인 움직임은 어떻게 평가해야 한다고 생각하십니까?

김: 비슷해요. 당시 한국에서도 7, 80년대 노동자 수기, 일기 같은 것, 노동회보 등 많이 등장하고, 러시아에서도 독일에서도 다 마찬가진데 중요한 기록이요. 요즘의 말로 하면 말할 수 없는 사람들은 말 하는, 자기 목소리가 잃어버린 사람들이 목소리 내는 거니까… 한국 사회에 그게 정상에 이른 것이 박노해 〈새벽의 노동〉이에요. 저층노동자의 어떤 의식이 변하는 것을 잘 보여 주면서 동시에 새로운 미학을 만들어야 한다는 말이지요. 그러면서 그 가치를 아무리 높이 평가해도 지나치지 않았어요. 그 의미를 갖는 것은 그 자체로서 아니라 그 사회의 변화 발전 과정와의 밀접한 관계 속에서 봐야 하지요. 그게 아까 말했듯이 80년대 말에 그 흐름이 끊어졌잖아요. 이제 동인지, 회보 등 매체로 옮겨가면 지금 시점에서 어떤 성취를 말하면 그 성취는 제한적이었다, 이렇게 말하지요. 몰론 지금도 많은 노동자들이 시청자들이 활동 중이고 또 그때 생각을 계속 가지면서 계속 활동하지만 그 정서가 이미 아니거든요. 한국에서 저층민중운동 자체가 폭발적인 성장을 끝냈기

때문에 이제 소수자운동으로 자라나버리잖아요? 그렇기 때문에 지금은 뭐라고 말할 수 없어요. 그런데 한국 사회 만약에 다시 소수자 운동을 넘어서 조금 더 넓은 의미의 민중연대운동이 일어나고 효과적인 영향력 있는 한국 사회 관념의 운동으로 나가면 문학에서도 변화가 생긴 거지요. 90년대에 등장한 민중들이 굉장히 소극적이고 보수적인데 개인주의적이고요. 어떻게 보면 문학자체가 자유적으로 발전한 게 아니라 사회 전체의 흐름이기 때문에 문학은 항상 사회적인 상황 속에 있기 때문에 그렇지요. 문학은 또한 하나의 기준만이 아니기 때문에 민중운동을 중요시하는 입장에서 물론 문학사에 들어가야 하고 부르주아 미학을 중시하는 문학사는 안 들어가고 그렇지요. 그것은 또한 넓은 의미에서의 권력투쟁이고 그게 한마디로 말할 수 있는 것이 아닌 것 같아요. 그만큼 만약에 민중질서이라는 것이 더 중요시하는 사회가 되면 민중문학을 높이 평가하지요. 80년대 민중운동 한 사람들이 이전에 과거 민중들의 문화유산 많이 발굴하고 중시했다 말이에요. 그것도 일시의 유행이고 지금은 아무도 안 하지요. 그거는 사회 상황의 동향에 따라 움직이는 거지요.

원: 네, 선생님, 좋은 말씀 너무 감사합니다. 민중문학은 세계문학에 많은 유산을 남겨준 것 같아요. 특히 우리나라의 저층서사도 여기에서 많은 시사점을 얻어갈 수 있으면 좋겠어요. 제가 열심히 소개할게요.

■ 참고문헌

1. 주요 신문 잡지

『창작과비평』, 1970~1979.

『문학과지성』, 1970~1980.

『현대문학』, 1979, 5

『세계의 문학』, 1978(가을). 1981(봄).

「동아일보」, 1979. 11월 18일.

「동아일보」, 1979년 12월 30일.

『실천문학』, 1983~1984.

『소설문학』, 1984~1985.

『한국문학』, 1974, 2; 1985, 2.

『문학예술운동·1』, 1987.

『문학과비평』, 1988년 봄.

『현대소설』, 1990, 가을.

『작가세계』, 1990 겨울.

『문학정신』, 1995, 겨울.

『한국문학논총』제18집, 1996. 7.

『내일을 여는 작가』, 1997년 11·12호.

『문학사상』, 1998, 11.

『문학동네』, 2008 가을.

『시인』제2집.

『문화과학』55호, 2008 가을.

『读书』, 2000, 5~6.

『读书』, 2006, 5.

『作家文汇』, 2006, 4.

『当代文坛』, 2006, 3, 6.

『绵阳师范学院学报』, 2007.1.

『小说选刊』, 2006.1; 2006, 3.

『文艺理论与批评』, 2007, 4; 2007, 5.

『北京文学』, 2007, 3.

『list Books from Korea』, 2008, 1호.

『河南日報』, 2006년 4월 12일.

『文藝爭鳴』, 2005, 3.

『上海文学』, 2005, 5.
『上海文学』, 2006, 1.
『当代作家评论』, 2005, 6.
『小说选刊』, 2006, 3.
『天涯』, 2004, 3; 2005, 5,
『海南师范学院学报(社会科学版)』, 2006, 1.
『浙江海洋学院学报(人文科学版)』, 2006, 4.
『江汉大学学报(人文科学版)』, 2007, 1.

2. 한국저서

강만길 외, 『한국사26(연표2)』, 한길사. 1995.
고부응, 『탈식민주의: 이론과 쟁점』, 문학과지성사, 2004.
권보드래, 『한국근대소설의 기원』, 소명, 2000.
권영민, 『한국현대문학사2』, 민음사, 2005.
권성우 편, 『침묵과사랑』, 이성과힘, 2008.
김경수, 『문학의 편견』, 세계사, 1994.
김병걸·채광석 편, 『역사, 현실 그리고 문학』, 지양사, 1983.
김정자 외, 『한국현대문학의 성과 매춘 연구』, 태학사, 1996.
김성기 편, 『모더니티란 무엇인가』, 민음사, 1994.
김용직·김치수·김종철 편, 『문예사조』, 문학과지성, 1990.
김영진, 『중국근대사상과 불교』, 그린비, 2007.
김윤식·정호웅, 『한국소설사』, 문학동네, 2002.
김윤식·김현, 『한국문학사』, 민음사, 1973.
김상환, 『니체, 프로이트, 맑스 이후』, 창비, 2002.
_____, 『해체론 시대의 철학』, 문학과 지성사, 2005.
김지영, 「조세희 소설의 서사 기법 연구」, 서울대 석사논문, 2003.
김학동, 『비교문학』, 새문사, 2003.
김 현, 『한국문학의 위상』, 문학과지성사, 1993.
나병철, 『모더니즘과 포스트 모더니즘을 넘어서』, 소명, 1999.
남진우, 『미적 근대성과 순간의 시학』, 소명출판, 2001.
류준필, 『형성기 국문학연구의 전개양상과 특성』, 서울대 박사논 문, 1998.
동아어문학회, 『동남어문논집』제7집, 1997.
민족문학사연구소 엮음, 『민족문학사강좌』(하), 창비, 1995,
문학사와 비평연구회 편, 『1970년대 문학 연구』, 예하, 1994.

방민호, 『비평의 도그마를 넘어』, 창비, 2000.
박성창, 『비교문학의 도전』, 민음사, 2009.
박현채 · 조희연, 『한국 사회 구성체논쟁1』, 죽산, 1989.
백낙청 · 염무웅 편, 『한국문학의 현단계Ⅱ』, 창작과비평사, 1983.
________________, 『한국문학의 현단계Ⅲ』, 창작과비평사, 1984.
________________, 『한국문학의 현단계Ⅳ』, 창작과비평사, 1985.
백낙청, 『민족문학과 세계문학Ⅱ』, 창작과비평사, 1985.
______, 『한반도식 통일, 현재진행형』, 창작과비평사, 2006.
사관모, 『현대 한국 사회의 계급구성과 계급분화』, 한울, 1984.
서영채, 『문학의 윤리』, 문학동네, 2005.
성균관대학교 동아시아 학술원, 국제회의자료집 『중국의 개혁 개 방』, 2007.
성민엽, 『변하는 것과 변하지 않은 것』, 문학과지성사, 2004,
성민엽 편, 『민중문학론』, 문학과 지성사, 1984,
신지윤, 『조세희 소설의 미적 근대성 연구』, 부산대 석사논문, 2001.
연세대학교 매지학술연구소, 『매지논총』제7집, 1990.2.
염무웅, 『민중시대의 문학』, 창비, 1979.
오생근, 『황석영』(제3세대 한국문학15), 삼성출판사, 1983.
우찬제, 『고독한 공생』, 문학과지성사, 2003.
이국봉, 『莊子철학의 비판적 사회의식과 인간관 연구』, 서울대 석사논문, 2005.
이동하, 『문학의 길, 삶의 길』, 문학과 지성사사.
이선영 편, 『문예사조사』, 민음사, 2000.
이재선, 『현대 한국소설사 2』, 민음사, 2002.
이정훈, 『90년대 중국 문학 담론의 확장과 전변』, 서울대 박사논문, 2005.
이혜순 편, 『비교문학』, 문학과지성사, 1985.
이진경, 『노마디즘』(1), 휴머니스트, 2002.
______, 『사회구성체론과 사회과학방법론』, 그린비, 증보판 2008.
윤호병, 『비교문학』, 민음사, 2005.
자유실천문인협의회 편, 『자유의 문학, 실천의 문학』, 이삭, 1985.
전형준, 『현대 중국의 리얼리즘 이론』, 창작과비평사, 1997.
______, 『언어 너머의 문학』, 문학과지성사, 2013.
조남현, 『우리 소설의 판과 틀』, 서울대출판부, 1991.
조세희, 『난장이가 쏘아올린 작은 공』, 이성과힘, 2000.
______, 『침묵의 뿌리』, 열화당, 1995.
정한용 편, 『민족문학 주체 논쟁』, 청하, 1989.

천정환, 『근대의 책읽기』, 푸른역사, 2003.
최원식 · 임홍배 편, 『황석영 문학의 세계』, 창비, 2003.
한국연사연구회 현대사연구반, 『한국현대사3』, 풀빛, 1993,
황국명, 『떠도는 시대의 길찾기』, 세계사, 1995.
황석영, 『장사의 꿈』(황석영 소설선), 범우사, 1977.
______, 『황석영 전집』, 어문각, 1978.
______, 『돼지꿈』(황석영 소설선), 민음사, 1981.
______, 『황석영-삼포 가는 길 외』, 동아출판사, 1995.
______, 『황석영중단편전집3』, 창비, 2003,
______, 『개밥 바라기별』, 문학동네, 2008.

3. 중국저서

曹征路, 『那儿』, 百花文艺出版社, 2005.
罗伟章, 『奸细』, 四川文艺出版社, 2007.
刘　旭, 『底层话语现代性话语的裂隙』, 上海古籍出版社, 2006.
李云雷, 『重申新文学的理想』, 北京大学出版社, 2013.
钱理群, 『追寻生存之根』, 广西师大出版社, 2005.
钱理群, 温儒敏, 吴福辉, 『中国现代文学三十年』, 北京大学出版 社, 2006.
温儒敏, 『新文学现实主义的流变』, 北大出版社, 2007.
王　宁, 『比较文学与当代文化批评』, 人民文学出版社, 2000.
陆学艺, 『当代中国社会阶层研究报告』, 社会科学文献出版社, 2002.
洪子诚, 『中国当代文学史』, 北京大学出版社, 1999,
王晓明编, ≪人文精神寻思录≫, 上海文汇出版社, 1996.
王晓明, ≪无法直面的人生——鲁迅传≫, 上海文艺出版社, 2001.
王向远, 『比较文学学科新论』, 江西教育出版社, 2002.
孫　歌, 『主体弥散的空间』, 江苏教育出版社, 2002.
贺照田, 『当代中国的知识感觉与观念感觉』, 广西师范大学出版社, 2006.
中国小说学会编, 『2007年中篇小说精选』, 天津人民出版社, 2008.
温铁军, 『我们到底要什么』, 华夏出版社, 2004.
甘　阳, 『通三统』, 三联, 2007.
旷新年, 『写在当代文学边上』, 上海教育出版社, 2005.
周晓虹编, 『中国中产阶级分析』, 社会科学文献出版社, 2007.
姜义华, 『二十世纪中国社会科学』, 上海人民出版社, 2005.
汪　晖, 『去政治的政治-短20世纪的终结与90年代』, 三联出版社, 2008.

张旭东,『批评的踪迹』, 三联, 2003.
周建明, 胡鞍钢, 王绍光,『和谐社会构建 : 欧洲的经验与中国的探索』, 清华大学出版社, 2007.
中国社会科学院语言研究所词典编辑室, ≪现代汉语词典≫, 商务印书社, 2002.
國立中正대학 대만문학연구소 편,『臺灣黃春明跨領域國際研討會 자료집』, 2008, 4.

4. 인용된 사이트
네이버 백과사전
네이버 인물사전
左岸文化网
中国三农网
当代文化研究网
乌有之乡网
深圳大学网
中原新闻网
小小说作家网
中华巴渠文化网
新华网
百度网

5. 기타 외국 저서
Gerald Prince, 이기우 · 김용재 옮김,『서사론사전』, 민지사, 1992.
Childers, Joseph W. 엮음, 황종연, 옮김,『현대문학문화 · 비평용어 사전』, 문학동네, 2003.
Chatman, Seymour Benjamin, 김경수 옮김,『영화와 소설의 서사구 조』, 미음사, 2000.
Lukács, György, 반성완 옮김,『소설의 이론』, 심설당. 1985.
Rimmon-Kenan, Shlomith, 최상규 옮김,『소설의 현대 시학』, 예림기획, 1999.
Kearney, Richard, 임헌규 외 옮김,『현대유럽철학의 흐름』, 한울, 1998.
Mieke Bal, 한용환 · 강덕화 옮김,『서사란 무엇인가』, 문예출판사, 1999.
Barthes, Roland. 정현 옮김,『신화론』, 현대미학사, 1995.
신기욱 · Michael Robinson 엮음, 도면회 옮김, 삼인출판사, 2006.
스트비 모튼, 이운경 옮김,『스피박 넘기』, 앨피, 2003.
Hauser · Arnold, 백낙청 · 염무웅 옮김,『문학과 예술의 사회사』4, 창비, 2001.
Weisstein, Ulrich, 이유영 옮김,『비교문학론』, 기린원, 1989.
Chevrel · Yves, 박성창 옮김.『비교문학, 어떻게 할 것인가』, 민음사, 2002.

Bakhtin, M. M, 전승희 외 옮김, 『장편소설과 민중언어』, 창작과 비평, 1988.
Leitch, Vincent B, 권택영 옮김, 『해체비평이란 무엇인가』, 문예 출판사, 1993.
Harvey David, 구동회 · 박영민 공역, 『포스트모더니티의 조건』, 한울, 2005.
竹内好, 서광덕 · 백지운 옮김, 『일본과 아시아』, 소명출판, 2004.
——, 서광덕 옮김, 『루쉰』, 문학과지성사, 2003.
Bhabha, Homi K, 나병철 옮김, 『문화의 위치』, 소명출판사, 2002.
E. M. Forster, *The Aspects of Novel*, New York: Harcourt, Brance& World, 1927.
Graham Allen, *Intertextuality*, Routludge.
The Levin Report, 1965. / *The Bernheimer Report*, 1993.
Patricia Waugh edited, *Literary Theory and Criticism*, Oxford University, 2006.